新潮文庫

フランケンシュタイン

メアリー・シェリー
芹澤　恵訳

新潮社版

創造主よ、わたしを土塊《つちくれ》から人の姿に創《つく》ってくれと
頼んだことがあったか？　わたしを暗黒から起こしてくれと
願ったことがあったか？

『失楽園』第十巻　七四三－七四五行

『政治的正義』『ケイレブ・ウィリアムズ』などの著者
ウィリアム・ゴドウィンに
慎んで本書を
著者より捧《ささ》げる

まえがき（一八三一年版）

「スタンダード・ノヴェルズ」の一冊に『フランケンシュタイン』を加えるにあたって、この物語が誕生したいきさつを書いてほしい、と出版社から依頼された。歓《よろこ》んで応じることにしたのは、ここでそれを書いておけば、よく尋ねられる質問にまとめて答えたことになるだろうと考えたからだ。よく尋ねられる質問というのは、「若い娘の身空で、どうしてこんな恐ろしい物語を思いつき、それをひとつの作品にまで膨らませることができたのか？」というものだ。私事を活字にして人の眼にさらすのは、個人的にはあまり気が進まないことではあるけれど、この文章は以前の作品の付録という扱いであるし、内容も作者としての自分に限られるわけだから、書いたところで、私生活を垂れ流したという非難は免れられるのではないだろうか。

両親が共に、文学界にその人ありと知られた人物で、そんな両親から生まれた娘であれば、ごく幼いころからものを書くことに関心を持っていたのも、当然といえば当然のことだったように思う。子どものころから、ともかく何か書いていた。好きなことをしてよろしい、と言われると、「お話を書く」ことに夢中になった。だが、実はそれ以上の愉《たの》しみもあった。空中に城を築くこと——つまり白昼夢にふけることだ。次から次へと思い浮かぶ事柄を追いかけ、それらを手がかりにしてさまざまな出来事がひとつらなりに並ぶよう、組み立てていくのである。そうした夢は、実際に書いたものよりも、ずっと空想に富み、当人の好みにも合うものだった。お話を書くときは、忠実な模倣者だったのだ。心に浮かんだままを記すというよりも、他人が書いたものを一生懸命真似《まね》ていたに過ぎない。それに、書くとなると、他人の眼というものを、少なくともひとり分は意識しなくてはならなかった。子ども時代の遊び仲間であり、友人だった者に見せることを考えて書いていたのだ。けれども、夢のほうは完全に自分ひとりのもので、誰かに語って聞かせる必要もない。辛《つら》いときには恰好《かっこう》の逃避先になり、自由なときには何にもまさる愉しみの素《もと》となっていたのだ。

少女時代は主に田舎で暮していた。スコットランドで過ごした期間も、けっこう長い。ときには風光明媚《ピクチャレスク》な土地を訪ねることもあったが、暮していたのはダンディーにほど近い、テイ川北岸の、何もなくわびしいところだ。何もなくわびしいところ、というのは今にして思うことであって、当時のわたしがそんなふうに感じていたわけではない。なぜなら、自由の高巣《たかす》だったからだ。誰に気づかれることもなく、空想で創《つく》りあげた者たちと語らうことのできる快適な場所だった。そのころにも、ものは書いていたけれど、書きぶりはきわめて月並みだった。わたしの場合、本物の作品は、わが家の敷地に育った木立の陰で、あるいは近くにある木も生えない山々の荒涼とした山腹で、想像力が高く飛翔《ひしょう》することによって生まれ、育《はぐく》まれたのだと思う。自分を主人公にした物語を書いたことはない。自分の人生は、あまりにもありふれていて月並みに過ぎると感じていたからだ。ロマンティックな悲しみや眼を瞠《みは》るほどの大事件が、自分の身に起こるところなど、想像すらできなかったのだ。それでも、そういう自分に制約されたことはない。その年ごろのわたしにとっては、自分が主人公となることよりも、空想で創りあげた世界に遊ぶことのほうがずっと興味深く思えた、というだけのことだ。

その後、人生が忙しくなり、眼のまえに虚構の世界ではなく現実が立ち現れることになった。それでも夫は、結婚当初から、わたしが両親の名に恥じない娘であることを証明するためにも、わたし自身が名を挙げることを強く望んでいた。文学の世界で名声を獲得するよう、常に励まし、強力に後押ししてくれた。わたし自身も当時はその気だった。もっとも、その後、そうした気持ちをまったく失って今に至っているのだけれど。当時、夫がしきりと執筆を勧めたのは、わたしなら世の中の注目を浴びるようなものが書けるはずだと考えてのことではない。今後、よりよいものを書けそうか、その見込みがどのぐらいあるかを自分の眼で判断したかったためだ。しかし、そう言われても、わたしは何もしなかった。旅行や家族の世話に時間を取られていたこともあり、そのころの文学的な活動といえば、本を読んだり、わたしよりもはるかに教養に富んだ夫との会話を通じて自分の考えを深めていく、といった勉強の域を出ないものばかりだった。

一八一六年の夏、夫と共にスイスを訪れ、バイロン卿《きょう》の隣人になった。滞在当初は、湖上に舟を出したり、湖畔を散策したりして愉しい時間を過ごしたのだが、バイロン卿はちょうどそのころ、『チャイルド・ハロルドの巡礼』の第三巻を執筆中で、彼だけは頭のなかにあることを紙に書きつけるという営みを続けていた。そうして書きあがった原稿を次から次へとわたしたちのところに届けてきたのだが、そのどれもが詩ならではの光輝と調和に満ち、天と地の美しさを神聖なものとして謳《うた》いあげているようで、わたしたち夫婦も影響を受けることになった。

その年は、雨の多い鬱陶《うっとう》しい夏になり、降り続く雨のために何日も家に閉じこもることもたびたびだった。そんなとき、ドイツ語からフランス語に訳された幽霊物語が何冊か手に入った。たとえば、結婚の誓いを交わし、花嫁を抱き寄せたと思った瞬間、気づいてみたら、昔捨てた女の蒼白《あおじろ》い顔をした亡霊の腕に抱かれていた、という〝不実な恋人の物語〟。罪深い始祖とその子孫たちの話もあった。ある家門の始祖は非常に罪深い生涯を送り、そのため、その家の子孫が代々、盛年を迎えてある年齢に達したときに、自ら死の接吻《せっぷん》を授けねばならないという悲しい定めにある。そのために、巨大な影のような姿で現れるのだ。『ハムレット』の亡霊のように甲冑《かっちゅう》に身を固め、顎《あご》の覆《おお》いをあげた姿で真夜中に現れ、気まぐれな月明かりが射《さ》すなか、仄暗《ほのぐら》い通りをのろのろと歩き、やがて城壁の影のなかに吸い込まれるようにすうっと消えたかと思うと、城門が開き、足音が響き、部屋の扉が開いて、健やかな眠りに抱かれた花なら盛りの若者たちの寝床へと近づいていくのだが、身を屈《かが》めて若者たちの額に接吻するとき、亡霊の顔には永遠の悲しみが浮ぶのだ。その瞬間から若者たちは手折《たお》られた花のように生気を失い、萎《しお》れていくのである。これらの物語は、あのときに読んだきりでその後は手に取る機会もないが、作中の出来事はまるで昨日読んだかのように、わたしの記憶に鮮やかに残っている。

「それぞれ一作ずつ幽霊物語を書いてみないか？」そう言い出したのはバイロン卿だ。わたしたちはその提案に賛成した。その場にいたのは全部で四人。発案者であるこの優れた詩人がまず書きはじめ、その断篇は彼の詩、『マゼッパ』が出版されるときに、その巻末に載せられた。夫のシェリーは物語の骨組みを考案するよりも、理念や感情を華麗な修辞の光で照らし、それを英語の神髄とも言うべき旋律の美しい詩句にして、快く響かせることを得意とする人だったが、少年時代の体験を基にした話を書くことにした。故ポリドリ（一七九五〜一八二一。イタリアの医師であり小説家。バイロン卿の秘書兼主治医をつとめていた。『吸血鬼』の著者として知られる）は、頭を髑髏《しゃれこうべ》にされた女という実に不気味な着想を得た。この女は鍵穴《かぎあな》から覗《のぞ》き見をして、その罰としてそんな姿にされてしまうのだが、何を見たのだったかはもう覚えていない——もちろん、とてつもなくショッキングで、いけないものだったのだろう。ところが、その女が同じ覗き見をした者でありながら、例のコヴェントリーのトム（盗み見をしたため盲目になったという伝説上の人物。「ピーピング〔覗き魔〕・トム」とも称される）よりもひどい目に遭わされたところで、ポリドリはそのあとをどうしたものか思案に余り、仕方なくその女をキャピュレット家の納骨堂（シェイクスピアの『ロミオとジュリエット』のなかで、仮死状態のジュリエットが葬られた場所）に送り込むことにした。この女にふさわしい場所が、ほかに思いつかなかったのだ。一方、詩の傑物ふたりも、単調な散文で物語を綴《つづ》るのが億劫《おっくう》になり、結局は自分たちの性に合わないこの作業を、さっさと放り出してしまったのである。

わたしのほうは、せっせと〝お話を考え〟ていた。こんなふうに奮起させてくれた人たちの物語に負けないようなものを書こうとしていたのだ。人間が本来持っている不可思議なものを警戒する心理に語りかけ、背筋がぞくぞくするような恐怖を呼び覚ます物語。読んだあとでまわりを見まわすのが怖くなり、血も凍り、鼓動が速くなるような物語。そうでなければ、わたしの書く幽霊譚《たん》はその名にふさわしいものにはならない。そう思って、考えに考え、知恵を絞ってはみるものの、はかばかしい結果は得られない。創造力が決定的に欠けていることを自覚させられただけだった。作家にとってこれ以上の不幸はない。霊感を求めて必死の祈りを捧《ささ》げても、創作の女神は知らん顔を決め込んでいるのだから。「お話は考えついたかい？」と毎朝尋ねられても、悔しいことに、そのたびに〝いいえ〟と答えるしかなかった。

『ドン・キホーテ』のなかのサンチョ・パンサのことばを借りるなら、何ごとにも始まりというものがなくてはならず、その始まりはそれに先立つものと結びついていなくてはならない。ヒンドゥー教徒はこの世界は一頭の象に支えられていると考えるが、その象とて一匹の亀《かめ》のうえに立っている。創作とは、従って無から生まれるものではなく、混沌《こんとん》から発するものであると、そこは謙虚になって認めざるを得ないのだ。まず第一に素材ありき。曖昧模糊《あいまいもこ》として形のない素材に形を与えていくのであって、素材そのものを創り出すことができるわけではない。発見や発明においては言わずもがな、想像力を用いることにおいても、コロンブスの卵の逸話を常に念頭に置いておくべきだろう。創作は、ある主題に秘められた可能性をつかみとる能力、そしてその主題が提示してくるものを練りあげて形にしていく能力があってこそ初めて成し得ることなのだ。

バイロン卿とシェリーのあいだでは、ひんぱんに、それも長時間の談義が交わされた。ふたりが話し始めると、わたしは熱心に、そしてたいていはほとんど黙ったまま、耳を傾けていたものだ。科学や哲学のさまざまな学説が論じられたが、そのなかで生命の本質とは何か、生命の原理を発見してそれを移転させることは可能か、という問題が取りあげられたことがある。エラズマス・ダーウィン博士（イギリスの自然哲学者、詩人。進化論を唱えたチャールズ・ダーウィンの祖父）の実験のことも話に出た（ひと言付けくわえておくと、それはダーウィン博士が実際に行ったこと、あるいは行ったと自ら述べたことというよりも、あの当時、博士が行ったと世に広く喧伝《けんでん》されていたこと、とお考えいただきたい）。博士が細いパスタ《バーミセリ》をガラスケースに入れて保存しておいたところ、何か尋常ならざることが起きて、それが独りでに動き出したというのである。けれども、生命というのはやはり、そんなふうに生まれてくるものではないだろう。でも、死体を甦《よみがえ》らせることはできるかもしれない。ガルヴァーニ電流（イタリアの医師、ルイージ・ガルヴァーニ（一七三七～九八）が発見した、生物と金属が接触することで発する電流のこと。動物電気ともいう。当時はこれが生命の源ではないか、と考えられた）は、その可能性を示していると言えるのではないか。おそらく、生物を構成する各部位を創り、それを繋《つな》ぎあわせて組み立て、生命の息吹《いぶき》を与えることも可能ではないだろうか。

そんな話をしているうちに夜は更《ふ》け、寝室に引きあげたときには真夜中を過ぎていた。わたしは枕《まくら》に頭を載せたものの、眠れなかった。考えごとをしていたわけではない。想像力が、命じてもいないのにわたしに取り憑《つ》き、思考の舵《かじ》を奪い、いろいろなものの姿を次から次へと浮びあがらせてくるのだ。それがまた、普段の空想の域をはるかに超えた、驚くほど鮮明な心象なのだ。わたしに見えたのは——眼はつむっていたけれど、眼よりも鋭敏な心の眼で見たのは、蒼白い顔をした研究者が自らの呪《のろ》われた技術によって創りあげたものの傍らに、ひざまずいている姿だった。その横には、恐ろしい亡霊のような姿をしたものが横たわり、やがてそれが何かすさまじく強大な力によって生命の徴候を見せたかと思うと、ぎごちない、およそ不自然な仕種《しぐさ》で小さく身じろぎをする。なるほど、これは恐ろしいことにちがいない。人間の分際で、創造主たる神の壮大な御業《みわざ》を真似ようなどという試みは、このうえもなく恐ろしい結果を招くに決まっているからだ。それを成功させた科学者は、震えあがるだろう。そして、恐怖に駆られたあまり、みずからの手で創りだした、おぞましいものから逃げ出してしまう。そのまま放置すれば、自分の与えたかすかな生命の火花は消えていき、あの程度の不完全な生気しか与えられなかったあの物体は、もとの生命を持たぬ物質に戻るだろう、と科学者は考える。そうであってほしい、と冀《こいねが》う。あの醜い亡骸《なきがら》が一瞬、生の徴候を示したときには、それを生命の揺籃《ゆりかご》と見なしたけれども、墓場の沈黙がその束《つか》の間《ま》の生命を永遠に消し去ってしまうはずだ。科学者はそう信じて眠りに就く。けれども、眠ったとたん、眼が覚める。眼を開けると、ベッドの傍らに、あの恐ろしいものが立ち、カーテンを開けてこちらを見つめているではないか。黄色く潤《うる》んだ、どこか物思わしげな眼で。

わたしは恐ろしくなって眼を開けた。今、ありありと見た光景が脳裏に焼きついて離れず、恐怖の戦慄《せんりつ》が背筋を駆け抜けた。空想が生んだ不気味なものの姿を振り払いたくて、わたしは慌《あわ》てて周囲の現実の光景に眼を向けた。そのときに眼にしたものは、今でもまざまざと思い出すことができる——滞在していた屋敷の部屋の光景だ。色味の濃い寄せ木の床、閉じた窓、その隙間《すきま》からかろうじて射し込んでくる月光。窓の向こうに見えるはずの、鏡のような湖と白く聳《そび》えるアルプスの峰々の存在を感じとることもできた。それでも、一度思い浮かべてしまった恐ろしい幻影は、容易に振り払うことはできず、頭のなかに執念深くまだ居坐《いすわ》っていた。何かほかのことを考えなくてはと思った。それで、以前に思いついた幽霊譚をもう一度思い返してみた——いくら工夫を凝らしてみても、いっこうに面白くならない、できそこないの幽霊譚。ああ、読んだ人が今夜のわたしぐらい怯《おび》えてくれるような物語を考え出すことができたら。

そのとき、光のごとくすばやく、明るく、ある考えが閃《ひらめ》いた。「そうだ、これだ！わたしが怖いと思ったのなら、ほかの人だって怖いはずだ。わたしの夢枕に現れた幻影を、そのまま書くだけでいいのだ」次の日の朝、わたしは〝お話を考えついた〟と宣言して、その日のうちに書きはじめた――「それは、十一月のとある寒々しい夜のことでした」あとはただ、夢うつつに見た、あの身の毛もよだつ恐怖の幻影を書き記していくだけでよかった。

初めは、数ページ程度のごく短い話にするつもりだった。けれども、シェリーに、その着想を発展させてもっと長いものにしたほうがいい、と強く勧められたのだ。夫のその激励がなければ、この物語が今のような形で世に出ることはなかっただろう。ただし、作中のどの出来事も、どの人物のどの感情の起伏についても、決して夫の助けを得たものではないことをここにお断りしておく。とはいえ、それにはひとつだけ例外があることを申し添えておかなければならない。わたしの記憶する限りでは、初版の序文はすべて、夫のシェリーの手になるものである。

今回の機会を得て、わたしは再び、幸運を祈りつつ、醜いわが子を世の中に送りだそうとしている。わたしが幸福な日々を送っていたころに生み出したものであるだけに、この子には格別の愛着がある。当時のわたしにとって、死も悲しみもただのことばに過ぎず、実感を伴って心に響いてくるものではなかった。物語のなかには、夫と一緒だったころに、共に散歩をしたり、馬車に乗ったり、あるいは会話をしたりしたときのことが、数多く反映されている。そのころを共に過ごした伴侶《はんりよ》には、この世では、もう二度と会うことはかなわない。けれども、それはわたしの個人的な感傷である。物語をお読みになる方には、なんの関わりもないこととしてご放念いただきたい。

最後にひと言、今回の改訂について書き記しておく。今回、手を入れたのは主に、文章に関する部分だ。筋立ての一部を変更したり、新しい着想や状況を書き加えるといったことはしていない。語り口が単調にすぎて、物語の興味を削《そ》ぐと思われるところを改めたのだが、その大半は全三巻のうちの第一巻の最初の部分に集中している。いずれも物語にとっては枝葉の部分に限られ、この物語の核となる本質的な部分には、いっさい手を加えていない。

M. W. S.

一八三一年十月十五日　ロンドンにて

序文（一八一八年 初版）

P.B.シェリー

この物語の出発点となった発想は、ダーウィン博士およびドイツの一部の生理学者のあいだでは、不可能ではないと見なされていることである。こうした発想を、筆者がいささかなりとも真に受けているとは思っていただきたくないが、それでもこの題材を物語の土台として用いるにあたって、ただ単に超自然の恐怖を次から次へと織り込んでいっただけだとは考えていない。この物語に書かれている興味深い出来事は、ただの幽霊譚《たん》や魔法奇譚にありがちな欠点を免れている。作中で展開される状況には、これまでにない斬新《ざんしん》なものがあり、たとえ物理的事実としては不可能であっても、人間の情熱というものを包括的にかつ説得力をもって描き出すためには、どのような視点に立って想像力を働かせればいいか、という問題について、現実の出来事を忠実に描くことでは得られないものを提供している。

筆者は、人間性にある根本的な不変の部分は残しながらも、それをどう組みあわせていくかという点では、大胆なほどの新趣向を採り入れた。ギリシアの悲劇詩『イリアッド』、シェイクスピアの『テンペスト』と『真夏の夜の夢』、とりわけミルトンの『失楽園』は、こうした手法で書かれているが、一見、破格にも思えるこの手法を取ることで、人間の感情の絶妙ともいうべき組みあわせが、至高の韻文作品に結実しているのである。本作の書き手は、作家というにはまだ未熟なる者ではあるが、自らの作品によって読む人に愉《たの》しみを与え、また書くことで自らも歓《よろこ》びを得るべく、その手法を範とし、散文物語に応用したのである。ならば、僭越《せんえつ》のそしりは免れられるのではないだろうか。

この物語を書くきっかけは、日常の何気ない会話にあった。書きはじめたときは、半ばは退屈しのぎの手段であり、半ばはまだ開拓されていない能力を鍛えてみるための試みのようなものだった。だが、書き進むにつれて、ほかの動機も加わりはじめた。物語から読み取れる情趣や登場人物の道徳心のあり方が、読者にどのような影響を与えるか、その点に関して、筆者はもちろん無関心ではない。しかし、読者への影響という点で言うなら、筆者の主な関心は、現代の小説にありがちな人を無気力にしてしまうような方向に流れないこと、さらに家族の愛情の尊さと普遍的な徳のすばらしさを示すことにある。主人公の性格および彼が置かれた立場から自然に生じてくる見解が、常に筆者の信ずるところと同一である、というふうには思っていただきたくない。加えて、この物語から、それがどのようなものであれ、哲学や科学に対する偏見を読み取ることも、また正当とはいえない。

もう一点だけつけ加えるなら、これは筆者にとって意味深いことなのだが、この物語が実在する雄大な風景のなかで書きはじめられ、その地が物語の主な舞台となったこと、さらには今も懐《なつ》かしく思う人たちとの交わりから生まれたものだということだ。筆者は一八一六年の夏をジュネーヴの郊外で過ごした。あの年の夏は寒くて、雨が多く、夜になると薪《まき》が赤々と燃える暖炉のまわりに集まって、ときによってはたまたま手に入ったドイツの幽霊物語を読んで愉しむこともあった。そうした物語に刺激を受けて戯《たわむ》れに、似たような物語を書いてみようかと考えたのだ。こうして、ふたりの友人（そのうちのひとりのペンから生まれた物語は、筆者などが生み出し得るいかなる作品よりも、世の人たちの心にかなうものだろう）と筆者は、それぞれ超自然の現象を基にして物語を書くことになった。

ところが、天候が急に回復して、友人ふたりは筆者を残してアルプスをめぐる旅に出かけ、雄大な光景を目《ま》の当たりにしたことで、幽霊譚のことなどすっかり忘れてしまったのである。以下の物語が、完成を見た唯一《ゆいいつ》の作品である。

一八一七年九月　マーロウにて

第一巻

手紙一

イングランド在住　サヴィル夫人机下

一七＊＊年十二月十一日
サンクトペテルブルグにて

ご安心ください。いやな予感がする、とずいぶんご心配いただいたぼくの計画ですが、今のところ、なんら災難に見舞われることなく運んでいます。昨日、当地に到着したところです。最愛の姉上のお心を安んじることこそ、第一の任務。まずは、ぼくが元気なこと、今回の計画はきっと成功するだろうとの自信をますます強めていることをお知らせします。

当地はロンドンよりもはるか北に位置します。街の通りを歩いていて、北からの冷たい風に頬を軽く打たれると、五感が引き締まり、嬉《うれ》しさが湧《わ》きあがってきます。この感じ、わかっていただけるでしょうか？　この風は、これからぼくが向かおうとしている地から吹いてくるもので、彼《か》の地の氷の大地を事前に味見させてくれているのです。約束の地からの風に鼓舞されると、いやが上にも期待が高まり、いつにも増して熱い心で、より鮮明にその地を夢想してしまいます。極北は荒涼とした寒々しい土地なのだと自分に言い聞かせようとするのですが、うまくいきません。ぼくの想像の世界では、美しさと歓《よろこ》びの地として浮んでくるのです。マーガレット姉上、極北の地では、太陽は沈みません。巨大な皿のような日輪が地平線をかすめるのみで、その輝きが消えてしまうことがないのです。そこには——これは海洋探検の先達のことばの受け売りになりますが——雪も氷もないのです。静かに凪《な》いだ海を渡っていくと、やがて、この地球上でこれまでに発見された、いかなる土地にも増して驚きと美しさに充《み》ち満ちた大地に、たどり着けるかもしれないのです。その大地が産み出すものも、大地の相貌《そうぼう》そのものも、きっと、ほかに類を見ないものにちがいありません。人跡未踏の彼の地では、天体の諸相も定めし比類無きものでしょう。なにしろ、とこしえの光の国ですからね。どんなことが起ころうと、不思議はないというものでしょう？もしかしたら、このぼくが、磁石の針を引きつける力の謎《なぞ》を解明することになるかもしれないし、これまでは説明のつかないこととされてきた、あまたの天体観測の結果になんらかの法則性を発見することになるかもしれない。奇異なこととして片づけられていた事象が、今回のぼくの航海をきっかけにこれからは、実はなんら矛盾するところのない、きわめて当たり前な出来事だと受け止められるようになることだってありえるのです。訪れる者の絶えてなかった世界を目の当《ま》たりにすれば、ぼくの激しい好奇心も大いに満足させられるでしょう。この足で前人未踏の地を踏むことになるかもしれません。こうした事柄に、ぼくはたまらなく心そそられるのです。待ち受ける危険や死を恐れる気持ちなど、吹き飛んでしまいます。困難が予想される航海をまえに、子どものような歓びが湧きあがってきます。学校の休みに友だちと小さなボートに乗り込んで、故郷の川を探検に出かけるような気持ちになるのです。たとえ、こうした憶測がすべてはずれていたとしても、ぼくのこの航海が全人類の末代に至るまで、計り知れないほどの恩恵をもたらすことについては、姉上とて反論はできないはずです。少なくとも、今の時点では到着までに何ヶ月も要している国々への新たな航路を、北極近くに開拓することになるわけですからね。できることなら磁力の秘密も解き明かしてみたいと思っていますが、それもまたぼくの計画を実行しないことには達成できない類《たぐい》のことです。

こんなふうに思いを巡らせていると、この手紙を書きはじめたときのもどかしいような気持ちは消え去り、胸にはただ熱い想《おも》いが燃えあがって天にも昇るほどの昂《たか》ぶりを覚えます。心の安定をもたらす何よりの妙薬は、決して揺らぐことのない目的を持つこと——魂がその知性の眼でひたと見据える一点を定めてやること。これにまさるものはありません。今回の遠征は、ぼくの幼いころからの夢でした。北極周辺の海を渡って北太平洋に出ることを目指したさまざまな航海の記録を、それこそ貪《むさぼ》るように読んできたのです。姉上も覚えておられるでしょう、トマス叔父上の蔵書ときたら、過去に新発見の旅に出た人たちの航海記ばかりでしたからね。勉強のほうはだいぶおろそかにしてしまいましたが、本を読むのは大好きで、昼も夜もその手の本に読みふけったものでした。書物を通じてそうした世界に親しんでいただけに、父上が亡《な》くなるとき、ぼくを船乗りにすることは断じてまかりならぬ、と叔父上に言い残していたと知ったときには、子どもながらにずいぶんと落胆したものです。その無念さは年を重ねるごとに募るばかりでした。

そんな海への憧《あこが》れが薄らいだのは、生まれて初めて詩というものに触れたときです。詩人たちの紡《つむ》ぎだすことばに魂を奪われ、天国に連れていかれた気分でした。それから自分でも詩を書くようになり、一年ほどのあいだ、ぼく自身の手で作品を生み出すという天国の住人となりました。ホメロスやシェイクスピアが名を連ねる殿堂の片隅に、壁龕《へきがん》のひとつも得られるのではないか、と思ったのです。それが失敗に終わり、ぼくが落胆のどん底に沈んだことは、姉上もよくご存じのとおりです。ところが、ちょうどそのころ、いとこの財産を相続することになり、ぼくの思いはかつて志した道へと立ち返っていったのです。

今回の航海を思い立ち、計画に着手したのは六年まえのことです。この偉大なる冒険にこの身を捧《ささ》げると決めたときのことは、今でもよく覚えています。まずは自分の身体《からだ》を過酷な環境と労苦に慣れさせることから始めました。捕鯨船に乗り組み、何度か北海遠征に同行しました。寒さにも、餓《う》えにも、渇きにも、睡眠不足にも進んで耐え、昼間は下っ端《したっぱ》の水夫以上に働き、夜は寝る間を惜しんで数学や医学の基礎や海洋冒険家に実利をもたらしてくれそうな自然科学のあれこれを学びました。その後、二度ばかり、見習い航海士としてグリーンランドの捕鯨船に雇われ、その職務を大過なく務めあげました。船長から自分に次ぐ第二の地位を与えるから、このまま船に残ってくれないか、と熱心に誘われたときには、正直言っていささか鼻の高い思いをしたものです。船長がぼくの働きぶりを、そこまで高く買ってくれていたということですからね。

どうでしょうか、最愛のマーガレット姉上、ぼくという人間には何か大きなことを成し遂げる資格があるとは思いませんか？　そうしようと思えば、この先、贅沢三昧《ぜいたくざんまい》の気楽な生き方もできたのに、ぼくは富の誘惑に断固背を向け、栄光を求める道を選んだのです。ああ、こんなときに、〝そうだ、そのとおり〟と言って励ましてくれる声はないものだろうか……。もちろん、ぼくの決意は揺らぐことなく、ここで怖《お》じ気《け》づくつもりもありません。でも、希望とは萎《な》えることのあるもので、ぼくとて意気軒《けん》昂《こう》とはいかないときもあるのです。これから長く困難な航海に出るわけですから、ときには危機的な状況に見舞われ、不屈の精神を試されることもあるでしょう。ぼくは、ほかの者の士気を鼓舞することはもちろん、ほかの者が意気消沈しているときでも、自分自身の気力を失わずにいなくてはなりません。それがぼくに課された役目なのです。

ロシアを旅するには、今がいちばんいい時季です。こちらでは移動には橇《そり》を使い、雪のうえを飛ぶように滑っていくのですが、これが実に快適で、言わせてもらうなら、イングランドの乗合馬車よりもはるかに乗り心地がいいくらいです。寒さは毛皮にくるまっていれば、それほど気にはなりません。ぼくもさっそく毛皮の服を着込んでいます。なんと言っても、甲板を歩きまわっていたときとは大違いで、何時間もじっと坐《すわ》っていなくてはならないのです。身体を動かすことができないので、それこそ血管のなかで血が凍りついてしまいます。サンクトペテルブルグからアルハンゲリスクに向かう途中で凍死、なんてことにでもなったら、それこそ眼も当てられませんからね。二週間か三週間のうちに、そのアルハンゲリスクに向かいます。そこで船を借りるつもりです。船主に代わって保険料を負担すると言えば問題なく借りることができるはずです。乗組員については、捕鯨に慣れた船乗りを必要に応じて雇い入れようと考えています。出航は六月以降になるでしょう。帰りはいつになるかって？　ああ、最愛の姉上、その質問には答えようがありません。うまくいけば、姉上にお目にかかれるのは何ヶ月も何ヶ月も先になるでしょう。いや、何年も先になるかもしれません。失敗すれば、すぐにお会いできるか、あるいは二度とその折はめぐってこないか、どちらかです。

ごきげんよう、マーガレット姉上。わが最愛の姉上に天がたくさんのお恵みをお与えになりますように。そして、ぼくのこともお守りくださいますように。姉上が常にぼくを慈《いつく》しみ、変わらずお心にかけてくださっていることには、どれだけ感謝してもしたりない思いです。

愛を込めて

あなたの弟、R・ウォルトン

手紙 二

イングランド在住 サヴィル夫人机下

一七＊＊年三月二十八日
アルハンゲリスクにて

当地にて氷と雪に閉ざされていると、時の歩みのなんとのろいこと! それでも、計画の第二段階に踏み出しました。船を借り、目下、乗組員を集めることに時間と労力の大半を費やしています。これまでに雇い入れた連中は、頼りがいがあって、いかにも不屈の勇気の持ち主といった男たちばかりです。

でも、ひとつだけ足りないものがあって、それがどうしても見つかりません。その欠落が、とてつもない不幸に思えます。そうなのです、マーガレット姉上、ぼくには友がいないのです。この計画を成功させんと心は燃え盛っているというのに、今のぼくには、この歓びをわかちあう相手がいません。失意に沈み込んだときに、支えとなってくれる人がいないのです。もちろん、思いの丈を紙に書きつけることはできます。でも、それだけでは、誰かと思いが通じあっているとは言えません。ぼくの思いに同調してくれる者が、ぼくの眼差《まなざ》しに眼差しで答えてくれる者が、身近にいてほしいのです。こんなことを言うと、とんだ夢想家だと思われそうですが、友がいないというのは、最愛の姉上、実に心許《こころもと》ないものなのです。温厚だけれど勇敢で、教養があって度量の広い男、ぼくと嗜好《しこう》が似ていて、ぼくの思いつきに賛成したり、修正すべきときには意見を言ってくれる、そんな人間が身近にひとりもいないのです。そうした友がひとりいてくれれば、姉上の情けない弟の至らないところを、どれほど補ってくれることか！　ぼくは事に及ぶにあたっては気持ちばかりが先走り、困難に直面すると辛抱が足りません。それにも増して、最大の不幸とも言うべきは、ぼくが自分勝手な勉強しかしてこなかったということです。生まれてから十四年間、野山を駆けまわり、読むものといえば、トマス叔父上の蔵書だった航海記の類ばかり。十四のときに、わが国の名高い詩人たちのことを知るようにはなりましたが、自分の国のことばだけではなく、異国のことばも学ぶべきだと気づいたときにはもう、そうとわかっているだけで、いくら学ぼうにもそこから大事なものを学び取れる年頃を過ぎてしまっていました。そして今、二十八歳になりましたが、その中身たるや、学校に通っている十五の少年よりも無知なのです。確かに、ぼくはぼくなりにものは考えるし、夢は大きく果てしなく拡《ひろ》がっています。それでも、ぼくが考えたり、夢見たりすることは、画家のことばを借りるなら、〝均衡〟に欠けるのです。だからこそ、ぼくには友が必要です。ぼくのことを理解し、夢想家だと馬鹿《ばか》にしたりせず、ぼくの精神の手綱をしっかりと握っていてくれる愛情深い友が、どうしても必要なのです。

でも、まあ、こんな愚痴をこぼしてもしかたありません。大海原で友が見つかるわけもなく、このアルハンゲリスクの商人や船乗りのなかに、そんな相手が見つかるとも思えませんから。とはいえ、当地の荒くれた者たちの胸にも、人間のつまらない本性とは無縁の感情が脈打っていることは確かです。たとえば、ぼくの船の副長を務める男は、驚くべき勇気と冒険心の持ち主で、栄誉を求めることに熱心です。もっとわかりやすく言うなら、おのれの選んだ職業で功を成し、名を遂げようと必死です。この男は、イングランドの人間です。イングランドの人間で、しかも船乗りということで偏見の眼で見られることもあり、教養とは縁のない無骨者ですが、人間に備わった気高い気質を失ってはいません。この男と知りあったのは、捕鯨船に乗り組んでいたときですが、今はちょうど誰にも雇われていないと知り、この町に着いてすぐ、ぼくの計画に協力してもらうことにしたのです。

船長も大した人物です。船上にあっても人柄は温厚で、規律は重んじつつも厳格すぎることはありません。誠実で肝も太いと評判で、それもあって、ぼくはぜひともこの人を雇いたいという気になりました。ぼく自身が子どものころを孤独のうちに過ごし、多感な時期を姉上の優しく行き届いた庇護《ひご》のもとで送ったからでしょうか、気持ちの土台が繊細に仕上がってしまったようで、船のうえでは当たり前のこととされている野蛮な行為を当たり前のこととは受け止められずに嫌悪感《けんおかん》が先に立ちます。そもそも、あんなことが必要だとも思えません。それゆえ、心根が優しく、乗組員の尊敬を勝ちえることで規律を維持する船長がいると聞くと、そんな人物を雇うことができれば、望外の幸運というものだろうと思ったのです。この人物のことを知るきっかけになったのは――いささかロマンティックな話になりますが――この人のおかげで幸福な人生を手に入れた、というご婦人の話を聞いたことでした。手短に言うと、こんな話です。数年まえ、この人物はロシアのいわゆる中流家庭の娘を好きになりました。漁船に乗船して得られる分配金もかなりの金額まで貯《た》まっていたし、娘の父親の承諾も無事、取りつけました。婚礼の日取りも決まり、そのまえに一度、愛する女性に会っておこうということになりました。ところが、いざ顔を合わせると、娘は涙にかき暮れていたのです。そして、船長の足元に身を投げ出し、どうかご勘弁くださいと訴えたのです。聞けば、自分にはこの人と定めた想い人がいるのだけれど、その人は貧しいため、父親がどうしても結婚を許してくれないのだというのです。心の広いわが友は、娘の懇願を聞き入れ、想い人の名前を尋ねると、あっさりと身を引きました。船長は実はもうすでに農場を購入し、そこで余生を送るつもりでいましたが、その農場を恋敵に贈り、家畜の購入資金として分配金の残りまで添えてやったうえで、娘の父親にその想い人との結婚を許してやるように進言したのです。ところが、父親は断固として拒絶しました。父親としては、それではぼくの友に対して面目が立たないと思ったからでしょう。説得は無理だと悟ると、わが友は国を離れ、娘が想う相手と結婚できたと聞くまでは帰国しなかったのです。「なんて気高い人だこと」姉上ならきっと、そうおっしゃるでしょう。そのとおりです。それでいて、この人物、教育などほとんど受けていないのです。寡黙《かもく》なことトルコ人のごとし、無教養ゆえのだらしなさのようなものが垣間見《かいまみ》えることもあります。だからこそ、なおのこと、この人物の行動には驚かされることは確かですが、そうでなければ、もっと多くの関心と共感を惹《ひ》いたであろうものを、と惜しまれるのです。

とはいえ、こんなふうに少しばかり不満を洩《も》らしたからといって、あるいは今後予想される困難に対してあらかじめ慰めを用意しておきたいと考えているからといって、ぼくの決意が揺らいでいるとは、ゆめ思われませんよう。ぼくの決意は、人の運命のように確固と定まっています。船出が遅れているのは、ただ単に天候に恵まれないからにすぎません。この冬、当地の気候は恐ろしく過酷でしたが、春の気配は日に日に濃くなってきています。ひょっとすると、思っているよりも早く、出航できるかもしれません。もちろん、焦《あせ》るつもりはありません。他人《ひと》の生命《いのち》を預かるのです。そういうときには、ぼくは慎重に熟慮を重ねるたちだということを、姉上ならご存じでしょう。その点はご懸念《けねん》なく。

計画を実行に移すときが間近になった今、ぼくがどれほど心を躍らせているか、ことばで言い表すことはできません。出発の準備をしているときの、歓びと恐ろしさの相半ばする胸のざわめき。これはとても伝えきれるものではありません。ぼくはこれから未踏の地へ、コールリッジが詠《よ》んだ「霧と雪の国」へと旅立とうとしています。もちろん、アホウドリを殺したりはしないので、心配はご無用ですよ。たとえ、あの老水夫のように、やつれはて、悲嘆に沈んで姉上のもとに帰りつくとしても。こんなふうに詩人のことばを引くと、姉上には笑われてしまいそうですが、でも、ひとつ、秘密を打ち明けておきましょう。ぼくが大海原の危険な神秘に心を惹かれ、ここまで激しく夢中になったのも、もとをただせば、現代の詩人のなかでも抜きん出て想像力豊かな詩人の手になるあの作品に感化されたからにほかならない、そんな気がするのです。自分でもはっきりとは理解できないながらも、ぼくの魂のなかの何かに、働きかけるものがあるのです。ぼくは現実的で勤勉な人間です。これと決めれば、労を惜しまず、忍耐も努力も厭《いと》いません。でも、それだけではないのです。不思議なものを求めてやまない思いが、不思議なものを信じる気持ちがあって、それがぼくのやってみたいと思うことに分かちがたく結びつき、ぼくを駆り立て、世の中の常道を踏みはずしてもかまわないという、焦りにも似た思いを呼び、荒海と未踏の地へと向かわせるのです。

でも、そんなことよりも、もっと大事なことに話を戻します。この次お目にかかれるのは、いくつもの大海原を渡り、アフリカかアメリカの最南端をまわって帰国したときになるでしょうか？　そこまでの成功を夢見るのは望みすぎかもしれませんが、その逆を想像することにも耐えられません。とりあえずはこれまでどおり、機会のあるごとに手紙をくださいませんか？　姉上の手紙を受け取るとき、ぼくは何よりも心の支えを必要としているかもしれませんから。姉上のことは、心の底から愛していま す。どうか、ぼくのことも愛をもって思い出してください。たとえ、ぼくからの消息が途絶えることがあっても。

愛を込めて

あなたの弟、ロバート・ウォルトン

手紙　三

イングランド在住　サヴィル夫人机下

一七＊＊年七月七日

親愛なる姉上

取り急ぎ一筆したため、ぼくが無事でいること、航海も順調に進んでいることをお知らせします。この手紙は、アルハンゲリスクから帰国の途上にある商人の手で、イングランドに届けられることになるでしょう。ぼくよりも運のいい人です。ぼくはたぶんこの先あと何年かは、生まれ故郷を眼にすることができそうにありませんから。とはいえ、ぼくはすこぶる元気です。船員たちも勇敢で剛毅《ごうき》な連中ばかりです。船のそばをひんぱんに流れていく流氷は、これから向かう先の危険を知らせてくるものなのに、ひるむ様子もないのです。もうだいぶ緯度の高いところに来ていますが、今は夏の盛り。といっても、もちろん、イングランドの温暖な夏は望むべくもありませんが、南から吹いてくる強い風が思いがけず、活力を呼び起こすような暖かさをもたらし、あわせて念願の岸辺へと向かうぼくたちの船足を速めてくれてもいるのです。

これまでのところ、手紙でとりたててお伝えするほどの出来事は起きていません。一度か二度、強風に見舞われたことや、水漏れが起きた程度のことは、場数を踏んだ船乗りなら記録に残そうとも思わないことです。航海のあいだに、それよりも深刻な事態に見舞われることがなければ、以《もっ》て満足すべしと心得ています。

では、ご機嫌よう、マーガレット姉上。姉上のためにも、ぼく自身のためにも、無鉄砲に危険に飛び込んでいくようなことはいたしませんので、どうかご心配なく。落ち着いて、忍耐強く、慎重であるよう心がけます。

でも、ぼくの努力は必ずや、成功という栄冠で報われるはずです。そうですとも、そうならないわけがない。現にここまで、航路なき大海原を無事に渡ってこられているのですから。大空に輝く星々が証人です。ぼくが栄光を手にする過程を見守ってくれているのです。人に服従することを拒みつつも従順な大海原を、もっと先まで進めないわけがない。決然たる思いと断固たる意志を抱く者の行く手を阻《はば》めるものなどありはしない。

昂ぶる胸のうちが、つい迸《ほとばし》り出てしまいました。でも、もうペンを置かねばなりません。愛する姉上のうえに、どうか天の恵みがありますように。

R・W

手紙　四

イングランド在住　サヴィル夫人机下

一七＊＊年八月五日

世にも不思議な出来事に遭遇しました。おそらく、この手紙がお手元に届くまえに、姉上に再会することになりそうですが、これはなんとしても記録しておきたく、ペンを取った次第です。

先週の月曜日（七月三十一日のことです）、ぼくたちの船は、あちこちから押し寄せてきた氷に囲まれ、ほとんど身動きがとれなくなりました。操船の余地が限りなくとぼしく、浮んでいるのがやっとといった感じで、いささか危険な状況でした。しかも、一面の濃霧で視界も利《き》かず。やむなく船を停め、天候と状況に変化が訪れるのを待つことにしました。

二時ごろになって霧が晴れましたが、どちらを向いてもごつごつとした氷の原が、それこそ眼路《めじ》の限り、果てしなく拡がっているのです。仲間のなかには思わずうめき声をあげる者もいて、ぼく自身も縁起でもない考えがあれこれ浮びはじめ、いやでも緊張が高まっていくのを意識せずにはいられませんでした。そのときです、不思議な光景が不意にぼくたちの注意を惹いたのです。自分たちの置かれた苦境を、しばし忘れてしまったほどでした。ぼくたちが目撃したのは、橇のついた台のような乗物でした。それが何頭かの犬に引かれて、半マイルほど向こうを北に向かって進んでいるのです。橇に坐って犬を操っているのは、姿形こそ人間ですが、どう見ても巨人としか思えない生き物でした。この旅人が飛ぶように進んでいく様子を、ぼくたちは望遠鏡で追いかけたのですが、橇はやがて遠くのでこぼこした氷の陰に姿を消し、見えなくなりました。

こんな橇が現われたのです、ぼくたちはただもう驚くばかりでした。どこの陸地からも何百マイルも離れているものと思い込んでいたのに、こんな思いもかけなかったものを目撃したことを考えると、実は思っていたほど遠くに来ているわけではないのかもしれない、と疑ったのです。けれども、氷に閉じ込められていては、橇のあとを追うわけにもいきません。行方を見届けるべく、精いっぱい眼を凝らすことしかできませんでした。

この出来事から二時間ほどして、大きな海鳴りのような音が聞え、夜になるまえに氷が割れて、船は動けるようになりました。ですが、船を動かすのは翌朝まで見合わせることにしたのです。氷が割れたあとは、巨大な氷塊が漂うように流れてきます。暗闇（くらやみ）のなかでは、そいつにぶつかる恐れがあったからです。その間を利用して、ぼくは数時間の休息を取ることができました。

　翌朝、明るくなってすぐに甲板に出ると、船員連中が揃って船の片側に集まり、何やら慌（あわ）ただしくしているのです。どうやら海上にいる誰かに話しかけているようでした。見ると、前日に見かけたものとよく似た橇が、大きな氷塊に乗って夜のあいだに、ぼくたちの船のすぐそばまで流されてきていたのです。生き残っている犬は一頭だけでしたが、橇には人間がひとり乗っていて、船員たちはその人に向かって、この船にあがってこいと説得しているところでした。前日に見かけた旅人は、どこぞの未開の島に棲《す》む蛮族を思わせるところがありましたが、この男はそうではありません。ヨーロッパの人間だったのです。ぼくが甲板に姿を見せると、船長がこう言いました。

「ああ、隊長がおいでになった。あなたをこのまま海のうえで死なせるような真似《まね》は、こちらの隊長が許さないはずです」

男はぼくに気づくと、外国人のような訛《なま》りのある英語で話しかけてきました。「乗せていただくまえに、ひとつ教えていただけませんか。この船はどちらに向かっているのでしょう？」

そのときのぼくの驚きようは、想像できると思います。生きるか死ぬかの瀬戸際《せとぎわ》に置かれた者の口から、まさか、こんな問いかけを聞かされるとは。この男にとって、ぼくの船は、この世のもっとも貴重な財宝と引き換えにしてでも、決して手放すことのできない文字どおりの命綱であるはず。けれども、ぼくは訊《き》かれたことに答えました。われわれは探検の航海をしているところで、北極を目指しているのだ、と。ぼくのそのことばを聞くと、男はようやく納得した様子で、乗船することに同意しました。いやはや！　姉上も驚かれたことと思います。生命を救ってもらうのに、そんなふうに条件をつけるとは。その男を実際にその眼でご覧になっていたら、姉上の驚きようはもっと大きくなるでしょう。手も足もほとんど凍りついているような状態で、疲労と消耗が激しく、見ているほうが不安になるほど衰弱しているのです。こんな悲惨な姿をした人間は見たことがない、というぐらいでした。とりあえず船室に運び込むことにしたのですが、新鮮な空気が吸えなくなったとたん、男は気を失ってしまいました。それでまた甲板に連れ戻し、ブランデーで身体を摩擦したり、ついでに、ほんの少量ながら無理やり口に含ませたりして、どうにか息を吹きかえさせました。正気づいたところで、すぐさま毛布で身体をくるんで炊事場に運び、かまどの煙突のそばに寝かせました。少しずつではありましたが、そのうち生気を取り戻してきたので、スープをいくらか飲ませたのですが、それでだいぶ気力が戻ったようでした。

こんな具合で、まともに口がきけるようになるには、二日ほどかかりました。それまでは、ずいぶん苦しそうで、苦しさが昂《こう》じて気がおかしくなってしまうのではないか、と不安になることもたびたびでした。ある程度回復したころを見はからって、ぼくの船室に移し、時間の都合がつく限り、その人に付き添うようにしました。それにしても、これほど興味深い人物には会ったことがありません。どこか追いつめられているような、ときに狂気と紙一重のような、すさんだ眼をしているのに、周囲の者から親切にされたり、ささやかな心遣いを示されたりすると、表情全体がびっくりするほど和らぐのです。譬《たと》えるなら、人並はずれた善意と優しさの光で照らし出されたようになるのです。けれども、たいていは物思わしげで、絶望に沈んでいて、ときどき、わが身にのしかかる苦悩の重みに耐えかねたように、歯ぎしりをすることもあるのです。

この客人に回復の兆《きざ》しが見えはじめると、今度は乗組員たちを遠ざけておくのにひと苦労することになりました。何しろ、誰も彼も、この男に訊きたいことが山ほどあるのです。しかし、ぼくとしては、心身ともに安静を必要としている者を、つまらぬ詮索《せんさく》にさらして苦しめるような真似は許すわけにはいきません。それでも一度だけ、副長が、あの奇妙な乗物で氷のうえをはるばるこんな遠くまでやってきた理由を尋ねたことがありました。

男の表情は、たちまち、深い憂鬱《ゆううつ》の色に塗り込められました。そして、男はこう答えたのです——「わたしのもとから逃げ去った者を捜すためです」

「ひょっとして、おたくさんが追いかけている相手も、おたくさんと同じような乗物で旅をしちゃいませんか？」

「ええ、そうです」

「それなら、わたしらが見かけたやつじゃないかな。おたくさんをお助けしたまえの日に、氷のうえを犬どもに引かれた橇が滑っていくのを見かけたんだが、そいつに男がひとり乗ってましたよ」

このことばに、見知らぬ客人はにわかに興味を惹かれたようでした。それから矢継ぎ早にいくつもの質問を浴びせかけたのです。その魔物は——男はそう呼びました——どこを通って、どちらに向かっていったのか、と何度も繰り返し訊くのです。そのあとほどなく、ぼくとふたりだけになると、男は言いました。「もちろん、あなたも、あの人たちと同じように好奇心に駆られておいででしょう。詮索がましいことをおっしゃらないのは、わたしを気遣ってくださってのことと思いますが」

「そうですね、おっしゃるとおりです。根掘り葉掘り質問をして、あなたを悩ませるのは礼儀をわきまえない行為だし、思い遣《や》りにも欠けると思いますから」

「それでも、あなたはわたしを救ってくださった。非常に危険で、不可解としか思えない状況であったにもかかわらず。そのうえ、まったくのご厚意から、手を尽くして、わたしを生き返らせてくださった」

そのあと、少ししてから、男はこう訊いてきました。氷が割れたときに、あのもうひとつの橇が被害を受けたということは考えられるだろうか、と。確かなことはわからない、とぼくは答えました。氷が割れたのは真夜中近くのことだったから、それまでのあいだに、犬橇の旅人も安全なところまで行き着いていたかもしれません。いずれにしても、ぼくには判断のつかないことです。

このときから、この男の衰えた身体の内で、新たな生気が眼を覚したようでした。甲板に出て、ぼくたちがまえの日に見かけた橇をどうしても捜したい、と言い張るのです。でも、ぼくはもうしばらくは船室にいるように言って聞かせています。そんなに衰弱していては、冷たい外気に耐えられるはずがありませんから。とりあえずは、代わりの者に見張らせて、見慣れぬものを発見したらただちに知らせるようにする、と約束してあります。

以上が、この不思議な出来事の今日までの覚え書きです。救助した男は徐々に健康を取り戻してきてはいますが、あいかわらず口数は少なく、ぼく以外の者が船室に入ってくると、落ち着かない様子を見せます。それでも物腰が丁寧で穏やかだからでしょうか、船員たちはめったに話をする機会こそありませんが、この男には皆、並々ならぬ興味を示しています。かく言うぼくは、この人物に対して、兄弟に対するような信愛の情を覚えはじめているようで、いつも深い悲しみに沈んでいる様子を見ると、胸がいっぱいになり、同情せずにはいられなくなります。こんな日に遭うまえは、やんごとなき身の上だったにちがいありません。尾羽打ち枯らした風情《ふぜい》の今でさえ、これほど人好きのする魅力の持ち主なのですから。

マーガレット姉上、以前に差しあげた手紙のなかで、ぼくは大海原で友など見つかるわけがない、と書きました。でも、どうやらひとり見つかったようです。苦悩に心を押しひしがれてしまうまえに出会っていたら、心の通いあう兄弟として歓んで迎え入れたであろう人物に巡りあったのです。

この人物については、特筆すべき事柄がありましたら、今後も折に触れ、記録に残していきたいと思っています。

一七＊＊年八月十三日

新たな客人に寄せるぼくの信愛の情は、日ごとに募るものがあります。この人物を見ていると、驚嘆と同情の念が同時に驚くほど激しく湧きあがってくるのです。これほど気高い人物が、こんなふうに惨《みじ》めに打ちのめされているのを目の当たりにして、胸を刺すような哀《かな》しみを感じないでいられるでしょうか？　なにしろ、とても温厚な人で、それでいて賢明なのです。教養があって、話をするときのことばはよく吟味されています。しかも、それが流れるようにすらすらと出てきて、実に雄弁なのです。

今ではかなり健康を取り戻していて、頻繁に甲板に出ています。先行する橇の行方が、それだけ気になるからでしょう。しかし、不幸を抱えているからといっても、自分の悲嘆だけに閉じこもっているわけではなく、他人《ひと》の考えていることにも深い関心を寄せてきます。ぼくの今回の計画についてもたびたび話題にするので、ぼくのほうも隠すことなくなんでも打ち明けています。最終的にこの計画は必ずや成功するはずだと熱弁を振るえば、熱心に耳を傾けて同意してくれるし、そのためにどんな努力をしてきたかをいちいち細かく語っても、実に親身に聞いてくれるのです。共感をもって聴いてくれるのが嬉しくて、ぼくは思わず知らず胸のうちを吐露し、魂を焦《こ》がすほどの熱い思いを語りました。そして、この身を駆り立てる熱情のありったけを込めて言ったのです。この計画を推し進めていくためなら、財産も、生命も、あらゆる希望もなげうつことを厭わない。それで求める知識が得られるなら、人類に敵対する自然を支配する力を得てそれを後世に伝えられるなら、人ひとりの生命など安い代償というものだろう。熱に浮かされたように語るうちに、見ると、聴き手の表情には暗い翳《かげ》りが射《さ》していました。初めは自分の感情を抑えようとしているのだと思いました。両手で眼を覆《おお》っていたからです。けれども、その指のあいだから、涙がほろほろと伝い落ちてくるのを見て、ぼくは声が震えだし、そのうち声も出なくなりました。男は胸を大きく波打たせ、うめき声を洩らしました。ぼくは口をつぐみました。しばらくして男は、声も途切れがちに、こう言ったのです――「不幸な方だ。わたしと同じ狂気に取り憑《つ》かれておられるのか。あなたもあのめくるめく美酒《うまざけ》に酔っておられるのか。ならば、わたしの身の上をお聞かせしよう。そうすれば、あなたもその唇に当てがった杯を、すぐさまかなぐり捨てるにちがいない」

このことばは、姉上ならおわかりいただけると思いますが、ぼくの好奇心を激しく刺激しました。ですが、この男の弱った身体は、不意に襲いかかってきた哀しみの発作に耐えきれず、落ち着きを取り戻すには、しばしの休息が必要でした。そのあいだは、穏やかな会話を交わすしかなかったのです。

激しい感情を抑え込むと、男は一時の激情に身を任せてしまったおのれを軽蔑《けいべつ》しているようにも見えました。それでも、絶望という陰鬱な暴君の支配からどうにか逃れると、ぼくのことに話題を戻し、ぼくの個人的な話を聞かせてほしいと言いました。ぼくの子ども時代のことを尋ねられましたが、そんなものは話したところであっという間に終わってしまいます。けれども、それをきっかけにさまざまな思いが浮んできて、ぼくは友と呼べる相手がほしかったこと、これまでに出会ったどんな仲間よりももっと親密に心を通わせることのできる相手を、それこそ渇望《かつぼう》していたことを語りました。そして、きっぱりと断言したのです、友を持つ歓びを知らない者は、幸せとは言えない、と。

「ええ、そのとおりです」と男は応《こた》えました。「わたしたち人間は、未完成の、中途半端《はんぱ》な生き物です。この弱くて欠点だらけの本性を完全なものとするには、おのれより賢く、善良で、立派な存在の力を借りねばならんのです。友とは本来、そうあるべきものでしょう?　わたしにも以前は友と呼べる相手がいました。世の人のなかでも最も気高い人間でした。だから、こと友情に関しては、わたしにも判断を下す資格はあると思うのです。あなたには希望がある。前途は洋々たるものだし、絶望なさる理由もない。しかし、わたしは、このわたしはすべてを失ってしまった。人生をやりなおすことさえ、できないのです」

語るうちに、男の顔には静かな、深い哀しみの色が拡がっていきました。ぼくは胸を打たれました。しかし、男はそれを機に黙り込むと、まもなく自分の船室に引きあげていったのです。

これほどの絶望に心を打ち砕かれていながら、それでもこの人は誰よりも深く自然の美しさを感じとることができるのです。星空も海も、そしてこの驚きに満ちた土地が造り出すさまざまな光景も、彼の人の絶望に沈んだ魂を、地上から舞い立たせる力を、まだ失ってはいないようなのです。こういう人は、ふたつの世界を持っているのかもしれません。不幸に見舞われ、絶望に打ちのめされていても、ふっと自身のなかに引きこもってしまえば、天上の聖霊のような後光に包まれ、その光の輪のなかには哀しみも愚行も踏み入ってくることができないのです。

ぼくの出会ったこの聖なる放浪者のことを、これほど熱っぽく書き綴《つづ》っては、姉上に笑われてしまうでしょうか？　いや、お笑いにはならないはずです。実際にこの男にお会いになってみれば。姉上は家庭教師につき、書物で学び、俗世間とはあまり交わらずに暮らしてこられた方だから、いささか潔癖で、好みの難しいところがおありになる。でも、だからこそ余計に、この不思議な人物の持つ並はずれた長所が、よくおわかりになると思うのです。ぼくがこの人物をほかの誰よりも秀《ひい》でていると思うのは、この人に何があるからだろうか、この人の持つ何がぼくにそう思わせるのだろうか、そう考えてみたこともあります。ひとつには、直観による洞察力ではないかと思っています。瞬時にして決して誤ることなく判断をくだす能力。物事の本質を正確にずばりと見抜く曇りのない眼、ではないでしょうか。それに加えて、表現力にも優れているのです。変化に富んだ抑揚で語るとき、その声は魂をしずめる調べとなるのです。

一七＊＊年八月十九日

昨日、例の人物がこう言いました。「お気づきのことと思いますが、ウォルトン隊長、わたしは大きな、それもほかに類を見ない不幸に見舞われた人間です。そうした忌《い》まわしい記憶は、この身とともにこの世から抹消してしまおう、と一度は心に決めたのです。けれども、あなたと出会って、決心が変わりました。あなたは知識と英知を追い求めておられる。わたしもかつてはそうでした。だからこそ切に願ってやまぬのです、あなたのその希望がかなうことが、あなたの身を毒する蛇とならないことを。わたしの場合がまさにそうでした。わが身に降りかかった災難についてお聞かせすることが、あなたのお役に立つかどうかはわかりません。ですが、あなたが今、同じ道を突き進み、わたしをこんなありさまにしてしまったのと同じ危険に身をさらしておられることを考えると、あるいはわたしの身の上話からしかるべき教訓を引き出してもらえるやもしれないと思ったのです。あなたの計画が成功したあかつきには、その先のしるべとなり、失敗に終わった場合は慰めともなるようなものを。これからお話しするのは、普通なら信じられないような出来事ですから、どうか心して聞いていただきたい。ここよりももっと穏やかな自然のなかでお聞かせしたら、信じていただけないどころか、嘲笑《ちょうしょう》されてしまうかもしれません。ですが、こうした荒々しく神秘に満ちた土地に身を置くと、どんなことでも起こりえないことはない、という気持ちになるものです。自然界の秘めた多種多様な力を知らぬ者なら、笑いの種としか思えないようなことであっても。ですから、これからお聞かせするわたしの話も、そこで語られる事件や出来事のひとつひとつが、これと差し出せる証拠こそないものの、まぎれもない真実なのだと、信じていただけるものと思います」

向こうから打ち明け話をしてくれるというのです。ぼくの気持ちは、姉上にもご想像に難くないと思います。そう、実に嬉しい申し出でした。ただ、不幸な出来事を語ることで、哀しみを新たにするのは、ぼくとしては見るにしのびない。この人の話は、確かに、なんとしても聞きたいと思いました。そう思うのはもちろんぼくの好奇心からですが、同時にぼくにできることならこの人の運命を少しでも好転させたいと強く願っていたからです。その思いを、ぼくの返事ということで伝えました。

「ありがとう」と男は答えました。「でも、そのようなお気遣いは、どうかご無用に。わたしの命運は、もう間もなく尽きようとしていますから。あとひとつ、あることが起こるのを待っているだけで、それさえ見届けることができれば、わたしは心静かに永遠の眠りに就くことができます。いや、お気持ちはよくわかります」ぼくが口を挟もうとしたのを見て取って、男は言いました。「でも、あなたはまちがっている。わが友よ――そう呼ばせていただいて、いいでしょうか？　わたしの運命は何を以てしても、もう変えられないのです。いかに動かしがたい定めであるか、わたしの話をお聞きになれば、あなたにもおわかりになります」

最後に彼は、明日、ぼくの都合のつくときに話を始めようと思う、と言いました。

ぼくは心から感謝の気持ちを述べました。そして毎晩、ぼくでなければ対処できないようなよほどのことでも起こらない限り、昼間、この人から聞いたことを、できるだけ本人のことばのままに記録しておこうと心に決めたのです。たとえ手の離せないような用事があったときでも、せめてメモだけでも残しておくつもりです。この記録は、もちろん、姉上にもおもしろく読んでいただけるものになるはずですが、語り手のことを知り、語り手の口から直接その話を聞くぼくにとっては、いつの日かそれを読み返したときに、どれほどの興味と共感を覚えるものになることか！　まだ書きはじめてもいない今でさえ、ぼくの耳の奥では、あの人の豊かで深みのある声が響いています。きらきら輝くあの眼が、憂《うれ》いを含んで優しげにこちらを見つめるところが、語りにつられてあの痩《や》せた手が宙を舞うところが、内なる魂の輝きがあの顔を照らすところが見えるのです。ぼくが聞くことになるのは、不可思議でいたましい物語にちがいないと思っています。大海原を勇敢に突き進んでいた船は、すさまじい嵐《あらし》に呑《の》み込まれて徹底的に大破させられてしまったのですから——そうです、かくも徹底的に！

第一章

わたしはジュネーヴの人間で、わが家は共和国でも屈指の名家に数えられています。代々、顧問官や行政官を務めてきた家系でもあり、父もいくつかの公職に就き、名誉と信望を得ました。父を知る人は誰しも、その高潔な人柄と公務への真摯《しんし》な邁進《まいしん》ぶりゆえに尊敬の念を抱くのです。国の仕事に追われて青年時代を過ごし、またいろいろな事情も重なり、早い結婚はかなわず、伴侶《はんりょ》を得て父親となったのは、人生の半ばを過ぎてからでした。

結婚にいたるまでの事情というのが、父の人となりをよく物語っていますので、まずはそこからお話しせねばなりますまい。父には商人をしていた親友がおりました。いっときはたいそう羽振りもよかったのですが、あるときからたびかさなる不運に見舞われ、零落してしまいました。名前をボーフォールといい、誇り高く、頑固一徹な男でしたから、一度はこの人ありと謳《うた》われ、栄華を極めた暮らしをしてきたその土地で、貧困のうちに世間から忘れ去られていくなどというのは、耐えがたいことに思えたのでしょう。見あげたことに、ごくまっとうな方法で借金を清算すると、娘を連れてルツェルンの町に隠棲《いんせい》し、人知れず、つましい暮らしをはじめたのです。父は、このボーフォールのことを真の友として心から敬愛していましたから、そんな相手が不運な巡りあわせで逼塞《ひっそく》したことに、深く心を痛めました。彼のしたことは、ふたりの友情にもとる行為であり、そんなことをしたのも友の自尊心があまりにも高すぎるせいだ。それはあまりに無念でならないと考えたのです。父はすぐさま、この友を捜しだそうとしました。父の信用と力添えとでもう一度やり直してみてはどうか、と理を分け、ことばを尽くして説得するつもりだったのです。

ボーフォールのほうも、それなりの手を尽くして身を隠していましたから、住まいを捜し出すだけで十ヶ月もかかってしまいました。見つかったと聞くと、父は大歓《おおよろこ》びでその家に急ぎました。ボーフォールのわび住まいは、ロイス川のそばのうらぶれた通りにありました。しかしながら、足を踏み入れると、父を出迎えたのは、絶望と困窮のみに彩《いろど》られた光景だったのです。破産したボーフォールには、もちろん、充分な蓄えなどありません。それでも、数ヶ月ぐらいは食いつなげる程度の金《かね》は手元に残せたので、そのあいだにどこぞの商館あたりでしかるべき仕事が見つかるだろうと考えていたのでしょう。ところが、その貴重な数ヶ月を、結局のところ、無為に過ごしてしまったのです。来《こ》し方を振り返る時間的な余裕ができて、却《かえ》って気持ちが沈みがちになり、嘆きが深まるばかりだったようです。そして、三ヶ月が過ぎたとき、嘆きの果てにボーフォールは病に倒れ、身動きもままならなくなってしまいました。

娘のカロリーヌ・ボーフォールは、真心をこめて看病しましたが、なけなしの蓄えはみるみるうちに減っていき、頼る当てもないとあっては絶望せずにはいられません。ところが、このカロリーヌという娘は、まれに見る、強い心の持ち主でした。逆境に置かれて俄然《がぜん》、勇気が湧《わ》きあがってきて、なんとか自分の力で生きていこうと思うようになったのでした。ささやかながら、仕事を得たのです。麦藁《むぎわら》を編む仕事でした。それ以外にもできることはなんでもやって、日々の暮らしをかつがつ支えられるかどうか、ではありましたが、わずかばかりの金銭を得るようになりました。

こうして、また数ヶ月が過ぎました。ボーフォールの病は篤《あつ》くなるばかりで、カロリーヌは付きっきりで看病しなければならず、その分だけ仕事をする時間は減ってしまうわけです。そして、十ヶ月後、父親は娘の腕に抱かれて息を引き取り、娘のほうは親の庇護《ひご》も、蓄えも尽きた状態で、あとに遺《のこ》されたのです。この最後の一撃に、さすがのカロリーヌも打ちのめされたのでしょう。父親の棺《ひつぎ》の傍らにひざまずき、ただ激しく泣きじゃくるばかり。そこに、わたしの父が現れた、というわけなのです。哀れな娘の眼に、父はきっと守護天使のように映ったことでしょう。娘はその後の一切の世話を父に委《ゆだ》ねました。友の埋葬をすませると、父はカロリーヌを連れてジュネーヴに戻り、とある親戚《しんせき》の家に預けました。そして、二年後、カロリーヌ・ボーフォールは父の妻となったのです。

こうして、わたしの両親は夫婦になったのですが、ふたりの年齢はかなり離れていました。しかし、それが却ってふたりを強く結びつけたようで、互いが互いに対して深い愛情を抱いていました。父は曲がったことが大嫌いで、正義感の塊のような人物です。その父の尺度に照らせば、人を深く愛するには、相手が尊敬できる人間でなくてはならないのです。あるいは、以前に、自分の愛した相手が尊敬できない人間であることがあとでわかって苦しんだ経験があったので、相手が心から尊敬できる人間だとわかっていることが、なおいっそうありがたく思えたのかもしれません。父の母に対する愛情には、敬意と感謝の念が込められていて、年をとった人間にありがちな盲目的な溺愛《できあい》とは、はっきりと一線を画していました。それは、母の美徳を敬う気持ちがあったからではありますが、同時に父にはおそらく、母が耐えてきた悲しみを少しでも埋め合わせてやりたいという思いがあって、だからこそ母に対する接し方には、得も言われぬ優しさがあったのでしょう。父は、何事も母の望むように、母の負担が少しでも軽くなるように、計らいました。手を尽くして母を守ろうとする様子は、庭師が美しい異国の花を強風から守ろうとするのにも似ています。母の歓びそうなものを身のまわりに配し、母の繊細でたおやかな心を愉《たの》しませるべく、努めたりもしました。あの辛《つら》く悲しい経験で、母は健康をそこなったばかりでなく、それまで当人を揺るぎなく支えてきた強靱《きょうじん》な心にも波風が立つようになっていたからです。結婚するまでの二年のあいだに、父は徐々に公職を退き、結婚後まもなく、母を伴ってイタリアに向かいました。快適な気候に恵まれ、不思議なものやめずらしいものばかりの彼《か》の国を旅してまわれば、眼にする風景とともに気持ちのほうも変わるにちがいない。そうすれば、母の弱った身体《からだ》も回復するのではないかと考えたのです。

ふたりはイタリアからドイツに渡り、フランスへと向かいました。ふたりにとって長男となるわたしは、ナポリで生まれ、赤ん坊の身でふたりの旅に同行したことになります。数年のあいだ、子どもはわたしだけでした。両親は互いに深く愛しあっていましたが、ふたりの愛情の鉱脈は掘れども尽きず、わたしに対してもその愛を惜しみなく与えてくれました。母の優しい愛撫《あいぶ》、父がわたしを見るときの慈愛にあふれた笑み——そうしたものが、わたしの最初の記憶となりました。両親にとって、わたしは心の慰めであり、敬愛を注ぐ対象であり、さらにはそれ以上の存在でした。そうです、ふたりのあいだの子ども、天から授けられた無邪気で頼りない生き物。立派な人物に育て将来を幸福なものにするも悲惨なものにするも、すべては両親次第。親の役目をきちんと果たすかどうかで決まるのです。自分たちが生命を与えた者に対するこうした義務を深く自覚していたことに加えて、もともとが思い遣《や》りの精神にあふれたふたりですから、幼児のわたしが常に、忍耐と慈愛と自制の心を教え込まれたことは想像に難くないと思います。とはいえ、両親の導きは、絹で編まれた紐《ひも》のようで、わたしにとっては、それに従うことが苦痛どころか愉快でしかたないというものでした。

そんなふうに、わたしは長いこと、両親の愛情を一身に受けて育ちました。母は女の子に恵まれることを強く念願していましたが、なかなか叶《かな》わず、子どもはわたしひとりという期間が続きました。わたしが五歳ぐらいのときでしたか、国境を越えてイタリアに旅をした際に、コモ湖のほとりに一週間ほど滞在したことがありました。両親はともに、慈愛の心をたっぷりと持ち合わせた人間でしたから、貧しい者たちの暮らす村をよく訪ねていましたが、母にとっては、義務感からそうしていたというよりは、そうするのが当然のこと、そうせざるを得ないことになっていたようです。父と出会うまえの悲惨だった暮らしを思い、そこから救い出された経緯を思うと、今度は自分が貧しい者たちの守護天使になりたいと願ったのでしょう。あるとき、散歩の途中で、谷間にあった一軒の小屋がふたりの眼にとまりました。これがまれに見るほどの侘《わ》び住まいで、まわりには半裸に近い姿をした子どもたちが何人も群がり、そこに暮らす者たちが極貧にあえいでいるのは一目瞭然《いちもくりようぜん》でした。その後、何日かして、父がひとりでミラノに出かけているあいだに、母はわたしを連れてその小屋を訪ねました。農夫とその妻の住まいでした。見るからに働き者らしく、重労働と気苦労とで腰のまがってしまったふたりが、おなかをすかせた五人の子どもに、とぼしい食事を分け与えているところでした。そのなかのひとりに、とりわけ母の注意を惹《ひ》いた子がいました。その女の子だけ、外見がほかの四人とは明らかにちがうのです。ほかの子どもたちは黒い眼で丈夫そうな身体つきをしていましたが、その子は痩《や》せていて、とても色白なのです。髪は眼も覚めるような金髪で、着ているものはぼろ同然でも、その頭にやんごとなき証《あか》しの冠をかぶっているようでした。額はすっきりと形よく、青い眼は曇りなく、唇にも顔立ちのそのほかの部分にも繊細な愛らしさが感じられて、きっと誰が見ても、この子は天から遣わされた子どもだから、こんなふうに眼鼻立ちのひとつひとつに天上の刻印が押されているのだろう、と思ったのではありますまいか。

母がこの美しい娘を驚嘆の眼差《まなざ》しで見つめていることに気づいて、農夫の妻は慌《あわ》てたようにその子の生い立ちを話しはじめました。この子は自分の子どもではない、ミラノのさる貴族の娘だと言うのです。母親はドイツ人で、この子を産んですぐに亡《な》くなり、この一家が赤ん坊を養育することになったが、当時は暮らし向きも今よりはずっと良かったのだとか。結婚してまだ間もないときで、いちばん上の子どもがちょうど生まれたところだったそうです。女の子の実の父親は、祖国のかつての栄光を知るイタリア人で、オーストリアからの独立をめざして戦った〝怒りに震える奴隷たち《スキアヴィ・オニヨル・フレメンテ》〟のひとりでした。そして、祖国の非力さの犠牲になったのです。戦いのさなかに死んでしまったのか、捕らわれの身となって今でもオーストリアの監獄に繋《つな》がれているのか、それもわからないまま、財産は没収され、無一文の孤児となったその女の子は、そのまま養い親のもとで育てられ、このあばら家で、濃緑の野茨《のいばら》に混じった庭育ちの薔薇《ばら》のごとく花開いた、というわけでした。

父がミラノから戻ると、コモ湖畔の屋敷の広間でわたしと一緒に、絵に描かれた天使よりも愛らしい女の子が遊んでいたのです。表情はいきいきとした輝きに満ち、身のこなしは山にすむ羚羊《シャモア》よりも軽やかです。そんな子がうちの屋敷にいる理由は、すぐに母から説明されました。そして、父の許可を得て、母はその子の養い親である農夫とその妻を説き伏せ、その子をもらうことにしたのです。農夫もその妻も、この愛らしい娘を可愛《かわい》がっていました。この子がいることが、天の恵みのように思えたのです。しかし、神がこれほど力強い庇護の手を与えようとしている今、娘をこのまま貧しくつましい暮らしに引き留めておくことは、正しいことではないのではないか。農夫とその妻は、村の司祭に相談に行き、斯《か》くしてエリザベス・ラヴェンツァはわが家の子どもとなったのです。彼女は、わたしにとっては妹以上の存在でした。遊ぶときも、そのほかの何をするときも、美しく敬慕すべき同伴者となりました。

エリザベスは誰からも愛されました。彼女に対しては誰もが、ただ愛するだけではなく、尊いものを大切に思うような、言ってみれば敬虔《けいけん》な気持ちになるようでした。同じ気持ちを持つわたしとしては、それが誇らしく、また歓ばしいことでもありました。エリザベスがわが家に連れてこられるまえの晩、母は冗談交じりにこう言いました――「ヴィクター、あなたにすてきなプレゼントがありますよ。明日になったら、わかりますからね」。そして、翌日の朝、約束したプレゼントですよ、と言ってエリザベスに引きあわせてくれたとき、わたしは子どもならではの生真面目《きまじめ》さで母のことばを文字どおりに受け取り、エリザベスはわたしのもの、わたしが守り、愛し、慈《いつく》しまねばならぬもの、と思い込んでしまったのです。エリザベスが褒められれば、その褒めことばはわたしに向けられたものだと思ったものです。わたしたちは親しみを込めて、互いを従兄妹《いとこ》と呼びあいました。けれども、どんなことばも、どんな言いまわしも、彼女とわたしの間柄を言いあらわすことはできません。妹ということばでは言い足らない。なぜなら、彼女は死ぬまで、わたしだけのものとされた人だったのですから。

第二章

わたしたちは一緒に育てられました。年齢は一歳と離れていなかったのです。仲違《なかたが》いや喧嘩《けんか》と無縁だったことは、言うまでもありますまい。わたしたちを結びつけていたのは、調和の魂でした。性格や気質の違いが、ふたりを却《かえ》って近づけたとも言えそうです。エリザベスはわたしよりも温和で、集中力がありますが、わたしはもっと情熱的で、ひとつことに深く没頭する性質《たち》で、知識欲も旺盛《おうせい》でした。エリザベスは詩人の創造力が見せる幻を追いかけることに熱心で、スイスのわが家を取りまく息を呑《の》むほどに雄大な風景に――たとえば、威容を誇る山々、季節のうつろい、嵐《あらし》と静けさ、沈黙の冬、生命のざわめきに満ちたアルプスの夏――そういったもののなかに、大きな歓《よろこ》びと感動を見出《みいだ》していました。こうして彼女が自然の壮麗な姿かたちを真摯《しんし》に、満ち足りた思いで見つめたのに対し、わたしのほうは、その原因の究明に歓びを感じていました。わたしにとって、世界というものはひとつの秘密であり、なんとしてもそれをこの眼で見極めたいと思っていたのです。抑えようのない好奇心、自然の隠された法則をなんとしても明らかにせんと欲する熱烈な探究心、それが明らかになったときの恍惚《こうこつ》にも近い嬉《うれ》しさ――物心がつくころには、もうそんな気持ちを味わっていた、という記憶があります。

わたしと七歳《ななつ》離れて次男が生まれると、両親は旅暮らしと訣別《けつべつ》して、祖国に腰を落ち着けることにしました。ジュネーヴに家を買い、さらに湖の東側にあるベルリーヴに別荘を構えました。ベルリーヴは市内から一リーグ（およそ三マイル／約四・八キロ）と少しばかり離れています。わたしたちは主に別荘で暮らしていましたから、両親としては世間との交流もあまりなく、何やら隠遁《いんとん》生活に近いものを送っていたことになります。わたし自身も性格的に大勢の人が集まっているような場所が苦手で、数少ない人たちと深くつきあうほうが性に合っていました。そんなわけで、学校の友人にはおおむね無関心でしたが、なかにひとりだけ強い友情の絆《きずな》を結んだ相手がおりました。ヘンリー・クラーヴァルといって、ジュネーヴの商人の息子です。類《たぐ》いまれなる才能に恵まれた、想像力豊かな少年で、冒険というか、困難やときに危険なことに挑むのが大好きでした。といっても、彼の場合は特に目的があるわけではなく、ただそうした状況がたまらなく好きなのです。騎士道物語や中世のロマンスを、それはよく読み込んでいて、自分でも英雄詩を作ったり、魔法やら騎士の冒険やらを題材にいろいろな物語を書いたりもしていました。一緒に芝居をやろうと誘ってくることもありました。登場人物はたいてい、『ローランの歌』に出てくるロンスヴォーの英雄やアーサー王の円卓の騎士や、異教徒の手からエルサレムの聖墳墓を奪還せんと血を流す勇者たちが元になっていて、みんなしてその扮装《ふんそう》をするのです。

わたしほど幸福な子ども時代を送った者は、そうはいないのではありますまいか。両親はまさしく、愛情と寛容の精神にあふれておりましたから。両親のことを、自分たちの都合や気まぐれで子どもの運命を支配しようとする暴君だと思ったことは、一度もありません。わたしたちが享受《きょうじゅ》している多くの歓びや愉《たの》しみを生み出し、与えてくれる存在だというふうに感じていました。よその家族と交流するようになったとき、自分がいかに恵まれていたかがはっきりとわかり、感謝の念とともに両親に対する敬愛の念がいっそう深まったことを覚えています。

わたしはときに気性が激しくなるときがあり、感情が爆発することもありました。ところが、考えてみれば不思議なことでもありますが、わたしのそんな気性は、子どもっぽい愉しみにはとんと向けられず、もっぱら学問への強い欲求を生み出したのです。とはいえ、なんでもかんでも見境なしに学びたいというのではありません。正直なところ、言語の構造にも、国家の定めた法律にも、諸国の政治にも、まるで興味を持てませんでした。知りたいという気持ちが抑えがたく募るのは、天と地にまつわるもろもろの秘密です。わたしの心をとらえたものが、物事の表面的な姿であれ、自然界に内在する特性であれ、あるいは人間の魂の神秘であれ、わたしの探求心は形而上的《けいじじょうてき》なものに向けられました。もしくは、この世界を支配する、もっとも高度な意味における、自然科学的な秘密に向けられていたのです。

一方、友人のヘンリー・クラーヴァルが関心を抱いていたのは、そう、この世の物事を支配する倫理的な関係性、とでも申しましょうか。たとえば、慌《あわ》ただしい舞台にも似た人の一生、英雄を英雄たらしめるもの、人間のありよう、といったものが尽きせぬ興味の対象だったようです。クラーヴァルの希望であり夢でもあるのは、歴史にその名を刻むこと、人類に恩恵をもたらす勇敢な冒険者となることでした。もともとわが家は平和そのものといった家庭でしたが、エリザベスのその聖女にも似た魂が、神殿に捧《ささ》げられた灯火のような輝きを投げかけていたとも言えるかもしれません。エリザベスはわたしたちの気持ちに寄り添い、その微笑《ほほえ》みで、柔らかな声で、澄んだ眼の優しい眼差《まなざ》しで、わたしたちを励まし、勇気づけてくれました。彼女は人の心を和らげ、惹《ひ》きつける愛の化身とも言うべき存在でした。生来の気性の激しさから、わたしは勉強に打ち込むあまり、ときとして不機嫌になったり、荒っぽくなることがあったのですが、エリザベスがそこにいると、癇癪《かんしやく》が抑えられ、多少なりともその穏やかさにあやかることができたものです。またクラーヴァルにしても――もちろん、クラーヴァルの気高い心に邪悪なものが入り込む余地など、あろうはずもありませんが――エリザベスという存在がなければ、あれほどまでに情愛深く、寛大で思い遣《や》りにあふれた人物たりえたかどうか。冒険や危険を好み、血気に逸《はや》るところがありながら、同時にあれほどまでに親切で優しい男たりえたかどうか。エリザベスはクラーヴァルに対しても、真の慈愛とはどういうものであるか、その手本を惜しみなく示したのです。そのことが、彼の天翔《あまがけ》るような野心に、善行を為《な》すという目標を与えたのだと思います。

　こうして子どものころの思い出にひたっていると、無上の歓びを覚えます。いまだ不幸に心を穢《けが》されることもなく、将来は広く世の中の役に立ちたいという明るい夢が、暗く萎縮《いしゆく》して偏狭《へんきよう》な内省へと転じてしまうことも、まだなかった時代ですから。しかし、それだけではすまぬのです。子ども時代の光景を描くことは、わたしの場合、知らず知らずのうちに悲惨な物語へと歩を進めていった過程を、記録しなおすことでもあるのです。やがてわたしの運命を支配することになるあの情熱が、どうやって生まれてきたのか。顧みるに、それは山の渓流のように、最初はなんということのない、ほとんど気づかれることすらないような源から生まれてきたことがわかります。そして、流れるうちに水嵩《みずかさ》を増し、奔流となって、わたしの希望と歓びを根こそぎ押し流していったのだ、ということが。

　わたしの運命を握ったのは、自然科学という神でした。そこで、話を先に進めるまえに、わたしがなぜこの学問にとりわけ惹かれることとなったのか、そのあたりの事情を語っておきましょう。わたしが十三歳の年に、家族揃《そろ》ってトノン近くの温泉に遊びに出かけたときのことです。折からの悪天候で、一日じゅう宿に閉じ込められることになりまして。そのとき、この宿でたまたまコルネリウス・アグリッパ（一四八六～一五三五。ドイツのカバラ主義哲学者。医師。神秘主義に傾倒し、迫害される）の著作を一冊見つけたのです。わたしは何気なく本を開きました。何を期待するでもなく読みはじめたのですが、アグリッパが論証を試みている理論を、そこに述べられている驚くべき事実を読み進むうちに、醒《さ》めた思いはたちまち感激に転じたのです。眼のまえに新たな光が射《さ》し込んできたようでした。歓びに胸を弾ませながら、わたしはこの発見を父に語りました。ところが、父は、わたしの手にした本の表紙を大して関心もなさそうにちらりと見ただけで、こう言ったのです。「ああ、コルネリウス・アグリッパか。ヴィクター、こんなものを読んで時間を無駄にするのは、感心できないね。駄作としか言いようのない、ひどい代物《しろもの》だよ」

こんなふうに一蹴《いっしゅう》してしまう代わりに、父がもう少し時間をかけて丁寧に説明をしてくれていたら、と思わざるを得ません。アグリッパの理論はすでに完膚無きまでに論破されていること、近代科学の体系がすでに導入されていること、それまでは空想の域を出なかったことが、現代では事実に基づき、実践的に解明されていて、そちらのほうがはるかに大きな力があること、こうしたことをその場で説明してもらえていれば、あるいは、と思うのです。理を尽くした説明を聞けば、わたしもアグリッパなどすぐにも放り出し、掻《か》きたてられた想像力を満足させるべく、それまで以上の熱心さで眼のまえの勉強に取り組んでいたことでしょう。突飛な考えがあれこれ浮んできたとしても、わたしを破滅に導いたあの致命的とも言える衝動に襲われるようなことは、おそらくなかっただろうと思えるのです。ところが、父はわたしの持っていた本をちらりと見ただけで、駄作だと決めつけた。父のあのおざなりな一瞥《いちべつ》からして、中身まで熟知しているとは思えませんでした。知らないから、あんなことを言ったのだ。そう解釈したわたしは、アグリッパの著作をそれこそ貪《むさぼ》るように読み続けたのです。

帰宅していちばん最初にしたことは、アグリッパの著作をすべて手に入れることでした。続いてパラケルスス（一四九三〜一五四一。スイスの医師・錬金術師）とアルベルトゥス・マグヌス（十三世紀ドイツのスコラ哲学者・神学者・自然学者。錬金術を実践し検証した）の著作も残らず揃えました。こうした著者の手になる途方もない夢を、わたしは喜び勇んで読みふけり、学びました。自分以外にはほとんど知る者のない、貴重な宝に触れている思いでした。すでにお話ししたように、わたしは自然の神秘を解き明かしたいという、熱い憧《あこが》れを抱いていました。近代の科学者たちは多大な努力を重ね、すばらしい発見を成し遂げたわけですが、わたしはそれらを学ぶことでは満たされず、どうにも飽き足らない思いを抱いていたのです。サー・アイザック・ニュートンは、真理という広大にして誰も足を踏み入れたことのない大海をまえに、自分はまるでその浜辺で貝殻を集める子どものような気がする、との心情を吐露したと言われていますが、ニュートンに続いて自然科学のそれぞれの分野で成された功績を知るようになったとき、そうした人たちの仕事ぶりは、子どものわたしの眼から見ても、結局は貝殻集めから卒業できていない初学者にしか見えなかったのです。

無学な農民も、自分の周囲の森羅万象を見て、それを役立てることを知ります。それなのに、学識豊かであるはずの科学者とて、その域を大して出ているとは言えません。自然の素顔をごく一部分だけあらわにしたとしても、本来の相貌《そうぼう》は依然として驚異と神秘に包まれたまま。確かに、解剖し、構造を知り、名前をつけることはできるかもしれない。しかし、究極の原因はおろか、二次的、三次的な段階における原因すら、まるで突き止められないではないか。自然は障壁や障害物をあまた築きあげ、人間の立ち入りを断固拒んでいるのです。自然という堅牢《けんろう》不落の要塞《ようさい》をまえに、わたしは軽薄にも不満を募らせていたのです。

ところが、眼のまえにある本は、そうした本を著した者たちは、深みに侵入し、より多くの知識を持ち帰ってきている。わたしにはそうとしか思えませんでした。そして、彼らが事実と断じていることを文字どおりに受け入れ、彼らの弟子となったのです。この十八世紀によもやそんなことが、と思われるかもしれませんが、わたしはジュネーヴの学校でお定まりの教育を受けていたあいだも、自分の好きな分野については独学で、かなりの程度まで学んでいたのです。父は科学に造詣《ぞうけい》が深いわけではなかったので、わたしは子どものように無鉄砲に、加えて学生らしく知識に餓《う》えて、ただひとりで奮闘するしかなかったのです。そこに新たな教師を得たわけです。わたしはこれまでで最大級の熱心さで、賢者の石や不死の霊薬の研究に乗り出しましたが、ほどなく生命の妙薬の研究に専念するようになりました。富など目指すに価《あたい》しない目標です。しかし、人体から病というものを追放し、不慮の事故に遭いさえしない限り、不死身でいられる生命を与えることができたら……その発見には、計り知れないほどの栄誉が伴うはず！

わたしの夢は、それに留まりませんでした。わたしが熱心に読みふけった愛読書の著者たちは、亡霊や悪魔を呼び出すことも可能であると謳《うた》っています。それを実行し、しかるべき成果を得るべく、わたしはそれは熱心に努力を重ねました。呪文《じゅもん》を唱えても不首尾に終わるのは、恩師の側の理解や信憑性《しんぴょうせい》に問題があるのではなく、自分の経験が足りずにどこかで手違いをしでかしたからだと考えたものです。こうして、わたしはしばらくのあいだ、とうに論破された体系に深く執着し、互いに異なって矛盾するあまたの理論を素人《しろうと》考えで勝手に混交させながら、雑然とした知識の泥沼でしゃにむにもがきつつ、熱に浮かされたような想像力と子どもっぽい理論に必死にしがみついているような状態でした。そうこうするうちに、またひとつ、わたしの考えを変えてしまう出来事に遭遇したのです。

わたしが十五歳になったころ、わが家はベルリーヴ近くに住まいを移したのですが、そこでたいへん激しく、恐ろしいほどの雷雨を目撃することになりました。ジュラ山脈の向こうから雷雲が押し寄せ、まもなくして天のあちこちでいちどきに、耳を聾《ろう》するばかりの雷鳴が炸裂《さくれつ》しました。嵐のあいだじゅう、わたしはその様子を興味津々《しんしん》で胸をときめかせながらじっと観察していました。戸口に立って見ていると、家から二十ヤードほどのところに立つ、美しいオークの老木から、不意に、ひと筋の炎があがりました。その眩《まばゆ》い光が消えた瞬間、オークの木は姿を消し、あとには砕けた根っこだけが残っていました。翌朝、みんなして見にいってみると、オークの老木は実に不思議な姿をさらしていました。もちろんばらばらに破砕されていたのですが、衝撃で裂けたというのではなく、全体が薄いリボン状に削《そ》がれたようになっていたのです。ここまで徹底的に破壊されたものは、見たこともありませんでした。

それまでにわたしも、電気についての基本的な法則ぐらいは曲りなりにも理解はしていたつもりです。このとき、たまたまわが家には、自然科学の研究ですぐれた業績をあげている人物が来訪中で、この前夜の災害の爪痕《つめあと》に触発されて、電気とガルヴァーニ電流に関して打ち立てた自説を説明しはじめたのです。わたしには初めて聞くことで、まさに喫驚するばかりでした。その人のことばのまえには、わたしの想像上の王であったコルネリウス・アグリッパも、アルベルトゥス・マグヌスも、パラケルススもすっかり色褪《いろあ》せて見えたのです。そして、どういう因果か、彼らの権威が崩れ去ったことを知ると、これまで通りに学問を続けていく気持ちが失《う》せてしまったのです。理解すること、知り得ることなどありはしないのだ、と思われたのです。これまで長いあいだ、あれほど打ち込んできたものがすべて、突如として実にくだらないことに思えました。少年というのは得てして気まぐれなものですが、それまでの興味や関心があっという間に消え失せたのです。博物学やそこから分派した学問はどれも、未発達のいびつなものと決めつけ、真の知識の敷居をまたぐことのできないその手の似非《えせ》科学を徹底的に軽蔑《けいべつ》したのです。そんな気持ちになったわたしは、それ以降、数学に専念するようになります。数学に関連する分野にも眼を向けました。いずれにしても、確かな基礎のうえに築かれた学問であり、だからこそ研究の対象たり得ると考えたのです。

われわれ人間の魂とは、斯《か》くも不思議にできあがっていて、斯くもかぼそい糸で繁栄に、あるいは破滅に、結びつけられているのです。今にして思えば、こんなふうに、奇跡的なまでに劇的に嗜好《しこう》や意志が変化したのは、わたしの守護天使が直々に計らったものだったのかもしれません。あのとき、星空の彼方《かなた》から気配をうかがい、いずれわたしを呑み込もうとしていた嵐を、なんとか避けさせようと、天にまします守り手が、最後の力を振り絞っていたのではあるまいか、そんなふうにも思えるのです。そのときは、守り手側が勝利を得たのです。その後、わたしの心はそれまでになく落ち着き、魂の歓びを感じたのですから。それまで続けてきた学問を、そのころには自分自身をさいなむ拷問《ごうもん》にさえなっていた学問を、やめてしまった直後のことです。そのときにこそ、学ぶべきだったのです。こうした学問を続けていけばいずれ災いがもたらされることを、その道を放棄することこそが幸福につながるのだということを。

天使の導きは力強いものでした。しかし、それでも効果はなかったのです。運命の力が強すぎたのです。覆《くつがえ》ることのない定めによって、この身は救われようもなく、恐ろしい破滅へと向かうことがすでに決められていたのです。

第三章

十七歳になったとき、わたしはインゴルシュタットの大学で学ぶことになりました。両親がそう決めたのです。それまではジュネーヴの学校に通っていましたが、教育の仕上げに祖国以外の習慣にも触れるべきだと父が考えたのです。そこで、近いうちに旅立つことが決まりました。ところが、出発が予定されていた日が来ないうちに、わたしの人生で最初の不幸がやってきました——あれは、いわば、その後の悲惨な人生の前触れだったのかもしれません。

このとき、エリザベスは猩紅熱《しょうこうねつ》にかかっていました。病は篤《あつ》く、かなり危険な状態でした。エリザベスが病床にあるあいだ、母には看病を控えるように、あれこれ理屈を並べて説得したものです。最初のうちは母も、わたしたちの懇願に応じてくれていたのですが、大事な娘の生命《いのち》が危ういと聞くと、もう心配で居ても立ってもいられなくなったのです。母は病床に付き添い、懸命に看護しました。おかげでエリザベスは病に打ち勝って救われたのですが、代わりに母が捨て身の看護の代償として、致命的な病に倒れることとなったのです。母は三日めに発症し、高熱に続いてきわめて心配な症状が現われ、診察に当たった医師らの顔つきからは最悪の事態を予想していることが察せられました。それでも、死の床にあっても、母が持ち前の芯《しん》の強さと慈愛に満ちた優しさを失うことはありませんでした。エリザベスとわたしの手を取って重ね合わせ、母はこう言いました。「子どもたち、幸せな将来というものを考えたとき、わたしはあなたがたふたりが結ばれることを強く願うようになりました。これからはきっと、そんな将来を思い描くことが、お父さまには何よりの慰めとなるでしょう。エリザベス、年下《した》の子どもたちのお母さん代わりになってやってね。あなたがたと離ればなれにならなくちゃならないことが、哀《かな》しくてたまらない。これまでずっと幸せで、大事にされてきたんですもの、家族のみんなとお別れするのは辛《つら》いことだわ。でも、そんなふうに思うべきじゃないわね。この身を歓《よろこ》んで死に委《ゆだ》ねられるよう、努力しないと。あの世でみんなに再会できることを信じて、それを愉《たの》しみにしましょう」

母は安らかに亡《な》くなりました。死に臨んでも、母の顔から優しさが消えることはありませんでした。大切な絆《きずな》を抗《あらが》いようのない不幸によって引きちぎられた者の気持ちは、語るまでもないこと。遺《のこ》された者の魂には大きな欠落が生じ、面《おもて》には絶望の色が浮びます。現実を自分の心に納得させるには、長い時間がかかるのです。毎日眼にしていた母の姿が、わたしたちの一部だと思っていた母という存在が、永遠に去ってしまった。優しさをたたえた、あの眼の輝きが消え失《う》せ、聞き慣れて耳に心地よいあの声が沈黙し、もはや二度と聞くことのかなわぬものとなってしまった。母が亡くなった直後は、その現実を受け止めることで精いっぱいでしたが、時が過ぎて母の不在をひしひしと実感するようになると、そこからまた新たに、今度は本物の哀しみが襲いはじめるのです。しかし、親しい身内を死神の無遠慮な手で奪い去られた経験のない者など、ひとりとておりますまい。誰もが味わい、その苦さから逃れられない哀しみであるなら、それをここでわざわざことばにするまでもないでしょう。ある時期がくると、哀しみは必然を失い、甘えとなります。ふと口元に笑みが浮んだときに、こんなときに笑みを浮かべるのは冒瀆《ぼうとく》ではないかと感じつつも、その笑みを敢《あ》えて消さねばならないとは思わなくなるものです。母は死んだ。そう、確かに。しかし、わたしたちにも、果たさねばならない義務がある。遺された者たちとともに人生の歩みを進め、死神の魔手に落ちずにすんだ者がひとりでもいる以上、それを幸運と思うことを学ばねばならぬのです。

わたしがインゴルシュタットに旅立つ予定は、こうした出来事のために繰り延べになっていましたが、ほどなくして改めて旅立ちの日取りが決められました。父に頼んで数週間の猶予《ゆうよ》を取りつけたのです。喪に服す家の静けさは、まさしく死にも似たものでしたが、それをあっけなく捨て去り人生の喧噪《けんそう》に飛び込むのは、それこそ冒瀆ではないかと思えたからです。親しい人の死を経験するのは、そのときが初めてでしたが、だからといって動揺が小さくてすむということはありません。そんなときに、わたしに遺された人たちとまで会えなくなるのは耐えがたく、とりわけ、あの優しく愛《いと》しいエリザベスの心が多少なりとも安らいでいくのを、自分の眼で見届けたいとの思いもありましたから。

エリザベスは、自分の哀しみは胸奥に秘め、わたしたちみんなの慰め役になろうとしていました。日々の暮らしにしっかりと眼を据え、人の生活につきもののさまざまな役割や義務を、けなげにも身いっぱいに引き受け、伯父や従兄弟《いとこ》と呼ぶよう教えられた人たちのために文字どおり献身的に尽くしていたのです。あの陽の光のような微笑《ほほえ》みを取り戻し、わたしたちにそれを惜しみなく投げかけてくれたのです。彼女が己の持てる魅力をあそこまで精いっぱい振り撒《ま》いたのは、あのとき以外、後にも先にもありません。わたしたちに哀しみを忘れさせようとするあまり、自分の哀しみに浸ることさえ忘れたのです。

そうこうするうちに、ついにわたしの旅立ちの日がやってきました。家で過ごす最後の晩には、ヘンリー・クラーヴァルもやってきて、わたしたちと一緒に過ごしました。彼もできることならインゴルシュタットに赴き、わたしの学友になりたいと願い、自分の父親に必死で掛けあったのですが、その努力も結局は無駄に終わってしまいました。クラーヴァルの父親は商人でしたが、狭量《きょうりょう》な人物で、息子の憧《あこが》れや大それた野心を認めようものなら、息子は必ずや怠惰に身を持ち崩し、破滅してしまうにちがいないと恐れたのです。学問の道を閉ざされ、クラーヴァルはわが身の不運を激しく嘆きました。ことば数こそ少なかったものの、ひとたび口を開くと、その燃えるような眼と活力に満ちた眼差《まなざ》しには、控えめながらも確固たる決意がみなぎり、けちな小商いごときにみじめに縛りつけられてなるものか、という意志が読み取れました。

その夜は遅くまで皆で共に過ごしました。お互い離れがたく、「さよなら」のひと言を口にする気にどうしてもなれないのです。それでも、最後には仕方なくそのことばを交わし、これからひと眠りするという態《てい》を装《よそお》い、誰もがそれで相手を騙《だま》せたと思いながら、各自の部屋に引きあげたのです。翌朝、まだ明けやらぬうちに階下に降り、わたしを運んでいくことになっている馬車のところまで出てみると、なんとそこには全員が顔を揃《そろ》えていました。父はもう一度わたしを祝福するために、クラーヴァルはもう一度わたしの手を取ってしっかりと握り締めるために。そして、エリザベスはたびたび手紙をくれるようにとの願いを今一度繰り返し、遊び仲間であり友人でもあったわたしに、別れに臨んでもう一度女らしい気遣いを示すために。

自分を運び去る馬車の座席に腰を落ち着けると、わたしは鬱々《うつうつ》とした気分のまま、何から何まで悲観的な物思いにふけりました。これまでずっと気心の知れた快活な人たちに囲まれてきたわたしは、相手にも同じ歓びを与えることを心がけてきましたが、そのわたしが今は独りぼっちなのです。これから入る大学では、自分で友人を作り、自分で自分を守らねばなりません。けれども、これまでの生活が世間から隔絶され、何もかもが家庭内でまかなえてしまえたものだから、わたしはどうしようもないほど人見知りです。知らない顔を受けつけられないのです。弟たちやエリザベスやヘンリー・クラーヴァルのことは愛しいと思いますが、それは彼らが謂《い》うところの「古い馴《な》染《じ》みの顔（イギリスの随筆家、チャールズ・ラムの詩の題名）」だから。知らない人とつきあうことなど、自分にはとうてい向いていない――あのときのわたしは、自分でそんなふうに決めつけていたのです。旅立ちのときには、そんなことばかり考えていましたが、路程がはかどるにつれ、次第に気力が湧《わ》き、希望が頭をもたげてきました。知識を習得することは、自分が熱望してやまないことではないか。家にいたときには、青春の日々をひとつところに閉じ込められたまま過ごすのは耐えられないと、あれほど思っていたではないか。世の中に出てほかの者たちに伍《ご》し、そこで堂々と自分の地位を確保することを夢見ていたではないか。今、その願いが叶《かな》えられたのだ、それを悔やむなど愚かというもの。

インゴルシュタットまでの道中は、こうしたことに加えて、それ以外のことにも思いを馳《は》せる時間がたっぷりとありました。長く疲れる旅の果てに、ようやくこの町の高く白い尖塔《せんとう》が眼に入ってきたのでした。馬車から降りたわたしは、これから独り暮らすことになる部屋に案内され、その部屋で気ままな一夜を過ごしました。

翌朝になると、紹介状を持って、主立った教授の何人かを訪問しました。それは単なる偶然というよりも、父の家の戸口から重い足を踏み出して以来、わたしの行く末を自由自在に操ってきた悪《あ》しき者、もしくは破壊の天使のはからいに導かれてのことかもしれませんが、わたしがまず訪ねたのは自然科学の教授であるクレンペ氏のところでした。クレンペ教授は、見るからに無骨者といった風体ですが、己の学問には深く通じた人物です。教授からは、主に学習進度に関することを訊《き》かれました。それまでに自然科学のさまざまな分野をどの程度勉強してきたか、ということです。それまでわたしは深く考えもせずに、思いつくままに答えました。自分が研究してきた主立った学者として、半ば軽蔑《けいべつ》交じりに、例の錬金術師たちの名前を挙げたのです。教授はわたしをじっと見つめて「本当かね？」と言いました。「本当にそんなくだらないことを学んできたというのかね？」

そのとおりだとわたしは答えました。すると、教授は熱っぽい口調でこう続けたのです。「きみが今、挙げた本を読むのに使った時間は、一分どころか一秒に至るまで、あたら浪費されたことになる。すでに論破された理論と役にも立たぬ名前を山ほど覚え込んで、己の記憶力に負担をかけただけではないか。いやはや、いったい全体、どんな僻地《へきち》に住んでいたんだね？　誰も教えてはくれなかったのかね、きみががつがつと呑《の》み込んできたその手の戯言《ざれごと》は、千年まえの時代遅れの代物《しろもの》で、古びているばかりでなく黴《かび》だらけだということを？　文明の進んだこの科学の時代に、よもやアルベルトゥス・マグヌスだのパラケルススの弟子にお目にかかろうとは！　まったく、夢にも思わなかったね。こう言ってはなんだが、きみ、きみの学問は初めからやりなおさなくては駄目だ」

そう言うと、クレンペ教授はわたしのまえを離れ、自然科学に関する書物のリストをこしらえ、ここに書いてある本を入手するようにと言いました。それから、来週の初めには自然科学概論の講義を始めるつもりであること、一日交替で同僚のヴァルトマン教授が化学の講義を受け持つはずだということを伝え、その日の対面を終えたのでした。

わたしは寄宿先に戻りましたが、別に落胆もしませんでした。すでにお話ししたように、教授が批判した書物の著者たちが役に立たないことは、わたし自身もうわかっていたからです。しかし、そうは言っても、どんなかたちであれ、クレンペ教授の勧める学問を改めて勉強してみようという気持ちにもなれませんでした。クレンペ教授は小柄でずんぐりした男です。だみ声で、顔つきも冷ややかというか親しみが持てませんでした。そんな人物を見て、その人の専門分野を学びたいという気が起きるわけがありません。いささか哲学めいていて、またあまりにも理詰めに過ぎたかもしれませんが、わたしが少年時代に科学というものに対してどのような結論に達していたかについては、まえにお伝えしたとおりです。わたしは近代の自然科学の研究者の手になる研究結果には、満足できなかったのです。幼かったこと、さらにはそうした方面の手ほどきをしてくれる人がいなかったこと、そのふたつが原因としか思えませんが、わたしは考え方が混乱してしまって、時間の流れを遡《さかのぼ》り、知識の足跡を逆にたどり、新しい研究者の発見に学ぶ代わりに忘れられた錬金術師の夢を求めたのです。しかも、近代の自然科学の応用については、軽蔑の念さえ抱いていました。昔はそうではなかった。科学の大家はこぞって不死の力を追究していた。その眼の向けどころたるや、たとえその研究が徒労に終わろうと、なんと気宇壮大なことか。それが今ではすっかり事情が変わってしまった――そんなふうに思えてなりませんでした。近代の研究者の野心は妙にちまちましていて、科学に対するわたしの興味の土台とも言うべきそうした〝夢物語〟を、完膚無きまでに叩《たた》き潰《つぶ》し、抹殺してしまうことにあるようでした。果てしなく壮大な幻想《キマイラ》を捨て去り、大して価値もない現実を受け入れよ――そう迫られているように感じたのです。

インゴルシュタットに到着して最初の二日、三日はこんなことを考えていました。その数日は主に、新しい土地に馴染むこと、それから新しい住まいの住人たちと近づきになることに費やしました。ところが週が明けると、クレンペ教授の言っていた講義のことが気になりだしたのです。あんな自惚《うぬぼ》れまみれの小男が教壇から語る自説などわざわざ聞きに行く気にもなれませんでしたが、そういえばヴァルトマン教授という人も講義を受け持つと言っていたことを思い出したのです。ヴァルトマン教授はそれまで町を留守にしていたとかで、わたしはまだ顔を合わせたことがありません。

半ば好奇心から、またほかにすることもなかったので、わたしは講義の行われる教室に足を向けました。ほどなく入室してきたヴァルトマン教授は、同僚のクレンペ教授とは似ても似つかない人物でした。歳《とし》のころは五十ぐらい、顔つきからしていかにも温厚そうな人に見えます。こめかみのあたりに白いものが交じりはじめているものの、それ以外はほとんど黒髪で、小柄ながら姿勢がよく、何よりも優しい声をしていました。講義は化学史の概説から始り、これまで多くの学者によってもたらされてきた進歩の数々が語られました。傑出した発見をなした人物の名前を出すときには、その声音にいっそうの情熱がこもるようでした。続いて化学の現状を概観したあと、基本的な用語の説明に移り、基礎的な実験をいくつか実演してみせてから、講義の締めくくりとして現代の化学への讃辞《さんじ》が述べられました。そのときの教授のことばを、わたしは決して忘れないでしょう――

「この分野の先達《せんだつ》たちは、不可能なことを約束するばかりで、ひとつとして実現しえなかったのです。その点、現代の権威は、およそ約束ということをしません。ただの金属を金《きん》に変えることなどできるわけもなく、不死の霊薬は幻想にすぎないと知っているのです。そんな現代の学者たちの手は、もっぱら泥をいじるために、その眼はもっぱら顕微鏡やるつぼをのぞくために造られているかのように思われます。しかしながら、実はそんな彼らこそ、奇跡を成し遂げてきたのです。自然の奥深いところまで観察し、われわれの眼に見えぬところでいかに自然が働いているかを示してきました。天に昇るかと思えば、血液の循環の仕組みやわれわれの呼吸する空気の性質を読み解きもしました。現代の科学者はこうして新たなる、ほとんど無限と言ってもいいほどの力を得たのです。天の雷《いかずち》を制御することも、人工的に地震を起こすことも、肉眼では見えない世界をそっくりそのまま眼に見えるように描いてみせることもできるのです」

これがヴァルトマン教授のことばでした。いや、むしろ、わたしを破滅へと導く運命のことばだった、と言っておきましょうか。教授のことばを聴くうちに、わたしははっきりと姿を現わした敵と取っ組み合っているような気持ちになりました。わたしという存在を造りあげている鍵盤《キー》が、ひとつ、またひとつと叩かれていくようでした。和音が次々と鳴り響き、やがてわたしの頭のなかがひとつの考え、ひとつの概念、ひとつの目的によって満たされていったのです。これだけのことが成し遂げられたのだ――わたしのなかのフランケンシュタインの魂が叫び声をあげました。ならば、わたしはさらに多くのことを成し遂げられるはずだ。すでに記された足跡を踏み、新しい道を拓《ひら》き、知られざる力を探求し、創造のもっとも深い神秘を世界に向かって解き明かしてみせよう。

その夜は、まんじりともしませんでした。心のなかで動乱が起こり、荒々しく、猛々《たけだけ》しい混沌《こんとん》状態にありました。そこから秩序が生まれてきそうな予感はあるのです。しかし、それを産み出す力が、わたしにはまだないのです。夜明け近くなって、ようやく少しずつ眠りが訪れてきました。眼が醒《さ》めてみると、前夜に考えたあれこれが夢のように感じられました。心に残っていたのは、かつてのように地道に勉強を続けよう、生まれつき才能があると信じていた学問の道に全身全霊を捧《ささ》げよう、そんな決意だけでした。その日のうちにわたしは、ヴァルトマン教授を訪ねました。自宅にいるときの教授は、教壇に立っているときよりも、なおいっそう穏やかで、魅力的でした。講義の最中はその物腰にある種の厳《いか》めしさが感じられるのですが、自宅ではそれが消えて、代わりに実に温和で思い遣《や》りに満ちた様子がうかがえるのです。わたしはそれまでに学んできた事柄について、クレンペ教授に話したのとほぼ同じことを話しました。わたしの学問にまつわる、さしておもしろくもない話に、ヴァルトマン教授は熱心に耳を傾け、コルネリウス・アグリッパやパラケルススの名前が出ると、笑みを浮かべはしたものの、クレンペ教授のように人を小馬鹿《こばか》にしたようなところは微塵《みじん》もなく、こんなふうに言ったのです。「そうした人たちの飽くなき情熱があったればこそ、現代の科学者たちがよって立つ知識の基礎が築かれたわけですからね、そういう意味では感謝すべきなのです。わたしたちに残されたのは、もっぱら新しい名前をつけたり、それを一貫した分類法で整理したりといった、おおむね楽な仕事ばかりですよ。事実を明らかにするという部分では、彼らの果たした役割は大きいのです。天才の努力というものは、たとえその向かう方向が誤っていたとしても、突き詰めていけばまずまちがいなく、人類にとって実質的な利益をもたらすものなのですよ」ヴァルトマン教授のことばには、いささかの慢心も衒《てら》いもありませんでした。わたしはひたすら耳を傾け、じっと聞き入りました。そして、先生のお話をうかがって近代科学に対する偏見が消えました、と伝えたのです。それから、未熟な若造が師と仰ぐ年長者に向かって話しかけるにふさわしい、ひかえめなことば遣いと慎ましやかな態度でもって敬意を示しながら、自分の思いを語ったのです。ただ、研究意欲をかき立てている情熱については（人生経験の乏しい身で恥ずかしくもあったもので）、表に出さないようにしました。最後に、手に入れておくべき書物について、助言をいただきたいと頼みました。

「弟子ができるのは嬉《うれ》しいですね」と教授は言いました。「きみが自分の才能に見合った努力をするなら、成功はまちがいないでしょう。化学という分野は自然科学のなかでも特に進歩がめざましく、今後の可能性も充分に期待できる。だからこそ、わたしもそれを専門にしたのですよ。けれども、それと同時に科学のほかの分野についても研鑽《けんさん》を積むべきだと考えています。人類の叡智《えいち》のなかで、化学という分野にしか関心を持たない者は、ろくな科学者にはなれませんからね。きみの願いが本物の科学者になることなら、つまらない実験屋で終わりたくないと思っているなら、わたしにできる助言は、数学も含めて自然科学のすべての分野を学びなさい、ということです」

それから教授はわたしを自分の実験室に案内し、そこにある器具や装置の使い方を説明しながら、わたしに必要な器具として何を買い揃えるべきかを指示したうえで、いずれこうしたものの扱いに慣れてきて壊す心配がなくなったら、ここにある装置を使わせてあげようと約束してくれたのです。さらにわたしが頼んだ、読むべき書物のリストも作ってもらいました。それを受け取り、わたしは教授のもとを辞去したのです。

こうして、わたしにとって忘れがたい一日は終わりました。そして、この日がわたしのその後の運命を決定したのです。

第四章

この日から、わたしにとっては自然科学、なかでも広義で謂《い》うところの化学が、唯《ゆい》一《いつ》に近いほどの関心事となりました。その分野に関して現代の研究者が著わした、優れた天分と見識に満ちた書物を、熱心に読みました。講義にも出席し、学内の科学者たちにも面識を得るようになり、そうなってみるとあのクレンペ教授も健全な理知と本物の学識を備えた人物だということがわかりました。確かに、どうにも好きになれない面相だし、その振る舞いも決して好感の持てるものではないものの、だからといって研究者としての値打ちが下がるものではありません。いっぽう、ヴァルトマン教授には、真の友人を見いだしたと言えましょう。温和な人柄は決して独断に陥ることがなく、指導ぶりは率直で好意にあふれ、知識をひけらかすような態度はこれっぽっちも見せません。わたしが知識の道に入っていきやすいよう、さまざまな工夫を凝らして地均《じなら》しをして、きわめつけの難問もわたしが理解できるよう、明快に、かつ丁寧に説明してくれます。最初はふらふらしておぼつかなかったわたしの足取りも、歩み続けるうちに力を得て、確かなものとなり、そうなるとさらに熱心に研究に取り組むようになるもので、研究室に閉じこもっているうちに、星の瞬《また》きがいつしか朝の光に消えていたことも何度もありました。

そこまで根を詰めて打ち込んだのです、進歩が速かったことは申し上げるまでもありますまい。実際のところ、わたしの熱心さは学生たちの驚異の的であり、進歩のほどは教授たちが瞠目《どうもく》するほどでした。クレンペ教授はよく意地の悪い笑みを浮かべて、コルネリウス・アグリッパの進み具合は順調かね？　と訊《き》いてきたものです。一方でヴァルトマン教授は、わたしの進歩を心から歓《よろこ》んでくれました。こうして二年が過ぎましたが、そのあいだ、ジュネーヴには一度も帰りませんでした。わたしには、自分の手で何かを発見したいという目標がありましたから、そのための研究に脇目《わきめ》も振らずに没頭していたのです。科学の魅力は、これを味わった者でなければわかりません。ほかの学問であれば、先人の到達したところまでたどりついてしまえば、その先に知るべきものはありません。しかし、科学の研究には常に、発見と驚異という糧《かて》がある。並の能力しか持たぬ者でも、ひとつの研究に心血を注ぐなら、その分野においてはまずまちがいなく、長足の進歩を示すものです。わたしも、これと目標を定めると、その達成に向かって一意専心、努力を重ねただけあって、成果が出るのもきわめて速く、大学に籍を置くようになって二年めの終わりには、化学の実験装置について、いくつか改良できる点を見つけ、学内で大きな賞賛を浴び、またそこそこの尊敬を得ることとなりました。その時点で、自然科学の理論と実践に関しては、すでにインゴルシュタットの大学の講義から学べるものはすべて学び尽くしたと考え、これ以上滞在を延ばしたところで自身の向上には結びつかないと判断しました。そこで、友人たちの待つ故郷に帰ろうと決めたのですが、ある出来事をきっかけに、そのまま滞在を続けざるを得なくなったのです。

かねてより、わたしの興味をとりわけ惹《ひ》きつけてきたのは、人体の構造――というよりも、生命というものを持ってこの世に生まれてくる、生きとし生けるものの生体の成り立ちでした。わたしはたびたび自分に問いかけました。生命というものは、いったいどこからどうして生まれてくるものなのか？　考えてみれば、ずいぶんと大胆な問いかけです。これまでは常に神秘の領域とされてきた課題です。けれども、われわれの探求心を妨げてきたのは、そうしたあきらめや臆病風《おくびようかぜ》ではないだろうか？　そうした妨げを取りのぞくことができないために、われわれはあと一歩のところで多くのことを知り得ずにいるのではあるまいか？　そんなふうに考えをめぐらし、わたしは自然科学のなかでも、今後は特に生理学関係の分野の研究に邁進《まいしん》しようと決めたのでした。その決意を実践する過程は、実に退屈で、そのときは尋常では考えられないほどの情熱に駆り立てられていたからこそ耐えられたようなもの、そうでなければ途中で投げ出してしまったかもしれません。生命の起源を突き詰めるためには、まずは死というものを熟知しなくてはなりません。とりあえず解剖学を学びましたが、それだけでは充分とは言えませんでした。人体が自然の摂理に従って衰え、腐敗していく過程を観察する必要があると思いました。父の教育と配慮のおかげで、わたしは理の通らない恐怖を植えつけられずに育ちました。迷信に怯《おび》えたことも、幽霊の出現を恐れたことも、ただの一度も記憶にありません。暗闇《くらやみ》に想像力を操られた経験もなく、墓地も、わたしにとってはただ単に、生命を失った肉体を収容する場所、生命《いのち》あるときは美と力の容《い》れ物であった人間の肉体が蛆虫《うじむし》の餌《えさ》に転じる場所にすぎない、という認識でした。人体の腐敗の原因とその過程を探ることになり、わたしは昼も夜も、納骨堂や死体置場で過ごすことになりました。並の神経の持ち主であったらとても耐えられないようなものであっても、わたしはつぶさに観察しました。堂々たる体格の男が朽ち果て、無に帰していくさまを眺め、生命の徴候を宿した頬が死の腐乱に乗っ取られるところを見守り、驚異の結晶とも呼ぶべき人間の眼球や脳を蛆虫が食いあさる様子を凝視しました。さらに、休む間も惜しんで、こうした観察から得られた、生から死へ、死から生へと転じる原因と結果と思われるものを、どんな些細《ささい》なものも余さず詳細に分析し、検討し続けたのです。そうするうちに、この先も見えぬ漆黒の闇の彼方《かなた》から突然、ひと筋の光明が射《さ》してきました。輝くばかりにすばらしい光でした。それでいて実に単純なのです。この光が照らし出した可能性の大きさには眼が眩《くら》む思いでしたが、同時に激しく驚きもしました。生理学にしろ解剖学にしろ、これまであまたの天才が研究をしてきただろうに、わたし以前にこの斯《か》くも驚くべき秘密を解明した者がひとりもいなかったとは！

いや、勘違いなさらないでいただきたい、わたしが今お話ししているのは狂人の夢物語ではありません。今こうしてお話ししているのは、太陽が天に輝くごとく、まごうかたなき真実なのです。この発見は、あるいは奇跡によってもたらされたものなのかもしれませんが、そこまでに至る過程は明瞭《めいりょう》にして充分に納得しうるものでした。夜を日に継いで、筆舌に尽くしがたいほどの努力と苦労を重ねた末に、わたしは生命の発生をもたらす要因を解き明かすことに成功したのです。いや、それにとどまらず、生命の通わぬ物体に生命を吹き込むことさえ、できるようになったのです。

最初に感じた驚きは、まもなく強烈な歓びと天にも昇るほどの恍惚感《こうこつかん》をもたらしました。膨大な時間を、苦しみと紙一重の努力に費やしたあと、一気に念願の頂点に到達したのです、奮闘の成果としてはこのうえなく満足のいくものでした。おまけにわたしが解き明かした秘密は、あまりにも重大で圧倒されそうなものでした。眼のまえに現われた真実を見つめるうちに、そこに立ち至るまでの歩みなどすべて消し飛んでしまったほどです。天地創造以来、世の賢人たちが研究に研究を重ね、手に入れんと欲してきたものが、今やわが掌中にあるのです。と言っても、魔法の世界の光景のように、何もかもが一時《いちどき》にぱっと眼のまえに開けたわけではありません。わたしが手にしていた知識は、わたしが手中に収めた結果を明示するものではなく、どちらかと言えば、努力を傾注すべき方向を示してくれる類《たぐ》いのものでしたから。研究途中のわたしは、言ってみるなら、死者と一緒に葬《ほうむ》られたあのシンドバッドというアラビア人のようなもの（出典は『千夜一夜物語』）で、役に立つとも思えない、ひと筋のかすかな明かりを頼りに、生命に至る道を発見したのです。

ずいぶんと熱心に耳を傾けてくださっていますね。あなたのその眼を拝見すれば、大いに驚き、また期待に胸を高鳴らせていらっしゃるのがよくわかる。わたしが知ることとなった秘密の具体的な内容をお聞きになりたいのでしょう。しかし、わが友よ、残念ながらそれを明かすことはできません。どうか、短気を起こさずに、わたしの話を最後までお聞きください。わたしがその件に関してはなぜ黙して語らずとするのか、その理由が必ずやおわかりになるはずです。あなたを取りかえしのつかない不幸と身の破滅へと導きたくはないのです。あのころのわたしのように、なんの備えもなく、ただ熱意に逸《はや》っているだけのあなたを。どうか、わたしから学んでください。こんな説教はともかく、せめてわたしという実例を見て、知識を得るのがいかに危険なことかを知っていただきたい。人間として許された以上の存在になろうという大それた野心を抱くよりも、生まれた町が全世界だと信じて暮らしている者のほうが、はるかに幸せだということを理解してほしいのです。

自分が驚くべき力を握ったことを知ったあと、それをどのように用いたらいいのか、わたしはかなりのあいだ考えあぐねておりました。生命を与える力は得たものの、その力を受け入れる肉体、線維やら筋肉やら血管やらをすべて備えた複雑な組織を準備する作業が残っています。それもまた、想像もつかないほど困難で骨の折れる仕事に思えました。最初はいくらか迷いました――自分と同じような存在を創《つく》り出すべきか、それとももっと単純な構造のものをこしらえるのか。しかし、当初の成功で、わたしの想像力はすっかり増長していました。自分には人間のように複雑ですばらしい生き物を創り出す力があるのだと信じて、疑いの生じる余地を認めなかったのです。差しあたって手元にある材料だけでは、そこまでの大事業は成し得まいとは思いましたが、それでも最後にはきっと成功するものと疑いもしませんでした。いくつもの障害に出会うことは覚悟のうえです。何度も挫折《ざせつ》を繰り返し、ついには未完のまま終わってしまうかもしれない。けれども、科学や工学の分野が日に日に進歩を遂げていることを思うと、わたしの試みとて少なくとも将来の成功の基《もとい》にはなるだろう。そんな希望が励みにもなります。計画の壮大さ、複雑さも、実現を阻《はば》む理由にはならないと思えました。こうしたもろもろの思いを抱いて、わたしは人間の創造に取りかかったのです。完成までの時間を短縮するには、各部位の細かさが障害になりそうでした。それで、当初の心積もりに反して、巨大な人間を造ることにしました。身の丈を八フィートとして、それに合わせてほかの部位も大きくするのです。そう決めてから、数ヶ月をかけて素材を集めたり整えたりしたのち、いよいよ作業に取りかかりました。

最初の成功がもたらした興奮状態にあったため、わたしの胸中にはありとあらゆる感情が、それこそ暴風雨のように吹き荒れていました。あのときのわたしの精神状態は、余人にはおそらく、想像もつかないものでしょう。わたしに言わせれば、生と死の境界は観念的なものに過ぎず、まずはそいつを突破してわれわれの暗黒の世界に光の奔流を呼び込まねば、と考えました。わたしの手で新たに生を受けた種は、わたしのことを造物主と讃《たた》え、やがて幸福にして優れた者たちがわたしのおかげであまたこの世に出現することになるのだ、と。彼らがわたしに向ける感謝の念は、世のどんな父親に捧《ささ》げられるものよりも深く大きなものとなるはず……。そんな考えを追いかけていくうちに、無生物に生命を与えられるのなら、ゆくゆくは死が腐敗に委《ゆだ》ねたかに思われる肉体に、生命を甦《よみがえ》らせることもできるようになるのではないか、と思ったりもしました――もちろん、今では、そんなことなど不可能であると承知しています。

しかし、あのときはそうした思いつきが、精神的な支えとなりました。尽きることなき情熱のありったけを注いで、わたしは目指すところに向かって邁進しました。研究に没頭するあまり、血色が悪くなり、部屋に閉じこもりっきりでしたから、身体《からだ》もやせ衰えていくばかり。今度こそまちがいないと思った直後に失敗することもありましたが、それでもわたしは希望にすがりつきました。明日には、いや、ほんの一時間後には、成功するかもしれないのです。この世でたったひとり、わたしだけが理解している秘密――それがわたしの希望でした。その希望に、全身全霊を捧げたのです。夜中の月が見守るなか、緊張のあまり息を継ぐのも忘れるほど懸命に、わたしは研究に研究を重ね、自然をその隠れ家まで追いつめていったのです。この秘密の作業の恐ろしさは、常人にはきっと想像を絶するものでしょう。生命の通わぬ土くれを活《い》かすため、じめじめした墓地で穢《けが》れた泥まみれになり、生きた動物に責め苦を与えるのですから。こうして思い出すだけでも、手足が震え、眩暈《めまい》がしてくる。しかし、あのころは、抗《あらが》うことのできない、常軌を逸していくとしか思えないような衝動に駆り立てられていたのです。目標を突き詰めていくことしかなく、魂も感覚も何もかも、麻痺《まひ》していたのです。けれども、それは束の間《つかのま》の忘我に過ぎず、この不自然な衝動が鎮《しず》まり、普段の自分に戻った途端、それまで麻痺していた感覚はむしろ鋭敏になるのです。わたしは納骨堂から骨を集めてきては、神をも恐れぬ指先で人体の計り知れない秘密を暴《あば》きたてました。建物の最上階にあって、ほかの部屋からは廊下や階段で隔てられた部屋で――いや、部屋と呼ぶよりも独房と言ったほうがふさわしい場所に、ひとり閉じこもり、わたしは穢れた創造をひたすら続けました。作業が細かい部分に差しかかると、眼球《めのたま》が今にも眼窩《がんか》から飛び出すのではないかというぐらい根を詰めて、手元を凝視したものです。素材の多くは、解剖室や食肉処理場から得たものです。人並みの嫌気に襲われて、作業を投げ出したことも一度や二度ならずありましたが、そんなときにも熱意のほうはその激しさを増していくのです。その熱意に押されて、わたしは作業を進め、どうにかこうにか完成の一歩手前まで漕《こ》ぎつけたのでした。

こんなふうに研究に身も心も奪われていたあいだに、季節は夏から秋に変わっていました。その年の秋は、ひときわ美しかった。田園はいつにもまして豊かな実りをもたらし、葡萄《ぶどう》もまた格別に甘く香り高く熟した年でした。しかし、わたしの眼は、そうした自然の美しさには感応しませんでした。周囲の景色を眺めることさえ忘れてしまっていたのです。そして、同じように、彼方の友人たちのことも、長らく顔を合わせていない人たちのことも、忘れていたのです。便りを怠っているので、心配されているのはわかっていました。父に言われたことも、もちろん忘れたわけではなかった。

「おまえが納得のいくような日々を送っている限り、わたしたちのことを思い出すたびに温かな気持ちになるだろうし、そういう気持ちがあるなら、手紙も定期的に寄越すだろう。こう言ってはなんだが、手紙が届かなくなったときには、ほかの義務もおろそかにしている証《あか》しだと解釈させてもらうよ」

なので、父がどんな思いでいるかは、よくわかっていました。それでもわたしは、おぞましいと思いながらも、わたしの想像力をがっちりと握って離さないその作業から、気持ちを引き剝《は》がすことができなかったのです。眼のまえの大仕事に、わたしが本来持ちあわせている心のありようまで呑《の》み込まれ、喰い尽くされてしまっていたのです。それが完成を見るまでは、愛情に関わることは何もかも、あとまわしにしてもかまわない、と思ったのです。

それに、こうして便りがないことを堕落の証拠と決めつけ、わたしの落ち度と考えているのだとしたら、父のそんな見方はあまりにも不当というものではないか。当時のわたしはそう思ったものですが、今になってわかるのは父はまちがっていなかった、ということです。円満な人間というものは、常に穏やかで安定した心を持っているべきで、激情や一時の欲望に心の平安を乱されるようなことは、断じてあってはならないのです。知識を追求することも、この原則の例外とは言えません。研究に打ち込むことで愛情が薄まるというのなら、本来であればなんの混じりけもない純然たる歓びであるはずのその感情を味わえなくなるというのなら、その研究は明らかに背徳行為であり、言い替えるなら人の道にもとるものなのです。人類がこの原則を常に忘れず、近しい者への愛情という心の平安を乱すような行為は断固として退けていたら、ギリシアが奴隷《どれい》国家となることもなく、シーザーも祖国に情けをかけたにちがいない。アメリカが発見されて開拓されていく過程ももっと穏やかなものだったでしょうし、メキシコやペルーの帝国が滅びることもなかったはずです。

おや、これは失礼を。話が佳境に差しかかったところで、やけに説教臭い脱線をしてしまいました。ええ、あなたのお顔を見れば、さっさと話を先に進めろとおっしゃりたいのがよくわかる……。

父から届く手紙には、わたしを非難するような文言はないのですが、こちらからちっとも手紙が届かないことがやはり気がかりらしく、わたしが何をしているのか、それまで以上に詳しく尋ねてきました。研究に没頭するうちに、季節は冬から春へ、春から夏へと移りゆきましたが、わたしは花がほころびるのも、葉が生い茂るのも――それまでは、そうした光景に何よりも心慰められていたというのに――いっさい眼に入らないほど、作業に夢中になっていました。その年の木の葉が枯れ落ちるころ、それはついに完成に近づきました。日を重ねるごとに、今度こそまちがいなく成功したという手応《てごた》えが明確になってくるのです。それでも、その昂《たか》ぶりに不安が水を差すせいで、そのときのわたしの姿は決して、好きな研究に嬉々《きき》として打ち込む学者ではなく、むしろ鉱山の重労働に駆り出されるか、身体をこわしかねないほど劣悪な環境で酷使されている奴隷といったところだったでしょう。夜な夜な微熱に悩まされ、神経がやたらと過敏になって、苦しくてたまらないのです。木の葉が一枚落ちただけではっとしたり、罪を犯した者のように人との交わりを避けてしまうのです。自らのあまりの変わりように、衝撃を覚えることもありました。あとひと踏ん張りだという気力だけが、わたしを支えていたのです。この苦労ももうじき終わる、そうすれば運動や娯楽に割く時間も取れるようになるだろうから、こんな病気《やまい》の芽ぐらい、簡単にひねりつぶしてしまえるはずだ。そう信じて、自分に言い聞かせていたのです――今、手がけている創造の過程が完了した暁には、何を置いても思い切り身体を動かし、精いっぱい愉《たの》しい時間を過ごすことにしよう、と。

第五章

それは、十一月のとある寒々しい夜のことでした。それまでの苦労が実を結ぶところを、ついに眼にするときがやってきたのです。募る不安は肉体的な苦しみの域にまで達しようとしていましたが、わたしは生命を吹き込むための道具を取り揃《そろ》え、足元に横たわる物体に生命の火花を注入しようとしていました。時刻は午前一時をまわろうとしています。雨が陰気に窓を打ち、蠟燭《ろうそく》は今にも燃え尽きようとしていたそのとき、半ば消えかけたその不確かな明かりのなか、足元に横たわった物体の、くすんで黄味がかった瞼《まぶた》が、まずは片方だけ開くのが見えたのです。それから、その物体は荒く苦しげに、ひとつ息をつきました。すると、その四肢に痙攣《けいれん》が走りました。

その瞬間――そのとんでもない大失敗を目《ま》の当たりにした瞬間、こみあげてきた感情をどう言い表したものか……。これまで、文字どおり苦しみもがきながら、苦労に苦労を重ねてきた結果、こうして生まれたこのおぞましい生き物を、どう説明したものか……。わたしとしては、四肢は均整が取れた状態に、容貌《ようぼう》も美しく造ってきたつもりです。そう、美しくです！　その結果が——なんと、これか？　その黄味がかった皮膚では、皮膚のしたにある筋肉や動脈のうごめきをほとんど隠すことができません。確かに、髪は黒くつややかに伸び、歯は真珠のように真っ白ですが、そんな麗《うるわ》しさも、潤《うる》んだ薄茶色の眼をいっそうおぞましく際立《きわだ》たせるばかりです。その眼が嵌《は》め込まれた眼窩《がんか》も同じような薄茶色、顔色もしなびたようにくすみ、真一文字に引き結ばれた唇は血色が悪く、黒みがかっているようにさえ見えます。

人は一生のあいだにさまざまな出来事に相まみえるものですが、それにつけても人の心とはなんと移ろいやすいものでありましょう。わたしはほぼ二年という年月を費やし、生命を持たぬものの身体《からだ》に生命を与えることを唯一無二《ゆいいつむに》の目標と定め、懸命に努力を重ねてきたのです。休息も安らぎもあきらめ、健康さえ犠牲にして、尋常ならざるほどの激しさで、難事業の完遂を待ち望んできたのです。ところが、今、目標に到達したとたん、美しい夢はどこへやら。息もつけないほどの恐怖と嫌悪感《けんおかん》が、わが胸を満たすのです。自分が創《つく》りだしたものの姿に耐えられず、わたしは部屋から飛び出し、寝室に駆け込みました。寝室のなかを行ったり来たり、長いこと歩きまわりました。眠ろうにも心を静めることができないのです。嵐《あらし》のような動揺に心を振りまわされるうち、やがて疲労が襲いかかってきました。わたしは服を着たまま寝台に身を横たえ、束の間《つかのま》の忘却を求めました。それは、かなわぬ望みというやつでした。いや、眠りはしたのです。しかし、とんでもない悪夢が眠りを掻《か》き乱すのです。夢のなかで、わたしは、エリザベスがインゴルシュタットの町の通りを元気溌剌《はつらつ》と歩いているのを見かけます。驚き、歓《よろこ》んだわたしは、彼女を抱き締めるのですが、唇にキスをした瞬間、その唇が死の翳《かげ》りを帯びた鉛色に変わってしまうのです。見ると、顔つきも変わっています。なんと、わたしが抱いているのは、死装束に身を包んだ母の亡骸《なきがら》だったのです。フランネルの襞《ひだ》のあいだを蛆虫《うじむし》が這《は》っているのが見えます。恐怖に息がとまりそうになり、そこではっとして眼が醒《さ》めました。冷や汗で額がじっとりと湿り、歯の根もあわず、手も足も小刻みに震えていました。そのときです、窓の鎧戸《よろいど》の隙間《すきま》から射《さ》し込む月明かりのおぼろな黄色い光のなか、わたしはあの者を見たのです――わたしが創造したあの哀れな怪物を。怪物はベッドのカーテンを持ち上げて、あの眼で――あれを眼と呼べるなら――こちらをじっと見つめていました。それから、顎《あご》を動かし、頬に皺《しわ》が寄るほど口元を緩め、歯を剝《む》き出して、何やら不明瞭《ふめいりよう》な音を発しました。何かしゃべったのかもしれませんが、わたしは聞いていませんでした。あの者がこちらに片手を差し伸ばし、どうやらわたしを捕まえようとしているようでしたが、それを逃れて一目散に階下へ駆け降りました。建物に附属する中庭に逃げ込み、その後は夜のあいだじゅう、乱れた心のまま中庭をうろうろと歩きまわっておりました。歩きながらも、耳をそばだて、物音がするたびにびくっとしながら。ともかく怖《おそ》ろしかったのです。ちょっとした物音でも、あの悪魔のような屍《しかばね》が、取り返しのつかないことに、このわたしが生命を与えてしまったあの怪物が近づいてきたのではないか、そんなふうに思えて怯《おび》えたのです。

　そうですとも、あの怖ろしい面相を正視できる者など、いるわけがありません。甦《よみがえ》ったミイラとてあれほどおぞましい姿はしていますまい。まだ未完成のうちに見たときにも、ずいぶん醜いものだと思いましたが、あの者の筋肉が力を得て、関節が動くようになると、それはもう、あのダンテですら思い及ばないほどの姿だったのです（ダンテの『神曲』には、煉獄をさまよう死者の姿の描写がある）。

　その夜はみじめな思いで過ごしました。あるときは心臓の鼓動が早鐘を打ち、全身の動脈がどくどくと打つのが感じられるほど、またあるときは疲労困憊《こんぱい》のあまり今にも地面にくずおれそうになりました。恐怖とともに、幻滅の苦さが口のなかに拡《ひろ》がります。長いこと、心の糧《かて》であり、快楽でもあったあの夢が、今や地獄と化したのです。それこそあっという間に、覆《くつがえ》りようもないほど徹底的に！
陰鬱《いんうつ》な雨模様の空がようやく白みはじめ、寝不足でちくちくする眼に、インゴルシユタットの教会の白い尖塔《せんとう》が見えてきました。時計の針は六時を指していました。夜のあいだの避難所としていた中庭の門を、門衛が開けるのを待って、わたしは街に出て、通りを足早に歩きました。通りの角を曲がるたびに、あの怪物が現われやしないかとびくびくしながら。部屋に戻る勇気などあるはずもなく、やがて鈍色《にびいろ》の無情な空から雨が落ちてきて、この身を濡《ぬ》らすのもかまわず、ただ急き《せ》立てられるようにひたすら歩を進めたのです。

そんなふうにしばらく歩き続けたのは、身体を動かすことで心にのしかかる重荷を少しでも楽にしたかったからかもしれません。自分がどこにいるのか、何をしているのか、はっきりとはわからないまま、通りをいくつも渡りました。吐き気すら催すほど恐怖に胸を波立たせ、周囲を見まわす勇気もなく、乱れた歩調で歩き続けました。

それはさながら、寂しき道を行く人の
恐れ、おののき歩むさま、
ひとたび頭《こうべ》を巡らせば、
二度と振り向くこともなし。
背後より、げに怖ろしき羅刹鬼《らせつき》の

近づきくるを知りたれば。

（原註　サミュエル・テイラー・コールリッジ　『老水夫行』）

歩き続けるうちに、気がつくと、とある宿屋の向かいに出ていました。乗合馬車や自家用の馬車の溜《た》まり場のようになっているところです。なぜだか理由はわかりませんが、わたしはそこで足を止め、通りの向こうからやってくる馬車を眺めながら、その場にしばらく突っ立っていました。そばまで近づいてくると、それはスイスの乗合馬車だとわかりました。馬車はわたしのすぐそばで停まり、扉が開いて、なかに男が乗っているのが見えました。わたしを見るなり、ヘンリー・クラーヴァルでした。ヘンリー・クラーヴァルは馬車から跳び降り、「やあ、フランケンシュタインじゃないか！」と大声で呼びかけてきました。「いや、嬉《うれ》しいよ、嬉しいなんてもんじゃない。着いたとたんにきみに会えるなんて。なんという幸運だろう」

クラーヴァルに会えた嬉しさと言ったら！　それこそ、譬《たと》えようのないものでした。彼の姿を眼にするや、父やエリザベスや、あの懐《なつ》かしのわが家の光景が次々と思い出されてなりません。クラーヴァルの手を握ると、恐怖も惨《みじ》めな思いもたちどころに消え、数ヶ月ぶりに平安と穏やかな歓びが胸をひたすのを感じました。わたしは心を込めて友を歓迎し、ふたりしてわたしの学寮に向かいました。歩きながら、クラーヴァルはしばらくのあいだ、共通の知人の消息をあれこれ語り、こうしてインゴルシュタットに来られたのは自分にもようやく幸運が巡ってきたからだと言いました。「きみならわかってくれると思うが、親父《おやじ》を説得するのは実にたいへんだったよ。何しろ帳簿をつけることが、何よりも高尚な仕事だと思ってる人だからね。ほかにも学ばねばならないことがいくらでもあるってことを、なかなか認めてくれないのさ。ほんとのところ、親父はまだ半信半疑だと思う。ぼくがしつこく頼み込むたびに、返ってくる答えはいつも同じなんだ。『ウェイクフィールドの牧師』に出てくるオランダ人の教師みたいでね（オリヴァー・ゴールドスミスの『ウェイクフィールドの牧師』の登場人物。以下はその台詞）――『わたしはギリシア語を知らないが、それでも年に一万フローリン稼いでいる。ギリシア語なんぞ知らなくとも、腹一杯喰えているのだから』ってやつだよ。それでも、結局は息子可《か》愛《わい》さが親父の学問嫌いに勝ったんだな。で、ぼくがこうして、知識の世界へ発見の旅に出るのを許してくれたというわけなんだ」

「いや、本当によく来てくれた。会えて嬉しいよ。それで、うちのみんなはどうしてる、父や弟たちやエリザベスは？」

「ああ、元気でいるよ。愉《たの》しく、幸せに暮らしてる。ただ、きみからめったに便りがないものだから、それが少し心配なようだ。それについては、家族のみんなに代わってぼくが折を見てじっくりと説教してやるつもりだよ。何しろ、きみときたら――おいおい、フランケンシュタイン」クラーヴァルは言いかけたことばを中断すると、こちらの顔をしげしげと見つめてきました。「今の今まで気がつかなかったけど、ずいぶん具合が悪そうだな。頬がげっそりこけてるし、顔色もよくない。なんだか何日も寝てないような顔じゃないか」

「実はそのとおりなんだ。このところ、ある研究にかかりきりでね。ご覧のとおり、休養が充分取れていないんだよ。だが、その研究もすべて終わったからね、これでようやく自由になれると思う。ああ、ほんとに、心からそう願ってる」

わたしの身体は激しく震えていました。前夜の出来事は、思い出すのも耐えがたく、ましてや口にすることなどできようはずもありません。わたしは足を速めました。まもなく、クラーヴァルとわたしは学寮に到着しました。そこであることに思い当たり、わたしはまたしても激しい震えに襲われたのです。部屋に残してきたあの怪物がまだ生きているかもしれない。今このときも、部屋のなかを歩きまわっているかもしれない。あの怪物は見るのもいやでしたが、それ以上にあれがクラーヴァルの眼に触れるのが怖かったのです。そんなわけで、クラーヴァルには、しばらく階段のしたで待っていてほしいと頼み、わたしは自分の部屋に駆けあがりました。扉の閂《かんぬき》に手をかけたところで、ようやくわれに返りました。ひと息つくと、冷たい震えが全身を駆け抜けていきました。わたしは息を整え、一気に扉を開けました。ええ、子どもはよく、そういう扉の開け方をしますね、扉の向こうに幽霊がいるのではないかと思っているときに。しかし、わたしの眼のまえには、何も現われてきませんでした。恐る恐る室内に足を踏み入れてみましたが、部屋はもぬけの殻でした。寝室にも、あのおぞましい客の姿はありません。こんな幸運に恵まれるとは、信じられない思いでした。だが、まちがいなく、あいつは消えていました。わたしの宿敵は逃げてしまっていたのです。それが確認できたときには、嬉しさのあまり思わず手を叩《たた》いたほどです。わたしは階段を駆け降り、クラーヴァルを待たせていたところに戻りました。

それからふたりで部屋にあがり、ほどなく召使いが朝食を運んできました。ところが、わたしはじっとしていられないのです。歓びに浮かれているばかりではなく、神経が過敏になって肌がぴりぴりするし、鼓動もやけに速いのです。ひとつところに腰を落ち着けていられず、椅子《いす》を飛び越え、手を叩き、声をあげて笑いだす。そんなわたしを、クラーヴァルは最初のうちこそ、再会できた嬉しさでめずらしく興奮しているのだろうと思っていたようですが、しばらくこちらの様子を注意深くうかがったところ、どうも目つきが尋常ではないと気づいたのです。いつまでも際限なく、無遠慮にけたたましく笑い続けるわたしに、奇異の念を抱くと同時に、怯えもしたのです。「おい、ヴィクター、どうしたっていうんだ?」クラーヴァルは叫ぶように言いました。「その笑い方、やめてくれないか。具合でも悪いのか? 何かあったのか? それでそんなふうになっちまったのか?」

「訊《き》かないでくれ」わたしは手で顔を覆《おお》って叫びました。部屋にあのおぞましい化け物が忍び込んでくるのを、確かに見たような気がしたのです。「訊くなら、あいつに、あいつに訊いてくれ。助けてくれ。頼む、助けてくれ!」怪物に捕まえられたような気がして、わたしは激しくもがきました。そして、もがいているうちに気を失って倒れてしまったのです。

クラーヴァルには、なんと気の毒なことを! いったいどんな気持ちだったでしょう? 愉しみにしていたはずの再会が、わけもわからぬまま、一転して苦々しいものになってしまったのです。しかしながら、わたしはクラーヴァルの嘆きを実際に眼にしたわけではありません。人事不省に陥ったまま、それから長いこと、本当に長いこと、意識が戻らなかったのです。

これをきっかけに、わたしは神経を病み、その後何ヶ月も寝ついてしまいました。

その間、クラーヴァルがひとりで看病をしてくれました。これはあとで知ったことですが、クラーヴァルはわたしの病状を父にもエリザベスにも伏せていました。父は高齢でインゴルシュタットまでの長旅は身体に障《さわ》るだろうし、エリザベスはわたしが病気だと知ればひどく心を痛めるだろうとわかっていたので、敢《あ》えて心配をかけるまでもあるまい、との判断でした。それに、そのときの状況から考えて、自分をおいてほかに、わたしの世話を任せられるほど親切で行き届いた付き添いが見つかるとも思えず、またわたしがこのまま回復しないなどということはありえないと固く信じてもいたので、故郷の家族に知らせないのは悪いことだとは思ってもいなかったのでしょう。クラーヴァルなりに考えての、精いっぱいの思い遣《や》りだったのです。

しかし、実はわたしの病気《やまい》は非常に重いものでした。わが友の、それこそつきっきりの、惜しみない看護がなければ、生命《いのち》を取り留めることもかなわなかったと思われます。この手で創造し、生命を吹き込んだあの怪物の姿が眼のまえに絶えずちらつき、そのことを口にせずにはいられないのです。わたしはひっきりなしに譫言《うわごと》を言いました。クラーヴァルはさぞや驚いたことでしょう。最初のうちこそ、わたしの迷走する想像力が口走らせることだと思っていたにしても、病人は同じことをあまりにしつこく何度も繰り返すのです。そのうちにクラーヴァルも、何か恐ろしくて尋常ならざる出来事があって、わたしの病気《やまい》はそれに端を発しているのではないか、と思うようになったはずです。

よくなったと見えてはぶり返すことが何度もあって、そのたびに友を慌《あわ》てさせ、悲しませながら、わたしはほんの少しずつ、あきれるほど鈍い歩みながら、快方に向かいはじめました。今でも覚えているのは、窓のそとを眺めて、初めて歓びらしきものを感じることができたときのことです。落ち葉は姿を消し、窓辺に影を投げかける木々には、若葉が芽吹きはじめていました。清らかな春がやって来ていたのです。春の訪れは、わたしの回復に大きく力を貸してくれました。空っぽだった胸に、歓びと愛情が甦ってくるのも感じました。鬱々とした思いが消えてなくなり、じきにあの致命的な熱狂に取り憑《つ》かれる以前の、陽気で快活な自分を取り戻したのです。

「クラーヴァル、きみは大恩人だ」声を強くして、わたしは言いました。「きみの優しさと思い遣りには、感謝のことばもない。この冬は勉強に打ち込むつもりでいたんだろう？　それがひと冬丸々、病室で浪費させてしまった。この借りはどうやって返せばいいだろうか？　ぼくのせいで計画が狂ったことは、本当に申し訳ないと思っている。きみのことだから、それでもきっと許してくれるだろうと思うけれど」

「だったら、せいぜいおとなしく養生に努めて、できるだけ早く元気になることだ。

そうしてくれるなら、それで貸し借りはなしってことにしてやるよ。ところで、今日は気分がよさそうだから言うんだけど、ひとつだけ話があるんだ」

とたんに身体が震えだしました。ひとつだけ？　ひとつだけ話がある、というのは、まさか……？　クラーヴァルは、わたしが考えたくもないと思っていることを持ち出そうとしているのではないだろうか？

「まあ、落ち着けよ」わたしの顔色が変わったのを見て、クラーヴァルは言いました。「いやなら無理にとは言わないけれど、手紙を書かないか？　きみの手紙を受け取ったら、きみのお父上も従妹《いとこ》殿も、とても歓ぶと思うんだよ。きみが重い病気《やまい》に臥《ふ》せっていたことは、お父上もエリザベスも詳しくは知らないから、きみから長いこと便りがないのを心配してるんじゃないかと思ってね」

「それだけかい、ヘンリー？　ぼくの気持ちがそっちに向いてないとでも？　ぼくが真っ先に考えるのは、家族のことだよ。ぼくは、あの人たちを心から大切に思ってる。心から大切に思われて当然の人たちだと思ってる」

「それが今のきみの気持ちだと言うなら、わが友よ、きみが歓びそうな手紙が届いてる。何日かまえに届いて、そこに置いておいたんだ。確か、きみの従妹からだったと思ったけど」

第六章

クラーヴァルはそう言うと、わたしに手紙を渡してよこしました。それは、まさしく、エリザベスからの手紙でした。

愛するお従兄《にい》さま

ご病気で臥《ふ》せっていらしたのですね。それもひどいご病気で。ヘンリー・クラーヴァルは優しい人なのでたびたび手紙をくれますが、でも、それだけではお従兄さまのことが心配でどうにも心が落ち着きません。書き物をしてはいけない、ペンを持つのもまかりならぬ、と言われているのだと思いますけれど、でも、お従兄さまからの、せめてひと言でもないことには、不安で仕方がないのです。郵便が届くたびに、今度こそ、お従兄さまからのお手紙ではないか、と思ってきました。もう、ずいぶん長いこと、お従兄さまからのひと言を待ちわびているのです。おじさまなど、インゴルシュタットまでお出かけになるとおっしゃるほどです。わたしがおとめしなければ、本当にお出かけになっていたかもしれないわ。インゴルシュタットまでは長旅です。道中、不便な思いをなさったり、ことによったら危険な目にお遭いにならないとも限りません。それで必死にお引きとめしてきたわけですが、でも、わたしにしてみればそれも口惜しいのです。おじさまの代わりにわたしが参ります、と申し上げられないことが。病床で看病しているのが、お金で雇われたどこかのお婆《ばあ》さんだったりしたら、きっとお従兄さまのお気持ちを察することもできず、お世話をするにしても、従妹《いとこ》のように細々と気を配ったり、愛情を込めたりすることもないでしょうに、とついそんなふうに気を揉《も》んでしまうのです。でも、もうそんな心配はしなくてもいいのですね。クラーヴァルからの手紙に、お従兄さまは着々とご健康を取り戻しつつあると書いてありましたもの。ですから、近いうちに、その知らせにまちがいがないことを、ご自身のペンで証明してくださるものと心待ちにしています。

お元気になって、そしてわたしたちのところに帰っていらしてくださいな。愉《たの》しく幸せな家庭と、お従兄さまのことを心から愛する友だちが待っています。おじさまはご健勝にてお過ごしです。お従兄さまに会いたい、元気なお姿をご自分の眼で見て確認なさりたい、それだけを望んでいらっしゃるの。それさえかなえば、あの優しいお顔を曇らせる心配事はなくなるはずです。アーネストはすっかり大人びてきました。立派に成長した姿をご覧になれば、きっとお従兄《にい》さまも大歓《おおよろこ》びなさると思うわ。もう十六歳ですもの。活発で、元気いっぱいで、生粋《きっすい》のスイス人らしく外国の軍隊に入りたいと言っています。でも、少なくとも、上のお兄さまが帰ってきてくださるまでは、あの子を手放すわけにはいきません。おじさまとしては、息子が遠い国で軍務につくことには賛成できないとお考えのようですけれど、アーネストはお従兄さまとはちがって、勤勉ではありません。勉強なんて足枷《あしかせ》みたいなものだと思っていて、一日じゅう戸外で過ごしています。山に登ったり、湖で舟を漕《こ》いだりしているの。こちらが折れて、あの子が自分で選んだ道に進ませてやらなければ、とんでもない怠け者になってしまうだけではないか、と心配です。

弟たちが大きくなったことを除けば、お従兄さまが発《た》たれて以来、変わったことはほとんどありません。蒼《あお》い湖水に雪を戴《いただ》く山々――そういうものは変わりようがありませんもの。わたしたちの静かな暮らしも、満ち足りた日々も、それと同じように、不変の法則に統《す》べられているように思えます。わたし自身は細々とした仕事に時間を取られていますけど、わたしにはそれがまた愉しいのです。幸せそうな優しい顔に囲まれていると、それだけでもう充分、何も不足はありません。そう言えば、お従兄さまがお家《うち》を離れていらっしゃる間にひとつだけ、お屋敷の顔ぶれにささやかな変化がありました。お従兄さまは、あのジュスティーヌ・モーリッツがわが家の一員になったときの事情を覚えておいでですか? たぶん、もうお忘れではないかと思いますので、あの子の身の上をかいつまんで記してみます。あの子の母親のマダム・モーリッツは夫に先立たれ、四人の子どもを抱えておりました。ジュスティーヌは三番めの子どもです。父親はあの子のことをたいそう可愛《かわい》がっていたそうですが、どういう加減か、母親のほうはあの子を目の敵にしていて、ムッシュー・モーリッツが亡《な》くなったあと、ずいぶん辛《つら》く当たっていたのです。それをご覧になっていたおばさまが、ジュスティーヌが十二歳になったとき、マダム・モーリッツを説き伏せて、わたしたちの家に住まわせることにしたのです。スイスは共和国ですから、君主制を敷いている近隣の大国に比べると、社会の仕組みが単純に、より暮らしやすくできています。それで、住民のあいだに、階級による差別があまりないのでしょう。下層とされる階級であっても、さほど貧しくはなく、蔑《さげす》まれてもいないので、振る舞いにもそれなりの品位があり、道徳観念もしっかりしています。ジュネーヴの召使いと、フランスやイングランドの召使いを比べてご覧になれば一目瞭然《いちもくりようぜん》でしょうね。きっと、比べものになりませんもの。ジュスティーヌも、召使いということでわが家に迎えられたわけですけれど、この幸せな国では、だからといって教養がないということにはなりません。もちろん、仕事は仕事として覚えることになりますが、人間としての尊厳を犠牲にすることは、そこには含まれていないのです。

ジュスティーヌは、お従兄《にい》さまの大のお気に入りでしたね。覚えていらっしゃるかしら？　一度、こんなことをおっしゃっていたでしょう？　虫の居所のよくないときでも、ジュスティーヌの姿を見ると気が晴れるって。そして、その理由として、あのアリオストがアンジェリカの美しさについて述べている（イタリアの詩人、ルドヴィコ・アリオスト（一四七四〜一五三三）の『狂乱のオルランド』のヒロインにちなむ）のと同じだよ、とおっしゃったの——あの子はほがらかで、とても明るいからだよ、と。ジュスティーヌのことは、おばさまも可愛がっていらして、最初に考えていらしたよりも高い教育を受けさせることになさったの。その思い遣《や》りは充分に報いられたと言うべきでしょう。ジュスティーヌは心の底から感謝していましたもの。口に出してそう言っていたわけではないのよ。ことばにしなくても、あの子の眼を見ればわかります。自分の保護者であるおばさまを、あの子は深く敬慕していました。崇拝していたと言ってもいいぐらいです。もともとが陽気な性質《たち》で、考えの足りないところも間々ありましたけれど、おばさまのなさることを、それはもうよく見ているのです。それこそ一挙手一投足に至るまで。そして、それをお手本と考えて、ことば遣いや物腰をそっくり真似《まね》ようとするのです。だからでしょうね、今ではあの子を見ておばさまを思い出すこともあるほどです。

最愛のおばさまが亡くなられたときには、誰もが自分の悲しみで心がいっぱいになっていて、ジュスティーヌのことをろくに気にかけてやりませんでした。おばさまが臥せっていらしたあいだ、あの子は心を込めて献身的に看病してくれていたというのに。実はジュスティーヌも病気《やまい》に倒れ、ひどく具合が悪かったのです。けれども、可哀想《かわいそう》に、あの子の試練はそこで終わりませんでした。

あの子の兄妹《きょうだい》が、ひとり、またひとりと亡くなり、マダム・モーリッツに残された子どもは、それまでさんざん疎《うと》んじてきたジュスティーヌひとりになってしまいました。さすがに良心が痛んだのか、偏愛してきた息子や娘を失ったのは、自分の依怙贔屓《えこひいき》に対して天が下した罰ではないかと思うようになったのです。マダム・モーリッツはカトリックの信者だそうですから、告解をお聴きになった神父さまが、そのとおりだとでもおっしゃったのでしょう。それで、お従兄さまがインゴルシュタットに旅立たれてから数ヶ月後のこと、ジュスティーヌは悔い改めた母親のもとに呼び戻されたのです。可哀想に！　わが家を去ることになって、あの子は涙を流して泣きました。おばさまが亡くなられてから、あの子はずいぶん変わりました。もともととても快活な子でしたが、悲しみを経験して物腰が柔らかくなり、落ち着いた優しさのようなものが加わったのです。実の母親の元で暮らすようになったからとて、本来の陽気なあの子に戻れたわけではありません。マダム・モーリッツという人も考えてみれば気の毒です。悔悟の心もぐらついてばかりで、ジュスティーヌに対して、それまで邪慳《じやけん》にしてきたことを許してほしいと言ってみたかと思えば、兄妹が死んだのはおまえのせいだとなじってみたり。そんなふうに始終苛立《いらだ》っていれば、病気がちにもなろうというもの。それで余計に苛立ちを募らせていましたけれど、今では永遠の安らぎを取り戻しています。この冬の初め、寒さの訪れとともに、マダム・モーリッツは天に召されたのです。そんなわけで、ジュスティーヌはまた、わが家で暮らすようになりました。お従兄《にい》さま、わたし、これだけははっきり申しあげられます。わたしはあの子のことが心から愛《いと》おしいのです。賢くて、優しくて、おまけにとびきりの美人ですもの。先ほども書きましたが、あの子のふとした仕種《しぐさ》や表情から、最愛のおばさまを思い出すこともしばしばです。

それから、いちばん歳下《としした》のかわいいウィリアムのこともお伝えしなければ。あの子の姿、お従兄さまにもお目にかけたいわ。年齢《とし》にしては背が高いほうで、青い眼はいつも愉しそうにきらきらしていて、睫毛《まつげ》も濃くて黒々としていて、おまけに髪は巻き毛なの。にっこりすると、健康そのものの薔薇色《ばらいろ》の頬にひとつずつ、可愛らしいえくぼが浮びます。早くも、ひとりふたり、小さな〝奥さま〟までいるのだけれど、目下のいちばんのお気に入りはルイーザ・ビロンという五歳になる可愛らしい女の子です。

ところで、ヴィクターお従兄さま、こう言ってはなんだけれど、ジュネーヴの社交界のちょっとしたゴシップもお聞きになりたいんじゃなくて？　美女の誉れ高いミス・マンスフィールドは、若いイギリス紳士、ジョン・メルバーンさまとのご結婚を控えて、早々と祝賀の訪問を受けはじめておいでです。その姉君のあまりお美しくないマノン嬢は、昨秋にムッシュー・ドゥヴィラールとおっしゃる裕福な銀行家とご結婚。お従兄さまとご懇意だった同級生のルイ・マノワールは、クラーヴァルがジュネーヴを発ったあと、幾度か失恋の痛手を味わいましたが、今では傷も癒《い》え、マダム・タヴェルニエールとおっしゃる、溌剌《はつらつ》としてたいそう美しいフランスの方と結婚間近との噂《うわさ》です。この方はご主人を亡くされていて、マノワールよりもだいぶ歳上《としうえ》ですけれど、悪く言う人はひとりもいません。誰からも好かれている方です。

こうして書き綴《つづ》っているうちに、ずいぶん元気が出てきました。でも、ペンを置こうとすると、また不安になります。お従兄《にい》さま、愛しいヴィクター、お手紙をください。ほんの一行でも、たったのひと言であっても、わたしたちには何よりありがたいのです。ヘンリー・クラーヴァルには、その優しさと思い遣りと、何度もお手紙をくださったことに、一万回でもお礼を申しあげたいぐらい。深く深く感謝申しあげています。では、お従兄さま、ごきげんよう。お身体《からだ》、くれぐれも大切になさってください。そして、最後にもう一度、お願いです。お手紙をください。

エリザベス・ラヴェンツァ

一七＊＊年三月十八日　ジュネーヴより

「エリザベス！　愛しいエリザベス！」手紙を読みおえると、わたしはそう叫んでいました。「すぐに手紙を書くよ。みんなを安心させなくては。きっとさぞかし心配しているだろうから」わたしはさっそくペンを取りました。そのときのわたしには、それだけでも体力を使う作業でしたから、ずいぶん疲れはしましたが、病気はもう回復期に入っていましたから、あとは日に日に快方に向かうのみ、二週間もすると部屋から出られるようにもなりました。

歩きまわれるようになって、まずしなくてはならないことはいくつかありましたが、そのひとつがクラーヴァルを大学の教授たちに引きあわせることでした。その際にわたしにとっては、拷問《ごうもん》にも等しい場面に何度も遭遇することになり、そのたびに心に負った未《いま》だ癒えきっていない傷が激しく疼《うず》きました。あの運命の夜、わたしのそれまでの労苦が終わり、新たな試練が訪れたあの夜以来、わたしはおよそ自然科学と名のつくものに激しい嫌悪感《けんおかん》を抱くようになっていました。それ以外の面ではすっかり健康を取り戻していたにもかかわらず、化学実験の道具を眼にしただけで、心因性の激しい痛みや苦しみがぶり返すのです。それと察したヘンリー・クラーヴァルが、実験器具の類《たぐい》を残らず、わたしの眼の届かないところに片づけ、ついでに部屋も取り替えてくれました。それまで実験室として使っていた部屋をわたしが可能な限り避けようとしていることに気づいていたからでした。けれども、クラーヴァルのこうした配慮も、教授たちを訪ねていくと、水泡に帰してしまうのです。ヴァルトマン教授は、わたしが科学のいくつもの分野で長足の進歩を遂げ、眼を瞠《みは》るほどの貢献を成している、と言って、実に熱っぽく好意的に褒めてくださるのですが、わたしにしてみれば、そうしたことばは聞くだに苦しいのです。教授はすぐに、わたしがその話題を嫌っていることに気づきましたが、本当の原因までご存じではないので、わたしが謙遜《けんそん》しているのだと思われたようでした。話題をわたしの功績から科学そのものに切り換えて、一生懸命にわたしを会話に引き込もうとするのです。わたしに何ができたでしょう？教授はわたしを歓ばせようとして、却《かえ》って苦しめているのです。わたしをじわじわと苦痛に満ちた死に追い込む道具をひとつひとつ眼のまえに並べているようなものではないか、そんな気さえしてきたほどです。教授のことばを聞きながら、悶《もだ》え苦しみ、その苦しみを表に出すことさえできないのです。クラーヴァルは、いついかなる場合にも、人の気持ちを即座に見抜く眼と心を持った男です。そのときも、自分が科学の分野にはまるで疎《うと》いことを理由にして、そういう話にはどうもついていけないと言ってくれたおかげで、会話はもっと一般的な事柄に向かいました。敢《あ》えてことばには出しませんでしたが、クラーヴァルには、もちろん、心から感謝しました。クラーヴァルが驚いているのは、見ていればわかります。それでも、わが友は一度としてわたしから秘密を聞き出そうとはしないのです。わたしのほうも、クラーヴァルに対しては限りなく深い友愛の思いと同じく限りなく深い敬意を抱いていましたが、何もかも打ち明けてしまう気にはどうしてもなれませんでした。あまりにもたびたび甦《よみがえ》ってくるあの出来事を改めてことばに出して語ろうものなら、さらに深く記憶に刻みつけられてしまうのではないか――わたしはそれが怖かったのです。

クレンペ教授は、さらに厄介な相手でした。そのころのわたしは、どうしようもないほど神経過敏になっていたこともあり、クレンペ教授の露骨でぶっきらぼうな褒めことばは、ヴァルトマン教授の好意あふれる讃辞《さんじ》よりも、いっそう激しく、わたしの心を打擲《ちょうちゃく》しました。「まったく、こいつはとんでもない男だよ」クレンペ教授は大声を張りあげて言います。「いいかね、クラーヴァル君、この男はわれわれをまんまと出し抜いたのだ。ああ、そんなふうに眼を丸くするのもけっこうだが、その眼をいくらぱちくりしてみたところで、事実が変わるわけじゃない。ほんの数年前にはコルネリウス・アグリッパの戯言《ざれごと》を福音か何かのように信奉していた青二才が、今や本学の頂点に君臨している。その座にこのまま居坐《いすわ》られようものなら、われわれの面目は丸潰《まるつぶ》れだね……おや、おや」クレンペ教授は、わたしの苦しげな表情に気づいたようでした。「フランケンシュタイン君は実に謙虚な性質《たち》と見える。若者にしては、なかなかどうして、見あげた心がけだよ。若い時分はそのぐらい控えめで、内気なぐらいがちょうどいいのだ。ちがうかね、クラーヴァル君？　斯《か》く言うわたしもそんな若者だったのだが、若者の含羞《がんしゅう》というのは、あっという間に磨《す》りへってしまうものでね」

それをきっかけにクレンペ教授の自慢話が始ったので、幸いにして会話はわたしを苦しめていた話題から逸《そ》れていきました。

ヘンリー・クラーヴァルは興味の在《あ》り処《か》がわたしとは異なり、もともと自然科学を好まず、もっぱら文学を愛好していました。これまでわたしが熱中してきたのとは、完全に畑違いの分野です。大学に来たのも、東洋の言語を完璧《かんぺき》に身につけ、今後への足がかりを築くためでした。クラーヴァルにはクラーヴァルなりに、これと定めた人生設計があったのです。世に知られぬまま、日々に埋没することを断固拒否し、東洋に眼を向け、抑えがたき冒険心の活路を彼の地《か》に求めようと考えていたのです。そんなわけで、クラーヴァルはペルシア語、アラビア語、サンスクリット語に興味を持っていて、その影響を受けてわたしも、彼と同じものを学んでみようかという気持ちになりました。もともと無為にのらくら過ごすのは苦手な性質《たち》でしたし、そのときはものを考えることから逃れたいうえに、もちろん以前の研究を続ける気持ちもなくしていましたから、友と机を並べることに深い安堵《あんど》を覚え、東洋文化の研究者たちの著作に、知識のみならず慰めまでをも見いだしたのでした。とはいえ、クラーヴァルのようにそうした言語を学問的に研究しようという意図はなく、要するに一時の気晴らしが欲しかっただけなのです。本を読むのも、内容を理解するので精いっぱいでしたが、それでも勉強しただけのことはありました。東洋の言語から感じる憂愁の気配は人の心を静かに落ち着かせ、歓喜に満ちた響きは沈んだ気持ちを高く高く持ちあげます。

ほかの国の作家の手になる作品ではついぞ味わったことのないものを感じたのです。東洋の作家の手になるものを読むと、人生とは暖かな陽光と薔薇の咲き乱れる庭園のなかにあるものだと思えます。麗《うるわ》しき敵の浮かべる微笑《ほほえ》みや眉《まゆ》をひそめた表情に、己《おの》が心を焼き尽くす恋の炎のなかにあるものだ、と。ギリシアやローマの勇壮で、英雄的な詩とは、なんとちがった詠《よ》みぶりでしょう。

そんなこんなに没頭しているうちに夏が過ぎ、わたしは秋の終わりごろにはジュネーヴに帰郷することになりました。それがいくつかの出来事や事情があって遅れるうちに冬が到来し、雪が降りはじめたもので、そうなると道路が通れなくなります。出発は翌春まで延期となりました。わたしにはとても辛いことでした。郷愁が募り、故郷の町にも、愛する人たちにも再会できることを愉しみにしていたからです。そもそも帰国を延ばしていたのも、クラーヴァルがこの地に知己を得るまで、馴染《なじ》みのない土地にひとり残していきたくなかったからなのです。それでも、その年の冬は愉しく過ぎていき、春の訪れは例年になく遅いものでしたが、ひとたび訪れてみると、その美しさたるや遅れを補って余りあるほどのものでした。

五月に入ると、わたしは帰国の日取りを決めるため、故郷から手紙が届くのを連日、待ちわびるようになりました。そんなときのこと、クラーヴァルが、インゴルシュタットの周辺を徒歩で旅行してみないか、と誘ってきました。わたしにとっては何年も暮らした土地なのだから、そんなふうなかたちで別れを告げるのがいいのではないか、と言うのです。友の誘いに、わたしは歓んで応じました。身体を動かすのは好きなほうだったし、同伴者がほかならぬクラーヴァルでもあったからです。故郷にいた時分にそうした散策に出かけるときは、いつもクラーヴァルが一緒だったのです。

クラーヴァルとわたしは、この徒歩旅行に二週間をかけました。わたしの心も身体ももうすっかり回復していましたが、そうして爽《さわ》やかな空気を吸い、旅につきもののあれこれを経験し、おまけに友と心ゆくまで語らったことで、気力も体力もさらに充実しました。研究に没頭するあまり、人づきあいから遠ざかり、わたしはすっかり社交嫌いの人間になっていましたが、固くなっていた心をクラーヴァルが柔らかくほぐし、自然の姿や子どもたちの愉しげな顔を美しい、愛しいと思う気持ちを改めて思い出させてくれたのです。これほどすばらしい友がいるでしょうか？　相手のことを心から大切に思い、相手が沈んでいれば自分と同じところまで引きあげるべく、辛抱強く朗らかに働きかけることを厭《いと》わなかった、わが友。その友が、独善的な研究に小さく凝《こご》っていたわたしの心を、穏やかな優しさと思い遣りで温め、解放してくれたのです。彼のおかげで、わたしは数年前の自分を取り戻すことができたのです。臆《おく》することなく人を愛し、また人からも愛され、哀《かな》しみや気苦労とは無縁の、あの幸せ者に戻ることができたのです。だからこそ、幸福を取り戻すことができたからこそ、感情を持たないはずの自然がわたしの胸に注ぎ込んでくる、至福の歓びを味わうことができたのです。穏やかに澄み渡った空が、緑燃える草原が、わたしの胸を得も言えぬ恍惚《こうこつ》感《かん》で満たしたのです。折しも、神々《こうごう》しいような季節です。生け垣では春の花が盛りを迎え、夏の花が蕾《つぼみ》を膨らませているのですから。前の年には、どれほどもがこうと、あがこうと振り捨てることのできない悩みが、胸に居坐っていました。そのすさまじい重さに、心を押しつぶされそうになっていました。でも、もうその辛い重荷に悩むこともありません。

　わたしが快活さを取り戻したのを見て、クラーヴァルも歓び、わたしの上機嫌に進んで調子をあわせてくれました。わたしを愉しませるよう心を砕きつつ、同時に自分の胸にあふれる思いのあれこれを雄弁に語りました。そんなときのクラーヴァルは、驚くほど自由自在に精神を羽ばたかせます。口にすることばの端々に想像力がふんだんに盛り込まれ、ペルシアやアラビアの文学者を真似て、空想と情熱の物語を紡《つむ》ぎ出すこともあれば、わたしの好きな詩を暗誦《あんしょう》して聞かせたり、わたしを議論に誘い込んでおいて実に見事な弁舌で自説を擁護することもありました。

学寮に戻ったのは、日曜日の正午過《ひる》ぎのことでした。地元の農夫たちは踊りに興じ、行き会う人誰もが陽気で幸せそうに見えました。わたしの心も浮きたち、抑えようのない歓びに酔いしれながら、まさに弾むような足取りで帰ってきたのです。

第七章

戻ってみると、父から次のような手紙が届いていました。

愛するヴィクター

帰国の日取りを決める手紙を、まだ届かないのか、と日々焦《じ》れるような気持ちで待ちわびていたことと思う。最初はほんの数行、何日までに帰ってくるようにと知らせるだけの短い手紙を書けばいいだろうとも思ったが、それでは気遣っているようでいて却《かえ》ってむごいことになりかねないと気づいて、敢《あ》えて知らせることにした。おまえとしては、わが家に帰れば、久しぶりの再会を歓《よろこ》ぶ、輝くばかりの笑顔が迎えてくれるものと思っているだろうに、実際に眼にすることになるのが、それとは正反対の涙と悲嘆に暮れた顔だとしたら……息子よ、そんなふうにおまえを驚かせたくないのだ。それでも、ヴィクター、わたしたちを見舞ったこの不幸を、どう伝えたものか。共に暮らしていないからとて、おまえが家族の歓びや悲しみに鈍感になっていようはずもない。長らく顔を見ていない息子に、苦しみを与えることになるかと思うと、わたしは途方に暮れてしまう。途方もなく悲しい知らせだから、覚悟してもらいたい。覚悟などできるはずもないことは承知のうえで、敢えて頼む。今このときも、おまえの眼はおそらくこの紙面のうえを、忙《せわ》しなく走っているのではないか？　恐ろしい知らせをもたらす、ことばを捜して。

ウィリアムが死んだのだ！　あの笑顔でわたしの心を温め、歓ばせてくれていた、愛らしい息子が。おとなしくて手のかからない、それでいて陽気で快活だった子が。しかも、ヴィクター、あの子は殺されたのだ！

今ここで慰めのことばを綴《つづ》るつもりはない。起こったことのあらましを述べるにとどめる。

先週の木曜日、五月七日のことだ。わたしは姪《めい》とおまえの弟ふたりを連れて町の郊外のプランパレ緑地まで散歩に出かけた。夕暮れどきになっても温かくうららかな陽気だったこともあり、その日の散歩はいつもより長くなった。帰ろうと思ったときには、もう暗くなりかけていた。そのとき、先を歩いていたはずのウィリアムとアーネストの姿が見えないことに気づいた。ひとまずベンチに腰を降ろして、ふたりが戻ってくるのを待つことにした。まもなくアーネストが戻ってきて、弟を見かけなかったかと尋ねた。アーネストが言うには、一緒に遊んでいるうちにウィリアムが走っていってどこかに隠れてしまい、あちこち探し回ってみたものの見つからない。そのあと長いこと待ってみたが、やはり戻ってこないと言うのだ。

それを聞いて、わたしたちは心配になった。暗くなるまで探し続けたが、そのうちエリザベスが、あの子はもしかして先に家に戻っているのかもしれないと言いだした。だが、家には戻っていなかった。今度は松明《たいまつ》を持って探しに出た。かわいいあの子が迷子になり、夜露にさらされているかもしれないと思うと、休んでなどいられなかったし、エリザベスも心配でならないようだった。やがて、明け方の五時近くになって、あの子は見つかった。前日の夕方までは健やかそのもので潑剌《はつらつ》としていたあの子が、蒼《あお》ざめた顔で草のうえに臥《ふ》したまま、ぴくりとも動かなくなっていた。首には、あの子を殺した者の指の跡がくっきりと残っていた。

それからあの子を家に連れて帰ったのだが、わたしの顔に浮んだ苦悶《くもん》の表情から、エリザベスは秘しておこうとしたことを察知してしまった。そして、どうあっても亡骸《なきがら》と対面したいと言う。最初は止めようとしたのだが、どうしてもと言い張り、亡骸を安置した部屋に向かった。エリザベスはウィリアムの首筋を検《あらた》めるなり、両手を握りあわせて、こう叫んだ――「ああ、神さま、この子を殺したのはわたしです！」

あの娘《こ》はそのまま気を失い、正気を取り戻すまでずいぶん時間がかかった。意識が戻ったあとも、はらはらと涙をこぼしては溜《た》め息をつくばかりだった。ようやく口を開いて言うには、あの娘はおまえの母さんの小画像《ミニアチユア》を形見として持っていたが、それはずいぶん高価なもので、それをあの日の夕方、ウィリアムにせがまれて首にかけてやったらしい。その絵がなくなっていたから、犯人はきっとそれに眼が眩《くら》んで犯行に及んだにちがいない。今のところ、犯人の手がかりは何もないが、わたしたちは捜索に全力を尽くしている。そんなことで、あの子が帰ってくるわけではない、と知りながら。

帰ってきてくれ、ヴィクター。エリザベスを慰められるのは、おまえしかいない。あの娘はずっと泣き通しで、ウィリアムが死んだのは自分のせいだと不当にわが身を責めている。そのことばには、胸を抉《えぐ》られる思いだ。今は家族全員が悲しみに沈んでいる。だが、息子よ、それはとりもなおさず、おまえには帰ってくるべき理由がもうひとつ増えたことにはなるまいか？　帰ってきて皆を慰めてほしい。ああ、ヴィクター、せめてもの救いは、おまえの優しい母さんが、これを眼にせずにすんだことだ。いちばん歳下《した》の息子が、このように残酷で無惨《むざん》な死を迎えねばならなかったことを。

帰ってきてくれ、ヴィクター。殺人鬼への復讐《ふくしゅう》など考えずに、平和で穏やかな心で戻ってきてくれれば、われわれの傷も化膿《かのう》することなく癒《い》えるだろう。この嘆きの館《やかた》に足を踏み入れるときには、敵への憎しみは捨て、おまえを愛する人々に対する思い遣《や》りと愛慕の気持ちだけを持ち込むように。

おまえを愛し、悲しみに暮れる父
アルフォンス・フランケンシュタイン
一七＊＊年五月十二日　ジュネーヴより

わたしが手紙を読むあいだ、クラーヴァルはこちらの表情をじっとうかがっていました。そして、家族からの手紙を受け取り、最初は嬉《うれ》しそうにしていたわたしが、いきなり絶望の表情を浮かべたことに、とても驚いたようでした。わたしは手紙を机に投げ出し、両手で顔を覆《おお》いました。

「おい、どうした、フランケンシュタイン」わたしが激しく泣き崩れたのを見て、ヘンリー・クラーヴァルは叫ぶように言いました。「きみという男は、年がら年中、不幸にならなくてはならない定めなのかい？　いったい、何があったんだ？」

手紙を手に取って読んでみるよう仕種《しぐさ》で伝えると、わたしはどうしようもなく取り乱した気持ちのまま、部屋のなかをぐるぐると歩きまわりました。不幸を知らせてきた手紙を読むうちに、クラーヴァルの眼にも涙があふれてきました。

「慰めのことばもない」とクラーヴァルは言いました。「不幸の最たるものだ、取り返しようもないんだから。それで、これからどうするつもりだ？」

「すぐにジュネーヴに帰る。一緒に来てもらえないか、ヘンリー。馬の手配を手伝ってくれ」

クラーヴァルとわたしは連れだって部屋をあとにしました。並んで歩きながら、クラーヴァルは慰めのことばをかけようとしてくれますが、彼にしても心からの同情を示すのが精いっぱいでした。「ウィリアム、可哀想《かわいそう》に。あんな可愛《かわい》らしい子だったのに。それが今では、天使になった母上と一緒に眠っているなんて。子どもらしくて、無邪気で、いつも愉《たの》しそうににこにこしてた。その姿を覚えている者なら誰だって、こんなふうに突然、あまりにも早くこの世を去ってしまったことを嘆かずにはいられないとも。しかも、あんまりじゃないか、殺人鬼の手で首を絞められたなんて。ああ、そうとも、こんなことをするやつは殺人鬼以外の何ものでもない。あんなあどけない、悪意のかけらもない可愛らしい子を手にかけるなんて！　可哀想だよ、あまりにも可哀想だよ。でも、こんなことを言っても慰めにもならないだろうけれど、遺《のこ》された者は嘆き悲しみ、涙に暮れるばかりだとしても、ウィリアム自身は安らかに眠っているんだ。今はもう痛みも苦しみも感じない。そういうものからは、永久に解放されたんだよ。あのころころした小さな身体《からだ》は土に覆われ、もう痛みを感じることもなくなったんだ。だから、もう、あの子のことを哀れに思うのはよそう。哀れみは、後に遺されれ、悲しむしか術《すべ》のない者たちのために取っておかなければ」

急ぎ足で通りを歩きながら、クラーヴァルはそんなことを言いました。そのことばはわたしの胸に深く刻まれ、あとでひとりになったときに甦《よみがえ》ってきたのでした。けれども、出立のときには、待ちかねていた馬がやって来るなり、わたしはすぐさま馬車に飛び乗り、友とは慌《あわ》ただしく別れを告げただけになりました。

道中は鬱々《うつうつ》として、心は少しも晴れません。最初のうちは、ともかく先を急ぎました。愛する家族と悲しみを共にして少しでも慰めになれれば、という一心でした。ところが、故郷の街が近づくにつれて、足が鈍りました。胸に押し寄せるさまざまな思いに耐えきれなくなりそうだったのです。子どものころに見慣れた風景のなかを、ほぼ六年ぶりに進んでいくわけですが、それだけの歳月のあいだに何もかもがすっかり変わってしまっているかもしれないのです。今回はあるひとつの決定的な出来事があって、それこそ希望を根こそぎもっていかれてしまうような変化がありました。ですが、そのほかにも、数えきれないほどたくさんの変化が徐々に、もっと穏やかに、それとわからないほどさりげなく生じていて、かつての状況が決定的に変わってしまっているかもしれない。そう思うと、不安が昂《こう》じてきて、先を急ごうとしても身がすくんでしまうのです。災いは数えきれないほどある、それが怖いのです。災いの正体を具体的に見定められたわけでもないのに、ただ漠然と、わたしは恐怖に震えあがってしまったのです。

そんな苦しい精神状態のまま、ローザンヌに二日ばかりとどまりました。湖を眺めやると、水面は静かで、あたり一帯も平穏そのものです。雪を戴《いただ》く山々も——あのバイロンが『チャイルド・ハロルドの巡礼』のなかで〝自然の殿堂〟と呼んだ山々も、以前のままの姿です。その穏やかで荘厳《そうごん》な光景に心が次第に癒《いや》され、わたしはようやくジュネーヴへの旅を再開することにしたのです。

湖畔を走る街道を進み、故郷の町が近づくにつれて、湖の幅が狭くなります。ジュラ山脈の黒々とした横腹が、モンブランの輝く峰が、よりいっそうくっきりと見えるようになったことに気づくと、わたしは子どものように泣きだしてしまいました。

「懐《なつ》かしい山々よ、ぼくの愛する美しい湖よ！　このさすらいの身を、おまえたちはどのように迎えてくれるんだ？　輝く峰々はくっきりとその姿をさらし、空も湖水も蒼く静まり返っているけれど、それは平和の予兆なのか？　それともこの身の不幸をあざ笑おうとするものなのか？」

もしや、退屈なさっておられるでしょうか？　こうして前置きばかりをくだくだとお話ししているわけですからね。しかし、このころはまだまだ幸福だったのですよ。当時のことを思い出すのは、わたしには心愉しいことなのです。わが故郷《ふるさと》、愛する祖国。その川の流れを、その山々を、そして何よりその美しき湖水を再び眼にした歓びは、あの土地で生まれ育った者にしかわからないものなのです。

ところが、わが家に近づくにつれて、またしても悲しみと不安が襲ってきました。夜の闇《やみ》が迫り、黒々とした山並みがほとんど見えなくなると、心はますます鬱《ふさ》ぎます。しかと輪郭の見とれない風景がいかにも禍々《まがまが》しく、わが身はこの世の誰よりもみじめな人間となるべく運命づけられていることをおぼろげに予感したのです。この予感は、悲しいことに的中していました。唯一《ゆいいつ》、見落としていたのは、その時点であれこれと思い描き、恐れていた不幸は、その後わたしに背負わされることになる苦しみの、百分の一にも満たないものであった、ということでした。

ジュネーヴ郊外に入ったのは、すっかり暗くなってからで、市門ももう閉まっていました。そこでやむなく、町から半リーグのところにあるセシュロンの村で一夜を過ごすことにしました。空は澄みわたっています。それに、どうせ寝つけないことはわかっていたので、ウィリアムが殺された場所を訪ねてみようと思い立ちました。その時刻ではもう町中を通り抜けることができないので、プランパレには小舟に乗って湖を渡っていくしかありません。その短い船旅の途中で、ふと見ると、モンブランの頂に稲妻が戯《たわむ》れかかり、眼にも綾《あや》なる模様を描いています。嵐《あらし》が急速に近づいてきている証《あか》しです。向こう岸に着くと、わたしは小高い丘に登って、嵐が近づいてくる様子を眺めることにしました。ほどなく、嵐が到来しました。空がかき曇り、じきに大粒の雨がぽつりぽつりと落ちてきたかと思うと、あっという間に激しい降りになりました。

坐《すわ》っていた場所から立ちあがり、歩きはじめると、闇も嵐も刻々と勢いを増し、頭上で雷がすさまじい音を立てて炸裂《さくれつ》します。その轟《とどろ》きが、サレーヴ山に、ジュラの山並みに、サヴォイ・アルプスに跳ね返って谺《こだま》となって返ってくるのです。鮮烈に闇を裂く稲妻が眼を眩ませ、湖面を照らして広大な炎の敷布に見せたかと思うと、次の瞬間、すべては漆黒の闇に呑《の》み込まれます。閃光《せんこう》に眩んだ眼が慣れるまでには、いくらかの時間が必要でした。スイスではよくあることですが、雷雨は空のあちこちでいくつも同時に発生していました。なかでも、最も激しい嵐が町の真北で起こり、ベルリーヴの岬とコペの村に挟まれた、湖のうえに差しかかっていました。もうひとつはかすかな閃光を発しながらジュラ山脈をおぼろに浮びあがらせ、さらにもうひとつが湖の東に位置するモール山の峰を闇に隠したかと思うと、またそれを明るく照らし出すのです。

この恐ろしいほど壮麗な嵐のさまを眺めながら、わたしはせわしなく歩き続けました。空で演じられている、その崇高にして勇壮な闘いに心を奮い立たせながら。わたしは両手をぎゅっと握り合わせ、声高らかに叫びました。「ウィリアム、天使となったわが愛《いと》しき弟よ、これがおまえの弔いだ。これがおまえの葬送の歌だ！」そのことばを口にしたとき、そばの木立のうしろから薄暗がりのなかに、ひとつの影が忍び出てくるのが見えました。わたしはその場に立ちすくみ、眼を凝らしました。見まちがうはずもありません。ひと筋の稲妻が走り、その姿をはっきりと照らし出したのです。巨大な体軀《たいく》、醜悪でおよそ人間のものとも思えぬ面相。ひと目でわかりました、これはあの唾棄《だき》すべき生き物、わたしが生命《いのち》を与えてしまった、あのおぞましい悪魔だ、と。あいつが、なぜここに？　それから身の毛もよだつようなことを思いついたのです――まさか、あいつが弟を殺した犯人では？　思いついたとたん、まちがいないと確信しました。歯の根が合わず、立っていられなくなって、思わずそばの木に寄りかかって身を支えました。その影は、わたしの傍らをすっと擦り抜け、暗がりのなかに消えていきました。かりそめにも人間であるなら、あれほど可愛い子どもを手にかけることなどできようはずがない。犯人はあいつだったのだ！　疑う余地はありませんでした。その可能性を思いついたこと自体が、事実である動かしがたい証拠に思えたのです。あいつを追いかけなければ、と思いましたが、追っても無駄だと悟りました。次に稲妻が光ったとき、見ると怪物はプランパレの南に接するサレーヴ山の中腹の、ほとんど垂直に切り立った崖《がけ》に取り付いていたのです。そして、見る間に崖を登りきり、山の頂上に姿を消しました。

わたしは立ちすくんだまま、身じろぎひとつできませんでした。ほどなく雷はおさまったものの、雨はまだ降り続いており、あたりは文目《あやめ》もわかぬ暗闇に包まれていました。そのとき、わたしの胸のうちに、それまで忘れようと努めてきたあの出来事の一部始終が順送りに浮びあがってきたのです。おぞましき創造に至る過程の逐一が。この手で造りあげたものが寝台の傍らに現われ、そして姿を消すまでのことが。あいつが生命を得た夜から、ほぼ二年の歳月が経《た》っている。これは果たしてあいつが犯した最初の罪なのだろうか？　慄然《りつぜん》としました。わたしがこの手で世に解き放った、あのおぞましい生き物は、殺戮《さつりく》と悲嘆をもたらすことを歓びとしているのか？　げんにあいつはわたしの大事な弟を殺したではないか？

その夜、わたしが味わった苦悩は、おそらく誰にもわかりますまい。屋根もない戸外で雨に打たれ、寒さに震えて夜を明かしたのですが、身体の感じる不快さはほとんど気にもなりませんでした。想像力がせわしなく働き、まがまがしく絶望的な光景を次から次へと紡《つむ》ぎ出して見せるのです。わたしが人の世に放り出してしまった、あの生き物は、すでに恐ろしいことをしでかした。それが可能となる意志と力を、わたしが与えてしまったということです。あいつは、いわば、わたし自身の死霊《しりよう》のようなもの。墓から迷い出て、わたしの親しい者たちをことごとく破滅に導くよう定められた、わたし自身の霊のようなものに思われたのです。

空が白みはじめると、わたしは町に向かって歩きだしました。市門は開いていたので、市内に入り、父の家へと急ぎました。最初に考えたのは、ウィリアムを亡《な》き者にした犯人について、わたしが知っていることを明らかにして、すぐさま追っ手を出してもらうことでした。しかし、語らねばならぬ内容を思うと、ためらいが生じます。わたしがこの手で生き物を創《つく》りだし、そいつに生命を与えたことを言わねばなりません。その怪物のような生き物を、夜の夜中に、それも人も寄せつけないような山間《やまあい》の絶壁で見かけたことも話さなくてはならないのです。しかも、その怪物を造りあげたちょうどそのころ、わたしは神経を病み、熱に浮かされていた――そのことも思い出しました。そうなると、ただでさえ奇想天外な話なのですから、錯乱しているのかと思われかねません。ええ、斯《か》く言うわたしとて、他人《ひと》からそんな話を聞かされようものなら、痴《し》れ者の戯言《ざれごと》と片づけるに決まっています。いや、それだけではありません。よしんば家族の説得に成功して追跡を開始したとしても、あの怪物はその尋常ならざる素地ゆえに、追っ手を残らずかわして逃げてしまうかもしれません。だとしたら、追跡したところでなんの役に立つというのか？　サレーヴ山の懸崖《けんがい》を素手でよじ登れるような者を、誰が取り押さえられるというのか？　こうしてあれこれ考えた結果、わたしの心は決まりました。黙っていることにしたのです。

父の家に到着したのは、朝の五時ごろでした。家に入り、召使いたちには、家族を起こすには及ばないと言いつけて書斎に向かい、家族がいつもの時刻に起きてくるのを待つことにしました。

六年の歳月が、消すことのできない痕跡《こんせき》をひとつだけ残して、あとは夢のように過ぎ去り、わたしは今、インゴルシュタットへと旅立つまえに父と最後の抱擁を交わした場所に立っているのです。敬愛する父上、ぼくの愛する父さん！　そうです、わたしにはまだ父がいるのです。わたしは、炉棚のうえに掛けられた母の肖像を見つめました。父の願いで描かせたものです。いわゆる歴史画の体裁で、亡き父親の柩《ひつぎ》のまえにひざまずき、絶望にうちひしがれたカロリーヌ・ボーフォールの姿が描かれていました。身なりは質素で頬は蒼ざめていますが、威厳と美しさをそこはかとなく漂わせ、哀れという感傷を寄せつけないものがあるのです。母の肖像のしたに、ウィリアムを描いた細密画が置かれてあることに気づくと、涙があふれてきました。その絵を呆然《ぼうぜん》と眺めていたところに、アーネストが入ってきました。わたしが戻ってきたのを聞きつけて、急いで迎えに出てきたのです。わたしの姿を見ると、アーネストは悲しみと嬉しさの入り混じった表情を浮かべました。「お帰りなさい、ヴィクター兄さん。あと三月《みつき》早ければ、家族揃《そろ》って陽気に愉しく兄さんを迎えてあげられたんだ。せっかく帰ってきてくれたのに、途方もない悲しみの仲間入りをするだけなんて。でも、兄さんが帰ってきたことで父さんも少しは元気を取り戻してくれるかもしれない。今回のことで、すっかり参ってしまわれているんだ。それにエリザベス従姉《ねえ》さんにも、兄さんからよくよく言い聞かせてやってくれないか。自分を責めて苦しんでるんだ、そんな必要はないし、そんなことをしてもどうにもなりゃしないのに。それにしても……ウィリアムは可哀想だ。みんなに愛され、わが家の自慢の種だったのに」

抑えきれなくなったように、弟の眼から涙がこぼれました。それを見たとたん、苦悶の炎が身体じゅうに燃え広がったような気がしました。わが家に帰り着くまではただ漠然と悲しみに沈む家族の姿を思い浮かべていただけでしたが、その姿を目の当《ま》たりにすることは想像していた以上に辛《つら》く苦しいことでした。アーネストをなだめようという気持ちも働き、わたしは父のことや、従妹《いとこ》と呼ぶ人のことをさらに詳しく尋ねました。

「誰よりも慰めが必要なのは、エリザベス従姉さんだよ」とアーネストは言いました。「ウィリアムが死んだのは自分のせいだと思い込んでいて、さんざっぱら自分を責めていたんだからね。でも、犯人が見つかってからは——」

「犯人が見つかった？　まさか、ありえない。そんなことがあるものか！　あいつを追いかけられる者なんて、いるわけがない。無理に決まってる。風を捕まえるか、谷川の流れを麦藁《むぎわら》一本で堰《せ》き止めるほうが、まだしも簡単というものだ。ぼくは見てるんだ、この眼で。あいつは昨夜も歩きまわってた、悠然と、のうのうと」

「よくわからないな、何が言いたいのか」弟は怪訝《けげん》そうに言います。「でも、犯人が見つかったことは、ぼくらにとっては悲しみの上塗りというやつだった。初めのうちは誰も信じなかった。エリザベス従姉さんなんか今でも、動かしがたい証拠がいくつも見つかっても、信じようとしない。そりゃ、そうだよ。誰が信じられる？　あんなに気立てがよくて、家族みんなにあれほど心を寄せていたジュスティーヌ・モーリッツが、いきなりあんな恐ろしい、あんなおぞましいことをしでかすなんて」

「ジュスティーヌ・モーリッツだって？　あの娘が犯人だって？　そんなことがあるものか。濡《ぬ》れ衣《ぎぬ》だ、とんでもない濡れ衣だ。そんなことぐらい、誰だってわかるじゃないか。そんな馬鹿《ばか》なこと、誰だって信じやしない。そうだろう、アーネスト？」

「ああ、最初のうちは、誰もがそう思ってた。だけど、次から次へと証拠が出てきて、そうなると信じないわけにはいかなくなった。当人もずいぶん混乱していて、はっきりした態度を取らないものだから、証拠としてあげられた事実も、否定できないものとされてしまって、犯人はあの娘でまちがいないということになった。残念ながら、疑いの余地はなさそうなんだ。ちょうど今日、裁判が開かれることになっているから、兄さんも自分の耳で確かめられると思う」

アーネストの話によると、ウィリアムが殺され、遺体で発見された日の朝から、ジュスティーヌは病気になって、それから数日間寝ついていたというのです。そのあいだにたまたま、ジュスティーヌが事件当夜に着ていた服を片づけようとした召使いのひとりが、ポケットから母の小画像《ミニアチユア》を見つけ出しました。あの殺人の動機とされたものです。召使いは慌《あわ》ててそれを同輩に見せ、見せられた者が家族の誰にもひとことの相談もなく、治安判事に届け出たのです。その者たちの供述をもとに、ジュスティーヌは逮捕されました。それで取り乱したのでしょう、ジュスティーヌはひどく混乱した言動を見せ、それが却って嫌疑を強める結果になった、というのです。

どうにも腑《ふ》に落ちない話でしたが、わたしの信じるところは揺らぎません。わたしは真剣にこう言ったのです。「みんな誤解している。ぼくは犯人を知っている。ジュスティーヌは無実だ。あの娘を犯人扱いするのは、あんまりだ」

そのとき、父が書斎に入ってきました。その顔を見れば、父が深い悲しみに沈んでいることは一目瞭然《いちもくりょうぜん》でしたが、それでも父は努めて明るく、わたしを迎えようとしてくれました。悲しい挨拶《あいさつ》を交わしてから、わが家を見舞った不幸を話題にしなくてすむよう、何かほかの話を持ちだそうとしたのですが、そのまえにアーネストが声をあげたのです。「父さん、聞いてください。ヴィクター兄さんはウィリアムを殺した犯人を知ってると言うんだ」

「残念ながら、われわれも知っている」と父は答えました。「こんなことなら、永久に知らずにいたほうがよかったかもしれない。あれほど大事に思ってきた者が、罪深い恩知らずだったと思い知らされるよりは」

「お父さん、それはちがいます。ジュスティーヌは潔白です」

「もしそうであるなら、あの娘が罪をかぶることは神がお許しになるまい。あの娘は今日、裁判にかけられる。無罪となることを願おう。わたしにはそれしかできない。心から願うことしか」

父のことばに、わたしの心は鎮《しず》まりました。この殺人事件に関して、ジュスティーヌは無実です。いや、それを言うなら、およそ人間である者はすべて無実なのです。わたしにはそれがはっきりとわかっています。それゆえ、たとえどんな状況証拠が出されようとも、ジュスティーヌを有罪にするに足るものではないはずだ、と信じることもできたのです。ただ、わたしがそう信ずる根拠については、世に公表できる類《たぐ》いのものではありません。あまりにも恐ろしい話ですから、世間一般の人が聞けば、狂気の産物と受け取られてしまうでしょう。そうですとも、あの怪物を造り出したこのわたし以外、わたしの話を信じる者などいましょうか？　その眼で見て確かめずして、信じる者などいますまい。わたしがこの世に放ってしまった、思いあがりと無知の生きた記念碑、あの怪物の存在を。

まもなくエリザベスが書斎にやってきました。会わないあいだに、時間《とき》が彼女を変えていました。歳月が子どもらしい愛らしさを上まわる、麗《うるわ》しさのようなものを与えていました。以前と変わらず率直で、溌剌としていますが、それに加えて豊かな感受性と知性をたたえた表情がうかがえるのです。心からの愛情を込めて、エリザベスはわたしを迎えてくれました。「お従兄《にい》さまがお帰りになったんですもの、もう心配することはないわ」とエリザベスは言いました。「希望が湧《わ》いてきました。お従兄さまならきっと、何か方法を見つけて、罪もないのに捕われている気の毒なジュスティーヌの無実を証明してくれるはずですもの。こんなのはあんまりです！　あの娘が犯人だというなら、誰も彼もが罪に問われることになるでしょう。あの娘は無実よ、わたしにはわかります。わたしが犯人ではないと言い切れるのと同じぐらいきっぱりと、あの娘は犯人なんかじゃないと言い切れます。今度のことは、わたしたちにとっては二重の不幸だと思うの。かわいい坊やを亡くしたうえに、わたしが心から大切に思っているあの健気《けなげ》な娘までが、もっとむごい運命の手で無理やり連れていかれてしまうなんて。あの娘がこのまま有罪にでもなったら、わたし、もう二度と晴れやかな気持ちにはなれない。でも、そんなことはあり得ないわ。ええ、絶対にあり得ない。わたし、そう信じているの。だから、ウィリアムはあんな悲しい亡くなり方をしたけれど、わたしもきっとまた明るい気持ちを取り戻せるはずだわ」

「あの娘は無実だよ、エリザベス」わたしはそう言いました。「無実だってことが、きっと証明されるよ。心配することはない。疑いは晴れると信じて元気を出すんだ」

「お従兄さま、なんて心が広くて優しい方なの！　ほかの人たちはみんな、あの娘《こ》が犯人だと信じているのに。だから、余計にみじめな気持ちになるの。だって、そんなはずがないんですもの。みんな、色眼鏡で見ているのよ。あまりにも一方的に、頭ごなしに決めつけてしまっているの。それで、つい、絶望的な気持ちになってしまって……」エリザベスは泣きだしてしまいました。

「ほらほら、涙を拭《ふ》きなさい」と父が言いました。「おまえが信じているように、あの娘が無実なら、わが国の法の正義を信じることだ。裁きがいささかなりとも公正を欠くものにならぬよう、わたしもできるだけの手を尽くしてみよう」

第八章

悲しい数時間が過ぎ、十一時になりました。裁判の始まる時刻です。父をはじめ、家族の全員が証人として出廷しなくてはならないので、わたしも一緒に法廷に向かいました。このお粗末きわまりない正義の真似事《まねごと》が進行するあいだ、わたしは拷問《ごうもん》にかけられている思いでした。自らの好奇心と無法な試みから生まれた結果が、親しいふたりの人間に死を招いたことになるのか否《いな》か、この場でそれが決まるのです。ひとりは無邪気で、元気いっぱいで、笑みの絶えなかった幼児。もうひとりにもたらされる死は、さらにむごいものとなるはずです。恐ろしい殺人者の汚名を着せられたまま、後世にその名を残すことになるのですから。しかも、ジュスティーヌはすばらしい素質を持った娘です。この先必ずや幸せな人生を歩むはずだったのです。それが今や根こそぎ汚辱の墓のなかに葬《ほうむ》り去られようとしているのです。このわたしのせいで！ジュスティーヌに罪はない、その罪を犯したのはこのわたしだ——何度、そう告白しようと思ったことか。しかし、殺人が為《な》された当時、わたしはこの地にはいなかったのです。そんな告白をしたところで、気のふれた者の痴《し》れ言《ごと》と受け取られるだけで、わたしのために苦しむ彼女の身の証《あか》しを立てる役には立たなかったことでしょう。

法廷に姿を現わしたジュスティーヌは、落ち着いていました。もともと魅力にあふれた容貌《ようぼう》の持ち主でしたが、喪服に身を包んだ姿は、厳粛な気持ちでいることもあって、凛《りん》としてこのうえもなく美しく見えました。さらに自分の無実を確信している様子で、多くの人に見つめられ、口汚く罵《ののし》られても、たじろぐ気配もありません。こんな場合でなければ、その美貌が見る者の心を動かし、優しい心情を誘いもしたのでしょうが、彼女が犯したとされる罪の恐ろしさが念頭にあるものですから、傍聴人の心から優しさは跡形もなく消え失《う》せていたのです。ジュスティーヌは、確かに平静を保っていましたが、無理をしていることは明らかでした。事件が発覚した直後にうろたえた様子を見せたことが罪を犯した証左と見なされたため、なんとか気力を奮い立たせて毅然《きぜん》とした態度を取っていたのです。法廷に姿を現わすと、ジュスティーヌは周囲を見まわし、われわれが坐《すわ》っていることにすぐに気づきました。一瞬、眼に涙が浮んだように見えましたが、すぐに気を取りなおしたようでした。その愛情に満ちた悲しげな眼差《まなざ》しを見れば、彼女が潔白だということは明らかです。

裁判が始まりました。検事が起訴理由を述べたあと、証人が何人か呼ばれました。

いくつかの奇妙な事実が重なって、ジュスティーヌに不利な状況を造りあげていました。それに惑わされなかったのは、彼女の無実を固く信じているわたしだけだったかもしれません。殺人が起きた夜、ジュスティーヌは外出していました。朝方、のちに遺体が発見された場所からほど近いところで、市場の女にその姿を目撃されていました。こんなところで何をしているのか、と女が尋ねると、なんとも言いようのない顔をしてわけのわからない混乱した返事をしただけだった、というのです。家に戻ったのは八時前後で、ひと晩じゅうどこにいたのか、と問われると、ずっとウィリアム坊ちゃまを探していたと答え、何かわかったかとしきりに尋ねたのです。そして、遺体を見せられると、突如として手のつけられないほどの錯乱状態に陥り、数日間寝込んでしまいました。そこで、あの絵が持ち出されました。召使いがジュスティーヌの服のポケットから見つけた、亡《な》き母の小画像《ミニアチュア》です。エリザベスがためらいがちに、それはウィリアムの行方がわからなくなる一時間ほどまえに、首にかけてやったものだと証言すると、法廷のあちこちから恐怖と憤《いきどお》りに満ちたささやき声が湧《わ》き起こりました。

そのあと、被告人に弁明の機会が与えられ、ジュスティーヌが呼び出されました。

裁判が進むにつれて、ジュスティーヌの表情は変わってきていました。驚きと恐ろしさと惨《みじ》めさがありありと浮び、ときには涙をこらえかねるような様子を見せることもありましたが、弁明を求められたときには、なけなしの気力を振り絞るように、震えを帯びてはいたものの、はっきりとよく通る声で話しはじめました。

「わたしの潔白は神さまがご存じです。ですが、わたしがそう言い張ったところで、それで無罪放免にしていただけるとは思っておりません。わたしにとって不利な証拠とされている事柄について、ただ正直に飾ることなく説明して、この身の証しを立てたいと存じます。状況が曖昧《あいまい》であったり、疑わしく思われるところは、日ごろのわたしの行いに免じて、判事のみなさまが好意的に解釈してくださいますよう、ただ願うばかりでございます」

それから、ジュスティーヌはこんなふうに語りました。殺人のおこなわれた夜は、エリザベスの許しを得て、ジュネーヴから一リーグほど離れたシェーヌの村にある叔母の家で過ごした。叔母の家を辞去して帰途に就き、時刻は九時ごろだったと思うが、道で行き会った男に、迷子の子どもを見かけなかったかと尋ねられた。わけを聞き、びっくりして自分も何時間か一生懸命捜しまわるうちに、ジュネーヴの市門が閉まってしまったので、やむを得ず、夜明けまでの何時間かを、とある農家の納屋《なや》でやり過ごすことにした。よく知っている人の家だったが、眠っているかもしれない家の人を呼び立てるのが心苦しかったからだ。夜のあいだはまんじりともしなかったけれど、夜明け近くになって少しだけ眠ってしまったようで、足音がして、それではっとして眼が覚めた。夜も明けかかっていたので納屋をあとにして、それからまた、行方のわからないウィリアムを捜しに出かけた。遺体のある場所の近くを通りかかったのだとしても、それは知らずにしたことで、市場の女に声をかけられたときにまごついたのも無理からぬこと。なにしろほとんど眠らずに一夜を明かしたところに、ウィリアムの安否も定かではなかったのだから、というのです。あの絵については、なんの釈明もできませんでした。

「それがわたしにとって、どれほど重く、どれほど致命的なことか――」と不運な被告は話を続けます。「充分にわかっているつもりです。でも、わたしには説明のしようがないのです。まったくわからないと申し上げた以上、残るはその絵をわたしの服のポケットに入れた人がいるのではないかと推測することぐらいしかできませんが、そこでもまた行き詰まってしまうのです。わたしはこの世に敵はいないと信じていますし、わけもなくわたしを破滅させてやろうというような心のねじ曲がった方がいるとも思えないのです。殺人犯が入れたというのでしょうか？　そんな機会があったとは思いません。仮にあったとしても、それではなぜ、せっかく盗んだ宝物をそんなにあっさりと手放してしまうのでしょうか？

わたしがお話ししたことをどう判断なさるか、それは判事のみなさまの正義に委《ゆだ》ねるつもりですが、あまり希望があるとは思えません。ですから、どうか、証人の方々に、わたしがどういう人間かをお尋ねいただけないでしょうか？　その方たちの証言を以《もつ》てしても、わたしにかけられた疑いを打ち消すことはできない、ということになれば、わたしは有罪の宣告を受けねばならないでしょう。ですが、自らの魂の救済にかけて、わたしは身の潔白を誓います」

こうして、ジュスティーヌを以前からよく知っている何人かが証人として呼ばれ、その全員が好意的な証言をしましたが、ジュスティーヌが犯したとされる罪を恐れ、また憎む気持ちがあるからでしょう、どの証言もずいぶんと及び腰で、仕方なく証言をしているといったふうなのです。ジュスティーヌの気立てのよさと非のうちどころのない行いは、彼女を救うための、言ってみれば最後の頼みの綱のようなものです。それが役に立ちそうもないと見て取ると、エリザベスは激しく動揺していたにもかかわらず、発言の許可を求めました。

「わたくしは、無惨《むざん》に殺された子どもの従姉《いとこ》、というよりは姉と申しあげたほうがよろしいかもしれません。あの子が生まれてから、いいえ、生まれる以前からずっと、あの子の両親に教えを受け、ともに暮してまいりましたから。ですので、このような場に出てまいりますことは、あるいは慎みのない振る舞いと思われる方もいらっしゃるでしょう。けれども、ひとりの同胞が、友人と信じていた者たちの怯懦《きょうだ》ゆえに罪を着せられ、死んでいこうとしているのを見ては、発言のお許しを得て、わたくしの知るこの娘の人となりをお話しせずにはいられません。わたくしは、被告をよく存じております。一度は五年ほど、その後また二年近く、ひとつ屋根のしたに暮らしておりましたから。その間、わたくしの眼には、被告は誰よりも快活で優しい娘に映りました。わたくしの叔母であるマダム・フランケンシュタインが病気《やまい》に倒れたとき、心を込めて看病し、このうえない愛情を込めて最期《さいご》を看取《みと》ってくれました。その後、長いことわずらっていた自分の母親を看病したときには、その献身ぶりを知る者は誰もが感心したものです。母親を看取ったのち、再びわたくしの叔父の家で暮らすようになりましたが、家族の誰からも愛されています。今は亡き幼児《おさなご》のこともたいへん可愛《かわい》がっていて、まるで実の母親のように接していたのです。ですから、わたくしとしましては、被告の有罪を示す証拠が数々出されたことは確かですが、それでもなお、断固としてこの娘の潔白を信じて疑いません。この娘には、あのようなことをする動機がございません。最も重要な証拠とされているあのおもちゃのような絵にしても、この娘がどうしても欲しいと言えば、わたくしは歓《よろこ》んであげていました。わたくしはそれほどまでに被告のことを大切に思い、高く評価してもいるのです」

エリザベスのこの簡潔にして力強い訴えが終わると、賞賛のつぶやきが聞えてきました。けれども、それはエリザベスの寛大な発言に対するもので、ジュスティーヌに好意を示すものではありません。ジュスティーヌは哀れにも極悪非道な忘恩の徒と思われ、傍聴席から向けられる憤りはむしろ激しさを増した感がありました。エリザベスが発言をするあいだ、ジュスティーヌは涙を流すばかりで、ひと言も発しませんでした。裁判のあいだ、わたしの動揺と苦悩はまさに頂点に達していました。ジュスティーヌが無実だということは、まちがいありません。わたしにはそれがよくわかっているのです。あの悪鬼は弟を手にかけたばかりでなく（そのことを、わたしはもはや一瞬たりとも疑いませんでした）、さらに悪辣《あくらつ》な気まぐれを発揮して、今度は無辜《むこ》の人間に死と恥辱を与えようというのか？　自分の置かれた立場の恐ろしさに、わたしは耐えられなくなりそうでした。傍聴席から発せられる声も、判事たちの表情も、この不運な被告を早くも有罪と決めつけている。それがわかったとたん、ついに耐えられなくなって、わたしは法廷を飛びだしました。被告の苦しみとて、この苦しみには到底及ばないだろうと思いました。ジュスティーヌは無実を支えとすることができます。しかし、わたしのほうは後悔が胸に鋭い牙《きば》をたて、いっかな離してはくれないのです。

途方もなくみじめな思いで一夜を過ごし、翌朝になって再び、裁判所に向かいました。唇も咽喉《のど》も渇ききっていて、訊《き》くべきことを口にすることさえできずにいたところ、わたしの顔を知っている役人が、こちらの訪問の意図を察して答えをよこしました。投票はすでに行われ、全員が黒票を投じていました。ジュスティーヌは有罪とされたのです。

そのときの気持ちは、語れるものではありません。怖《おそ》ろしい思いならそれまでにも経験してきたわけですし、それをなんとかお伝えしようとわたしなりに努めてきたつもりです。しかし、あのときわたしを襲った、胸が悪くなるほどの絶望感は、どれほどことばを尽くそうと、到底お伝えできるものではありません。わたしの来意を察した役人曰《いわ》く、ジュスティーヌはすでに罪を認めたというのです。「これほどわかりやすい事件には、自白など必要なさそうなもんですが、それでもわたしはほっとしてますよ。いや、判事さんがたにしたって、いくら決定的とはいえ、自白もなしに状況証拠だけで有罪にしちまうってのは、そりゃ後味がよくないでしょうからね」

これは不可解で、思ってもみなかった知らせでした。いったいどういうことなのだ？　この眼がわたしを欺《あざむ》いたというのか？　わたしの嫌疑の対象を明かせば世間はわたしの正気を疑うだろうが、実は本当に正気を失ってしまったのではないだろうか？　急いで帰宅すると、エリザベスが待ちかねていたように、どのような判決が下されたのか、と訊いてきました。

「予想どおりの判決だったよ」とわたしは答えました。「判事たちは、罪人ひとりを逃すよりは無実の人間が十人苦しむほうがいいと判断したんだ。でも、あの娘《こ》も自白をしたんだそうだ」

最後のひと言は、エリザベスにとっては怖ろしい打撃となりました。ジュスティーヌの無実を固く信じていたからです。「そんな、まさか！」エリザベスは言いました。「この先、もう二度と、人に良心があるなんて思えなくなりそう。実の妹のように思ってきたジュスティーヌが、あんな無邪気な笑顔を見せながら裏切りを働いていたなんて。あんな優しい眼をした人は、ひどいこともずるいこともできないはずなのに、そんな人が人を殺していたなんて」

それからほどなく、哀れな罪人がエリザベスに会いたがっているという知らせが届きました。父は行かせたくないようでしたが、どちらにするかはエリザベス自身の気持ちと判断に任せる、と言いました。「わたし、行きます」とエリザベスは言いました。「たとえ、あの娘《こ》が罪を犯したのだとしても。ヴィクター、一緒に来てください。

ひとりではとても行けそうにないから」わたしにとっては、考えるだけでも拷問のようなことでしたが、断るわけにはいきません。

薄暗い監房に入ると、奥に敷いてある藁《わら》のうえにジュスティーヌが坐っているのが見えました。手鎖をかけられ、膝《ひざ》に頭をもたせかけていましたが、わたしたちの姿を見ると、立ちあがりました。そして、看守が去って三人だけになると、エリザベスの足元に身を投げ出して、わっと泣き伏したのです。わたしの従妹《いとこ》も泣いていました。

「ジュスティーヌ、どうして？　どうして、わたしの最後の慰めまで奪ってしまったの？　あなたの無実を信じていたのに。あのときも、悲しくて、くやしくて、情けなくて、どうしていいのかわからない気持ちだったけれど、今ほど惨めではなかったわ」

「では、お嬢さまも、わたしのことを悪い女だと思っていらっしゃるんですね？　わたしを陥《おとしい》れた人たちと一緒になって、このわたしを踏みつけ、人殺しになさりたいんですね？」しゃくりあげるたびに、ジュスティーヌは声を詰まらせます。

「お立ちなさい、ジュスティーヌ」とエリザベスは言いました。「無実なら、なぜ、そんなふうにひざまずいたりするの？　わたしは、あなたを陥れた人たちとはちがうわ。あなたの無実を信じていたんですもの。そうよ、どんな証拠が持ち出されてきても、あなたが自分で罪を認めたと聞くまでは、信じていたのよ。それでは、自白をしたというのは嘘《うそ》なの？　だったら、ジュスティーヌ、心配しないで。あなたが自分で罪を認めない限り、あなたを信じる気持ちは一瞬たりとも揺るぎませんから」

「自白はしました。でも、嘘を言ったんです。自白をすれば、神父さまから罪のお赦《ゆる》しを戴《いただ》けるかもしれないと思ったんです。でも、今は嘘をついたことのほうが、ほかのどんな罪よりも心に重くのしかかっています。神さま、どうかこの身をお赦しください。有罪の判決が出てから、神父さまが懺悔《ざんげ》をしなさいと何度も、何度もおっしゃるんです。脅すようにおっしゃるんです。そのうちに自分でも、わたしは神父さまのおっしゃるように怪物なのかもしれない、という気がしてきて。このまま強情を張り続ければ、最後の審判のときに破門されて、地獄の業火《ごうか》に灼《や》かれることになる、神父さまはそうおっしゃるんです。それに、お嬢さま、頼りにできる人など誰もいませんでしたから。誰もがわたしを恥知らずで、地獄に落ちるのが当然の女だと思っているんです。わたしには、ほかにどうしようもなかったんです。それで、つい嘘をついて、罪を認めてしまいました。そのせいで、今ではもっとみじめな気持ちになりました」

　そこでことばを切ると、ジュスティーヌはまたひとしきり泣きじゃくりました。そして、こんなふうに続けました――「恐ろしかったんです、お嬢さま。優しいお嬢さまま信じておしまいになったかと思うと。このジュスティーヌが、フランケンシュタインの奥方さまがあれほど可愛がってくださり、お嬢さまにもお心にかけていただいているこのジュスティーヌが、あんな悪魔にしかやれないような怖ろしいことをやってのけられる女だったのか、そんなふうにお嬢さまにまで思われてしまうんだろうかと。せめてもの慰めは、もうじきウィリアム坊ちゃまにお目にかかれることです。坊ちゃま、ジュスティーヌもまもなくそちらに参りますから、みんなで幸せに暮しましょうね。そう思うと、慰められるのです、汚名を着たまま死ななければならないとしても」

「ああ、ジュスティーヌ、許してちょうだい。一瞬でもあなたを疑ったりして。でも、どうして自白なんてしてしまったの……。いいえ、駄目よ、ジュスティーヌ、そんなふうに悲しんでいては駄目。もう心配するのはおやめなさい。あなたが無実だということを、わたしがきっぱりと宣言します。このわたしが、ちゃんと証明してみせます。あなたを陥れ、有罪と決めつけた者たちの石のような心を、涙と祈りで溶かしてみせます。あなたを死なせるものですか！　わたしの大切なお友だちで、良き相談相手で、妹でもあるあなたが、絞首台《こうしゅだい》のうえで死ぬなんて。駄目よ、絶対に駄目！　そんなことになったら、わたし、生きていかれない」

ジュスティーヌは悲しげに首を横に振りました。「死ぬのは恐《こわ》くありません。その苦しみはなくなりました。神さまがわたしの弱い心を奮い立たせ、最悪の瞬間にも耐えられる勇気を与えてくださいましたから。わたしは悲しくて辛《つら》いこの世を後にするのです。お嬢さまがわたしのことを覚えていてくださるなら、濡《ぬ》れ衣《ぎぬ》を着せられて死んでいった者と思っていてくださるなら、わたしは自分を待っている運命にこの身を委ねます。お嬢さま、今のわたしをご覧になって、天のご意志に耐えるとはこういうことかと思ってください」

ふたりがことばを交わしているあいだ、わたしは監房の片隅に引っ込んで、わが身を襲う忌《い》まわしい苦悩をなんとか隠そうとしていました。絶望？　そんななまやさしいことばで言い表せるものではありません。明日には生と死を隔てる恐ろしい川を渡ろうとしている、この哀れな娘とて、わたしほどの深く苦い苦悩は感じてはいないはず。歯を食いしばり、その歯をぎりぎりと軋《きし》りあわせても、魂の奥底から込み上げてくるものをこらえることができず、わたしは思わずうめき声を洩《も》らしていました。ジュスティーヌはびくっと身を強《こわ》ばらせ、それから声を洩らしたのがわたしだと気づくと、こちらに近づいてきて言いました。「若旦那《わかだんな》さま、わざわざ訪ねてきてくださって、感謝申しあげます。どうか、どうか、お願いいたします。わたしが罪を犯したなどとは思わないでくださいまし」

わたしは答えることができませんでした。「もちろんよ、ジュスティーヌ」とエリザベスが言いました。「お従兄《にい》さまはわたし以上に、あなたの無実を信じているわ。あなたが自白したと聞いたときでさえ、信じようとなさらなかったくらいですもの」

「なんとお礼を申しあげたらいいのか。この期《ご》に及んで、優しい思い遣《や》りを示してくださるおふたりのことが、心の底からありがたく思えます。こんなわたしのような哀れな女に優しいお気持ちを向けてくださるなんて。それだけで、もう、わたしの背負った不幸の半分以上が消えてなくなりました。これで安らかな気持ちでこの世を去ることができそうな気がしてきました。お嬢さまとお嬢さまのお従兄さまが、わたしの無実を信じてくださるのですから」

この哀れな受難者は、そんなふうに言って他人《ひと》も自分も慰めようとするのです。そう、ジュスティーヌは確かに、当人の望むとおり、諦《あきら》めの境地に達することができたのです。ですが、このわたしは、真の殺人者と言ってもいいわたしは、胸の内に良心の呵責《かしやく》という決して死なない虫が棲《す》みつき、希望も慰めも端から喰い尽くされてしまうのです。エリザベスは涙を流し、悲しみに打ちひしがれています。しかし、それとてやはり、罪なき者の悲しみです。明月の面《おもて》にかかる叢雲《むらくも》のようなもので、一時《いっとき》その輝きを隠しはしても、輝きそのものを穢《けが》すわけではありません。わたしの心の奥深くまで、苦悩と絶望が浸《し》み込んでくるようでした。この身のうちに地獄を抱え、その業火は何をもってしても消し去ることはできないのです。わたしたちはジュスティーヌと一緒に何時間も過ごしました。エリザベスはどうしてもその場を立ち去ることができないようでした。「あなたと一緒に死んでしまいたい」と叫ぶように言いました。「こんな悲しい世の中では、生きていくことなどできません」

ジュスティーヌは気丈にも明るく振る舞おうとしますが、苦い涙を抑えることができません。エリザベスを抱き締めると、感情を押しころした声で言いました。「さようなら、お嬢さま。エリザベスお嬢さまは、わたしの大切な、ただひとりのお友だちです。天がお嬢さまを惜しみなく祝福し、お守りくださいますように。これを最後に、二度と不幸に見舞われることがありませんように。死んでしまいたいなどとおっしゃらないでください、お嬢さま。生きて、お幸せになって、ほかのみなさまもお幸せにして差しあげてください」

こうして翌日、ジュスティーヌは死にました。エリザベスの胸が張り裂けんばかりの熱弁をもってしても、あの聖女のような受難者が罪を犯したとする判事たちの心を動かすまでには至りませんでした。わたしが熱を込め、怒りを交えて訴えても、彼らは耳を貸そうともしませんでした。冷ややかな返答に加えて、血も涙もない厳しいその論拠を聞かされると、今度こそ明言しようと決意していたはずの告白も、わたしの唇から逃げ去りました。口に出したところで、自らを気のふれた者と宣するようなもの。それがわたしの哀れな受難者に言い渡された刑の宣告を、撤回させることにはならなかったでしょう。斯《か》くしてジュスティーヌは、殺人犯として処刑台の露と消えたのです！

自らの心をさいなむ苦悩から眼を転じ、わたしは改めてエリザベスの声にもならないほどの深い悲しみに思いを向けました。これもまた、わたしのしたことなのです！そして父の嘆きも、かつては微笑《ほほえ》みにあふれていたわが家の、火の消えたようなわびしさも、すべては幾重にも呪《のろ》われたこの手がなしたことなのです！

泣くがいい、不幸せな人たちよ。だが、その涙は最後の涙とはならぬ。葬送の嘆きは再びその唇から発せられ、哀悼の声は何度となく繰り返し聞かれることとなるだろう。あなたがたの息子であり、肉親であり、長きにわたって愛されてきた友であるフランケンシュタイン――あなたがたのためなら血の最後の一滴まで流すことをいとわぬ男――歓びというものは愛《いと》しき人たちの顔《かんばせ》に映るものしか求めず、その他《ほか》を知らぬ男――その生涯をあなたがたに捧《ささ》げることができるなら、それこそが神の恵みであり、無上の幸せと思う男――その男が命じるのだ、泣けと。数えきれないほどの涙を流せと。それで仮借ない運命が納得するものなら、あなたがたの悲痛な苦悩が墓所の沈黙に至り着くまえに破壊の手がやむものなら、その男にとってはそれこそが望むべくもない幸福なのだ！

わたしの予言の神は、そう語りました。後悔と恐怖と絶望に胸を引き裂かれながら、わたしはこの穢れた手がもたらした最初のふたりの不運な犠牲者、ウィリアムとジュスティーヌの墓のまえで、愛する者たちが虚《むな》しく悲嘆にくれるのを、ただじっと見つめていたのです。

第二巻

第一章

人の心にとって何よりも辛《つら》いのは、息も継がせぬ勢いで事件が続いて感情が昂《たか》ぶったそのあと、不意に澱《よど》んだような静けさが訪れ、何も起こらず、ただ起こってしまったことが動かしがたいものとなって、やがて魂から希望も恐怖さえもが失われていく、そんな時期《とき》ではありますまいか。ジュスティーヌは死に、安らかに眠っていますが、わたしは生きています。体内の血液は血管のなかをなんの障害もなしに流れていますが、絶望と激しい後悔の念が重荷となって心を圧迫し、何をもってしても取りのけることができません。眠りはわが眼から逃げ去り、わたしは悪霊《あくりょう》のようにさまようのです。わたしは言語に絶する恐ろしい所業を為《な》し、その余波は今後もさらに苛烈《かれつ》さを増しながら続くだろうと思われるのに（少なくとも、その覚悟はしておくべきだとわたしは自分に言い聞かせていました）、人として優しくありたい、正しいことをしたいと思う気持ちが胸にあふれてくるからです。慈愛の心を持って人生を歩みはじめ、いつの日にかそれを実行に移してこの身を同胞の役に立てるときが来ることを待ち望んでいたというのに……それがすべて潰《つい》えてしまったのです。過去を振り返って満足を見いだし、そこから新たな希望の兆《きざ》しを集めることができるのも、安らいだ良心があってこそ。しかし、わたしは悔恨と罪の意識に取り憑《つ》かれ、ことばでは言い尽くせないほどの激しい地獄の責め苦へと追い立てられていたのです。そうした精神状態は、肉体の健康をも蝕《むしば》みました。あるいは最初に受けたあの精神的な打撃から、完全には回復していなかったのかもしれません。人と顔を合わせるのが嫌になり、愉《たの》しさや満ち足りた営みを連想させられる声やら物音やらは、耳にするのも苦痛に思えました。孤独だけが唯一《ゆいいつ》の慰めとなりました――それも、深く暗い、死のような孤独こそが。

　わたしの態度や日常生活が変わってしまったことを目《ま》の当たりにして、父は心を痛めているようでした。父は良心の呵責《かしやく》とは無縁の、後ろ指をさされるところのない生き方をしてきた人です。そうした人となりから、わたしにも堪え忍ぶことを教え、心を確かにもって、頭上に重く垂れ込めた暗雲を吹き飛ばさねばならないと言うのです。

「ヴィクター、わたしが苦しんでいないとでも言うのかね？　これでもどんな親にも負けないほど、おまえの弟を愛していたつもりだよ」――そう語る父の眼は、見る見る涙で潤《うる》みはじめました――「だが、遺《のこ》された者の手前、節度を欠いた悲しみをいつまでも引きずり、さらに悲しみを募らせるような真似《まね》は慎むのが、われわれの努めではないかね？　それはまたおまえ自身に対する努めでもあるはずだ。いつまでも悲しみに浸りきっていては、なんの進歩も遂げられず、歓《よろこ》びを忘れてしまうだろう。それどころか、日々の努めさえろくに果たせないことにもなりかねん。そうなったら、この世の中に居場所すら失ってしまうのではないかね？」

確かにそのとおりでしたが、そのときのわたしにはまるで役に立たない忠告でした。わたしとて、胸に兆す思いに後悔の苦さが、恐怖の戦《おのの》きが交じりさえしなければ、率先して自分の悲しみを押し隠し、ほかの者たちを慰めようとしたでしょう。しかし、そのときのわたしにできたのは、父のことばに絶望の眼差《まなざ》しで答え、その後はできるだけ父のまえに顔を出さないようにすることだけでした。

ちょうどこのころ、わが家はベルリーヴの屋敷に引きこもって暮らすようになりました。この変化は、わたしにとってはありがたいものでした。ジュネーヴの市壁のなかの暮らしでは、毎晩十時になると市門が閉まるため、そのあとまで湖にいることができません。その窮屈さから解放されたのです。夜になって家族がみんなそれぞれの寝室に引きあげていったあと、わたしはよく湖にボートを出し、水のうえで何時間も過ごしました。ときには帆を張って風に運ばれ、またときには湖の中央あたりまで漕《こ》ぎ進み、あとはただ舟の漂うに任せ、みじめな物思いにふけることもありました。ふと誘惑に駆られることもありました。岸辺に近づいたときに蝙蝠《こうもり》や蛙《かえる》のしわがれた鳴き声が切れ切れに聞えてくる以外は、あたりは静まり返っていて、こんなにも美しく神々《こうごう》しいような景色のなかにありながら、わが心は決して鎮《しず》まることなく、安らぐこともなくさまよい続けているのです。そんなときには、この静かな湖水に飛び込んで、この身も、この身の不幸も水中に葬《ほうむ》り去ってしまいたいという思いに、ふと身を任せたくなるのです。しかし、エリザベスのことを思うと、それもはばかられました。心から大切に思っている彼《か》の人は、雄々しく悲しみに耐えているのです。彼女の人生はこのわたしの人生と深く結びあわされているのです。それに父や遺された弟のことも考えました。父や弟をこのまま卑劣にも見捨ててしまったら、わたしがこの世に解き放ったあの悪鬼のよこしまな企《たくら》みに、ふたりを無防備のまままさらすことになりはしまいか？

そう思うと、苦い涙がこみあげてきます。この胸のうちに、もう一度平和が訪れ、家族の者に慰めと幸福を与えられないものかと願いましたが、所詮《しょせん》はかなわぬ願い。深く激しい後悔の念が、あらゆる希望を掻《か》き消してしまうのです。わたしは取り返しのつかない悪を造りだした張本人です。自分の創《つく》ったあの怪物が、新たな悪事を働きはしまいか、日々それを恐れて暮すしかないのです。漠然としたものながら、すべてが終わったわけではない、という感覚がつきまとって離れません。あやつはきっとまたとんでもないことをしでかし、その極悪非道ぶりのまえに過去の記憶などかすんでしまうのではないか、そう思われてならないのです。愛する者が残されている限り、恐れは尽きません。あの悪鬼をどれほど憎悪《ぞうお》したことか、いくら語っても語り尽くせないでしょう。あやつのことを考えただけで、歯ぎしりをせずにはいられず、眼の奥がかあっと熱くなるのです。なんの考えもなしに与えてしまった生命《いのち》を、どうにかして根絶やしにしてやりたい、と切羽詰まった思いに駆られるのです。それがかなうなら、はるばるアンデスの山々の最高峰まで出向いてもいいとさえ思いました。あの怪物を山の頂まで追いつめ、奈落《ならく》の底に突き落としてやれるものなら！　なんとしても、もう一度相まみえねばならないと思いました。そして、憎悪の丈をあの頭に叩《たた》きつけ、ウィリアムとジュスティーヌの仇《かたき》を討つのです。

わが家は悲しみの家となりました。恐ろしい出来事があいついだことで、父はすっかり健康をそこね、エリザベスは悲しみに沈んだまま、日常の仕事に歓びを感じる様子も見受けられなくなりました。何かを愉しむことは、それがどんな些細《ささい》なことであっても、亡《な》き者に対する冒瀆《ぼうとく》だと感じていたのかもしれません。あれほどまでに傷つけられ、無惨《むざん》に死んでいった無垢《むく》な魂には、永遠の嘆きと涙を手向《たむ》けることこそふさわしいと思っているようでした。共に湖畔を散策し、将来の希望を夢中になって語っていたあの少女は、もういません。この世の中への未練を断ち切らせるべく、われわれのもとに押し寄せてくるあまたの悲しみの、最初の一矢《いっし》がエリザベスの胸を射貫き、すべてを曇らせるその力で、あの愛らしい笑みを消し去ってしまったのです。

「お従兄《にい》さま、ジュスティーヌ・モーリッツがあんなふうに死んでいったことを思うと、この世の中もその営みも、もう以前《まえ》のようには眺められないの」とエリザベスは言いました。「以前は人間の悪意とか不正とかについて、たとえば本で読んだり人から話を聞いたりはしても、遠い昔の物語とか現実にはありえない架空の出来事のように思っていたわ。少なくとも、わたしにとっては関わりの薄いもので、理屈ではそういうものがあるということは理解できても、具体的に想像するのは難しかった。でも、こうして絶望というものを身を以《もっ》て知ってしまうと、まわりの人たちがみんな、他人の血に餓《う》えた怪物のように思えるのよ。ええ、もちろん、そんなのは不公平な見方よね。ジュスティーヌは誰の眼にも有罪に見えたんだし、もし本当にあの娘《こ》が犯人だったのなら、それこそ人間の屑《くず》以下よ。わずかな宝石に眼が眩《くら》んで、恩人でもあり友でもある人の息子を、生まれたときから可愛《かわい》がり、自分の子どものように大事にしていた子を手にかけたんですもの。わたし、死刑には反対よ。どんな極悪人でも殺していいとは思えない。だけど、確かにそんな人間なら、この世の中には置いておけない、と考えるのも無理はないことだと思うの。でもね、ジュスティーヌは無実だったのよ。わたしにはわかるの、この胸で感じるの。あの娘がまちがいなく無実だったことを。お従兄さまも同じお考えでしょう？　だからなおさら、自信を持って言い切れるの。ああ、ヴィクター、偽りがこれほど真実そっくりに見えてしまうものなら、自分の幸福が揺るぎないものだと信じられる人なんているかしら？　わたし、絶壁の縁を歩いているような気がするのよ。何千という人たちがこちらに向かって押し寄せてきて、わたしを奈落に突き落とそうとしているような気がするの。ウィリアムとジュスティーヌは無惨に生命を奪われたのに、犯人は逃げ延びている。大手を振って世の中を歩きまわって、ひょっとするとまわりから尊敬されてさえいるのかもしれない。でもね、これだけは言えるわ。わたし、たとえ同じ罪を犯して絞首台《こうしゅだい》にあがることになっても、そんな卑劣な恥知らずにはなりたくはありません」

エリザベスのことばに耳を傾けながら、わたしはこのうえない苦悩を味わっていました。直接手をくだしたのではなくとも、結果的にはこのわたしが本当の人殺しなのです。わたしの表情に苦悶《くもん》の色を見て取ると、エリザベスは優しく手を取って言いました。「どうか、お従兄さま、お気持ちを鎮めて。今度のことでわたしがどれほど深く悲しんだか、それは神さまだけがご存じだけれど、それでもきっとお従兄さまほど苦しんではいないと思うわ。だって、お従兄さまのそのお顔、絶望しきっているだけでなく、復讐《ふくしゅう》を誓っているような様子が見えて、わたし、恐ろしくなるの。お願いよ、ヴィクター、そんな不吉な思いは捨ててしまって。わたしたちのことを考えてください。お従兄さまを希望の要《かなめ》としている人たちのことを。わたしたちにはもう、お従兄さまを幸せにして差しあげる力がなくなってしまったとおっしゃるの？　そんなのは、あんまりです！　わたしたちが愛しあっているうちは、お互いに誠実で、信頼しあえている限りは、この平和で美しい国で、あなたの祖国で、安らかな幸せを得ることができるはず。その平安をかき乱すことなど、誰にもできはしないのよ」

天が与えたもうたどんな賜物《たまもの》よりも大切で愛《いと》おしく思っている人から、こんなことばを聞かされたのに、それでもわたしの心に棲《す》み着いた魔物を追い払うには足りぬというのでしょうか？　エリザベスのことばが終わらないうちに、わたしは怯《おび》えたように彼女に身を寄せていました。今この瞬間にも、あの怪物が忍び寄り、わたしからこの人を奪っていこうとしているような気がしたのです。

そうです、優しい友情も、地上の美しさも、あるいは天上の美しさを以てしても、深い悲嘆に縛られた魂を解放することはできなかったのです。どれほど強く愛のことばを語ろうとも、効き目はありませんでした。わたしを取り巻いた暗雲には、どんな慈愛の光も射《さ》し込むことができないのです。手負いの鹿《しか》が、力の尽きかけた脚でよろよろと人気《ひとけ》のない籔《やぶ》に這《は》いずり込み、自らを貫いた矢をじっと見つめながら死んでいこうとしている――そのときのわたしは、まさにそんな姿だったのです。

心にのしかかってくる陰鬱《いんうつ》な絶望感になんとか対処できるときもあれば、嵐《あらし》のように押し寄せる激情に任せて、せめてこの耐えがたい鬱積をいくらかでも発散しようと、身体《からだ》を動かしたり、居場所を変えてみたりすることもありました。そんな発作的な気分に襲われたある日のこと、わたしはふと屋敷をあとにして、近くのアルプスの谷間に向かいました。壮大にして悠久不変の景色に抱かれれば、自分を忘れ、人間なるがゆえの一時の悲しみを忘れられるのではないか、と思ったからでした。あてどもなく歩くうちに、いつしか足はシャモニーの谷に向かっていました。少年のころに何度も訪れたことのあるところです。六年の歳月を経て、わたしは惨《みじ》めな敗残者となり果てましたが、谷間の荒々しくも悠然とした景色は、何ひとつ変わってはいません。

最初のうちは馬に乗り、途中で騾馬《らば》を借りることにしました。騾馬で進むほうが、足元が確かで、このあたりのごつごつとした道でも怪我《けが》をする危険が少ないからです。

天気は文句のつけようがなく、ときは八月の半ば。すべての悲しみの出発点となったジュスティーヌの死から、ほぼ二ヶ月が経《た》っていました。アルヴの渓谷の奥深くに分け入るにつれ、心の重荷が軽くなっていくのが感じられました。四方を囲み、こちらにのしかかってくるような巨大な山々や断崖《だんがい》。岩を嚙《か》む激流の瀬音とそここから聞えてくる滝の咆哮《ほうこう》は、全能の神にも勝るとも劣らぬ力強さで語りかけてきます。こうした自然を造りあげ、それを支配する者がその圧倒的な姿をさらしているのです。それよりも力の劣る者を恐れる気持ちは消え、その者のまえに身を屈することもやめようと思えました。しかも、山道を登るに従い、渓谷はそれまでにも増して雄大で、驚くべき姿を見せはじめます。松に覆《おお》われた山々、その絶壁にへばりつくように建つ廃《はい》墟《きょ》となった古城、アルヴの奔流、木の間隠れに顔をのぞかせる山の田舎家。そうしたものが渾然一体《こんぜんいったい》となって、類《たぐ》い希《まれ》なる景観をこしらえあげているのです。その美しさをいや増し、崇高とさえ呼べるものにしているのは、力強くそびえるアルプスの山々でした。その白く輝くピラミッドや丸屋根は、すべてを睥睨《へいげい》するかのごとくにそそり立ち、別の世界に属する場所、われわれとは異なる種族の棲むところにも見えるのです。

ペリシエの橋を渡ると、川が造った峡谷が眼のまえに開けます。その峡谷に覆いかぶさるようにそびえる山を登りはじめ、ほどなくしてシャモニーの谷に入りました。この谷は、今しがた通ってきたばかりのセルヴォアの谷と比べると、さらに雄壮で、まさに眼を瞠《みは》るほどの光景を見せてはくれますが、絵画的な美しさという点では見劣りするかもしれません。雪を戴《いただ》く高い山々が眼路《めじ》を限り、廃墟となった古城も肥沃《ひよく》な畑も見えず、道の左右から巨大な氷河が迫ってきています。雪崩《なだれ》の音が遠雷のように轟《とどろ》き、その行く手を示す雪煙も見えました。その先にモンブランの雄姿がありました。周囲の針峰群から抜きん出て、その巨大な円蓋《えんがい》をそそり立たせ、谷間を眺め降ろしているのです。

久しく忘れていたうずくような歓びが、この旅のあいだに何度も甦《よみがえ》ってきました。弧を描いて続く道をたどるうちに、過ぎ去った日々が思い出され、ふと眼にした新しい景色が実は見覚えのあるものだと気づくたびに、子どものころの軽やかで陽気な心持ちが想起されるのです。風さえも心を慰めるように囁《ささや》きかけ、母なる自然は、もう泣くのはおやめなさい、と語りかけてきます。かと思うと、その優しい声が消え、わたしはまたしても悲しみの足枷《あしかせ》をはめられ、みじめな物思いにふけっている自分に気づくのです。そんなときには騾馬を急がせ、そうすることでこの世界を、自分の心に巣くう恐怖を、そして何よりも自分自身を忘れようとしたのです。それでも収まらないときには半ばやけになって騾馬から跳び降り、草のうえに身を投げ出して、恐怖と絶望の重みに敢《あ》えなく押しひしがれるのです。

そんな道程を経て、ようやくシャモニーの村に着いたときには、それまで耐えてきた心身の疲労から半ば虚脱状態になっていました。しばらくのあいだ、宿の窓辺にたたずみ、モンブランの上空で戯《たわむ》れる蒼白《あおじろ》い稲妻を眺め、谷間のしたのほうから聞えてくるアルヴの川の瀬音に耳を傾けました。そのあやすような音は、鋭くなりすぎた神経には何よりの子守唄《こもりうた》となりました。枕《まくら》に頭を預けると、ほどなくして眠りが忍び寄ってきたのです。眠りの訪れを感じながら、わたしはこの忘却の与え手を心から歓迎したのでした。

第二章

翌日は、谷間を散策して過ごしました。アルヴェイロン川の水源は、山の斜面をゆっくりとした速度で進んできている氷河が谷を遮るところにあります。水源のそばに立つと、眼のまえには巨大な山々の急峻《きゅうしゅん》な斜面がはだかり、振り仰げば氷河の冷ややかな壁。あたりには砕け散った松の木が散乱しています。まさに自然という名の帝王の、荘厳《そうごん》な謁見《えっけん》の間といった趣きです。厳かな静寂を破るのは、ごうごうという流水の音、どこかで巨大な氷塊が落ちる音、遠雷にも似た雪崩《なだれ》の轟《とどろ》き。ときどき、自然界の不変の法則が音もなく働き、山々が自らの手のなかにある玩具《がんぐ》を弄《もてあそ》ぶがごとく、斜面に堆積《たいせき》した氷を引き剝《は》がしては突き崩すときには、その鋭い音が山並みにこだまするのが聞えます。こうした崇高で雄大な光景は、そのときのわたしに受け取れた最大限の慰めを与えてくれたと言えるでしょう。卑小に凝《こご》っていた感覚を解き放ち、気力を高め、胸に抱え込んだ悲しみを消し去るまではいかずとも、その鋭さを鈍らせ、鎮《しず》めてくれたのです。このひと月ほど激しく思い詰めてきたさまざまな事柄から、ある程度は気持ちをそらすこともできました。夜になり、寝床に就くと、昼のあいだに眺めた壮大な光景の数々が、わたしの眠りにかしずき、安眠を運んでくるかのようでした。雪を戴《いただ》いた純白の山頂、きらきらと輝く尖《とが》った峰、松の木立、ごつごつした岩肌を剝《む》き出しにした渓谷、雲間を旋回する鷲《わし》の姿――そうしたものがわたしを取り囲み、心を安めるようにと語りかけてくれたのです。

翌朝、眼を覚ましてみると、何もかもが消えていました。いったいどこに逃げていってしまったのか？　魂を震わすような高揚感は眠りとともに消え、ものを思えばたちまち暗い憂鬱《ゆううつ》が湧《わ》きあがってきます。戸外は土砂降りで、山々の頂には厚く霧が巻き、あの頼もしい友らの顔を見ることもかないません。それでも、あの霧のヴェールを突き破り、雲に閉ざされた隠れ家に友らを訪ねてみようと思いました。雨や嵐《あらし》ごとき、なんだというのだ？　連れてこられた騾馬《らば》にまたがり、とりあえずモンタンヴェールの頂上まで登ってみることにしました。初めて訪れたときに、常に動き続ける巨大な氷河の姿に深い感銘を受けたことを思い出したからでした。あのときは、崇高な恍惚感《こうこつかん》とも言うべきものに満たされました。魂に翼を与えられ、暗い世界から光あふれる歓喜のなかに舞いあがることができたのです。自然が見せる荘厳で堂々とした姿には、こちらの襟を正させ、移ろいゆく日々の煩《わずら》いを忘れさせてくれる効用があります。案内人は連れずに行くことにしました。道程《みち》ならわかっていましたし、他人がいては雄大な景色を独りで心ゆくまで堪能《たんのう》することもできなくなります。

かなりの急斜面を登っていくことになるので、道は小刻みに折り返すようにつけられています。それにしても、恐ろしいほど荒涼とした眺めでした。冬の雪崩の跡でしょう、あちこちで木がなぎ倒され、その破片が地面に散乱しているのです。跡形もなくこなごなにされているものもあれば、腰を折られ、山肌から突き出した岩にしなだれかかっていたり、ほかの木に横ざまにのしかかっているものもあります。さらに高度をかせぐと、道はやがて雪渓に差しかかり、上のほうからひっきりなしに石が落ちてくるようになります。とりわけ危険な箇所では、ほんのかすかな物音、たとえば普段よりも少しだけ大きな声を出した程度でも、空気の振動で頭のうえから石が次々に転がり落ちてくることになるのです。そのあたりまでくると、松の木も高くは伸びず、葉もあまり繁《しげ》りません。そのいじけたような姿が、あたりの景色にさらなる厳しさを加えるようです。眼下の谷をのぞくと、谷間を走る川筋から霧が一面に立ちのぼっているのが見えました。霧は濃い渦を巻きながら向かいの山々の斜面にまとわりつき、そのうえの頂上のあたりはのっぺりとした分厚い雲に隠れています。鈍色《にびいろ》の空から降りしきる雨が、まわりのものから受けるわびしさをさらに切実なものに塗り替えていくのです。哀れなるかな、人間よ。人間は野獣よりも鋭敏な感受性があることを、なぜ誇るのでしょう? なまじそのようなものがあるだけに、人は満たされることを知らぬのです。人間が餓《う》えと渇きと肉欲しか覚えないようにできていれば、われわれはほとんど自由だと言ってもいいでしょう。ところが、人間は吹く風にも、ふとしたことばやそうしたことばの伝えてくる情景にも、心を激しく揺さぶられてしまうのです。

休むとき、夢の力が眠りを毒し
眼覚めれば、徒然《つれづれ》の思いひとつが昼を穢《けが》す
感じ、思い、考えをめぐらせ、笑っては涙す
他愛のない悲嘆を抱き、わずらいをうち捨てる
それとても同じこと 歓《よろこ》びであれ、哀《かな》しみであれ、
その去りゆく道を阻《はば》むものはなく
人の昨日は明日ならず
変わらぬは、ただこの無常のみ

（P・B・シェリー『無常』）

山道を登りきり、頂上に出たのは、正午《ひる》近くのことでした。わたしは岩に腰を降ろし、しばらくのあいだ、氷の海を眺めました。氷河もまわりの山々も、一面の霧に覆《おお》われています。そのうちに風が吹きはじめ、雲が散っていったので、氷河のうえに降りてみることにしました。氷河の表面は、ちょうど荒れ模様のときの海原のように大きく隆起したかと思えば沈み込んでいる部分もあり、決して平坦《へいたん》ではありません。おまけに、あちこちに深い亀裂《きれつ》も走っています。わたしが降り立ったのは、幅一リーグほどの氷河ですが、渡りきるのに二時間近くかかりました。向かいの山は、岩肌の剝きだした垂直に近い岩壁です。氷原を渡りきってそちら側から眺めると、一リーグの距離を隔てて真向かいにモンタンヴェールの山があり、その奥からひときわ高々とモンブランが威容を現わしています。わたしは岩陰にたたずみ、この驚異に満ちた、とてつもない造形の妙にとくと見入りました。氷の海、というよりも氷の大河が、左右の山々を家来のように従えて、その身を大きくくねらせ、それに従う山々は雲を貫き、空高く峰を突きあげ、胸元を浸す氷の流れを深く抱きとめながら、氷結した頂を陽光にきらめかせているのです。それまで悲しみに沈んでいた心が、歓びに似た鮮烈な思いでむくむくと膨らみ、気がつくとわたしはこんなことを叫んでいました——「さまよえる魂たちよ、汝《なんじ》らが狭い褥《しとね》に休らわず、今このときも真《まこと》にさすらっているのなら、このほのかな幸せを許せ。さもなければ、この身を生の歓びから引き離し、汝らの道連れとして連れ去るがいい」

そのときです。遠くから、とても人間とは思えないほどの速さでこちらに向かってくる人影が見えました。わたしが慎重によけて通ってきた氷の裂け目を、いとも軽々と飛び越えながら、ぐんぐんこちらに迫ってくるのです。近づいてくると、その身体《からだ》が、これもまた並の人間とは比べものにならないぐらい大きいことがわかりました。わたしは胸騒ぎを覚えました。眼のまえに霞《かすみ》がかかり、一瞬、気が遠くなりかけましたが、山から吹きおろす冷たい疾風で、はっとわれに返りました。彼我の距離がさらに縮まると、わたしははっきりと悟りました。そいつが、思わず身震いが出るほど、まがまがしい姿をしたそのものが、わたしがこの手で創《つく》り出したあの怪物だということを。恐怖と怒りに震えながら、わたしは覚悟を決めました。相手の接近を待って、決死の闘いを挑むのです。近づいてくる悪鬼の顔には、軽蔑《けいべつ》と敵意に混じって激しい苦悶《くもん》にもだえるような表情が浮んでいました。この世のものとは思えぬほどの醜さでした。正視に耐えぬとはまさにこのこと。しかし、そのときのわたしには、相手の顔をそこまでじっくり観察する余裕はありませんでした。憤《いきどお》りと激しい憎悪《ぞうお》に声を奪われ、口もきけないありさまだったのです。ようやく自分を取り戻すと、すぐさま声を張りあげ、激しい憎悪と軽蔑のことばを、あやつに浴びせかけました。

「悪魔め」わたしは絶叫しました。「このわたしに近づこうというのか？　恐《こわ》くはないのか、この腕が、きさまのそのみじめな頭上に復讐《ふくしゅう》の鉄槌《てっつい》を下すのが？　失《う》せろ、穢らわしい虫けら！　いや、待て、そこにいるがいい。きさまを踏みつけて塵《ちり》にしてくれる。ああ、そうとも、きさまというみじめな存在を消し去り、きさまが悪魔の所業で死に至らしめた者たちを甦《よみがえ》らせてやる！」

「そうくると思った」と悪鬼は言いました。「人間とは、みじめな存在を憎むもの。ならば、生きとし生けるもののなかでも図抜けてみじめなこのおれが、嫌われないわけがない。だが、おまえまでもが、このおれの創造主であるおまえまでもが、己の手でこしらえたおれを憎み、拒絶するというのか。おまえとおれは、どちらかの魂が消滅せぬ限り、切っても切れない絆《きずな》で結ばれているというのに。それを殺そうというのだな。なぜ、そのように生命《いのち》を弄ぶ？　まずはおれに対する義務を果たすのが筋ではないのか？　おまえが義務を果たすなら、おれもおまえと全人類に対する義務を果たしてやろう。おれの出す条件を呑《の》むなら、ほかの人間たちにもおまえにも危害は加えないと約束する。だが、断るというなら、死神の胃袋がおまえの残された友たちの血でいっぱいになるまで、せっせと喰わせてやるまでだ」

「おぞましい化け物！　きさまは鬼だ。きさまの犯した罪を思えば、地獄の責め苦とて復讐には足らぬ。呪《のろ》われた悪魔よ、きさまを創ったことで、このわたしを責めるのだな。それなら、ここに来い。うかつにつけた生命の火を、この手で消しとめてやる」

わたしの怒りは、抑えようもなく燃えあがっていました。人が敵対する相手に向かうとき、武器とできうる激しさを総動員して、わたしはあの者に飛びかかったのです。ところが、あの者はいともやすやすと身をかわし、こんなことを言ってきたのです。

「落ち着け！　呪われたこの身に憎しみをぶちまけるのもいいだろうが、そのまえにまずはおれの話を聞いてもらいたい。おれはまだ苦しみ足りないというのか、もっと不幸になれというのか？　生きていくことは苦悩の積み重ねでしかないが、それでもこの生命はおれにとっては尊いものだ。だから、守る。忘れているようだから言っておくが、いいか、おまえはこの身をおまえ自身よりも強く創った。おれのほうが身の丈も勝るし、腕も脚もしなやかに動く。だが、おまえに逆らうような真似《まね》はしたくない。この身はおまえに創られたもの。おまえはおれにとって主人《あるじ》であり王でもある。そんな相手には素直に従順でありたい、おまえのほうで果たすべき役目さえ果たしてくれるなら。ああ、フランケンシュタイン、ほかの者には情を立てるのに、このおれだけを踏みつけにするのは、あまりにも不公平というものではないか。この身こそ誰よりも、おまえの正義を、いや、おまえの情けや慈《いつく》しみを受けてしかるべきものなのに。忘れるな、おまえがこのおれを創ったんだぞ。ならば、おれはアダムであるはずじゃないか。なのに、今のおれは、悪いことなど何ひとつしないうちから楽園を追われた堕天使だ。眼を向ける先々に幸福が見えているのに、おれひとりがそこから閉め出され、のけ者にされている。おれにも優しさや善良さは備わっていた。みじめさがおれを悪魔に変えたのだ。どうか、おれを幸せにしてくれ。そうすればまた善良さを取り戻すこともできよう」

「失せろ！　話など聞く気はない。きさまと折りあえる余地など、あろうものか。われわれは言わば敵同士。わたしのまえから失せろ。さもなければ、果たしてどちらが斃《たお》れるか、力と力で戦ってみるか」

「どうすれば、おまえの心を動かせるんだ？　こうして頼んでいるのに、おまえがその手で創り出したものが、おまえの善意と哀れみを乞《こ》うているというのに、優しい眼を向けてはくれぬのか。信じてくれ、フランケンシュタイン、おれだって善なる心を持っていた。愛と人間らしい気持ちで胸を熱くしていた。だが、今、おれは独りだ。独りきりで、みじめなぐらい孤独だ。創造主であるおまえにまでこんなに嫌われている。だったら、なんの恩義もないほかの人間たちに何が望めよう？　撥《は》ねつけられ、憎しみをぶつけられるだけだろう。だから、おれは人の寄りつかない山と寂しい氷河に逃げ込んだ。もう何日も、このあたりをさまよい歩いてる。おれは氷の洞窟《どうくつ》でも充分耐えられるから、そこをねぐらにしてる。そういう場所なら人間どもから文句をつけられることもないからな。寒風吹きすさぶ空も、おれは大歓迎だよ。人間どもよりよほど親切というものだ。おれの存在が大勢に知られるようになったら、やつらはおまえと同じようにするだろう。おれを亡《な》き者とするため、武器を手にするに決まってる。そんなふうに憎しみを叩《たた》きつけてくる相手を、憎まずにいられるものか？　敵に譲歩するつもりは、おれにはない。これだけみじめな思いをさせられているんだ、そいつらにも同じ思いを味わわせてやるつもりだ。それを止めたければ、償いを果たすことだ。おまえの力で。さもなければ、おまえのせいで災いは拡《ひろ》がる。おまえも、おまえの家族も、いや、それどころか何千という人間どもが怒りの渦に巻き込まれることになる。おまえには同情の心というものがないのか？　おれを軽蔑するのはやめろ。まずはおれの話を聞いてくれ。話を聞いてからなら、おれを見捨てるなり、哀れむなり、好きにすればいい。おまえの判断に任せよう。だが、まずはともかく聞いてくれ、おれの話を。人間の世界の法律では、たとえ血塗られた罪を犯した者でも、刑の宣告を受けるまえに弁明の機会が与えられるというではないか。おれの言うことに耳を貸してくれ、フランケンシュタイン。おれのことを人殺しと難じておきながら、おまえはその手で自ら創り出したものを平然と殺そうとしている。良心の呵責《かしやく》すらなく、平然と。まったく大したものだな、人間の不朽の正義というやつは。だが、勘違いするな、おれは生命乞《いのちご》いをしようというのではない。ただ話を聞いてほしいのだ。そして、そのあとで、それでもできるものなら、それでもやはりそうしたいというなら、その手で創ったものを滅ぼすがいい」

「なぜ思い出させるのだ？」とわたしは言いました。「このわたしが発端となり、原因となったあのみじめな出来事を。思い出すだに震えが襲ってくるほどだ。忌《い》まわしい悪魔め、きさまが初めて光を見た日こそ、呪われるがいい。きさまを創ったこの手も、呪われるがいい！　自分で自分を呪うことになるが、なに、かまうものか。きさまのせいで、わたしはことばにはできぬほど悲惨な思いを味わった。きさまのしたことを思うと、わたしのしていることが義にかなっているか否《いな》か、もはや気にかける余裕もない。失せろ、そのおぞましい姿を消せ、わたしの眼の届かないところに行ってしまえ」

「では、こうやって消してやろう、わが創造主よ」そう言うと、あやつは両手でわたしの眼を覆ったのです。わたしはその手を乱暴に払いのけました。「こうすれば、おまえが忌み嫌うものを見ずにすむぞ。それでも話を聞いて、おれに哀れみをかけることはできるはずだ。かつてこの身に備わっていた美徳をもって、おれはおまえに要求する。おれの話を聞け。数奇な身の上だ、話は長くなる。こんな吹きっさらしの場所では、おまえのかぼそい神経は保《も》たんだろう。山の小屋に来るがいい。陽はまだ高い。あの太陽が向こうの、あそこの雪をかぶった絶壁の陰に沈み、別の世界を照らすころには、おれの話を聞き終えて、判断がくだせるようになるだろう。おれが人の住む土地を永久に去って誰にも害を及ぼさずに暮すようになるか、はたまたおまえたち人間を打ち据える鞭《むち》となり、おまえを一気に破滅させるか、決めるのはおまえだ」

そう言うと、あやつは先に立って氷河を渡りはじめました。わたしはあとに続きました。憤怒《ふんぬ》で胸がいっぱいで、返事もできないありさまでしたが、歩を進めながら、あやつの言ったことを思い返し、ともかく話だけは聞いてみようと決めたのです。半ば好奇心に駆られたこともありますが、同時に不憫《ふびん》に思う気持ちも働きました。それまでずっと、弟を殺したのはこいつだと思い続けてきましたから、その裏づけなり否定なりを是が非でも得たいとも思いました。また、事ここに至って初めて、自分が創り出したものに対する創造主の義務というものを考えるようになり、被造物の悪辣《あくらつ》さを嘆くまえに、まずは幸福にしてやるべきではないかと思ったのです。そんなわけで、わたしは要求に応じることにしたのでした。わたしたちは氷河を渡り、向かいの岩場を登りはじめました。空気は冷たく、再び雨が降りだしました。小屋に入ったときには、悪鬼は勝ち誇ったように得意げでしたが、わたしの心は重く鬱《ふさ》いでいました。しかし、兎《と》にも角《かく》にも話を聞くことに同意したのです。わたしはおぞましい連れが熾《おこ》した火のそばに腰を降ろしました。そして、あやつは語りはじめたのです。

第三章

「生まれてすぐのことを思い出すのは、ずいぶんと骨の折れることだ。あのころのことは、何もかもがごちゃごちゃしていて、ひどく曖昧《あいまい》なのだ。なんとも言いようのない感覚に次から次へと襲われ、おれは一瞬にして視覚と触覚と聴覚と嗅覚《きゅうかく》を得た。そうした感覚の働きを区別できるようになったのは、実を言えば、かなり長い時間が経《た》ってからだったのだが。今でもよく覚えている。まず、徐々に光が強くなって神経が圧迫されたので、おれは眼をつむらずにはいられなくなった。すると、闇《やみ》が覆《おお》いかぶさってきて、今度は不安になった。ところが、そう感じたとたん、今にして思えば目を開けたのだろう、またもや光がどっと押し寄せてきた。おれは歩きだし、それからたぶん、どこかに降りたような気がする。そして、すぐに自分の感覚が大きく変化していることに気づいた。それまでは、黒っぽくて不透明なものに取り巻かれていて、触覚も視覚も遮られていたのだが、気がつくと、自由に歩きまわることができて、行く手を遮るものがあれば乗り越えたり、よけたりできるようになっていた。光がますます強くなってしきりに神経を圧迫するし、歩きまわるうちに暑くてくたびれてもきたので、おれは陽を避けられそうな場所を探した。それがインゴルシュタット近くの森だった。小川のそばで横になり、疲れた身体《からだ》を休めたが、今度は餓《う》えと咽喉《のど》の渇きに苦しめられた。それで半ば眠ったような状態から眼を覚まし、木の枝に生《な》っている実や地面に落ちている実を食べた。咽喉の渇きを小川で癒《いや》したあと、また横になり、眠りに落ちた。

眼が覚めると、あたりは暗かった。寒かったし、これはおそらく本能的なものだろうが、独りでいることに半ば怯《おび》えてもいた。おまえの部屋を出るまえに、寒さを感じていたようで、服を何枚か身につけてはいたが、夜露をしのぐには不充分だった。おれは哀れで、無力で、みじめな存在だった。何もわからず、何ひとつ識別できず、身体じゅうのあちこちから苦痛が侵入してくるばかりだった。おれはその場に坐《すわ》り込んで泣くしかなかった。

そのうちに穏やかな光が忍びやかに天に拡《ひろ》がり、歓《よろこ》びの感覚を伝えてきた。おれははっとして立ちあがった。見ると、木立のあいだから光り輝くもの（原註　月のこと）が昇ってくるじゃないか。おれはそいつをじっと見つめた。一種の驚きに打たれていたんだと思う。何しろ、そいつはゆっくりと動きながら、おれの足元まで明るく照らしているのだからな。それで、もう一度木の実を探しに出かけることにした。あいかわらず寒くてたまらなかったが、途中の木の根元で大きなマントを見つけたので、それで身をくるみ、地面に坐り込んだ。頭のなかに何か明確な考えがあったわけではない。何もかもが混沌《こんとん》としていて、わけがわからなかった。光と、餓えと、渇きと、闇を感じるだけだ。耳のなかで無数の音が鳴り響き、四方八方からいろいろな臭《にお》いが押し寄せてくる。ただひとつはっきりとわかるものといえば、あの明るく輝く月だけだった。月を見つめると、嬉《うれ》しい気持ちになれた。

昼と夜が何度か入れ替わり、夜の天蓋《てんがい》が大きく開くようになったころ、それぞれの感覚が区別できるようになった。飲物を与えてくれる澄んだせせらぎもはっきりと見えるようになり、繁《しげ》った葉で木陰を提供してくれる木立も見分けがつくようになった。頻繁に耳に入ってくる、心地よい音が、眼のまえの光をちょくちょく遮るあの翼のある小さな動物の咽喉から出るものだと知ったときには、嬉しかった。おれは、自分のまわりにあるものを、それまで以上に綿密に観察するようになった。頭のうえを覆うまぶしい光の屋根が、どこで途切れるのかもわかった。小鳥の愉《たの》しげな歌声を真似《まね》てみようとしたりもしたが、これはうまくいかなかった。自分の感じていることを自分なりのやり方で表わしてみたいと思ったのだが、何度やっても、まるで意味をなさない異様な音が出てくるものだから、自分でもぎょっとして黙り込んでしまうのだ。

夜空から月が姿を消し、痩《や》せ細った姿になって再び現われたときも、おれはまだ森のなかにいた。そのころにはそれぞれの感覚もずいぶんはっきりしてきて、毎日のように新しい考えが頭に浮んだ。眼は光に慣れ、いろいろなものの姿が正しく認識できるようになった。野草と虫の区別がつくようになり、次いで野草にもいろいろな種類があることを知った。雀《スズメ》は耳障《みみざわ》りな声でさえずるだけだが、クロウタドリやツグミの声は甘くてうっとりするようだということも知った。

ある日のこと、寒さに悩まされていたときに旅の物乞《ものご》いたちが残していった焚火《たきび》を見つけ、その暖かさに驚喜したことがあった。あまりにも嬉しくて、熾火《おきび》のなかに手を突っ込んだが、悲鳴をあげて慌《あわ》ててその手を引っ込めた。それにしても不思議だった。根本《もと》は同じものなのに、まるで正反対の結果をもたらすとは。それから、火がなんでできているかを調べたところ、嬉しいことに、木でできていることがわかった。火のそば急いで枝を集めてきたが、湿っていて燃えないのだ。おれは悲しくなった。火のそばにじっと坐って、燃える様子を眺めた。そのうちに火のそばに置いておいた湿った枝が乾いて燃えだした。そうなったことについて、おれは考えてみた。そして、あちらの枝、こちらの枝と触ってみることで、燃えたり燃えなかったりする理由がわかった。

そこでせっせと動きまわってたくさんの木を集めた。そいつを乾かしておけば、いつでも火の素《もと》を補給できるじゃないか。夜が来て眠くなると、火が消えてしまうんじゃないかと心配でたまらなくなった。そこで、乾いた木や葉で慎重に火を覆い、そのうえに湿った枝を並べ、さらにマントを拡げてかぶせてから、地面に横になり、眠りに落ちた。

　眼が覚めたら、朝になっていた。おれはまっさきに火の具合を調べた。覆っていたものを取ると、ちょうど吹いてきた穏やかな風に煽《あお》られて炎があがった。これを見て、木の枝で扇《あお》ぐものをこしらえることを思いつき、火が消えそうになるとそいつであおってやることにした。また夜がやって来たとき、火というものは熱ばかりではなく、光も出すのだと気づいて嬉しくなった。火を知ったことは、食糧の面でも役に立った。旅人が置いていった食べ残しのなかに火で炙《あぶ》った食べものがあり、喰ってみるとおれが集めてくる木の実よりもうまかった。おれも同じやり方を試してみようと考え、集めてきたものを焚火のうえに置いてみた。こうすると、皮の柔らかな実は駄目になるのだが、硬い殻に入った実や地面のなかから掘り出してきた根っこの類《たぐい》は、ずっとうまくなることがわかった。

　それでも、食べものは乏しかった。丸一日探しまわっても、ドングリがほんの何個か見つかる程度で、餓えの苦しみを抑えるには、とてもじゃないが足りゃしない。そこで、これまでいた場所を捨てて、それまでの経験からないと困るとわかったものがもっと簡単に見つかる場所を探すことにした。こうして住む場所を変えることにしたわけだが、それで火を失うことになるのがなんとしても残念だった。偶然手に入れたものだから、どうすればまた火を作り出すことができるのか、おれにはわからなかったのだ。この難問を何時間もかけて真剣に考えに考えたが、結局はあきらめるしかなかった。おれはマントに身を包むと、沈んでいく太陽に向かって森のなかを歩きだした。三日間さまよった末に、ようやくひらけた場所に出た。夜のあいだに雪が激しく降ったため、野原は見渡す限り真っ白だった。その眺めは実にわびしいものだったし、気がつくと、地面を覆った冷たく湿ったもののせいで、足がすっかり凍えていた。

朝の七時ごろで、おれとしては食べものとねぐらがほしかった。しばらくしてようやく、地面がこんもりと盛りあがったところに、ちっぽけな小屋が見つかった。どうやら、羊飼いのために建てられたもののようだった。なんせ初めて見るものだから、大いに興味をそそられて、小屋の造りを調べてまわった。扉が開くことがわかったので、なかに入ってみた。年老いた男がひとり、火のそばに坐って朝食の支度をしているところだった。老爺《ろうや》は物音を聞きつけたのか、こちらを振り返り、おれをひと目見るなり甲高い悲鳴をあげて小屋から飛び出していった。野原を突っ切って逃げていくその速さときたら、あの老いさらばえた身体でよくもそこまで走れるものよ、と思うほどだった。そんな姿をしたものは、これまで見たことがなかったし、あんなふうにいきなり逃げ出されたことにも、いささかびっくりさせられた。だが、小屋のほうは、実に好ましい姿をしていた。雪も雨も入ってこないし、地面も乾いている。そのときのおれには、まるで火の湖の責め苦のあと、地獄の悪魔どもの眼に映った万魔殿《パンデモニウム》に勝るとも劣らない、絶好の避難所に見えたのだ（ミルトンの『失楽園』第一巻より）。羊飼いの朝食の残りをがつがつと貪《むさぼ》った。パンとチーズとミルクとワインだったが、最後のものはどうも口にあわなかった。それから疲労に負けて藁《わら》のうえに横たわり、眠り込んだ。

眼が覚めると、昼になっていた。白い大地に太陽の光がきらきらと輝いていた。陽の光の暖かさに誘われて、おれはまた旅を続けることにした。羊飼いの朝食の残りを、見つけた袋に詰め込むと、小屋をあとにして野原を何時間も歩いた。陽が落ちるころになって、とある村に着いた。その眺めときたら、まさに奇跡だった。小屋があり、小屋よりももっとこぎれいな田舎家があり、そのうえ堂々たる屋敷まであって、おれは次から次へと眼を奪われた。菜園の野菜や農家の窓辺に置かれたミルクやチーズが食欲をそそった。そのなかでもいちばん立派な家に入ってみた。戸口からなかに足を踏み入れた瞬間、子どもらが悲鳴をあげ、女どものひとりが気絶した。村じゅうが大騒ぎになった。逃げだす者がいるかと思えば、攻撃してくる者もいて、ついには石を投げつけられ、ほかの飛び道具でも狙《ねら》われて、おれはかなりの手傷を負った。たまりかねて野原に逃れて身を隠せそうな場所を探し、屋根の低い粗末な小屋に恐る恐る逃げ込んだ。この小屋自体はがらんとしていて、村で見かけた宮殿のような大邸宅に比べると、いかにもみすぼらしいありさまだったが、すぐ隣はこぎれいでいかにも住み心地のよさそうな農家だった。ついさっき、村で手痛い目に遭ったばかりだったので、そっちに逃げ込む勇気はなかった。身を隠した小屋は木造で、屋根がずいぶん低く、まっすぐ坐るのがやっとだった。床板は敷いてなくて地べたが剝《む》き出しになっていたが、湿ってはいなかったし、あちこちの隙間《すきま》から風が吹き込んではくるが、雪と雨をしのぐにはまずまず快適な場所だった。

そんなわけで、小屋にもぐり込むと、おれは安心して横になった。たとえどんなにみすぼらしくとも、これで荒天を避けることができるわけだし、何より野蛮な人間どもから逃れられたことが嬉しかった。

夜が明けると、この小屋から這《は》いだした。隣の農家の様子を探り、見つけたばかりの隠れ家にこのまま居続けられるかどうかを見極めようと思ったからだ。小屋は農家の裏手に寄り添うように建っていて、左右は豚小屋と澄んだ水をたたえた池に面していた。残る一面が開口部になっていて、おれはそこからなかにもぐり込んだわけだが、とりあえず、のぞかれそうな隙間は残らず石と板きれで塞《ふさ》ぎ、そとに出るときだけ取りのぞくようにした。そうなると、小屋のなかには豚小屋のほうからしか光が射《さ》し込まなくなったが、おれにはそれで充分だった。

こうして隠れ場所を整え、清潔な藁を床に敷き詰めておれは小屋に引きこもった。遠くに人の姿が見えたからだ。前の晩に受けた仕打ちが身にしみているから、そいつのまえにこの身をさらす気にはなれなかった。引きこもるまえに、その日の分の食べものは手に入れておいた。粗末なパンをひとかたまりくすね、コップもひとつ失敬してきた。コップがあれば、隠れ家のそばを流れているきれいな水を飲むときに、手ですくうよりも便利だろう。小屋のなかは床の部分が少し高くなっているので、いい具合に乾燥しているし、隣の農家の煙突にも近いのでかなり暖かい。

備えは万全だった。おれは何かが起きて決心を変える必要が出てくるまでは、この小屋に留まることにした。それまでねぐらにしていたのは、わびしい森のなかで、木の枝が雨の滴《しずく》を落としてくるなか、じめじめした地面に寝ていたことを思えば、この小屋はまさに天国だった。おれはすっかり満足して朝食を喰らった。水を汲《く》みにいくため、板をどかそうとしたとき、足音が聞えた。細い隙間からのぞいてみると、人間の女が桶《おけ》を頭に載せて、おれの小屋のまえを通り過ぎていくところだった。若い娘で、このあと見かけるようになる農家の女や農場の下働きの連中とはちがって、品のいい様子をしていた。だが、身なりは質素で、織りの粗い青のスカートに亜麻の上着を着ているだけだし、金色の髪を編んでおさげにしているが、なんの飾りもつけていない。我慢強い性質《たち》に見えたが、どこか悲しそうな顔をしていた。まもなく姿が見えなくなったが、十五分ほどして戻ってきたときには、桶にミルクが少し入っていた。荷物のせいで歩きにくそうだった。若い男が迎えに出てきた。娘よりももっと暗く沈んだ顔をしていた。若者は愁《うれ》いを含んだ声でひと言ふた言しゃべると、娘が頭に載せていた桶を受け取り、母屋《おもや》まで運んだ。娘があとに続き、ふたりの姿が見えなくなった。しばらくして、今度は若者のほうが姿を現わした。片手に何か道具のようなものを持ち、母屋の裏手の野原のほうに出ていくようだった。娘のほうは忙《せわ》しなげな様子で、家のなかに入ったり、庭に出たりしている。

おれが隠れ家と決めた小屋をよく調べてみると、壁の一部がもともとは母屋の窓だったところを板でふさいであるのだとわかった。そこに細くて、ほとんどわからないほどの隙間が空いていて、そこから母屋のなかをのぞくことができることもわかった。

見えたのは小さな部屋だった。漆喰塗りの清潔そうな部屋だったが、家具はほとんどなかった。片隅の小さな火のそばに年寄りの男が、見るからにうちひしがれた様子で頭を両手で支えるようにして坐っていた。先ほどの娘が部屋の片付けをしていた。そのあと、娘は抽斗《ひきだし》から何かを取りだし、老人のそばに腰を降ろすと、手仕事をはじめた。老人は楽器を手に取って奏《かな》ではじめた。ツグミや夜啼鳥《ナイチンゲール》の声よりも優しい音だった。うっとりするほど美しい眺めだった。それまで美しいものなど見たことのなかった、この哀れなおれでさえ、思わず見とれてしまったほどだった。年老いた男の白髪といかにも慈悲深そうな顔つきには、尊敬の気持ちが湧《わ》いてきたし、娘の優しい態度には愛情を掻《か》きたてられた。老人が美しくも物哀《ものがな》しい調べを奏でるうちに、心優しい同席者の眼から涙があふれだすのが見えた。だが、老人はそれに気づかないようで、そのうちに娘はとうとうしゃくりあげるようにして泣きだした。そこで老人が何やら声をかけると、その世にも愛らしい生き物は手仕事を脇《わき》に置いて老人の足元にひざまずいた。すると、老人は娘を立たせて笑みを浮かべたのだが、その笑みのなんと優しく、なんと慈愛のこもっていたことか。それを見たとたん、おれはなんとも言いようのない不思議な気持ちになり、圧倒されてしまった。苦しみと歓びが入り混じっていて、そんな気持ちになったのは初めてだった。餓えや寒さに苦しんでいたときも、暖かさや食べものを手に入れたときも、そんな気持ちにはなったことがなかった。その感情の激しさに耐えられなくなって、おれは窓から離れた。

それからまもなく、若い男が薪《たきぎ》の束を背負って戻ってきた。娘が戸口のところまで出て若者を迎え、荷を降ろすのを手伝ってから、薪を何本かなかに運んで火にくべた。そのあと、娘と若者は部屋の片隅に引っ込み、若者のほうが大きなパンとチーズの塊を取り出してみせた。娘は嬉しそうな顔をした。そして庭に出て何かの根と草のようなものを取ってくると、それらを水につけ、次いで火にかけた。それから娘はまた先ほどの手仕事をはじめた。若者のほうは庭に出て行き、土を掘り返したり、根を引き抜いたりしてせっせと働いているようだった。一時間ほどすると、娘もそれに加わり、やがてふたりして母屋に戻ってきた。

そのあいだ、老人は物思いに沈んだ顔をしていたが、ふたりが戻ってくると、嬉しそうな顔つきになり、三人揃《そろ》って食事の席に着いた。食事はあっという間に終わった。娘はそれからまた家の片づけに取りかかり、老人は若者の腕にすがりながら母屋のまえの陽だまりに出て行った。陽の光を浴びがてら、しばらく歩くようだった。この類いまれなるふたりが並んでいる姿ほど、美しいものはないだろうな。対照の美しさというやつだ。一方は年老いて白髪を戴《いただ》き、表情は優しさと慈愛に輝き、もう一方は若々しくすらりとした身体つきにこのうえなく端正な顔立ちをしているのだが、その眼にも態度にも悲しみにうちひしがれた者の翳《かげ》りが射している。数分後、老人は母屋に戻り、若者は朝に見かけたのとはまた別の道具を手に、野原のほうに出かけていった。

夜はあっという間にやってきたが、なんと驚いたことに、母屋の人たちは蠟燭《ろうそく》を灯《とも》して明るさを長引かせる方法を心得ていたのだ。太陽が沈んでも、隣の人間たちを眺める歓びが終わるわけではないとわかって、おれは嬉しくなった。娘と若者には、おれには何をしているのかよくわからなかったが、夜には夜でするべき仕事がいろいろあるようだった。老人は、朝のうちにおれをうっとりさせた、あの妙《たえ》なる調べを奏でる楽器を再び手に取った。弾き終わると、今度は若者の番だった。若者は楽器を奏でるのではなく、咽喉から音を発しはじめた。単調な音で、老人の奏でる楽器の調べにも、小鳥のさえずりにも似ていなかった。それが朗読というものだとわかったのは、あとになってからのことだ。あのときのおれは、ことばも文字もまったく知らなかったのだ。

一家はこうしてしばらく過ごしたあと、明かりを消していなくなった。寝に行ったのだろう、とおれは思った。

第四章

おれも藁《わら》のうえに横になったが、寝つけなかった。その日の出来事を思い返してみた。何よりも深く印象に残っているのは、母屋《おもや》の人たちの穏やかな態度のことだった。できるものなら、おれもそのなかに加わりたいと思ったが、そこまでの勇気が出なかった。前の晩、野蛮きわまりない村人どもから受けた仕打ちが身にしみていたから、この先どんな行動を取るにしても、差し当たってはこの小屋に身を潜めてひそかに観察を続け、母屋の人たちがどうしてあんなふうに振る舞うことができるのか、じっくり探ってみることにした。

翌朝、母屋の人たちは陽が昇るまえに起き出してきた。娘は部屋を片づけて食事を用意し、若者は最初の食事がすむと、すぐに出かけていった。

この日も、まえの日と同じように過ぎていった。若者はせっせと戸外で働き、娘のほうは家のなかのあれこれと手のかかる用事を片づけるのだ。老人はそのあいだ、実は眼が見えないのだと知ったが、何もすることがないものだから、あの楽器を奏《かな》でたり、物思いにふけったりして過ごしていた。若いふたりがこの年寄りに寄せる愛情と敬意は、無上のものだった。細やかな心遣いで愛情と孝養を尽くし、老人のほうはあの慈《いつく》しみに満ちた微笑《ほほえ》みでそれに応《こた》えるのだ。

それでも、一家は何から何まで幸福尽くめ、というわけではなさそうだった。若者と娘は部屋の片隅にそっと引っ込んでしまうことが多く、そんなときには泣いているようだった。不幸の理由はおれにはわからなかったが、これには深く心を打たれた。こんな美しい人たちでも不幸せだというなら、おれのように不完全で孤独な者がみじめなのも、それほど不思議ではないわけだ。それにしても、こんなにも穏やかで優しい人たちが、なぜ不幸なのか？　立派な家があって（おれの眼にはそう見えたのだ）、快適に暮すための手立てもある。寒ければ身体《からだ》を温める火があるし、腹が減ればうまそうな喰いものもある。上等な服だって着てる。それに何より、共にいられて話ができて、毎日互いに愛情と優しさにあふれた眼差《まなざ》しを交わすことができるじゃないか。あの涙の理由はなんだ？　あれは本当に辛《つら》さの表われなのか？　最初のうちはその答えがわからなかったが、長いこと注意深く観察を続けるうちに、謎《なぞ》だったものに次第に説明がつくようになった。

ずいぶん長い時間がかかったが、おれはようやくこの愛すべき一家の心労の種を、まずはひとつ理解した。貧しさだ。それも、痛ましいまでの貧しさを、この一家は味わわされているのだった。身の養いになるものといえば、庭で採れる野菜と一頭の雌牛の出す乳しかない。その乳も、冬のあいだは飼料がほとんど手に入らないものだから、ほんのわずかしか出ないのだ。激しい餓《う》えに苦しむこともたびたびで、ことに若いふたりには辛かったにちがいない。ときどき老人のまえには食べものを置きながら、自分たちは何も食べないということがあったからだ。

そんなふたりの思い遣《や》りには、おれも大いに心を揺さぶられた。それまでは夜のあいだに一家の蓄えをくすねては自分の食糧にしていたのだが、それは母屋の人たちを苦しめることになると気づき、きっぱりとやめた。近くの森で草の実や木の実や根っこを集めてきて、それで餓えをしのぐことにしたのだ。

ほかにもうひとつ、母屋の人たちの日々の仕事を手助けする方法を思いついた。若者が一日のかなりの時間を、家族が暖を取るための薪《たきぎ》集めに費やしていることがわかったので、夜のあいだに若者の道具を持ち出し、その使い方はすぐに呑《の》み込めたから、何日かは保《も》つぐらいの薪をこしらえて母屋に届けることにしたのだ。

今でも覚えているよ、初めてそうしたときのことを。朝、母屋の扉を開けた娘が、おもてにどっさり積んである薪の山にびっくり仰天した様子で、大きな声でいくつかことばを発すると、若者も戸口に出てきて、これまた驚きの声をあげたのだ。若者はその日は森には出かけず、母屋を修理したり庭を耕したりして過ごした。おれは嬉《うれ》しくなって、その様子を一日じゅう眺めた。

そうこうするうちに、もっと重要なことがわかってきた。この一家は自分たちが経験したことや感じていることを、互いに意味のある音で伝えあっていることに気づいたのだ。観察を続けると、この人たちの話すことばは、相手の心と表情に歓《よろこ》びや苦しみ、悲しみや微笑みをもたらすことがわかった。これぞまさに神業だと思ったね。おれもこの技術《すべ》をなんとかして身に着けたいと願ったものだが、あれこれ試してみるものの、どうもうまくいかない。母屋の人たちのしゃべり方は速いし、口から出ることばが眼にみえるものと関係があるとは思えないこともあり、それが何を指しているかという謎を解く手がかりを見つけることができなかった。それでもあきらめずに努力を続け、月が何度か満ち欠けを繰り返すあいだ隠れ家でじっと耳を澄ますうちに、話のなかによく出てくるものの名前が少しずつわかってきた。最初に覚えて使えるようになったのは、「火」「ミルク」「パン」「薪」だ。それから母屋の人たちの名前もわかった。若者と娘はそれぞれいくつかの呼び名を持っていたが、老人はひとつだけで、「父さん」と呼ばれていた。娘は「妹」もしくは「アガサ」と呼ばれていて、若者は

「フェリックス」「兄さん」あるいは「息子」と呼ばれていた。こうした音ひとつひとつの意味がわかり、自分でも発音できるようになったときの嬉しさは、今に至るも言い表しようがないね。ほかにも、聞き分けられるようになったことばがあったが、その意味や使い方はまだわからなかった。たとえば「よい」「愛《いと》しい」「不幸せ」とか。

こんなふうにして、おれは冬を過ごした。母屋の人たちの穏やかな物腰や美しい姿を眺めていると、慕わしい気持ちが増すばかりだった。一家が不幸せそうにしていると、おれも気持ちが沈み込んだ。嬉しそうにしていると、おれまで嬉しくなった。この人たち以外に人間はほとんど見かけなかったが、たまに誰かが母屋を訪ねてくることがあると、そういう連中の荒っぽい物腰やがさつな歩きぶりに、おれの隣人たちの立派な態度がなおさら引き立つように思えたものだ。老人は、おれの見たところ「子どもたち」（若いふたりのことを、何度かそう呼ぶのを聞いたのだ）を励まし、憂鬱《ゆううつ》な気持ちをなんとか追い払ってやろうとしているようだった。ふたりに語りかけるときの老人の調子は朗らかで、心根の優しさが表情にも表われていて、見ているおれまで嬉しくなるほどだった。アガサは尊敬の念をもって耳を傾け、ときどき眼からあふれる涙を気づかれぬように拭《ぬぐ》い去ることもあったが、たいていの場合は父親の励ましのことばを聞いたあとは、顔つきも声の調子もそれまでよりは明るくなった。だが、若者のほうはそうではなかった。一家のなかでもいつも、いちばん悲しそうな顔をしていて、そうしたことにはまだ馴染《なじ》みのなかったおれの感覚でも、この男がほかのふたりよりもずっと辛い思いでいることがわかった。しかし、悲しそうな顔をしてはいても、話すときの口調は妹よりも快活で、特に老人に話しかけるときにはことさら明るい口調になった。

母屋の人たちの愛すべき点を表わす例なら、些細《ささい》なことまで含めれば、無数に挙げることができる。足りないものだらけの貧しさの最中《さなか》にあっても、フェリックスは雪に覆《おお》われた地面から初めて顔をのぞかせた小さな白い花を摘んで、妹のためにいそいそと持ち帰ってくるような男だ。また朝早く、妹がまだ起き出してくるまえに、搾乳《さくにゅう》小屋までの道に積もった雪を掻《か》き退《の》け、井戸から水を汲《く》み、少し離れたところにある納屋《なや》から薪を持ってきておいたりもする。納屋に薪を取りに行くたびに、見えざる手によって使った分が補充されているものだから、いつも驚いてばかりだ。昼間はときどきどこか近くの農場に働きにいくこともあるらしい。出かけていったきり夕食時まで戻らず、しかも帰ってきたときに薪を持っていないことがあったからだ。それ以外のときはたいてい庭で働いているのだが、霜の季節にはするべき仕事もあまりないようで、そういうときには老人やアガサに本や何かを読みあげてやっていた。

この朗読というやつだが、最初のうちおれには何をしているのやら、さっぱりわからなかった。そのうち、若者が何かを読みあげるときには、話すときと同じ音を口にしていることがだんだんわかるようになった。それで、あの紙には話しことばの符号が書いてあって、それが若者にはわかるのだろうと考えた。おれもわかるようになりたいと切実に思ったが、そもそも符号で表わされる音自体がよくわかっていないのだ。読めるわけなどないではないか？　ことばに関しては、確かにかなり進歩してはいた。理解できる部分がずいぶん増えてきていたが、それでも会話についていくことはおれにはまだまだ難しかった。もちろん、真剣に努力した。おれなりに全神経を集中して、わかろうと努めた。いずれは母屋の人たちのまえに姿を現わしたいと強く願っていたからだ。それには、まず彼らのことばを使えるようにならなくてはならない。それは、このおれにも容易にわかることだった。ことばが使えさえすれば、この醜い姿をさらしても大目に見てもらえるかもしれないだろう？　己が醜いことは、母屋の人たちの姿を繰り返し眼にしていれば、嫌でも気づくというものだ。

おれは母屋の人たちの完璧《かんぺき》な姿に憧《あこが》れていた。あの人たちは優雅で、美しくて、肌の色ひとつにしても実に繊細だ。それにひきかえ、このおれは――透明な池の水に映った己の姿を見たときの衝撃といったら！　ひと目見るなり、ぎょっとして跳び退いたよ。水鏡に映っているのが他でもない自分だとは、にわかには信じられなかったね。そして、自分が実際に今自分が見ているとおりの怪物だと思い知ったときには、底なしの絶望に沈み込み、屈辱のあまり胸が張り裂けそうになった。そう、そのときはまだわかっていなかったのさ。このみじめで奇っ怪な姿が、どれほど致命的な影響をもたらすものかということが。

太陽が暖かさを増し、日が長くなって雪も消えると、木々の肌と黒い大地が見えるようになった。その時期になると、フェリックスはそれまで以上に忙しくなり、今にも飢え死にするのではないかと思うほどの痛ましい暮らしぶりを眼にすることもなくなった。母屋の人たちの食事は、これはあとで気づいたことだが、粗末ではあったが健康的なものだったし、量にも不足はなくなった。庭には何種類か、新しい葉物が萌《も》えだし、それらも料理に使われた。季節が進むにつれて、こうした暮らしを楽にする材料が、日を追って増えていった。

老人は昼になると、雨さえ降っていなければ毎日、息子に支えられて戸外《そと》を歩いた。ちなみに、天から落ちてくる水のことを「雨」と呼ぶこともわかった。雨はよく降ったが、強い風がひと吹きすれば地面はたちまち乾いてしまうのだ。それまでよりもはるかに過ごしやすい季節だった。

隠れ家での暮らしには、変化というものがなかった。朝のうちは母屋の人たちの動きを見守り、それぞれが自分の仕事を片づけるために忙しくしはじめると、おれはひと眠りする。眼が覚めると、昼間の残りをまた母屋の人たちを眺めて過ごし、彼らが寝てしまうと、月が出ているか星明かりが充分な夜には、森に出かけて自分の食糧と母屋の人たちの薪を集める。戻ってきて、その必要があると思えば、彼らの通り道の雪かきをしたり、フェリックスがしているのを見て覚えた仕事を、代わりにやっておくこともあった。あとになって知ったことだが、見えない手がやるこうした仕事は、母屋の人たちをずいぶん驚かしていたらしい。そんなとき、一度か二度ばかり、彼らが「よい精霊」とか「なんてすばらしい」ということばを口にするのを聞いたのだが、それがどういう意味か、そのときはわからなかった。

そのころになると、おれの頭はますます活発に働くようになっていて、この愛すべき一家が何を思い、どんな気持ちでいるのか、わかるようになりたいとの思いが募った。フェリックスがあんなに打ちひしがれ、アガサがあんなに悲しそうなのはなぜか、それが知りたかったのだ。自分の力で、あの人たちにふさわしい幸福をもたらすことができるかもしれない、とも思った（ああ、そこまで愚かだったということさ！）。眠っているときも、彼らのそばを離れているときも、彼らの姿が眼のまえにちらついた。盲《めし》いた父親の尊い姿が、アガサの優しい姿が、フェリックスの立派な姿が。この人たちこそよりすぐれた存在であり、この先のおれの運命を決するのもこの人たちだと思っていた。彼らのまえに姿を現わすところを、そして彼らがこのおれを迎えてくれるところを、何度も繰り返し思い描いたものだ。最初は見るもおぞましいと思われるかもしれない。だが、そのうちにおれの穏やかな態度と親しみのこもった丁寧なことばに好意を持つようになり、最後には愛してくれるようになるだろう、そんなふうに想像したのだ。

考えるだけで胸が躍り、おれは改めて、ことばを覚えることに意欲を燃やした。おれの器官は、確かに優美さには欠けるが、柔軟性はある。声は、母屋の人たちの優しい調べのような声とは似ても似つかないが、理解したことばはそれなりに発音できる。まるで、ラ・フォンテーヌの『驢馬《ろば》と抱き犬（ラ・フォンテーヌの『寓話』に出てくる、犬の真似をして主人に甘えようとしてぶたれる驢馬の話にちなむ）』のようなものだが、心優しく従順な驢馬なら、たとえその振舞いにいささか礼儀に欠けるところがあっても、ぶたれたり怒鳴られたりせずに、もう少しましな扱いを受けられるはずだ。

暖かさが増し、心地よいと感じる春先の通り雨が何度か降ると、大地の様子が大きく変わった。それまでは洞窟《どうくつ》にでも隠れていたのか、人間たちがいっせいに野に現われ、あちこちに散らばり、それぞれのやり方で土地を耕しだした。鳥はひときわ陽気にさえずり、木々も芽吹きはじめた。少しまえまでは寒々しく荒れ果て、じめじめと不健康だった場所が、今や神が住まうにふさわしい、幸福な大地となったのだ。自然の造りだしたこの美しい風景に、おれの心は高く舞い上がった。過去は記憶から消えてなくなり、現在は安らぎに満ち、未来は明るい希望の光と歓びへの期待で黄金色に輝いていた。

第五章

さて、そろそろ先を急いで、おれの話のなかでも最も哀れを誘う部分に向かうとしようか。おれを今のように変えてしまった感情が、どのようにしておれの心に刻み込まれたか、そのいきさつを話してやろう。

春はみるみるうちに闌《た》けた。天気は晴朗で、空には雲ひとつない日が続いた。それまでわびしく陰気だった世界が、美しい花と若草に彩《いろど》られていくさまには、驚かずにはいられなかった。あちらからも、こちらからも馨《かぐわ》しい匂《にお》いが漂ってくるし、どこを向いても美しい光景が眼に映る。おれの五感は歓《よろこ》び、より鋭くなったようだった。

そんなある日、母屋《おもや》の人たちが定期的に仕事を休む日のことだ。老人がギターを奏《かな》で、子どもたちはそれに耳を傾けていた。フェリックスの顔を見たところ、なんとも言いようのない憂《うれ》いの表情が浮んでいた。何度も溜《た》め息をつくものだから、父親が楽器を奏でる手をとめて、その仕種《しぐさ》から察するに、なぜそれほど悲しんでいるのかと理由を尋ねたようだった。フェリックスは明るい口調で応《こた》え、老人が再び楽器を奏ではじめたとき、母屋の扉を叩《たた》く音がした。

訪ねてきたのは馬に乗った女で、道案内に村の男を連れていた。黒っぽい色の服を着て、地の厚い黒いヴェールをかぶった女だった。アガサが何か問いかけると、見知らぬ女は美しい声でひと言、フェリックス、とだけ答えた。その声は音楽のようで、母屋の人たちの誰の声とも似ていない音色をしていた。女の発したことばを聞いて、フェリックスはすぐさま戸口に歩み寄り、フェリックスの姿を見るや、女は顔のまえに垂らしていたヴェールをあげた。おれのいるところからでも、その天使のように優しく、美しい顔が見えた。髪は鴉《からす》の濡《ぬ》れ羽色、そのつややかな黒髪を見たこともないような恰好《かっこう》に編みあげてあって、黒目勝ちの眼は穏やかながら活《い》き活《い》きとしている。ほどよく均整のとれた眼鼻立ち、抜けるように白い肌、愛らしく薄紅色に染まった両の頰。

その姿を見た瞬間、フェリックスは嬉《うれ》しさにわれを忘れたようになり、悲しみの表情は跡形もなく消え去った。憂鬱《ゆううつ》そのものだった顔つきが、たちまち天にも昇らんばかりの歓びの色に変わったものだから、おれは信じられない思いだった。あの若者の顔にこんな表情が浮ぶとは。眼をきらきらと輝かせ、頰を染めたその姿は、おれの眼には相手の見知らぬ女に負けず劣らず美しく見えたほどだ。女のほうは万感胸に迫るものがあるようで、美しい眼からこぼれおちた涙を拭《ぬぐ》うと、フェリックスに片手を差しだした。フェリックスは歓びにわれを忘れたような表情のまま、その手に唇を押し当て、おれに聞き取れた限りでは、その女のことを〝ぼくのかわいいアラビア娘〟と呼んだようだった。女は何を言われたのかわからないようだったが、それでも笑みを浮かべた。フェリックスは馬から降りる女に手を貸し、案内人の男を帰すと、女を母屋に招じ入れた。それからフェリックスと父親とのあいだで何やら会話が交わされたあと、見知らぬ若い女は老人の足元にひざまずき、手を取ってキスをしようとしたが、老人は女を立ちあがらせ、愛情のこもった仕種で抱き締めた。

まもなくわかったことは、この他所《よそ》からきた若い女もはっきりとしたことばを発してはいるのだが、母屋の人たちとはちがうことばを使っているようで、一家の言うこともわからなければ、自分の言うことをわかってもらうこともできないらしい、ということだった。誰もが身振りや手振りを交えて話をしているが、何を話しているのかは、おれには理解できなかった。それでも、女が現われたことで母屋には歓びが満ちあふれ、太陽が朝霧を追い払うように、悲しみの翳《かげ》りがすっかり吹き払われてしまったことは、よくわかった。なかでもフェリックスは幸せそうだった。抑えきれない歓びで口元をほころばせ、ぼくのアラビア娘と呼んだ女を迎えている。アガサは、いつもの優しい物腰でこの美しい客人の手にキスをすると、兄を指さし、何やら身振りで伝えようとした。おれが察するに、あなたが来るまで兄は悲しみに暮れていた、という意味ではなかろうか。こうして何時間かが過ぎた。顔つきを見れば、誰もが歓んでいることはわかったが、なぜ歓んでいるのかはわからないままだった。そのうちに同じ音が何度も繰り返し発音され、そのたびに見知らぬ女がみんなのあとに続いて同じ音を繰り返していることに気づいた。どうやら母屋の人たちのことばを習おうとしているようだった。そこで、あることを思いついた。この課業を、おれも同じ目的で利用すればいいじゃないか。初回の授業で、女は二十ばかりの単語を学んだ。ほとんどがおれの知っている単語だったが、知らない単語もあって、それを覚えられたことは収穫だった。

夜になると、アガサとアラビア娘は早めに床に就くことにしたようだった。ふたりが部屋を出ていこうとすると、フェリックスは女の手にキスをして「おやすみ、美しいサフィー」と言った。フェリックスはそのあとも遅くまで起きていた。父親と話をしていたが、その名前がたびたび口にされたところをみると、あの美しい客人のことを話しているのだと思われた。何をしゃべっているのか、なんとか理解したいと思って全神経を集中して聞き耳を立てたが、まったくわからないことがわかっただけだった。

朝になると、フェリックスは仕事に出かけていった。そしてアガサがいつもの仕事を終えると、アラビア娘は老人の足元に坐《すわ》ってギターを手に取り、うっとりするほど美しい調べを奏ではじめた。とたんにおれの眼から、歓びと悲しみの入り混じった涙があふれだした。女は歌を歌ったが、その豊かな歌声ときたら。高くなったり低くなったり、盛りあがったかと思えば、すうっと鎮《しず》まり、まるで森でさえずる夜啼鳥《ナイチンゲール》のようなのだ。

歌い終わると、ギターはアガサに手渡された。アガサははじめのうちは断っていたが、やがて簡単な調べを奏で、それにあわせて歌いだした。アガサの歌声も美しかったが、客人のあの感に堪えない歌いぶりには及ばなかった。老人が心を奪われた様子で何ごとか口にすると、アガサがそれをアラビア娘に伝えようとした。どうやら、サフィーの奏でた調べと歌のおかげで、老人はたいそう慰められたと言いたいようだった。

その後の毎日は、それまでと同じように、穏やかに過ぎていった。ただひとつ変わったことは、母屋のおれの友人たちの表情に、悲しみではなく歓びの色が見られるようになったことだった。サフィーは快活でいつも幸せそうにしていた。ことばについて言えば、サフィーもおれも見る見るうちに知識を増やし、二ヶ月ほどで友人たちの話すことばのほとんどがわかるようになった。

その間に、黒い地面は草で覆《おお》われ、緑の土手には馨しい香を放ち眼にも美しい花々が、まるで月夜の森に蒼白《あおじろ》くまたたく星のように無数に咲き初めた。陽は暖かさを増し、夜空も澄み渡ってすがすがしく、夜の散歩に出るのがこのうえなく愉《たの》しみになった。ただし、陽が沈むのが遅いうえに、すぐに朝になってしまうので、散歩の時間はずいぶん短くなった。おれは明るいうちは決してそとに出ないことにしていたのだ。村というものに初めて足を踏み入れたときの、あの手酷《てひど》い仕打ちを、二度と経験したくなかったからだ。

おれとしては、少しでも早くことばを覚えたかったので、毎日集中して聞き耳を立てた。自慢するわけじゃないが、進歩の点では、おれのほうがアラビア娘よりずっと早かったよ。あちらさんはわかる単語の数も少ないし、発音もままならないようだったが、おれのほうは会話に出てくることばはほとんどすべて聞き取れて、真似《まね》ることもできるようになっていたからな。

話すのが上達すると、今度はサフィーが習っている文字というものも学びはじめた。おかげで眼のまえに大きな世界が開け、おれはそれまで知らなかった驚異と歓びを知ることになった。

フェリックスがサフィーを教えるのに使っていたのは、ヴォルネの『諸帝国の滅亡（十八世紀フランスの思想家、ド・ヴォルネの著書。一七九一年に刊行、歴史の概説書として当時は愛読された）』だった。フェリックスが読みあげながら、細かい解説を付けくわえてくれなければ、この本の内容を理解することなど、おれにはできなかったと思う。フェリックスが言うには、この本を選んだのは、東洋の文人を真似て、修辞に凝った朗読調の文体が使われているからだとか。この本のおかげで、おれは大雑把なものではあったが、歴史のあらましを知り、今の世界にはいくつか、帝国というものが存在していることを知った。さらにこの地上にはさまざまな国があることを知り、各国の風俗や政治の形態や宗教についても理解できるようになった。アジア人は総じて怠惰であること、ギリシア人には途方もない天分とすぐれて活発な精神が備わっていたこと、初期ローマ人は戦争《いくさ》に明け暮れながらもすばらしい美徳を有していたのに、その後徐々に堕落していって、ついには強大な帝国が没落したこと、騎士道やキリスト教や諸国の王たちのことも知った。アメリカ大陸のある半球が発見された話を聞いたときには、そこにもともと暮していた人間たちに待ち受けていた非情な運命を思い、サフィーと共に涙を流したものだ。

こうした驚くべき話を聞くうちに、おれはどうにも解《げ》せないと思うようになった。

人間というものは、それほど強くて高潔ですばらしい者でありながら、同時にそれほどまでに悪辣《あくらつ》で卑怯《ひきょう》な存在なのか？　あるときは悪の原理の手先としか思えないのに、あるときは神のごとく高貴な存在とも映る。偉大にして高潔な人となることは、感性を持って生まれてきた生き物には最高の栄誉であるなら、多くの記録に残されているような、悪辣にして卑怯な姿は最低の堕落でしかなく、光を知らないモグラや害にも益にもならない虫けらにも劣るものだということだ。長いこと考えても、どうしてもわからなかったのが、人間はどうしてわざわざ仲間を殺しにいくのか、ということだ。それに法律や政府というものが、なぜなくてはならないのか、それも理解できなかった。だが、人間の悪行や血なまぐさい出来事が詳しく語られるのを聞くと、その理由を問う気持ちは失《う》せ、すさまじい嫌悪感《けんおかん》に襲われるのだ。ただもう胸が悪くなって、思わず顔をそむけたくなるのだ。

今では、母屋の人たちの会話のひとつひとつから、おれのまえに驚きに満ちた新しい世界が開けていった。フェリックスがアラビア娘に教えることに耳を傾けていると、人間の社会の奇妙な仕組みが解き明かされていくようだった。財産というものは分配されるものであり、巨万の富を持つ者がいればみじめに極貧にあえぐ者もおり、階級とか家柄とか高貴な血筋とかいったもののことも聞き知った。

こうしたことばがきっかけとなって、おれはわが身のことを考えた。おまえたち人間の世界で最も高く評価されるのは、富を有し、かつ純粋な血統に属す者らしいな。どちらか片方だけでもあればそれなりに尊敬してもらえるが、どちらもなければ、よほどのことがない限り、無宿者であり奴隷《どれい》であると見なされて、選ばれし少数の者のために己の力を無駄遣いさせられる運命にある。ならば、このおれはいったいなんなんだ？　この身が誰に、どのようにして造られたのか、まるでわからない。金《かね》もなければ友もおらず、およそ財産と呼べるものは何もない。しかも、恐ろしく醜く、おぞましい姿形をしているのだ。おまけに人間とは身体《からだ》の特性もちがう。人間よりも敏捷《びんしょう》で、粗末な食べものしかなくても生き延びられるし、どんなに暑くとも、あるいはどんなに寒くとも、おれの身体はそれほどこたえない。身の丈だって人間よりもはるかにでかい。まわりを見ても、おれのような者はいないし、いるという話を聞いたこともない。それならば、おれは怪物なのか？　この世の穢《けが》れなのか？　だから、誰もが逃げ出し、誰もがおれを見捨てるのか？

そう思うと、どれほど心が痛んだか、いくら話して聞かせたところで、わかりはしないだろう。そんな考えは、頭から振り払おうとしたが、知識が増えるほどに悲しみも大きくなるのだ。こんなことなら、おれにとっては生まれ故郷のあの森にとどまって、餓《う》えや渇きや暑さ以上のものは何も感じず、何もわからないままでいたほうが、どれほどよかったことか！

知識というのは実に不思議なものだな。いったん頭に入ってしまうと、岩に生える苔《こけ》のようにこびりついたままになる。ときどき、頭に浮ぶ考えや心に宿る感情を全部まとめて振り払いたくなったよ。だが、じきにわかった。知識がもたらしたこの苦しみを克服する手立てはひとつしかない——死んでしまうことだ。おれにとって死とは、恐ろしくはあるがよくわからないものだった。あのころはまだ、おれも人間の美徳や善意といったものに憧《あこが》れていた。母屋の人たちの穏やかな態度や優しい心根に好意を抱いてもいた。しかし、あの人たちと交わることは、おれには許されないことなのだ。おれにできるのは、向こうから見られることも知られることもなく、密《ひそ》かに様子を眺めることだけだ。その程度では、仲間になりたいという思いは満たされるどころか、却《かえ》って募るばかり。アガサの優しいことばも、見とれずにはいられないアラビア娘の快活な笑みも、おれのためのものではない。老人の穏やかな励ましも、誰もが聴き惚《ほ》れてしまうフェリックスの活き活きとした語りも、おれのためのものではない。哀れにもほどがある。不幸にもほどがある！

ほかにも学んだことがある。より深く心に刻みつけられたことだ。たとえば、人間の男と女はなりたちがちがうことを知った。それから、人間には子どもというものが生まれて、それは成長していくものだということも知った。父親というものは赤ん坊の笑顔や子どもが元気よく跳ねまわる姿に、他愛もなく歓ぶものだということや、母親の時間と関心はこの大切な預かり者にひたすら捧《ささ》げられるものだということも。若者は視野を拡《ひろ》げ、知識を蓄えて、精神を豊かにしていくものだということも。そして、人間というのは、血の繫《つな》がった兄弟や姉妹や、そのほかにもいろいろな絆《きずな》で互いに結びついているものだということを。

だが、おれの友は、家族はどこにいる？　子どものおれを見守ってくれた父親もいなければ、微笑《ほほえ》みや愛撫《あいぶ》を与えてくれた母親もいない。いや、仮にいたとしても、おれの過去は一点のしみ、いくら眼を凝らしたとて見わけのつかない暗黒の空白。たどれる限りの記憶をたどってみても、おれが覚えているのは、身の丈も身体つきも今と変わらない自分の姿だ。自分と似た生き物にも、つきあいを求めてくる者にも、ただの一度も出会ったことがない。いったい自分は何者なのだ？　この疑問が何度も湧《わ》きあがるのだが、おれにはうめき声をあげることしかできない。

こうした思いがどこに向かっていったか、それはおいおい話そう。今はとりあえず、この母屋の人たちのことに話を戻させてほしい。この一家の身の上は、おれの胸に憤《いきどお》りや歓びや驚きといったいくつもの感情を呼び起こした。そして、最終的にはおれの守り手たちへの愛と敬意をさらに深めることになったのだ。おれの守り手たち——彼らのことをそう呼ぶのを好んでいたのは、おれのいささか無邪気で、半ば苦しい自己欺瞞《ぎまん》の為《な》せる業だった。

第六章

おれが一家の身の上を知ったのは、しばらく経《た》ってからのことだった。おれのようななんの経験もない身には、驚くようなことが次々と明かされ、そのひとつひとつが興味深くもあり、心に深い印象を残すことになったのだ。

老人の名前は、ド・ラセーといった。フランスの名家の出身で、長いあいだ裕福に暮らし、目上の人たちから一目置かれ、同輩からも敬愛されてきた。息子は国の軍隊に入り、アガサは名門の婦人たちに混じってもひけを取らない存在だった。おれがやって来る数ヶ月まえまで、一家はパリと呼ばれる繁華な大都市で暮らしていた。友に囲まれ、心の正しさと洗練された知性、あるいは趣味の良さに加え、そこそこの財産に恵まれた場合に可能となる、何不自由のない暮らしを送っていたのだ。

そんな一家が没落した原因はサフィーの父親だった。この男はトルコ人の商人で、長年パリで暮していたのだが、そこにどういう理由があったのかはおれには知る機会がなかったが、政府から睨《にら》まれるようになった。サフィーが父親を訪ねてコンスタンティノープルからパリに到着したその日に、父親は捕えられ、投獄された。裁判の結果、死刑を宣告されたが、この宣告はいかにも不当なもので、パリじゅうが怒りに沸き返った。罪状とされた犯罪よりも、被告人の宗教と財産が槍玉《やりだま》に挙げられ、その結果の判決だと見なされたのだ。

フェリックスはたまたまその裁判を傍聴していたのだが、判決を聞いたときの恐怖と憤《いきどお》りは抑えようもないほど激しく、即座にこの男を救おうとの厳かな誓いを立て、その手立てを探しはじめた。監獄に忍び込もうとするも、いっかなうまくいかず。数度の失敗を経るうちに、監獄の見張りのいない場所に太い鉄格子《てつごうし》のはまった窓を見つけ、実はこれが不運な回教徒の監房の明かり取りとなっていることを知った。死刑宣告を受けた男は鎖で獄につながれ、野蛮きわまりない刑が執行されるまでの時間を絶望のうちに過ごしていたのだ。フェリックスは夜になるのを待ち、この窓のところまで足を運び、囚《とら》われの身の商人に、自分が力になるつもりでいることを鉄格子越しに伝えた。トルコ人は驚き、かつ歓《よろこ》んだ。この救い主の熱意をさらに煽《あお》らんとして、褒《ほう》美《び》や金を出そうと申し出た。フェリックスは一顧だにせず、撥《は》ねつけた。だが、父親との面会を許されて訪ねてきていた美しいサフィーに出会い、身振り手振りで深い感謝の念を伝えようとする姿を見ると、自分がこれから冒そうとしている危険やこうむるはずの苦労に報いて余りあるほどの財宝が、この囚われの商人の手にあるのだ、と思わずにはいられなかった。

トルコ人は、それを見逃さなかった。自分の娘がフェリックスの心に強い印象を与えたとすぐに気づき、フェリックスを完全に自らの味方とするべく、安全なところに逃げ延びることができたら、娘と結婚させてやろうと約束をした。慎み深いフェリックスとしては、受け入れるわけにはいかない申し出ではあったが、仮にそういうことになれば自分はさぞかし幸福だろうと思うと、期待する気持ちはなくもなかった。

続く何日間かのあいだに、商人の脱出に向けて準備を進めながら、フェリックスの情熱は燃えあがった。この美しい娘から手紙が何通も届いたからだ。フェリックスに自分の思いを伝えるために、娘は父親の召使いでフランス語のわかる老人の助けを借りていた。そして、父親のために尽くしてくれることに熱烈なことばで感謝を述べ、あわせて穏やかなことばながら自分に定められた運命を嘆いてもいた。

その手紙の写しがここにある。おれが書き写したものだ。隠れ家に引きこもっていたあいだに、おれなりに手段を見つけてものを書くための道具を調達したんだよ。もとの手紙のほうは、アガサやフェリックスがしょっちゅう読み返していたからな。手紙の写しは、別れるまえにおまえにやろう。それを見れば、おれの話が本当のことだとわかるはずだ。だが、とりあえず今は、陽もだいぶ傾いてきたことだし、その中身をかいつまんで話して聞かせるだけの時間しかなさそうだ。

サフィーの手紙によれば、彼女の母親はキリスト教徒のアラブ人で、トルコ人に捕えられて奴隷《どれい》にされたが、その美貌《びぼう》のおかげでサフィーの父親の心を射止め、結婚した、ということだった。サフィーは母親のことをことばをきわめ、情熱を込めて語っていた。そのことばを借りるなら、自由の身に生まれながら、囚われの身に貶《おとし》められている己の境遇を唾棄《だき》すべきものと考えていたという。娘には自分の信ずる宗教の教義を説き聞かせ、ムハンマドを信じる女たちには禁じられていたことだが、知性を高め、独立自尊の気概を持つことを教えた。その教えは、母親亡《な》きあともサフィーの胸に深く刻み込まれ、その後も消えることはなかった。だから、アジアに戻らなければならないと思うとつくづく嫌になる、というのだ。彼《か》の地に戻れば、ハーレムの塀のなかに閉じ込められ、幼稚な娯楽しか許されない暮らしになってしまうからだ。広い見地に立った思想や徳を磨く気高い心のありようを求めるサフィーにとって、これは耐えがたいことだった。許されるものならキリスト教徒と結婚し、社会において女の地位が認められている国に留まりたい、というのがサフィーの願いであり、それがかなうかもしれないことに胸を弾ませていたのだ。

そうこうするうちに、トルコ人の処刑の日が定められた。しかし、その前夜、サフィーの父親は監獄を脱出し、翌朝にはパリからなんリーグも離れた場所に逃げ延びていた。フェリックスのほうは、父親と妹と自分の名義で旅券を手配したところだった。息子から前もって計画を知らされていたド・ラセーは、息子の指示に従い、旅に出る態《てい》を装《よそお》って家を出ると、娘と共にパリの人目につかない場所に身を隠した。

フェリックスは逃亡者父娘《おやこ》を連れてフランスを縦断し、リヨンからモン・スニ峠を越えてイタリア西部の港町のレグホンに入った。逃亡の身にある商人は、レグホンの港でしばらく機をうかがい、しかるべき好機にトルコ領のいずれかの港に渡ろうという目論見《もくろみ》だった。

サフィーは父親がトルコに出発するまで、一緒にいると決めていた。父親も、それまでには約束どおり、自分の身を救ってくれた恩人に娘との結婚を許すつもりだと改めて言っていた。そこでフェリックスも期待に胸を膨らませながらレグホンの町にとどまり、アラビア娘と過ごす時間を愉《たの》しむことにしたのだった。娘が示す愛情はあどけなく、実に率直で、優しさにあふれたものだった。ふたりは通訳を挟んで会話をかわしたが、ときには眼差《まなざ》しが通訳を務めることもあった。サフィーはフェリックスに、生まれ故郷の妙《たえ》なる調べを歌って聞かせた。

こうして恋人たちが親密になることを、トルコ人は黙認し、ふたりの若者の希望を助長しておきながら、内心ではまったく別の計画を練っていた。娘がキリスト教徒と一緒になることがどうしても許せなかったのだ。しかし、そんな素振りを見せてフェリックスを怒らせるのは恐《こわ》かった。自分の身の安全はまだ恩人に握られている、彼がその気になれば、今潜んでいるイタリアの官憲に密告することもできるのだ。それがわかっていたから、トルコ人の商人はこのまま必要がなくなるまで騙《だま》し続けて、いざ出発となったら密《ひそ》かに娘を連れ去ってしまえばいいと考え、ありとあらゆる策謀《はかりごと》をめぐらせたのである。そして、この企《たくら》みは、パリからもたらされた知らせによって、実行が容易になった。

囚人の逃亡に激怒したフランス政府は、逃亡を手助けした者を捜し出し、これを厳罰に処すと決めたのだ。フェリックスの計画はあっという間に露見し、ド・ラセーとアガサは投獄されてしまった。知らせを聞いたフェリックスは、甘美な夢から呼び覚まされた。年老いて眼の見えない父親と優しい妹が悪臭芬々《ふんぷん》たる監獄に閉じ込められているというのに、わが身は自由を謳歌《おうか》し、愛する人と共に愉しく時を過ごしている。その状況は、フェリックスには拷問《ごうもん》にも等しいものだった。そこですぐさまトルコ人の商人と今後の手筈《てはず》を打ち合わせ、フェリックスが父親と妹を救い出してイタリアに戻ってくるまでにトルコに渡る好機がめぐってきた場合は、サフィーはレグホンの修道院に寄宿人として預けていくよう取り決めると、愛するアラビア娘と別れて、パリへと急ぎ、司直の復讐《ふくしゅう》にわが身を委《ゆだ》ねるべく、自首したのだった。自分さえ自首して出れば、ド・ラセーとアガサは釈放されると思ったからだった。

ところが、これは失敗に終わった。裁判が始まるまでの五ヶ月間、三人とも獄につながれ、裁判の結果、一家は財産を没収されたうえに、祖国からも永久に追放されることになってしまった。

彼らはドイツの片田舎に落ち延び、荒れ果てた農家に住まうことになった。おれがあの人たちを見つけた場所だ。フェリックスはまもなく、自分と家族がこんな前代未聞《ぜんだいみもん》の迫害を受けてまで助けた、あのトルコ人の商人がいかに不実な人間だったかを思い知らされることになる。自分の生命《いのち》の恩人が身を落とし、困窮に陥ったことを知るや、なんと、名誉も良心もかなぐり捨てて、娘を連れてイタリアを離れていたのだ。糅《か》てて加えて、侮辱するにもほどがあるというものだが、ほんの眼腐《めくさ》れ金《がね》を、今後の生計の足しにするようにと言って送りつけて寄越したのだ。

おれが初めて見かけたとき、フェリックスが何やら心をさいなまれている様子だったのも、家族のなかで誰よりも鬱《ふさ》いだ顔をしていたのも、こうしたいきさつがあったからだ。貧しさなら耐えることもできよう。今の苦境も、自らの良心に従った結果と考えれば、むしろ誇るべきことだ。しかし、トルコ人のあまりに恩知らずな振舞いと愛するサフィーを失ってしまったことは耐えがたく、フェリックスとしてはまさに救いのない不幸に突き落とされていたわけだ。そこにアラビア娘が現われたのだから、フェリックスの魂には、新しい生命が吹き込まれたようなものだった。

フェリックスが財産も地位も剝奪《はくだつ》されたという知らせがレグホンに届いたとき、トルコ人の商人は娘に、恋人のことはあきらめて祖国に帰る準備をするよう命じた。これには温厚なサフィーも激怒した。父親を諫《いさ》め、なんとか説き伏せようと試みたが、商人は聞く耳を持たず、ただその横暴な命令を繰り返すだけで、しまいには腹を立てて娘を置いて出ていってしまった。

そして数日後、娘の部屋にやってくると、慌《あわ》てた様子でこう言った。この地に身を潜めていることがどうやら洩《も》れたと思われるふしがあり、すぐにもフランス政府に身柄を引き渡されかねない危険が生じた。そこでコンスタンティノープルまで船を雇い、数時間後にはレグホンの港を出帆することにした、という。商人としては、娘は信頼できる召使いに預けてこの地に残し、まだ届いていない財産の大部分がレグホンに到着したら、それを持ってあとからゆっくり帰国させよう、という心積もりだった。

ひとりになると、サフィーはこの危急の場合に自分が取るべき行動を考えた。トルコで暮すのは、なんとしてもいやだった。信仰している宗教にも、自分自身の気持ちにも、ともに反することだった。父親が残していった書類から、恋人が祖国を追放されたことを知り、その後移り住んだ土地の名前も突き止めた。しばらくは迷ったが、最後には決心がついた。自分のものである少しばかりの宝石と、いくばくかの金を持ち、レグホンの生まれでトルコのことばがわかる女を供に連れて、イタリアを発《た》ってドイツに向かったのだ。

ド・ラセーの住む農家から二十リーグほど離れた町までは無事に行き着いたのだが、そこで供の女が重い病気《やまい》に倒れた。サフィーは愛情を込めて手厚く看護したのだが、その甲斐《かい》なく供の女は亡くなってしまった。アラビア娘は世間のこともろくに知らぬ身で、ことばもわからない土地に、たった独り残されてしまったわけだ。だが、身を寄せていた先が親切な家だった。供として連れてきた女が亡くなるまえに、その家の人たちに旅の目的地を告げていたため、サフィーが恋人の住む農家まで無事にたどり着くことができるよう、その家の女が取りはからってくれることになったのだった。

第七章

以上がおれの愛する一家のそれまでの身の上だ。おれは深く心を打たれた。話のなかで繰り広げられていた、人間というものが為《な》す社会生活を知ったことで、彼らの美徳は讃《たた》えるが、悪徳に対しては非を唱えるべきだと思うようになった。あのころは、まだ犯罪などというものは、自分には縁遠い悪行だと思っていた。日々眼にするものが、善意と寛容の表われだったからでもある。人間の持つすぐれた資質がこれほど多く、入れ替わり立ち替わりに登場し、さまざまな場面を展開する舞台に、おれもひとりの演技者として立ちたいものだ、との思いが掻《か》きたてられた。しかし、おれの知性がどのようにして進歩したかを語るには、同じ年の八月初めの出来事を省くわけにはいかないだろうな。

ある晩、いつものように近くの森に出かけて自分の喰いものを集め、おれの守り手たちのために薪《たきぎ》を持ち帰ろうとしていたときのことだ。地面に皮革の鞄《かばん》が落ちているのを見つけた。なかには身に着けるものが何枚か、それと書物が数冊入っていた。おれは夢中で獲物《えもの》をひっつかみ、隠れ家に持ち帰った。幸いにも、書物はおれが母屋《おもや》の人たちから学んだことばで書かれていた。『失楽園』と『プルターク英雄伝』の一巻と『若きウェルテルの悩み』だった。宝物が手に入り、おれは躍りあがるほど嬉《うれ》しかった。母屋の人たちが日々の仕事に精を出すあいだ、これらの物語に読みふけり、頭を働かせ、思いをめぐらした。

これらの書物からどれほど影響を受けたか、とてもじゃないが、語り尽くせないね。新しい考え方やらそれまで感じたことのない感情が、あとからあとから湧《わ》きあがってきた。ときに恍惚《こうこつ》となるほど感情が高まることもあったが、憂鬱《ゆううつ》のどん底に落ち込むことのほうが多かった。『若きウェルテルの悩み』は、その単純にして心打つ筋立てにも興味を惹《ひ》かれたが、それに加えてさまざまな問題が論じられていて、それまでおれには曖昧《あいまい》でどうもよくわからなかった事柄にいろいろな光が投げかけられるようで、尽きることのない驚きと考えを深める手がかりを与えられる思いだった。そこに描かれている人間たちの穏やかで家庭的な振舞いが、自分を抜きにしてもっぱら他者へと向けられる高潔な思いや感情と結びついているさまは、おれが守り手たちのあいだで見聞きしたことと見事に一致していたし、この胸の奥で絶えずうごめく欲求ともぴたりと符合していた。しかし、なんと言っても、ウェルテルその人こそ、これまでにおれが眼にした、あるいは心のなかで思い描いていたどんな人間よりも、ずっと気高い者に思えたね。ウェルテルには気取ったところがひとつもなくて、そこが心に深く染《し》み入った。死と自殺について論じている部分を読んだときには、驚きと疑問とで胸が張り裂けそうな気がしたほどだ。彼の考えと行動が正しかったのか否《いな》か、その部分に踏み込むつもりはなかったが、おれとしては主人公の考え方に気持ちが傾いていて、死んでしまったときには、気がつくと、眼から涙がこぼれていた。

だが、読み進むうちに、おれは本のなかのことを自分の身の上や感情に当てはめてみるようになった。作中に出てくる人物の身の上を知り、彼らが口にする台詞《せりふ》を読みあげてみたりするのだが、すると自分とよく似たところがある反面、どうもちがうのだ、おれとは。彼らには共感を覚え、部分的には理解していても、なんせこちらは精神が未熟だ。頼りにできる者もいないし、身寄りとてない。「その去りゆく道を阻《はば》むものはなく（前出、シェリーの『無常』の一節にちなむ）」といった状態だから、たとえこの世を去ろうとも、それを嘆く者もない。風貌《ふうぼう》はおぞましいほど醜悪で、身体《からだ》つきは並はずれてでかい。これはどういうことなのだ？　おれは誰だ？　何者なのだ？　どこから来て、どこへ向かえばいいのか？　こうした疑問があとからあとから湧いてくるのだが、おれにはそれを解くことができぬのだ。

『プルターク英雄伝』には、古代の共和国を建てた者たちの物語が書かれていた。この本からは、『若きウェルテルの悩み』とはまったくちがった影響を受けた。ウェルテルの想像力からは失意と憂鬱を学んだが、プルタークには崇高な思想というものを叩《たた》きこまれた。それまで自分が閉じ込められていた取るに足りない思考の限界を超えてもっと高い見地に立ち、過去の時代の英雄たちを賞賛し、愛することを教えられたのだ。読んだ内容の多くは、おれの経験と理解を超えていた。王国や広大な国土、また滔々《とうとう》と流れる大河や果てしない海といわれても、はっきりと思い描けるほどの知識はおれにはなかったし、町とか人間の巨大な集団にいたっては、まるで何も知らなかった。何しろ、おれの守り手たちが暮す母屋が、人間というものについて学んだ唯一《ゆいいつ》の学校だったわけだからな。そんなおれにとって、この本は新たに人間たちの、より力強い行動の舞台を見せてくれるものとなったのだ。おれは公《おおやけ》の仕事に就き、同胞を統治したり、ときによっては皆殺しにしたりする人々の話を読んだ。美徳に対する激しい憧《あこが》れと悪徳を憎む気持ちが心に湧きあがってきたが、果たしてこうしたことばの意味を正しく理解できていたかどうか、それは疑わしい。おれのなかでは、美徳も悪徳も、せいぜい歓《よろこ》びとか苦しみと同じ程度の意味でしかなかったからだ。それでも、こうした感情に導かれて、おれは平和を愛する立法者たちを敬愛するようになった。

ロムルス（ローマの創建者とされる伝説上の人物）やテセウス（アテネの伝説的な英雄）よりも、ヌマ（古代ローマの第二代の王とされる人物）、ソロン（古代アテネの立法者、ギリシア七賢人のひとり）、リュクルゴス（スパルタの伝説的な立法者。スパルタの法や軍制や教育制度を制定したとされる）のほうに心を惹かれた。母屋の人たちの営む、家父長制的な暮らしぶりを間近で見ていたことで、こうした印象を持つようになり、それが考え方の土台になったのかもしれない。もし、初めて出会った人間が、たとえば名誉や殺戮《さつりく》を求めて血気に逸《はや》る若い兵士だったりしたら、おそらくおれも違う感じ方を植えつけられていたことだろう。

だが、『失楽園』が引き起こした感動は、そうした憧れや嫌悪《けんお》とも違う、はるかに深いものだった。たまたま手にすることになったほかの二冊の本と同じく、おれはこれを本当の話として読んだのだ。そして、おれの心のなかにあった畏《おそ》れと驚きの感情をことごとく、徹底的に揺さぶられた。なにしろ、全能の神が被造物と戦うのだからな、興奮しないわけがない。しかも自分の境遇とよく似た場面が眼につく。そのたびにおれはわが身に照らしあわせてみたよ。アダムと同じく、おれもこの世に存在しているいかなる者ともなんのつながりも持たない身の上だ。しかし、それ以外の点ではアダムはおれとは決定的にちがう。向こうは神の御手《みて》で造り出された完全無欠の存在で、創造主の特別の配慮で守られ、順調に幸せを謳歌《おうか》している。自分よりも高い存在と会話を交わし、知識を授かることも許されている。それに引き換え、このおれはみじめで、無力で、頼るものとてない存在だ。そんな立場を表わすなら、むしろサタンのほうこそ似つかわしい。おれは何度もそう思った。母屋に住むおれの守り手たちの幸せそうな様子を見ているとたびたび、サタンと同じように、心のなかに嫉妬《しっと》の苦汁が湧きあがってきたからだ。

その思いを強くするような状況が、実はもうひとつあった。隠れ家で暮すようになってまもなく、おまえの実験室から失敬してきた服のポケットに紙の束が入っていることに気づいた。最初はほったらかしにしておいたのだが、文字が読めるようになったものだから、苦労しながらも、そいつをじっくりと読み解いてみたんだよ。なんと、おれが造り出されるまでの四ヶ月間が詳しく綴《つづ》られていた。おまえの日記だよ。おれがこの世に生を受けるまでの作業の過程が順を追って細々と記され、それに混じっておまえの身辺の出来事も記録されていた。もちろん、おまえも覚えているだろう。ほら、これだ。この身の呪《のろ》われた起源にまつわることが、ひとつ残らず書き記してある。このおれを生み出した、吐き気を催すような行為の数々が、微に入り細を穿《うが》って書き連ねてあるのだ。このおぞましい身体を綿密に描写したくだりもあった。おまえの恐怖がまざまざと表われていて、読んでいるこっちも忘れられないほどの恐怖を味わうことになった。ああ、読んでいるうちに吐きたくなったよ。「この身に生を受けた日よ、呪いあれ！」おれは苦悩のあまり叫んだ。「呪われたる造り主よ、おまえすらも嫌悪に眼を背けるような怪物を、何ゆえに造りあげたのだ？　神は人間を哀れみ、自らの姿に似せて美しく魅力的に造りたもうた。だが、この身はおまえの醜悪な似姿だ。似ているからこそおぞましいのだ。サタンにさえ、同胞の悪魔がいて、ときに崇《あが》められ、ときに励ましを得ていたというのに、おれは孤独で、忌《い》み嫌われるばかりじゃないか」

そんなことを考えては、何時間も、失意と孤独を噛《か》みしめていたのだ。しかし、母屋の人たちの徳の高さや温厚で善良な人となりを思うと、あの人たちならきっとおれがあの人たちの徳の高さを賞賛していると知れば哀れみの気持ちを起こし、この醜い姿も見て見ぬふりをしてくれるはずだと自分に言い聞かせた。姿形がいかに怪異であっても、哀れみと友情を乞《こ》う者を戸口から追い払うような人たちであるはずがない。せめて希望は失わず、母屋の人たちと顔をあわせたときにその後のおれの運命が決まるのなら、それまでにせめて、できるだけの準備は整えておこうと決意した。一家のまえに顔を出すのを数ヶ月ほど延期したのは、失敗を恐れる気持ちが生まれたからだ。万一うまくいかなければ、おれは何もかも失うことになる。そのうえ、日々の経験を重ねることで理解力が自分でも驚くほど増してきていることに気づいて、それならばあと何ヶ月か待って、もう少し知恵がついて賢くなってからでも遅くはないように思えて、なかなか踏ん切りがつかなかったのだ。

そのあいだに、一家にはいくつかの変化が生じていた。サフィーがいることで、誰もが幸せそうな様子を見せるようになっていた。また、暮らしも、それまでよりもいくらか上向きになったようだった。日々の仕事を手伝う下働きが雇われ、フェリックスやアガサがささやかな娯楽や会話に使える時間が増えたのだ。裕福とは言えないまでも、誰もが満ち足りていて愉《たの》しげだった。心持ちも晴れやかで、安らいでいるようだった。だが、おれのほうは日ごとに心が揺れ騒いだ。知識が増えれば増えただけ、己は世の中から爪弾《つまはじ》きにされたみじめな存在だということが、よりはっきりと認識させられることになる。確かに、おれは希望を持っていた。だが、水に映った姿や月明かりに浮んだ影法師を見るたびに、そのはかない鏡像や定めなく移ろう影と同様、希望までもが掻き消えてしまうのだ。

こうした不安を押し潰《つぶ》し、おれは来《きた》るべき試練のときに備えた。何ヶ月かあとには、その試練を受けると決めた以上、己の心と頭を鍛えておくにしくはない。ときには理性の箍《たが》をはずして、楽園に思いをさまよわせることもあった。愛らしく優しい生き物がおれに同情を寄せ、この憂《うれ》いを晴らしてくれるところを空想することもあった。あの人たちの顔に天使のような笑みが浮び、おれの心が深く深く慰められるところを。しかし、それは結局、夢にしか過ぎない。おれにはイヴがいないのだ。悲しみを慰めてもらうことも、思いを分けあうこともできない。おれは独りぼっちなのだ。アダムは連れ添える相手が欲しいと創造主に訴えた（『失楽園』第八巻三七七 - 三九七行）。だが、おれの創造主はどこにいる？　やつはおれを捨てたのだ。苦々しさの塊と化した心で、おれはおれの創造主を呪った。

こうして秋は過ぎていった。木の葉が枯れて落ちるのを、おれは驚きと悲しみの入り混じった気持ちで眺めた。自然は、おれが初めて森や美しい月を見たときのような、寒々とした不毛な姿をさらすようになった。とはいえ、気候の厳しさはそれほど気にならなかった。おれの身体は元来、暑さよりは寒さに強くできているからな。ただ、花や鳥の姿といった夏の華やかな装《よそお》いを見ることが何より愉しみだったから、そうしたものがなくなってしまうと、おれは母屋の人たちをより一層、熱心に眺めるようになった。夏が去っても、一家は変わらず、幸せそうだった。互いに愛しあい、心を通わせあっていた。相手が歓んでいることが自分の歓びとなる人たちだから、周囲の状況がどう変わろうともそれで心が乱されることがないのだろう。そんな姿を見るにつけ、あの人たちのもとに身を寄せたい、優しく受け入れてもらいたい、と思う気持ちが募った。この愛すべき人たちにおれの存在を知ってほしい、そして愛してほしい。心が疼《うず》くほど、そう願った。あの優しげな眼差《まなざ》しがこちらに向けられ、そこに愛情が宿っているさまをこの眼で見ること、それがおれの究極の野望ともなった。顔をそむけられることは、考えたくもなかった。そこに軽蔑《けいべつ》と嫌悪の色が浮ぶところも。そうとも、戸口に現われた哀れな者が邪慳《じゃけん》に追い払われていいわけがない。確かにおれが乞うものは、ささやかな食糧《かて》や束《つか》の間《ま》の休息ではなく、もっと大きな宝物だろう。思い遣《や》りと同情心を求めているわけだから。それは、自分でもよくわかっていた。わかっていなかったのは、自分がそれに価《あたい》しない存在だということだ。

冬が深まり、おれがこの世に生を受けてから季節はひとめぐりしたことになった。そのころは、母屋の人たちのまえにどのようにして姿を現わすか、そのことばかり考えていた。いろいろな計画を練ってみたが、最終的にこれと決めたのは、盲目の老人がひとりでいるときに母屋に入っていく、というものだった。そのころにはだいぶ知恵もついていたので、これまでにおれを見た連中が恐れおののいたのはもっぱら、この異形の身の醜悪さが原因だとわかっていたからだ。声はしゃがれていて耳障《みみざわ》りではあるものの、決して恐ろしくはないはずだ。だから、子どもたちがいないあいだにド・ラセー翁《おう》の好意を得ることさえできれば、彼の取りなしで若いふたりの守り手たちにも受け入れてもらえるのではないかと考えたのだ。

ある日のこと、地面に落ちた紅葉に陽が照り返し、その陽の光のおかげで、暖かくはないけれども、心浮き立つ気分になれるからか、サフィーとアガサとフェリックスは長い散歩に出かけていった。老人は遠慮すると言って独り家に残ることを選んだ。子どもたちが出かけてしまうと、老人はギターを手に取って、もの哀《がな》しくも美しい調べをいくつか爪弾いた。それまでに聞いたどの調べよりも、哀切で美しい調べだった。最初のうち、老人の顔は歓びに輝いていたが、爪弾くうちに思い詰めたような悲哀の色が浮びはじめ、最後には楽器をしたに置いて、何かにじっと思いを凝らすような表情になった。

おれは胸の鼓動が速まるのを感じた。今こそ試練のときだった。希望がかなうか、恐れていたことが現実となるか、それがこれから決まるのだ。雇い人は近くの市《いち》に出かけてしまったし、家のなかもそとも静まり返っていた。これ以上の好機はまたとあるまい。だが、いざ計画を実行に移そうとした瞬間、身体じゅうの力が抜けたようになり、おれはその場にしゃがみ込んでしまった。もう一度立ちあがると、あらん限りの気力を振り絞って、隠れ家が見つからないよう戸口に立てかけておいた板をどかした。戸外《そと》の新鮮な空気に気力が甦《よみがえ》った。決意も新たに、おれは母屋の戸口に近づいた。

戸を叩くと「誰だね？」と尋ねる老人の声がした。それから「お入りなさい」と老人が言った。

母屋のなかに足を踏み入れると、おれはまず「お邪魔して申し訳ありません」と言った。それからこんなふうに続けた。「旅の者ですが、しばらく休ませていただきたいのです。少しのあいだでかまいません。火に当たって温まらせていただければ、ありがたいのですが」

「どうぞ、お近くに」ド・ラセー翁は言った。「お入り用のものがあるなら、なんでも差しあげたいところだが、あいにく子どもたちが留守にしておりましてね。わたしは眼が見えないもので、食事を用意して差しあげることはできかねますが」

「どうぞお構いなく。食べるものは持っています。暖かいところでひと休みしたいだけなのです」

おれは坐《すわ》った。それからしばらく、沈黙が続いた。一分たりとも無駄にできないことはわかっていたが、いったいどのように話を切り出せばいいのかわからず、なかなか踏ん切りがつかなかった。それで黙り込んでいるうちに、老人のほうから声をかけてきた。「おことばから察するに、旅のお方、わたしと同国のご出身のようだ——フランスのお方かな？」

「いいえ。ですが、フランス人の一家に教育を受けたので、そのことばしか知らないのです。実はこれから、ある友人に助けてもらおうと思っておりまして。自分にとってはとても大切な人たちなのです。その人たちなら、たぶん助けになってくれるのではないかと思っています」

「ご友人というのはドイツ人ですか？」

「いいえ、フランス人です。でも、今はそれとは別の話をいたしましょう。実はわたしはひどく不幸なのです。見捨てられた者なのです。周りを見まわしてみても、友人も縁者もいません。この世のなかにただの独りもいないのです。これから会いに行く人たちは優しい人たちですが、わたしに会ったことはまだ一度もありません。わたしのことはほとんど知らないも同然なのです。だから、不安で仕方ないのです。そこでうまくいかなかったら、世の中のすべてから爪弾きにされたことになる。わたしは永久に独りぼっちになってしまうのです」

「まあ、まあ、そう絶望なさることはない。友がおられないというのは、なるほど不幸なことにはちがいないが、人の心というものは、あからさまな私利私欲に曇ってさえいなければ、兄弟愛と思い遣りにあふれているものですよ。だから、希望をお持ちなさい。そのご友人が優しくて善良な人たちであるなら、絶望なさることはない」

「ええ、親切な人たちです。この世でいちばんすばらしい人たちなのです。でも、不幸にも、わたしに対して偏見を持っています。わたしは善良な生き方をしてきました。人に危害を加えたことも迷惑をかけたこともないし、ささやかながら人助けをしたこともあります。それでも、どうしようもない偏見がその人たちの眼を曇らせているのです。だから、思い遣りのある優しい友がおぞましい怪物に見えてしまうのです」

「それは確かに不幸なことだ。だが、あなたがご自分でおっしゃるように、ごくまっとうに生きてこられたのなら、その人たちの偏見を取り除くこともできるのではありますまいか?」

「ええ、そうしようとしているのです。だからこそ、とてつもない恐怖に押しつぶされそうになっているのです。その人たちのことは、心から大切に思っています。だから、もう何ヶ月も毎日のように、わたしなりに親切を尽くしてきました。その人たちに気づかれないよう、こっそりと。でも、その人たちはわたしが危害を加えると思い込んでいる。その偏見を、なんとかして打ち破りたいのです」

「そのご友人がただが、どこに住んでおられるのかな?」

「この近くです」

老人は一瞬黙り込み、それからまた話を続けた。「もう少し詳しく、何もかも包み隠さず打ち明けてみる気がおありでしたら、ひょっとするとこのわたしに、ご友人がたのその誤解を解くお手伝いができるやもしれない。わたしは眼が見えないので、あなたのお顔はわかりませんが、それでもお話をうかがっていると、なんとはなしに実直なお方だと思わせるものを感じる。わたしは故国を追われた貧しい身の上ですが、どなたかのお役に立てるのなら、これほど嬉しいことはありませんよ」

「なんと立派な方なんだ！　その寛大なお申し出、ありがたくお受けいたします。ご親切のおかげで、みじめなこの身も救われた気がします。助けていただけるなら、あなたのお仲間から冷たく締め出され、追い払われることもないはずです」

「もちろんですとも！　そんなことはあってはならぬことですよ。たとえ、あなたが本当は罪人だったとしても、そんなふうに拒絶したところで自暴自棄に追いやるだけで、改心のきっかけになど、なりはしません。実はわたしも不幸な目に遭いましてね。わたしも家族も、悪事を為す意図などなかったのに、それを悪事と決めつけられて罪を背負わされたのです。そう申しあげれば、ご判断もつきましょう。わたしがあなたの不幸に同情せずにはいられないのだ、ということが」

「なんとお礼を言えばいいのか。あなたは恩人です。これまでに巡りあった、たったひとりの恩人です。こんな優しいことばをかけてもらったのは、生まれて初めてだ。

ご恩は一生涯忘れません。あなたの今の優しいおことばのおかげで、これから会う友人たちとも、なんだかうまくやれそうな気がしてきました」

「して、そのご友人とやらのお名前とお住まいは?」

おれは口をつぐんだ。ここが思案のしどころだと思ったのだ。この手から幸せが永遠に奪われてしまうのか、あるいはしっかりと捕まえることができるのか、この一瞬の判断で決まるのだ。気力を奮い起こしてなんとか答えようとしてみたが、その努力で、かろうじて残っていたなけなしの力まで尽きてしまった。くずおれるように椅子《いす》に坐り込むと、おれは声をあげて泣きだした。そのとき、若い守り手たちの足音が近づいてくるのが聞えた。もう迷っている暇はなかった。おれは老人の手をつかみ、悲鳴のような声で言った。「今です、今こそどうか、わたしをお守りください。あなたのご一家なのです、わたしが求めている友人というのは。この試練のときに、どうか……どうか、わたしを見捨てないでください!」

「なんですと?」と老人は叫んだ。「いったい、あなたはどなたなのだ?」

その瞬間、戸口の扉が開いて、フェリックスとサフィーとアガサが母屋に入ってきた。このおれを見たときの、あの三人の驚愕《きょうがく》と動転ぶりは、まさに言語に絶するというやつだった。アガサは気を失い、サフィーはアガサを介抱する余裕も失って戸外《そと》に飛び出していった。フェリックスはこちらに突進してきて、老父の膝《ひざ》に取りすがるおれを、人間業とは思えぬほどの怪力で引き離した。そして怒りに任せて、おれの身体を床に叩きつけると、棒切れを振りあげて激しく殴りかかってきたのだ。その気になれば、羚羊《カモシカ》を引き裂くライオンのように、フェリックスを八つ裂きにすることもできただろう。だが、おれの心は重く沈み込んでいた。死病に罹《かか》ったようなものだった。手を出さなかったのは、そのせいだ。さらに殴られそうになったので、痛みと苦悩に耐えかねて、おれは母屋を飛び出し、どさくさにまぎれて気づかれないまま、隠れ家に逃げ込んだのだ。

第八章

呪《のろ》われし者、おれの創造主よ。おれはなぜ、生き存《なが》えたのだ？　おまえが一時の気まぐれで与えた生命《いのち》の炎を、おれはなぜ、あの瞬間に消してしまわなかったのか？　わからない。そのときはまだ絶望に取り憑《つ》かれてはいなかった。ただもう激しい怒りと復讐心《ふくしゅうしん》にとことん駆られていただけだ。あの一家を母屋《おもや》ごと叩《たた》きつぶし、あいつらの悲鳴や苦しみを思う存分愉《たの》しんでやったら、それはそれで痛快だったにちがいない。

夜になると、おれは隠れ家を抜けだして森のなかをさまよった。もはや、姿を見られることを恐れる気持ちなど消え失《う》せ、恐ろしいうなり声をあげて胸に渦巻く苦悩を発散させた。まるで罠《わな》を破った野獣だった。行く手を遮る邪魔ものは端から叩き壊し、雄鹿《おじか》のような素早さで森のなかを歩きまわった。なんとみじめな夜だったことか！　星はあざけるように冷たくきらめき、葉を落とした裸木は頭のうえで枝を揺らした。ときどき、夜のしじまを破って、鳥の優しげな啼《な》き声が聞えた。このおれ以外は何もかもが安らいでいるか、愉しげにしている。だが、おれはあの魔王のように胸のうちに地獄を抱え込んでいるのだ。同情されぬ身ならば、手当たり次第に木々を引き抜き、叩き割り、あたりに荒廃と混乱を撒《ま》き散らし、それから腰を降ろして、己のもたらした荒廃を眺めて愉しんでやりたかった。

　だが、そんな昂《たか》ぶった思いにわれを忘れていられたのも、ほんの束《つか》の間《ま》のことだった。暴れ狂ったせいで疲れ果て、絶望からくる無力感に吐き気を覚えながら、おれは夜露に濡《ぬ》れた草のうえにへたり込んだ。この世にあまた存在する人間のなかに、おれを哀れみ、救いの手を差し伸べてくれる者は、ただのひとりもいない。それでも、敵に対して優しい心を持てというのか？　冗談じゃない！　その瞬間、おれはすべての人間に対して、とりわけこの身を造り、これほど耐えがたいみじめさのなかに送り出したやつに対して、永遠の闘いを挑むことを胸のうちで宣言した。

　太陽が昇った。人の声が聞えてきたので、陽のあるうちは隠れ家に戻れないことがわかった。そこで深い繁《しげ》みの奥に身を隠し、安全になるまでの何時間か、自分が今、置かれている状況について考えをめぐらせることにした。

　心地よい陽光と日中の澄んだ空気のおかげで、いくらか落ち着きを取り戻すことができた。母屋での出来事を思い返してみるに、自分はどうも結論を急ぎすぎたのではないかと思えてきた。おれの行動は、確かに軽率だったのだ。話を聞いた老人がおれに興味を持ったのはまちがいない。だが、子どもたちに姿を見られて怖がらせてしまったのは、いかにも愚かなことだった。ド・ラセー翁《おう》ともっと昵懇《じっこん》になり、それから徐々に家族のまえに姿を現わすようにしていれば、向こうにもそれなりの心構えができていたはずだ。だが、おれの犯した失策は、取り返しのつかないものとは思えなかった。それから、さらにあれこれ考えた末に、やはり母屋に戻って老人を捜し、事情を打ち明けて味方になってもらおうと決めた。

肚《はら》が決まると、心も鎮《しず》まった。午後はぐっすりと眠った。ところが、いったん熱く沸き返った血は容易に冷めず、平和な夢を見ることはできなかった。前日の恐ろしい光景が、何度も何度も蒸し返されるのだ。逃げまどう女たち、怒りに任せて父親の足元からおれを引き離そうとするフェリックス。眼が覚めたときには、すっかり疲れ果てていた。すでに夜になっていたので、おれは隠れていた場所から這《は》いだし、食べものを探しに出かけた。

餓《う》えが満たされると、母屋に続く小道に足を向けた。今ではもうすっかり通い慣れた道だった。母屋はしんと静まり返っていた。おれは隠れ家にもぐり込み、母屋の人たちが毎朝起き出してくる時間になるのを、息をひそめて待ち続けた。だが、その時刻が過ぎ、陽が高く昇っても、母屋の人たちは姿を見せなかった。不吉な予感に、激しい身震いが出た。何かとてつもなく恐ろしい災難が起きたのだ。母屋のなかは真っ暗で、人の動く気配もまるで感じられない。張り詰めた不安に、胸を締めつけられるようだった。あのときの苦しさは、たとえようもない。

そのうち、村人がふたり、通りかかった。そして、母屋のそばで立ち止まると、大きな身振りを交えて、何やら話しはじめた。だが、何を話しているのかは、おれにはわからなかった。母屋の人たちが使うことばではなく、この土地のことばでしゃべっていたからだ。しばらくして、そこにフェリックスが、もうひとり別の男を連れて近づいてきた。これにはいささか驚いた。フェリックスはその日の朝、母屋を出てはいないはずだった。少なくとも、おれの知る限りでは。いったいなぜ、こんなふうにいつもとは違う現れ方をしたのか？　フェリックスの口からその事情が語られるのを期待して、おれは緊張しながら耳をそばだてた。

「本気ですか？」フェリックスの連れの男が言った。「三月《みつき》分の賃料を払っているんだし、畑の作物もあきらめることになるんですよ。こっちだって、阿漕《あこぎ》な真似《まね》はしたくない。どうでしょう、お決めになるまえに、もう二日、三日、考えてみては？」

「考えたって同じことです」とフェリックスは答えた。「あなたから借りたこの家には、これ以上はもう一日たりとも住めません。先ほどお話ししたような恐ろしい事情で、父は深刻な生命の危険にさらされているんです。妻も妹もすっかり怯《おび》えてしまっています。しばらくは、とても立ち直れないでしょう。ですから、どうかもう、これ以上は何もおっしゃらないでください。ここは明け渡しますので、このまま出て行かせてほしいのです」

フェリックスは話をしながら、ぶるぶると震えていた。それから、連れの男とふたりして母屋のなかに入り、数分ほどしてまた戸外に出てきて、そのまま立ち去っていった。それ以来、ド・ラセーの一家を見ることは二度《ほう》となかった。

その日はずっと隠れ家にこもり、絶望のあまり惚けたようになって過ごした。おれの守り手たちは去り、世の中との唯一《ゆいいつ》の絆《きずな》が断ち切られてしまった。そのとき初めて、おれの胸に復讐の心と憎しみの感情が湧《わ》いた。抑えようという気持ちには、なれなかった。心の導くままに身を委《ゆだ》ね、人に危害を加えて死をもたらすことをいったんは考えもした。だが、あの友人たちのことを――ド・ラセー翁の穏やかな声やアガサの優しい眼差《まなざ》しやアラビア娘の類《たぐ》いまれなる美しさを思い出すと、そうした不穏な考えは消えて、涙が湧きあがり、少しは心がなだめられた。しかし、そんな彼らがおれを拒絶し、見捨てたのだ。そのことをまた思い出すと、すさまじい憤《いきどお》りが甦《よみがえ》ってきて、荒れ狂いたくなった。さりとて、痛めつけてやろうにも、肝心の人間どもがいないのだ。

激しく渦巻く怒りを、おれは生命を持たぬものにぶつけた。夜が更《ふ》けると、燃えやすいものをあれこれ集めて母屋のまわりに並べ、庭の菜園の作物を端から踏みつぶし、逸《はや》る気持ちを懸命に抑えつつ、月が沈んで仕事に取りかかれるときを待った。

夜がさらに深まると、森のほうから一陣の強い風が吹いてきて、空にかかっていた雲をたちまちのうちに追い払った。突風は巨大な雪崩《なだれ》のように駆け抜け、おれの心に一種の狂気を芽生えさせ、それがわずかに残っていた理性と慚愧《ざんき》の念という箍《たが》を弾《はじ》き飛ばした。おれは乾いた枯れ枝に火をつけ、呪われた母屋のまわりで踊り狂った。そのあいだも、西の地平線から眼を離さず、今しもそこに沈もうとしている月の動きを見守った。月の丸い輪郭の一部が地平の彼方《かなた》に消えると、おれは松明《たいまつ》を振るった。月が完全に沈みきると、ひと声高く喚声をあげ、それまでに集めておいた藁《わら》やら枯草やら灌木《かんぼく》やらに火を放った。火は風に煽《あお》られ、むくむくと大きくなり、あっという間に母屋を呑《の》み込むと、先がいくつもに割れたその紅蓮《ぐれん》の舌で執拗《しつよう》になめまわしては、崩しにかかった。

救援が駆けつけてきたところで、もはやこの農家を救うことは不可能だった。そこまで見届けると、おれはその場を離れ、当座の避難先を求めて森のなかに逃げ込んだ。

今や、この広い世界をまえにして（ミルトン『失楽園』第十二章六四六－六四七行にちなむ）おれはいったいどこに歩みを向ければいいのか？　とりあえず、この不幸な土地からは離れようと決めていた。だとしても、人間どもから憎まれ、蔑《さげす》まれる身にとって、どこの国に逃げ落ちようと、同じように恐ろしい思いを味わうことになるだろう。つらつら考えて、最後におまえのことが頭に浮んだ。服のポケットに突っ込んであった書きつけから、おまえがおれの父親であり創造主だとわかったからだ。自分を生み出した人間以上に、頼るべき相手がほかにいるか？　フェリックスがサフィーに教えた学科のなかには、地理も含まれていたから、おかげでこの地上にあるいろいろな国の、おおよその位置関係はわかるようになっていた。おまえはジュネーヴが故郷の町だと書いていたから、そこを目指すことにした。

しかし、どうすれば道がわかる？　目的地に着くには、南西の方角に向かわねばならないことはわかっていたが、頼りにできるのは太陽だけだった。途中の町の名前も知らなければ、人間に道を尋ねることもできない。だが、絶望はしなかった。おまえになら助けてもらえるだろう、という希望があったからだ。もちろん、おまえに対して憎しみ以外の感情は持てなかった。心ない、無慈悲な創造主、それがおまえだ。このおれに知覚と感情を与えておきながら、人類の侮蔑《ぶべつ》と恐怖の的としてこの世に放り出したのだからな。それでも、哀れみと救済を求められる相手は、おまえしかいない。

人間の衣を着たやつらには期待を裏切られ、不当な扱いを受けたのだ。ならば、おまえにこそ正当な扱いを求めよう、おれはそう心に決めたのだ。

旅路は長く、途中でなめた苦難は並大抵のものではなかった。住み慣れたあの地をあとにしたのは、秋の終わりころだった。移動するのは、夜のあいだだけにした。人間どもと顔をあわせるのが怖かったからだ。旅をするうちに、周囲の自然は瑞々《みずみず》しさを失い、太陽の温《ぬく》もりも弱々しくなっていった。雨が降り、雪が降り、大河は凍《い》てつき、大地の面《おもて》は硬く冷え冷えとした素肌をさらし、植物の姿もないものだから身を寄せる場所もない。そんな無情の大地に、おれは何度も呪詛《じゅそ》のことばを聞かせた――この生命《いのち》を生み出したものに呪いあれ。おれのなかの温和で優しい部分は消えてなくなり、心のなかはすべて苦い遺恨に変わっていた。おまえの故郷に近づくほどに、胸の奥底で復讐の炎が火勢を強めた。雪が積もり、川や湖水が凍っても、おれは休まなかった。ふとした偶然で進むべき道筋がわかることもあったが、国の地図も手に入れてはいたものの、道を大きくはずれて遠くまで踏み迷ったことも一度や二度ではなかった。それでも休む気持ちになれなかったのは、胸に抱えた苦い苦しさゆえのことだ。何かことがあるたびに、それを糧《かて》として憤りとみじめさがさらに大きく育っていった。そして、スイスの国境までたどり着いたときに起こったある出来事が、そんな苦く殺伐としたおれの気持ちを確固たるものにしたのだ。太陽が温もりを取り戻し、大地が再び緑に装《よそお》いはじめたころだった。

それまではなるべく、昼のあいだは休み、夜になってから闇《やみ》に身を隠して人目を避けながら旅を続けてきた。だが、ある朝、ちょうどそのとき歩いていた道が深い森のなかを通っていたこともあり、太陽が昇ったあとも思い切って歩き続けることにした。その日は春の訪れを思わせるように陽光は輝き、空気も馨《かぐわ》しく、このおれでさえ気分が浮き立つのを感じたほどだ。長いこと死に絶えていたかに思えた穏やかな歓《よろこ》びが、胸のなかに甦ってきた気がしたのだ。そんな気持ちになるのはわれながら珍しく、半ば驚きながらもその気分に身を委ね、孤独やわが身の醜さも忘れて、いつしか幸せな思いにひたりかけていた。忘れていたはずの温かな涙が頬を濡らし、涙で潤《うる》んだ眼で空を見あげ、こんな歓びを与えてくれた恵み深い太陽に感謝の眼差しを向けることまでしたぐらいだった。

森のなかを蛇行する小道をたどり、森のはずれまでくると、深くて流れの速い川に出た。その川面《かわも》に向かって、何本もの木々が若芽を吹き初めた枝を伸ばしていた。どちらに進んだものか決めかねて、そこでいったん足を止めたときだった。人の声が聞えてきた。おれは慌《あわ》てて糸杉の木陰に身を隠した。その直後、幼い女の子がこちらに向かって笑いながら駆けてきた。たわむれに誰かから逃げているようだった。女の子はそのまま切り立った川縁《かわべり》を走っていたのだが、途中で不意に足を滑らせ、川に落ち、急な流れに呑み込まれた。おれは隠れていた場所から飛び出すと、水流が強くてかなりの奮闘を強いられたが、その子をなんとか救い出し、岸辺に引っ張りあげたのだ。女の子は気を失っていた。息を吹きかえさせるべく、おれは思いつくかぎりの手を尽くした。そこに突然、邪魔が入った。農夫とおぼしき男だった。女の子はどうやらこの男と追いかけっこでもしていたらしい。おれを見るやいなや、男は駆け寄ってきて、おれの腕から女の子を奪い去ると、森の奥に向かって足早に歩きだした。おれも急いであとを追った。なぜ追いかけたりしたのか、それはおれにもよくわからない。すると、男はおれが近づいてくるのに気づいて、持っていた銃を構えた。そしてこちらに狙《ねら》いをつけ、発砲したのだ。おれは地面に倒れ込んだ。男のほうはそれまでよりもさらに足を速めて、森の奥に逃げ込んでいった。

善意の報いがこれか！　人ひとりの生命を救ってやったというのに、その代償として肉を裂かれ、骨を砕かれ、その傷の耐えがたい痛みにのたうちまわっているのだ。つい今しがたまでは優しく穏やかな心持ちになれていたのに、今は地獄の業火《ごうか》のような憤りに歯ぎしりをすることになった。痛みに身を灼《や》かれ、おれはすべての人類に対して、永遠の憎しみと復讐を誓った。だが、傷の痛みは猛烈だった。脈が途切れ、おれは気を失った。

それから数週間は森にとどまり、みじめな暮らしを続けながら、受けた傷を癒《いや》すことに努めた。肩を撃たれたことはまちがいなかったが、弾丸《たま》がなかに残ったままなのか、貫通したのかわからなかった。いずれにしても、弾丸《たま》を抜き取る手立てはなかった。苦痛に悶《もだ》えるたびに、これは不当だと思った。これこそ忘恩の仕打ちだと憤った。そんな目に遭わされた屈辱感に、痛みが余計に募った。おれは毎日、復讐を誓った。この身が受けた非道と苦痛に足るだけの、激烈にして恐ろしい復讐を必ずや為《な》す、と心に深く刻んだ。

何週間かして傷が癒《い》えると、おれは旅を再開した。明るい陽の光を浴びても、春の穏やかな風を受けても、もはや苦悩が和らぐことはなかった。歓びはすべてまやかしにすぎない。おれのわびしい境遇にさらなる恥辱を浴びせ、己がそもそも歓びを享受《きょうじゅ》する存在として造られてはいないことを、残酷なまでに痛切に思い知らせるものでしかないのだ。

だが、おれの苦労もようやく終わりに近づいていた。それから二ヶ月後、おれはジュネーヴの郊外にたどり着いた。

着いたのは夕暮れ時だった。おれは町のまわりの野原に身を隠し、どのようにしておまえと対面するか、思案した。疲労と餓えに苛《さいな》まれ、あまりにもみじめな気分だったので、夕暮れ時の穏やかな風も、雄大なジュラ山脈の向こうに沈む夕陽も、愉しむどころではなかった。

その後、しばらくうたた寝をしたようだった。そのあいだは、暫《しば》し辛《つら》い物思いから解放されたわけだが、そのまどろみも可愛《かわい》らしい子どもが近づいてきたことで破られた。その子は、おれが身を隠していた木陰に、いかにも幼い子どもらしく、はしゃぎながら駆け込んできたのだ。その子どもを見た瞬間、不意にある考えが閃《ひらめ》いた。この小さな生き物には偏見はないはずだ、この世に生まれてからそれほど時間も経《た》っていないのだから、醜悪なものを恐れる気持ちもまだ芽生えてはいないのではないか。だとしたら、この子を捕まえて、おれの同胞として、おれの友として育てれば、おれも人間だらけのこの地上にあっても、これほど孤独を感じなくてもすむのではないか。

そう思うと、もう我慢ができなかった。おれは通りすぎようとする子どもを捕まえ、自分のそばに引き寄せた。子どもはおれの姿を見たとたん、両手で眼を覆《おお》い、悲鳴をあげた。その手を無理やり引きはがして、おれは言った。「坊や、大丈夫だ。何もしないから、これから話すことをよく聞きなさい」

男の子は激しくもがき、「放せ！」と叫んだ。「その手を放せ、怪物！　醜い化け物！　ぼくを食べる気だな。手や足をもいで、ばらばらにするんだろう？　おまえは人喰い鬼だ。そうに決まってる。放せと言ったら放せ！　放さないとパパを呼ぶぞ」

「坊や、お父さんにはもう会えないんだよ。おれと一緒に来るんだから」

「放せ、化け物！　パパは偉いんだからな。フランケンシュタインっていうんだからな。おまえなんか牢屋《ろうや》に入れられちゃうぞ。ぼくのこと、連れてなんか行けるもんか」

「フランケンシュタインだと？　そうか、おまえはおれの敵の一族なのか。おれが永遠の復讐を誓ったあの男の。ならば、おまえがおれの最初の生贄《いけにえ》だ」

子どもは暴れに暴れて、おれの心を絶望でいっぱいにするような侮蔑のことばを次から次へと浴びせかけてきた。その口を封じるために、おれは子どもの咽喉《のど》をつかみ……気がついたときには、子どもは息絶え、おれの足元に横たわっていた。

生贄の姿を眺めるうちに、眼もくらむほどの歓喜とおぞましいまでの達成感が膨れあがった。おれは手を叩いて叫んだ。「そうか、おれにも悲しみを造り出すことができるのか。おれの敵とて不死身ではない。こいつが死んだことは、やつに絶望をもたらすだろう。そして、この先もあまたの不幸であいつを苦しめ、必ずや破滅に追い込んでやる」

子どもをじっと見つめていると、胸元に何かきらきらするものが見えた。手に取ってみると、びっくりするほど美しい女の肖像画だった。悪意で充《み》ち満ちていたおれの心も、その絵姿にはさすがに和らぎ、魅せられた。しばらくのあいだ、おれはその女の長い睫毛《まつげ》に縁取られた黒い瞳《ひとみ》に、愛らしい曲線を描く唇に、嬉々《きき》として見とれた。だが、すぐにまた怒りがぶり返した。こういう美しい生き物が与えてくれる歓びを、おれは永遠に奪われていることを思い出したからだった。今、眺めているこの肖像画の女も、おれを見たら、この神々《こうごう》しいまでに優しげな表情を、たちまち嫌悪《けんお》と恐怖の色に変えてしまうことだろう。

そんな思いが怒りをもたらしたことは、おまえとて解《げ》せなくはあるまい。だが、おれは今でも解せないのだ。あの瞬間になぜ、叫び声を張りあげて身もだえすることで己の気持ちをごまかしたりせずに、人間どものなかに飛び込んでいって、殺戮《さつりく》の限りを尽くし、最後には己の生命をも絶ってしまわなかったのか——不思議だよ、自分でも。

言いようのない感情に支配されたまま、おれは殺人を犯した場所をあとにして、もっと人目につかない隠れ場所を探した。誰もいない納屋《なや》を見つけて、なかに入った。誰もいないものと思っていたが、藁のうえで女が眠っていた。まだ若い女だった。先ほどの子どもから奪い取ってきた肖像画の女ほど美しくはなかったが、愛嬌《あいきょう》のある顔立ちで、若さと健康がもたらす溌剌《はつらつ》とした輝きを発散していた。ここにもひとり、歓びを与える微笑《ほほえ》みの持ち主がいる、とおれは思った。そして、その微笑みがおれに向けられることは決してないのだ、と。おれは女のほうに身を屈《かが》めて耳元で囁《ささや》いた。

「目覚めるがいい、美しき娘よ。おまえの恋人がそばにいるぞ。おまえの瞳から、たった一度だけでも情愛に満ちた眼差しを得られるなら、生命を投げ出してもかまわないと思っている男が。愛する者よ、眼を覚ますがいい」

眠っている女が身じろぎをした。とたんに、おれの身体《からだ》を恐怖が震えとなって駆け抜けた。この女が眼を覚ましておれの姿を見たら、呪いのことばを投げつけ、人殺しとなじるのではないか？　ああ、きっとそうするだろう、あの瞑《つむ》られている瞼《まぶた》が開いて、おれの姿を見てしまったら。そのとき思いついたことは、狂気の産物以外の何ものでもない。おれのなかの悪鬼が呼び覚まされたのだ――苦しむのは、おれじゃない、この女だ、この女が苦しまねばならぬのだ。おれが人を殺したのは、永久に歓びを奪われているからだ。この女さえその気になれば、おれに与えることができるはずの歓びを。ならば、この女に償ってもらおう。罪の源はこの女にある。責めもこの女に負わせるがいい！　フェリックスの授業を聞き、人間社会には残忍でなんとも血なまぐさい法律があることを知ったおかげで、今やおれにも悪事の仕掛け方がわかっていた。おれは娘のほうに身を乗り出し、娘が着ている服の襞《ひだ》の奥に肖像画をしっかりと押し込んだ。そこでまた女が身じろぎをした。おれは慌ててその場から逃げ出した。

それでも、その後の数日間はそばをうろついていた。おまえに会わねばならないと思うときもあれば、この世の中とこの世の中が押しつけてくる不幸に永遠の別れを告げようと心に決めるときもあった。そのうちにこのあたりの山地にさまよい込み、広大な山懐《やまふところ》を歩きまわるようになった。灼熱《しゃくねつ》の思いに身を焦《こ》がしながら。その思いを満たすことができるのは、おまえしかいない。おれの頼みを聞き入れてもらうまでは、おまえと別れるわけにはいかない。おれは孤独で、みじめだ。おれを仲間に迎え入れようという人間はひとりもいない。だが、おれと同じぐらい醜く、恐ろしい者なら、おれを拒みはしないだろう。伴侶《はんりょ》となるのは、おれと同じ生き物でなければならない。おれと同じ欠陥を持った者でなくてはならない。それをおまえに造ってもらおう」

第九章

怪物は語り終えると、答えを待つように、こちらをじっと見つめてきました。しかし、わたしは混乱していました。戸惑い、途方に暮れるばかりで、ことばが出てこないのです。頭の整理がつかなくて、相手に要求されていることがどうもよく呑《の》み込めませんでした。すると、怪物は再び口を開いて言ったのです。

「おれのために女を造るのだ。共に暮し、心を通わせあえる相手を造ってくれ。生きていくのには、そういう相手がどうしても必要だ。これはおまえにしかできないことだ。おれはそれを、おれの権利として要求する。拒否することは、おまえにはできないはずだ」

あやつが隠れ家に身を潜めているあいだの、母屋《おもや》の人たちとの平和な暮らしぶりを語っていたときには、わたしの怒りも鳴りをひそめておりました。ですが、話の後半に差しかかると、それがまた再燃しはじめ、そこにこんなことを言われたのです。身の内で燃えあがった憤《いきどお》りの炎を、わたしはもうそれ以上、抑えることができませんでした。

「断る」とわたしは答えました。「どんな責め苦を受けようと、わたしの口から承知したという返答を引き出すことは不可能と思え。不幸のどん底に突き落とされたとて、自分の眼から見て卑《いや》しい男に成りさがるつもりはない。きさまに似たものをもう一体、造れだと？　ふたりしてこの世界をめちゃくちゃにしようという魂胆か？　失《う》せろ！　これが返事だ。わたしをいたぶりたいなら、いたぶるがいい。わたしが承知することは絶対にない。何をされようと、決して」

「おまえはまちがっている」と悪魔は言います。「それに、断っておくが、おれはおまえを脅しているわけじゃない。おまえにものの道理というものを説いて聞かせたいだけだ。おれが悪意を持つのは、みじめだからだ。おれはすべての人間どもから嫌われ、疎《うと》んじられているではないか？　おれを創《つく》ったおまえまでもが、この身を八つ裂きにしてそれを勝利と呼ぼうというのだからな。そいつを忘れないようにして、ひとつ答えちゃくれないか。おれを哀れんでもくれぬ人間どもに、なぜおれだけが哀れみをかけなくてはならぬのだ？　おまえは、たとえばそこの氷河の割れ目におれを突き落として、その手で創りあげたこの肉体をこの世から抹殺しようとも、それを人殺しとは呼ばんだろう？　そんなふうにおれのことを軽んじる相手を、敬うことなどできると思うか？　共に暮し、互いを思い遣《や》り、心を通わせあえる相手なら、おれとて危害など加えやしない。いや、それどころか、おれを受け入れてくれたことにひたすら感謝して、涙まで浮べることだろう。だが、そんなことになるわけがない。人間どもの感覚というやつが越えがたい障害となって、そうした結びつきを許さないのだ。だが、おれは卑しい奴隷《どれい》の境遇に甘んじるつもりはない。不当な仕打ちには、必ず復讐《ふくしゆう》をする。人間どもの心に情愛の気持ちを呼び覚ますことができぬのなら、恐怖を掻《か》きたててやる。なかでも、おまえには、おれを創ったおまえという不倶戴天《ふぐたいてん》の敵には、決して消えることのない憎しみを抱き続けると誓う。せいぜい用心することだ。おれはおまえを滅ぼしてやる。おまえの心から希望のいっさいを奪い、おまえがこの世に生まれてきた日を呪《のろ》うようになるまで、手を緩めるつもりはない」

そう言ったときの、あやつの顔は激怒に染まり、表情が歪《ゆが》み、皺《しわ》が寄り、まさに悪鬼の形相でした。ふた目と見られぬ恐ろしさ、とはあのことです。それでも、少しすると、気を鎮《しず》めて、また話を続けました。

「いや、理を説くつもりだったのに。かっとなるのは、こちらの損だ。こんなふうに怒りが込みあげてくるのも、元を糺《ただ》せばおまえに原因があるのだが、当のおまえがそうは思ってないのだからな。たったひとりでいい、おれに哀れみをかけてくれる者がいるなら、それを百倍にも二百倍にもして返してやるさ。そのたったひとりのために、すべての人間どもと和解したっていい。だが、そんな甘い夢に浸ったところで、現実になりはしない。だったら、おれの頼みは筋の通ったものじゃないか。ごくごく、ささやかなものじゃないか。女を創ってほしい。おれと同じ生き物で、おれと同じぐらい醜い女を。おれの虚《むな》しさが、それですべて埋るとは思わないが、おれが手にできるのは、それがせいぜいだ。ならば、それで納得しよう。確かに、おれもおれの伴侶《はんりょ》も怪物だ。世の中に受け入れてもらえるとは思ってない。だが、それだけに互いの絆《きずな》は却《かえ》って強くなるはずだ。幸福な暮らしとはお世辞にも言えないだろうが、人間どもに害を与えず、迷惑もかけずに生きていける。今のようなみじめな思いも味わわずにすむようになる。おれの創造主よ、おれを幸せにしてくれ。おれのちっぽけな願いを聞き届けて、おまえに感謝させてくれ。おれに同情を寄せる者もいるのだということを示してくれ。おれの頼みを断るんじゃない！」

これには動揺しました。願いを聞き入れればどうなるか、それを考えると思わず身震いが出ましたが、あやつの言うことにも一理あると思ったのです。先ほど聞かされた身の上話といい、今の感情の表われようといい、この怪物が実はこまやかな感性を持ちあわせた生き物だということがわかります。であるなら、この手で与えうる限りの幸福を与えてやることが、創造主であるわたしの務めなのではないか？　わたしの気持ちが動いたと見たのでしょう、怪物はさらにこんなふうに言いました。

「願いを聞き届けてくれれば、おまえのまえには、いや、人間どものまえには二度と姿を見せないようにしよう。南アメリカの広い荒野にでも行くことにする。おれの食べものは人間どもとはちがう。腹が減っても、仔羊《こひつじ》や仔山羊《こやぎ》を喰ったりはしない。身の養いには、ドングリや野いちごで充分だ。おれの伴侶も身体《からだ》のつくりはおれと同じようなものだろうから、同じ食べもので満足できるはずだ。寝床は乾いた草の葉で作ろう。太陽は、人間どもにもおれたちにも同じように照るだろうし、おれたちの食べものを実らせてもくれる。どうだ、おれが今、言っているような、のどかで平和な暮らしをするなら、拒む理由もあるまい？　それを拒むというのは、権力と残忍さをむやみやたらと振りまわすことになるぞ。ああ、そのぐらいは、おまえにもわかっているようだな。さっきまでは情けも容赦もなかったが、今は眼に哀れみの色が浮んでいる。ならば、もう一度改めて頼みたい。おれの言うことに、耳を傾けてくれ。おれがこれほど望んでいることを、きっと叶《かな》えると約束してくれ」

「おまえは人間の住むところを去って、荒野で暮すと言う」わたしは答えました。

「だが、荒野で暮せば、まわりにいるのは野に住む動物《けもの》だけだぞ。人間の情愛と同情を求めるおまえが、そんな追放されたも同然の暮らしに満足できるのか？　またもとの世界に舞い戻り、人間の情けを求め、そしてまた嫌われることになるのがおちではないのか？　そうなれば、また悪い心が呼び覚まされる。しかも今度はおまえの悪行に手を貸す仲間までいる、ということになる。いや、駄目だ。おまえとこれ以上、議論をするつもりはない。なんと言われようと、承知するつもりはないのだから」

「おまえの気持ちは、なんとも忙《せわ》しなく変わるものだな。たった今、おれのことばに動かされたというのに、またしても頑《かたく》なに心を閉ざしておれの言い分を受け入れようとしない。なぜだ？　おれはこの大地にかけて、そしておれを創ったおまえにかけて誓う。伴侶を創ってもらえたら、その者と共に人間どもの住む土地を去り、運命の導くままにどこよりも荒れ果てた未開の地に赴き、そこで暮す。そのときには、悪い心など消えてなくなっていることだろう。心を寄せてくれる相手がいるのだからな。そして、おれは静かに生涯を送り、臨終《いまわ》の際《きわ》にも、おれの創造主を呪うこともあるまい」

このことばには、不思議な力がありました。わたしは哀れを誘われ、ことによってはこの者を慰めてやってもいいのではないか、という気持ちになったのです。しかし、眼のまえの相手を改めて眺め、その醜悪な肉塊が動いてしゃべるさまを目の当《ま》たりにすると、おぞましさのあまり吐き気すら覚え、恐怖と憎悪《ぞうお》の念が甦《よみがえ》ってくるのです。

わたしも努力はしたのです。恐怖や憎悪の念を必死に押しころし、同情してやることはできずとも、この手でささやかな幸福を与えてやれるものなら、それまでをも拒む権利はわたしにはない、そんなふうに思おうとしました。

「いくら誓うと言われても、おいそれと信じられると思うか？」とわたしは問い返しました。「害は与えないと言われても、おまえがこれまでに為《な》してきた悪行を見れば、信用できないのも当然ではないか。これもおまえの策略ではないかと疑いたくなる。甘言を弄《ろう》して復讐のための手立てを増やし、確実に思いを遂げようとしているのではないか？」

「なんだと？　おれを弄《もてあそ》ぶのもたいがいにしろ。はっきり答えたらどうだ。なんの絆も情愛も得られないというなら、おれは悪い心と憎しみを割り当てられたものと思うぞ。愛してくれる者さえいれば、悪事を働く理由もなくなる。おれは誰にも存在を知られぬ者になって暮していける。おれが悪事を働くのは、孤独を強いられているからだ。嫌で嫌でたまらないものを、押しつけられているからだ。同等の者と共に暮すようになれば、徳を尊ぶ心がきっと育つ。繊細な心を持った生き物がごく自然に抱く情愛の心を、おれも持つようになって、今のおれが閉め出されている、生きとし生けるものの輪に加わることができるようになるのだ」

わたしはしばし黙り込み、これまでに聞かされたことを洗いざらい思い返し、またあやつが述べ立てた言い分のあれこれを改めて吟味してみました。思えば、この怪物も、存在しはじめたばかりのころには、徳を尊ぶ精神を持ちはじめていたのです。それがあの守り手たちが見せつけた嫌悪《けんお》と軽蔑《けいべつ》のせいで、優しい気持ちがことごとく立ち枯れてしまったのです。もちろん、相手は怪力の持ち主で、今後はその強い力にものを言わせて威嚇《いかく》してくるだろうということも、考慮しないわけにはいきません。何しろ、氷河の奥にある氷の洞窟《どうくつ》に住み、追跡の手を逃れて人を寄せつけぬほどの絶壁を軽々とよじ登り、険しい尾根のはざまに身を隠すことができるのです。そんな力を持つものと争ったところで、太刀打ちならないことでしょう。長いこと考えた末にわたしが出した結論は、この怪物の願いに応じてやることが、こいつに対しても、またわたしの同胞に対しても、正義を果たすことになるはずだ、というものでした。そこで、やつのほうに向き直って、こう言ったのです。

「おまえの要求どおりにしてやろう。ただし、それには条件がある。おまえに付き従う女を創ってやったら、その者を連れてこのヨーロッパから永久に姿を消し、人間の住む土地には決して近づかないと誓うか？」

「ああ、誓うとも」あやつは叫ぶように言いました。「太陽にかけて、天の青空にかけて、そしてこの胸を熱く焦《こ》がす愛の炎にかけて誓おう。おれの願いを聞き届けてくれるなら、太陽と空と愛が続く限り、おまえのまえには二度と再び姿を見せない。さあ、家に帰って、さっそく仕事に取りかかってくれ。進み具合を見ているぞ。待ちきれないのだ、ことばでは言えないほど。ああ、心配は無用だ。そっちの用意ができたら、おれのほうから訪ねていくから」

　こう言い残すと、怪物は不意にわたしのそばから離れていきました。おそらく、こちらの気持ちが変わることを恐れたのでしょう。見ると、鷲《わし》が飛ぶよりも速く山を駆け降り、あっという間に氷の海の波間に姿を消してしまいました。

　話を聞くうちに昼間の時間は尽き、やつが小屋から立ち去っていったときには陽はすでに地平線にかかりはじめていました。急いで谷まで降りなければ、じきに闇《やみ》に包まれてしまいます。しかし、心は重く、歩みはいっこうにはかどりません。それでなくとも折り返しの続く細い山道を、一歩ずつ確かめながら降りていくのは骨が折れます。しかも、その日の出来事がもたらした、あれやこれやの思いや感情が胸のなかで渦巻いているのです。夜もかなり更《ふ》けたころ、行程のちょうど半分ほどのところにある休憩場所にたどり着き、泉のそばに腰を降ろしてひと息入れました。雲が空を流れるたびに、星が瞬《またた》いては消え、消えてはまた瞬きます。眼のまえには松の木立が黒々とはだかり、周囲を見まわせば、あちこちに倒木が転がっています。驚くほど荘厳《そうごん》な眺めでした。眺めるうちに自分でもわけのわからない思いが掻きたてられ、気がつくと、わたしは激しく泣いていました。そして、苦悩のあまり両手を握りあわせて、空に向かって叫んだのです。「星も、雲も、風も、揃《そろ》ってわたしを嘲《あざけ》ろうというのか。哀れなやつと思うなら、感覚も記憶も押し潰《つぶ》して、この身を無にしてくれ。さもなくば、去れ。消えてなくなれ。わたしを暗闇に残して」

われながら、ずいぶんと情けなく、いささかどころではなく常軌を逸した感慨に捕われたものだと思います。ですが、星々の永遠の輝きはわたしの心に重くのしかかり、風がざわめくたびに、それがこの身を灼《や》き尽くそうとする熱風《シロッコ》の鈍く不気味なうなりに聞えて、思わず耳をそばだててしまうのです。あのときの気持ちをお伝えできることばはない、と申しあげておきましょう。

シャモニーの村に着いたときには、夜が明けていました。わたしは休息も取らずに、そのままジュネーヴに戻りました。そのとき何を感じていたのか、自分でもうまく説明することができません。ただ、ひたすら重いのです。その山のように重いものがのしかかってきて、心の底にあった苦悩をも押し潰して消滅させてしまったのです。そんな状態で、わたしは帰宅しました。家の玄関をくぐり、家族のまえに姿を見せたのです。やつれ果てた刺々《とげとげ》しい様子に、誰もが驚き、心配しました。しかし、わたしは問いかけにも答えず、それどころかほとんど口もききませんでした。追放の身になった思いだったのです。わたしにはこの人たちの同情を得る資格はない、この人たちの一員にはもう戻れないのだから——そんなふうに思ったのです。しかし、それでも、わたしにとっては大切な人たちです。懐《なつ》かしくて慕わしい人たちです。ならば、この人たちを守るために、世にもおぞましい仕事にこの身を捧《ささ》げよう。わたしはそう決めたのです。それを自分の役目と思えば、ほかのことなど夢のように眼のまえをただ通り過ぎていくだけです。そう心に決めたことだけが、あのときのわたしにとっては、現実と感じられる唯一《ゆいいつ》のことだったのかもしれません。

第三巻

第一章

ジュネーヴに戻ってから、一日また一日、一週また一週と日は過ぎていきますが、仕事をもう一度始めるだけの勇気が、どうにも湧《わ》いてきませんでした。あの悪魔が失望して復讐《ふくしゆう》を仕掛けてくるかもしれないと思うと、それは確かに恐ろしいのですが、押しつけられた仕事のおぞましさを乗り越えることができないのです。おまけに女を創《つく》るとなれば、また何ヶ月もかけて改めて研究に研究を重ね、考察を深め、実に面倒な準備もしなくてはなりません。また、聞くところによれば、イングランドのとある学者によって新たにいくつかの発見がなされたそうで、今回の仕事を成功させるにはその知識が必要になりそうだということもわかっています。そこで、父の許しを得て、イングランドに赴こうかと思ったこともありましたが、何やかやと口実を見つけては、それを先延ばしにしておりました。こうして、ぐずぐずと踏ん切り悪く尻込《しりご》みをしているうちに、何がなんでもすぐに着手しなくては、という切羽詰まった気持ちもだんだん萎《しぼ》んでいったのです。実は、わたし自身にも変化が起きていました。健康状態もかなり回復してきていましたし、精神的にも、あのいまわしい約束のことを思い出さない限り、ずいぶん元気になりました。父はこの変化を歓《よろこ》び、わたしがまだ完全に払拭《ふっしょく》しきれていない憂鬱《ゆううつ》な気分を根治させるにはどうしたらいいのか、その方策をいろいろと考えてくれるようになりました。というのも、まだときどき、発作のように憂鬱がぶり返し、貪欲《どんよく》な闇《やみ》が射《さ》しかけた陽光を呑《の》み込んでしまうのです。そうなると、わたしは孤独のなかに逃げ込みました。ひとりきりで湖に舟を浮かべ、日がな一日、雲を眺め、舟縁《ふなべり》を叩《たた》くひそやかな波音に耳を傾け、むっつりとただ無為に時を過ごすのです。そのうち、新鮮な空気や明るい陽射しにいくらか心がなだめられ、帰宅するころには家族の出迎えにも気安く笑顔で応《こた》えられるようになり、心持ちも少しは明るくなっている、というわけです。

ある日、ちょうどそんな遠出から戻ったところを、父に呼びとめられました。父はわたしを脇《わき》に呼び寄せ、こんなふうに言ったのです。

「ヴィクター、そうやって以前のように愉《たの》しんだり気晴らしをしたりするのは、いいことだよ。おまえらしさを取り戻しつつあるようで、わたしとしても嬉《うれ》しく思っている。だが、おまえはまだときどき不幸せそうにしている。ふさぎ込んで、わたしたちを避けるようにすることもある。いったい何が原因なのかと考えていたのだが、昨日ふと思い当たったことがある。もし、それがわたしの思い違いでなければ、どうか率直に認めてほしい。こういうことはいつまでも胸に秘めていたところで、どうなるものでもないし、むしろわれわれ全員が却《かえ》ってみじめな気持ちになるだけだからな」

父のその前置きに、わたしは身体《からだ》が震えました。父は話を先に進めました。

「実は、前々からおまえがエリザベスと結婚してくれれば、わが家にとってこれに勝る幸せはないと思っていたのだよ。家族の結びつきは強まるし、わたしの老後の慰めにもなる。おまえたちふたりは子どものときから、互いに好意を持っていた。共に学んだ仲でもあるし、見たところ、性格も物事の好みも実によく調和している。だが、人の経験とはまことに当てにならぬものだから、良かれと思っていたことがまるで正反対の結果を招いてしまうこともある。ひょっとすると、おまえはあの娘《こ》を妹のように思っていて、妻にしようという気はそもそもなかったのかもしれん。いや、あるいは、すでにもう好きになった相手がいるのに、それではエリザベスに義理が立たないと考え、それで悶々《もんもん》としているものだから、ときどきなんともやるせない顔をしているのではないのかね？」

「お父さん、それは無用のご心配です。エリザベスのことは深く愛しています。その気持ちには、偽りもためらいもありません。これほど熱烈に想《おも》い、また深く尊敬できる相手には、ほかに出会ったこともありません。エリザベスを妻とすることは、ぼくの願いでもあり、希望でもあるのです」

「そうか、おまえもそういう気持ちでいてくれたのか。それをおまえ自身の口から聞くことができて、わたしとしてはこれほど嬉しいことはないよ。それならば、今は確かに、悲しいことが続いたあとだから心も暗く翳《かげ》りがちになろうが、いずれはみんな幸せになれるということだ。しかし、それにしても、おまえの心にはその翳りが抜きがたく染《し》みついてしまっているようだから、それをなんとか追い払ってやりたいのだ。だから、どうだろう、近々に華燭《かしょく》の典を挙げることには反対かね？　このところ、わが家には不幸な出来事が続いた。そのせいで、毎日を心穏やかに過ごすことが難しくなっているだろう？　そういうことが、この老いて弱った身には存外こたえるのだよ。確かに、おまえはまだ若いが、財産がないわけじゃない。早くに妻を迎えたところで、体面の点で問題になるとは思えんよ。おまえはおまえなりに将来のことを考えているのだろうが、そのおまえの計画に差し障《さわ》りが生じることもあるまい。いや、無理じいをするつもりはないのだ。おまえのほうの都合で、もう少し先に延ばしたいということなら、それもよかろう。その程度のことで不安になったり、気を悪くしたりはしないから、つまらぬ気をまわす必要はない。どうか、わたしの言ったことをことばのままに受け止め、おまえの思うところを、はっきりと包み隠さず聞かせてはもらえないだろうか？」

わたしは黙って父のことばに耳を傾けていましたが、返答を求められてもしばらくは答えることができませんでした。胸のうちに湧きあがるいくつもの思いや考えを慌《あわ》ただしく吟味し、なんとか自分なりに結論を出そうと必死だったのです。ええ、そうなのです、エリザベスを今すぐ妻に迎えるのは、わたしにとっては恐ろしくもあり、またうろたえずにはいられないことでもあったのです。わたしは由々しき約束に縛られている身です。その約束を未《いま》だ果たしてはおらず、破るわけにもいきません。破ろうものなら、わたしと愛する家族のうえに、どれほどの惨禍が降りかかってくることか。そんな恐ろしい軛《くびき》を掛けたまま、その重みにうなだれながら祝宴の席に着くことなど、どうしてできましょう？　まずは約束を果たし、あの怪物を伴侶《はんりょ》と共に旅立たせてからでなければ、結婚の歓びにひたることも、そこから得られるであろう安らぎを享受《きょうじゅ》することも、わたしには許されないのです。

もうひとつ、考えなくてはならないことがありました。わたしにはイングランドに赴くか、あるいは向こうの学者たちと何度も手紙のやりとりをする必要があります。わたしが引き受けた仕事には、彼らの発見から得られた知識が不可欠だと思えたのです。手紙のやりとりでは、望む情報を得る手段としては悠長すぎるし、とかく不満も残ります。それに、父の家で愛する人たちと共に暮らし、普段と変わりなく接しながら、このおぞましい仕事に明け暮れるというのも、想像しただけで虫酸《むしず》が走る思いです。どんな恐ろしい手違いが起こるか、わかったものではないし、ごく些細《ささい》なことであっても秘密が洩《も》れれば、まわりの者たちを恐怖のどん底に突き落としかねません。それに、場合によっては、わたし自身の自制がきかなくなることも考えられます。この現実離れした不気味な仕事に没頭するうちに、またしてもあの激しい苦悩に取り憑《つ》かれ、それを隠しきれなくなるかもしれませんから。ならば、この仕事をしているあいだは、愛する者たちから離れていたほうがいい、ということになる。ひとたび着手さえすれば、いくらもかからずに完成までこぎつけるはず、あとは穏やかな心持ちで安心して家族のもとに帰れるのです。こちらは約束を果たすわけですから、あの怪物も永久にいなくなる……あるいは(これはなんとも虫のよすぎる空想ですが)、それまでのあいだに何か事故のようなものでも起きて、怪物が死んでしまえば……わたしもこの奴《ど》隷《れい》のような境遇から永遠に解放されます。

そうした思いから、わたしは父に答えました。イングランドに行かせてほしいと言ったのです。もちろん、本当の理由は隠して、疑惑を持たれないように言い繕いつつ、なんとか承知してもらえるよう、熱心に頼み込んだのです。長いこと憂鬱に浸りきり、ときに思い詰め、その様子がまるで正気を失ってしまったように見えていただけに、父としては、わたしがそんなふうに旅に出て気晴らしを考えるようになったのか、と歓んでくれたようでした。場所を変え、目先も変われば、あれこれ愉しみも見つかるだろうし、帰国するまでにはきっと、すっかりもとのわたしに戻っていることだろう、とそこに期待をかけたのです。

留守にする期間は、わたしが自由に決めてよい、ということになりました。数ヶ月間、長くても一年ぐらいの心積もりでした。ひとつだけ、これは親心というものでしょう、父はわたしに旅の同伴者を手配したのです。わたしには事前に何も知らせず、エリザベスと相談のうえ、ヘンリー・クラーヴァルがストラスブールで合流するよう取り決めたのです。わたしが背負い込んだ役目を全うするには、孤独な環境が不可欠ですから、これは障害となりますが、旅を始めるにあたって友人がそばにいるというのは悪いことではありません。いや、それどころか、クラーヴァルが一緒にいてくれれば、独りぼっちで何時間も物思いに沈み、頭がへんになりかけることもありません。これは、わたしにとっては救いです。そう思うと、同行者がいることが心底嬉しくなりました。しかも、クラーヴァルは、わたしの敵の出現を阻《はば》んでくれるかもしれない。

ひとりでいれば、あやつはわたしの役目を思い出させるべく、あのおぞましい姿をさらして、仕事の進み具合を確かめにくるかもしれませんから。

こうしてわたしはイングランドに向かうことになり、エリザベスとの婚礼は帰国後すぐに行うことで話が決まりました。父が自分が老齢であることを理由に、それ以上遅らせることにはどうしても賛成できないと言うのです。わたし自身にとっては、不本意でならない仕事のあとにひとつの褒美《ほうび》が待っていることになるわけです。無類の労苦に対する、たったひとつの慰め——それは、みじめな奴隷の境遇から解放された暁には、晴れてエリザベスを伴侶として、共に暮す日々のうちに過去を忘れてしまえるはずだという希望でした。

間もなく、わたしは旅の準備に取りかかりましたが、ひとつだけ、執念深く心に取り憑く懸念《けねん》があって、そのことを思うと不安と恐怖に呑み込まれそうになりました。わたしが留守のあいだ、あとに残していく人たちは、あの敵の存在を知らないわけですから、わたしが旅に出たことを知った怪物が、怒りのあまり攻撃をしかけてきたとしてもそれに対してまったくの無防備なのです。ただ、あいつはわたしがどこへ行こうとも追いかけていく、と宣言しました。ならば、イングランドまで、わたしを追ってこないはずがない。それはそれでおぞましいことではありますが、そうなれば家族は安全ですから、そう思えば不安はいくらかなだめられます。けれども、その逆のことが起こらないという保証もないわけで、それを考えると居ても立ってもいられなくなるのです。しかし、この手で創りだしたものの奴隷に成り下がっていたあのころ、わたしはことの判断をそのときどきの衝動に委《ゆだ》ねるようになっていて、このときも、あの悪鬼は必ずわたしを追ってくるだろう、だとすれば家族の者があやつの罠《わな》に落ちることはあるまい、との強い予感があったのです。

八月の末、わたしは再び祖国をあとにしました。今回の旅は、わたしが自ら言い出したことでしたから、エリザベスは表立って反対してくることはありませんでした。それでも内心では、遠く離れた地でわたしが悲しみやみじめな思いに苦しむのではないかと心配を募らせていたはずです。クラーヴァルに同行を求めたのは、だからこその気遣いだったのでしょうが、なにぶん男ゆえ、女ほどには気のまわらないところもあり、細々としたことにまで配慮を求めるのは無理というもの。エリザベスとしては、早く帰ってきてほしいと言いたかったはずですが、思いは千々に乱れてことばにならず、涙を浮かべながらただ黙って、わたしを送り出したのでした。

馬車に乗り込み、出発したものの、わたしは上の空でした。どこに向かっているのかさえ、ろくに把握しておらず、周囲の景色や出来事にもとんと関心が向きません。

忘れずにしたことは、そのことに思い至ったときにはまたしても激しい苦悩に胸を掻《か》きむしりたくなりましたが、今回の仕事に必要な実験道具を一緒に持っていくため、その荷造りを手配することでした。馬車は雄大で美しい景色のなかを進んでいきますが、わたしの眼は一点に据えられたきり、何も見ていません。頭には鬱々としたことしか思い浮かんでこないのです。考えられることと言えば、この旅の目的のこと、旅先で待ち受け、全精力を傾注することになるはずの仕事のことばかりなのです。

そうして無気力と惰性に身を任せ、馬車に揺られながら何リーグもの旅程をこなすこと数日余り、わたしはストラスブールに到着し、そこで二日間、クラーヴァルがやって来るのを待ちました。到着した彼を見て思ったことは、わたしとはなんと違うのだろう、ということでした。クラーヴァルは新しい景色を見れば敏感に反応します。入り陽の美しさに歓び、陽が昇って新しい一日が始まればますます歓び、次々と移り変わる景色の色合いを、そのときどきの空の様子を指し示しては、わたしに語りかけてくるのです。「これが生きているってことだよ」感極まったように、クラーヴァルは叫びます。「生きていることが、ぼくは愉しくてしょうがないよ。なのに、フランケンシュタイン、きみはどうして、そんなにふさぎこんで、悲しそうにしてるんだい？」まさにそのとおり、わたしは鬱々とした思いに捕えられ、宵の明星が沈むのも、朝陽に輝くラインの黄金の河面《かわも》も、まるで眼に入らなかったのです。ですから、わが友よ、あなたもわたしの回想を聞くよりも、クラーヴァルの旅行記をお読みになるほうが、はるかにおもしろいと思われるにちがいない。なんと言っても、クラーヴァルは歓びにあふれた眼で景色を眺め、感動で心をいっぱいにしていたのですから。翻《ひるがえ》って、わたしのほうは呪《のろ》いに取り憑かれ、歓びに至る道筋をことごとく遮断されてしまっているのです。まさに、みじめさの塊でした。

ストラスブールからは船でライン河をくだり、ロッテルダムに出て、ロッテルダムから海路ロンドンに向かうことになっていました。船旅のあいだ、柳のそよぐ島影をいくつも通り過ぎ、美しい街並みも眼にしました。途中、マンハイムに一日滞在し、ストラスブールを発《た》って五日めにマインツに着きました。マインツを過ぎると、ラインの流れはますます絵画的色彩を強めます。河の流れは速くなり、さほどの高さはないものの傾斜が急で姿の美しい山のあいだを、うねうねと蛇行していくのです。切り立った断崖《だんがい》を見あげると、その縁に廃墟《はいきょ》となった古城が見えることもしばしば。黒い森に囲まれたその姿は、高く聳《そび》えるようで、容易なことでは人を寄せつけない風情《ふぜい》です。実際、ライン河のこのあたりは、とりわけ景色の変化に富んでいます。ある場所ではごつごつとした岩山が聳え、廃墟となった古城が見るも恐ろしいほどの絶壁にへばりつくようにして建ち、絶壁の足元をラインの黒く渦巻く急流が洗っているかと思えば、岩山の鼻をひとつまわった途端、河岸は緑なす傾斜地となり、たわわに実った葡萄《ぶどう》の畑とゆるやかにうねる流れと活気に満ちた街並みといった光景に一変するのです。

ちょうど葡萄の収穫時に旅をしていたので、流れに乗って河をくだっていくあいだ、畑で働く者たちの歌声も聞えてきます。気持ちが滅入《めい》り、鬱々とした感情に心を掻き乱されていたわたしでも、これには嬉しくなりました。船底に寝転び、雲ひとつない蒼天《そうてん》を見あげていると、久しく忘れていたのどかさが胸の底まで染み入ってくるような気がしたものです。わたしがそんな心境になれたのですから、クラーヴァルの心持ちに至っては、言うばかりなし、というものでしょう。きっと、おとぎの国に連れて来られたような心地だったのだと思います。あれほど幸せそうな人の顔は、そうそう見られるものではありません。「ぼくだってこれまでに、祖国屈指と謳《うた》われる絶景をずいぶん見てきたつもりだよ。ルツェルンの湖も、ウーリの湖も見たけれど、どちらも雪を戴《いただ》いた山々が湖面に向かってほとんど垂直に切れ落ちていて、黒々としていて底も見透かせないような影を投げかけている。それだけなら、陰気で悲しそうな景色になってしまいそうなものだが、緑鮮やかな島影があるおかげで、その派手やかで明るい姿が眼を歓ばせてくれるんだ。その湖水が嵐《あらし》に立ち騒ぐところも見たことがある。風に巻きあげられた湖水がつむじを巻くんだよ、大海の竜巻もかくやって感じで。そして、大きくうねりたった波が、猛《たけ》り狂ったように山の裾《すその》野に押し寄せるんだ。もちろん、山では雪崩《なだれ》が起こる。牧師とその恋人が呑み込まれたこともあったらしい。今でも夜風がとぎれたときに耳を澄ますと、助けを求める瀕死《ひんし》のふたりの呼び声が聞えると言われてるんだ。山と言えば、ラ・ヴァレーやペイ・ド・ヴォーの山並みも見たことがあるよ。しかし、ヴィクター、そうした眼を瞠《みは》るほどの自然の驚異のどれにも増して、ぼくはこの国の景色には歓びを感じるんだ。スイスの山はもっとずっと壮大で、いくらかよそよそしさも感じるほどだけれど、この類《たぐ》い希《まれ》なる大河の岸辺には魔法のような魅力があるじゃないか。見る者の心をとろかすことにかけては、この光景に勝てるものはないよ。ほら、見てみろよ、あの古城。崖《がけ》の端から今にも崩れ落ちてきそうじゃないか。ああ、そこの島にも城がある。手前の木立の葉叢《はむら》が濃くて、ほとんど隠れてしまっているけれど。おや、葡萄の摘み手たちが、ちょうど畑から出てくるところだ。それに、あそこの山襞《やまひだ》の陰に半分隠れているような村を見てみろ。そう、そうなんだよ、この土地に住み、この土地を守っている精霊は、人間と魂を通わせているんだ。ぼくらの国の、来る者を拒むほど険しい山の峰に隠れて、氷河を積みあげている精霊よりもずっと上手に、もっと自然に、人間たちと調和できる魂を持っているんだよ」

クラーヴァル、愛する友よ！　こうしてきみのことばを思い返していると、今でも嬉しさが込み上げてくる。きみを讃《たた》えることばを連ねることにも、わたしは深い歓びを覚える。なぜなら、きみほど賞賛に値する男はいないからだ。ヘンリー・クラーヴァルこそ、まさに〝自然の詩そのもの（十九世紀のイギリスの詩人、リー・ハントの詩句）〟で育《はぐく》まれた者でした。荒削りで熱っぽい想像力の持ち主ながら、その激しさは繊細な感受性でほどよく抑えられていました。人を愛することにかけては一途《いちず》な魂を持ち、友情に篤《あつ》い男でもありました。世の中の人たちに言わせれば、そこまでできた人間など想像の世界にしかいやしない、とでも評されそうな、すばらしい人物でした。しかも、あのひたむきな心は単に人のみに向けられるのではなく、外界の自然にも向けられました。ほかの者ならただ漠然と感心して眺めるだけですませてしまう自然の織りなす情景を、クラーヴァルは熱烈に愛したのです――

瀑布《ばくふ》の轟《とどろ》きは情熱となって彼《か》の者の心に棲《す》み
高き岩の、山の、小暗く深き森の織りなす

彩《いろど》りや造形もまた、
彼の者には欲望となり、心となり、愛となる。
思考の供する迂遠《うえん》な磁力も
眼を借りずに熾《おこ》される興味も、
あの日の彼の者は、必要とはしない。

（原註　ワーズワース『ティンタン・アビーにて』）

その彼は今やいずこに？　あれほどまでに優しく高潔な存在が、永遠に失われてしまったというのか？　あの創意に満ち、雄壮にして奔放な想像力にあふれた頭脳は、ひとつの世界を創りあげていた。その世界が存在するのも、創造主が生きていればこそ。それが今や朽ち果ててしまったというのか？　わたしの記憶のなかにしか存在しえないものとなったというのか？　いや、そうではない。確かに、神の似姿として造られ、美に輝いていたきみの肉体は朽ちた。だが、きみの魂は今もなお、こうしてきみの不幸な友のもとを訪れ、慰めを与えてくれるのだ。
ああ、これは失礼。思わず、悲しみをぶちまけてしまった。お許しいただきたい。

こんなことばをいくら連ねたところでただ虚《むな》しいだけですが、それでもヘンリー・クラーヴァルという比類なき人物への、せめてもの手向《たむ》けなのです。彼を思い出したことで苦悩に身悶《みもだ》えしそうなこの身が、それでいかばかりかは慰められるような気がするのです。しかし、今はともかく、話を先に進めましょう。

クラーヴァルとわたしは、ケルンを過ぎ、オランダの平野に到着しました。そこから先の行程は駅馬車を利用することになりました。河の流れがあまりにも穏やかで、おまけに向かい風でしたから、船旅を続けていては時間がかかりすぎると判断したのです。

そうなるともう、美しい景色に眼を奪われる機会はなくなりましたが、数日でロッテルダムに到着し、そこから海路、イングランドへと向かいました。そして、九月末のある晴れ渡った日に、グレート・ブリテン島の白亜の崖を初めて眼にすることになったのです。テムズ河の岸辺は、それまでとはまた趣が異なり、平坦《へいたん》ですが緑にあふれ、眼にする街のひとつひとつに何かしらの物語の面影を認めます。ティルベリーの要塞《ようさい》を見たときには、スペインの無敵艦隊のことを思い出しました。グレイヴズエンド、ウリッジ、グリニッジは、祖国でも耳にしたことのある地名です。

やがてロンドンに近づくと、数えきれないほどたくさんの尖塔《せんとう》が眼を惹《ひ》きます。ひときわ高いのがセント・ポール大聖堂で、イギリス史にその名をとどめるロンドン塔も見えてきたのでした。

第二章

ロンドンは、わたしたちの当座の目的地でした。音に聞えた大都市ですから、せっかくなので数ヶ月ほど滞在して、その魅力を堪能《たんのう》しよう、ということになりました。クラーヴァルは今をときめく才人たちと近づきになり、親しく交際したいと願っていましたが、わたしにしてみればそれは二の次とすべきことです。わたしの頭にあったのは、ともかく、あの約束を果たすために必要な情報をいかにして手に入れるかということでしたから、国もとから携えてきた、著名な自然科学者宛《あ》ての紹介状をさっそく役立てることにしたのです。

この旅が、かつて勉学に明け暮れていた幸福な時代になされたものであったら、わたしもことばでは言い尽くせないほどの歓《よろこ》びを得ることができたでしょう。しかし、わたしの人生はすでに病魔に侵されたようなもの。紹介状を持って自然科学界の歴々を訪ねるのも、それはただ単に、わたしにとってはまさに死活問題とも呼ぶべき当面の仕事について必要な情報を得るために過ぎません。親しくつきあうのは、わずらわしいだけ。ひとりでいれば空を仰ぎ、大地を見晴るかし、その眺めで心を満たすこともできます。ヘンリー・クラーヴァルの声が心を鎮《しず》めてもくれます。そうやって己をあざむき、束の間《つかのま》の安息を得ることができるのです。しかし、やたらと忙《せわ》しなげで、凡庸で、享楽的《きょうらく》な連中と顔をあわせると、心に絶望が甦《よみがえ》るのです。わたしは自分以外の人間とのあいだに、越えがたい壁があることを痛感しました。しかも、その壁は、ウィリアムとジュスティーヌの血で封印されているのです。ふたりが巻き込まれたあの事件のことを思い起こすと、苦悩で心がうずくのでした。

その一方、クラーヴァルには、かつての自分自身を見る思いでした。好奇心にあふれ、新しい経験や知識を得ることに貪欲《どんよく》なのです。この地に来て眼にする風俗や習慣のちがいは、クラーヴァルにとっては学習と興味の、汲《く》めども尽きぬ泉のようなものでした。加えて、長年にわたって心中密《ひそ》かに温めていた計画のほうも、着々と進めているようでした。インドに渡ろうというのです。クラーヴァルにはすでに、インドで使われている言語について幅広い知識があります。また彼《か》の地の社会情勢についてもクラーヴァルなりの見解をまとめあげていました。そうした素地を生かして、ヨーロッパの植民と貿易の発展に大いに貢献できるはずだと考えてのことでした。この計画を実行に移すには、イングランドこそ最適の地。そんなわけで、クラーヴァルはこちらに来てから、文字どおり席の温まる暇もないといった様子でした。その潑剌《はつらつ》とした毎日に水を差すものがあるとすれば、それは悲しみにひたり、意気消沈しているわたしという存在でしょう。もちろん、わたしとしても、そうした気持ちはできる限り隠そうと努めました。気苦労も苦い思い出もなく、新たな人生の舞台に踏み出そうとする者には歓びこそがふさわしく、それを曇らせるような真似《まね》はしたくありません。わたしはたびたび、先約があるからと言ってクラーヴァルの誘いを断り、ひとりで居残るようになりました。新たな創造に向けて、素材を集める必要もありましたから。その作業はまさに拷問《ごうもん》のようでした。頭のうえから、一滴また一滴と小止《おや》みなく水滴を落とされているようなものです。作業の行程や手順のひとつひとつを考えるたびに、苦悩が大きく膨れあがり、必要に応じてことばを発するたびに唇が震え、鼓動が早鐘を打つように高まるのです。

ロンドン滞在が数ヶ月に及ぼうとするころ、スコットランドに住むさる人物から手紙を受け取りました。以前にジュネーヴのわが家に逗留《とうりゅう》したことのある人物です。件《くだん》の手紙で、故国スコットランドの美しさをあれもこれもと並べ立て、これでもまだ自分の住んでいるパースという北方の地まで足を伸ばしてみるつもりにはなれないだろうか、と尋ねてきたのです。クラーヴァルは願ってもない誘いだと言いました。わたしも、この期《ご》に及んで人づきあいは気が進みませんが、もう一度山河を眺め、自然の女神が自らの住まいをどれほどすばらしい手仕事で飾りつけているのか、それは見てみたくもあります。

イングランドに到着したのは十月の初め、そのときはもう二月になっていました。そこでわたしたちは、もうひと月ばかり待ってから北への旅に出ることにしました。スコットランドのエディンバラまでは大きな街道が通じていますが、今回はその道筋は取らず、ウィンザー、オクスフォード、マトロック、それからカンバーランドの湖水地方を訪れ、最終的には七月の末ごろ、目的地に到着するような計画を立てました。わたしは実験器具とそれまでに集めた素材を旅の荷物に加えました。スコットランドの北の高地《ハイランド》の、どこか人目につかない辺鄙《へんぴ》な場所で、仕事を終えてしまおうと決めたのです。

ロンドンを発《た》ったのは、三月二十七日です。ウィンザーに数日滞在し、美しい森を散策しました。クラーヴァルやわたしのような山国育ちの人間には、ウィンザーの森は目新しく映りました。どっしりとした姿のオークの木々、あまたの猟鳥、堂々としていて風格さえ感じる鹿《しか》の群れ、どれもこれも初めて見るものばかりでした。

ウィンザーを発ち、次はオクスフォードに向かいます。町に入ると、一世紀半余りもの昔にこの地で起きた出来事のあれこれで頭がいっぱいになりました。チャールズ一世が兵を集めたのが、この場所だったのです。国中がこの国王を見捨て、議会と自由の旗印のもとに馳《は》せ参じるなかにあって、この町は最後まで国王に忠誠を尽くしました。チャールズ一世という不幸な国王、国王に最後まで付き従った者たち、温厚なフォークランド（チャールズ一世の内務大臣）、傲岸《ごうがん》なゴアリング（王党派の将軍）、王妃と王子、こうした人たちへの追憶が、彼らが住んでいたとされる町のあちこちに一種独特の興趣を添えているのです。ここには過ぎ去った時代の精神が宿っていて、その足跡をたどるのは愉《たの》しい経験となりました。それに、たとえ想像力に乏しく、そうした感慨にひたることができなかったとしても、この町は外観自体が美しく、クラーヴァルもわたしもただただ感嘆するばかりでした。古風な学寮は絵のように美しく、街路は荘厳《そうごん》と呼びたくなるようなたたずまい、緑なす牧野を流れるうるわしきアイシス川はやがて大きく拡《ひろ》がって湖となり、その静かに凪《な》いだ湖面には、樹齢を重ねた木々の腕に抱かれて王者のごとく休らう、この町の楼閣や尖塔《せんとう》や丸屋根が、その影を落としているのです。

　そのさまを眺めるのは、もちろん愉しいことでした。わたしとて見れば、心は躍ります。ですが、その歓びはたちまち、過去の記憶と未来への不安がないまぜとなって苦汁に変わってしまうのです。わたしは本来、穏やかな幸せを旨《むね》とする人間です。少年のころは不満を感じたことなど一度もなく、たまさかに物憂《ものう》い気持ちになることはあっても、自然の造りだした美しいものを眺め、あるいは人間の造り出した優れて崇高なものに触れると、たちまち興味を搔《か》きたてられ、心に弾みがついたのです。しかし、今のわたしは雷に打たれた木のようなもの、稲妻に魂まで貫かれてしまっています。あのとき、予感したとおりです。そう、予感はあったのです。自分は今後もおめおめと生き存《なが》らえて、みじめな敗残の姿をさらすことになるのではないか、じきに今のこの境遇を奪われ、人からは憐憫《れんびん》の眼で見られ、自分にとっては耐え難い境遇に身を落とすことになるのではないか、と。

オクスフォードにはかなり長いこと逗留しました。町の郊外まで散策の足を伸ばし、この国の歴史上、最も激しく揺れ動いた争乱の時代にゆかりの地を残らず訪ねてみようとしたものです。訪ねた先でさらにまた訪ねてみたい場所が見つかり、ささやかな遠足がちょっとした旅になってしまうこともよくありました。傑物ハムデン（議会派の指導者。オクスフォード攻略の際にチャルグローブにて重傷を負い戦死）の墓を訪ね、かの愛国者が斃《たお》れた戦場にも足を運びました。その際には、わずかなあいだながら、心をすさませる恐怖やみじめさを忘れ、自由や自己犠牲といった気高い理想に胸を熱くしたものです。なんと言っても、英雄の墓や戦跡というのは、そうした理想を記憶に刻みつけておくための記念碑ですから。ほんの束の間でしたが、何ものにも捕われない高邁《こうまい》な精神でものを見るべく、わが身を縛る鎖を思い切って振りほどこうとしたのです。しかし、鉄鎖はわたしの肉にがっちりと喰い込んでいました。希望を失い、震えながら、また元のみじめな自分に戻っていくしかありませんでした。

名残を惜しみつつオクスフォードを発ち、わたしたちは次なる滞在先のマトロックに向かいました。この村の付近の田園風景には、スイスの風景に通じるものを感じますが、こちらはすべてがこぢんまりとしています。たとえば、祖国なら松に覆《おお》われた山々の向こうには白雪を戴《いただ》くアルプスの姿が遠く望めるところですが、マトロック近郊の緑の丘にはその白い冠が欠けている、といった具合です。それでもクラーヴァルと共に訪ねた洞窟《どうくつ》には驚きに眼を瞠《みは》らされましたし、規模は小さいながらも博物館には自然が造りあげた珍しい品々が、セルボーやシャモニーの博物館と同じように陳列してあります。そのシャモニーという地名がクラーヴァルの口から出た瞬間、わたしは思わず震えあがりました。あの恐ろしい光景を思い出してしまったからです。そして、慌《あわ》ててマトロックから逃げ出すことになったのでした。

ダービーからさらに北上し、カンバーランドとウェストモーランドで二ヶ月ほど過ごしました。このあたりまで来ると、なんだかスイスの山々に囲まれているような気分になります。山の北側の斜面に消え残る白雪も湖も岩間を下る急流も、わたしには馴染《なじ》みの懐《なつ》かしい眺めです。この地では何人か知りあいもできて、わたしまでもが思わず幸せな気分になりかけたほどでした。クラーヴァルの歓びようは、わたしの何倍も大きいものでした。才能豊かな人たちと交流を持つことで、精神的な視野が果てしなく拡がった、とでも言いましょうか、自分には思っていたよりはるかに大きな可能性と能力があることに自ら気づいたのです。劣った連中とつきあっていては気づきようのないことでしょう。「ここで一生暮してもいいな」と言うほどでした。「ここの山々に囲まれていれば、スイスやライン河が恋しくなることもなさそうだし」けれども、さすがのクラーヴァルも、旅から旅への暮らしには愉しいことばかりではなく、それなりの苦痛もあるということに気づきはじめていました。気持ちはいつも張り詰めたままで、ゆっくりと弛緩《しかん》する間がないのです。その場所にようやく慣れて、少しくつろぎかけたかと思うと、その地を去ってまた新たな興味の対象に向かわなくてはならないのです。そうなると、そこでまたしても神経を張り詰めることになり、それもまたいずれは後に残して、また別の目新しいものに移っていかねばならない。それが延々と繰り返されるわけですから。

カンバーランドとウェストモーランドのあちこちの湖をまわり、そこに住む人たちの何人かと親しくなり、別れがたい気持ちになりかけたときには、スコットランドの友人との約束の日がもう眼のまえまで迫っていました。親しくなった人たちに別れを告げて、わたしたちは旅を続けることになりました。わたしとしては、これはむしろ歓迎すべきことだったかもしれません。ここしばらく、わたしはあの約束を果たすための努力を怠っていましたから、あの悪魔が落胆のあまりとんでもない暴挙に出るのではないかと恐れていたのです。あやつは今もスイスにいて、復讐《ふくしゅう》のためにわたしの家族を手にかけるかもしれません。そう思いはじめると、もうそのことしか考えられなくなってしまいます。休養も安息も奪われて、ただもう苦しくて苦しくてたまらないのです。熱に浮かされたようにじりじりしながら手紙を待ち、手紙の届かない日が続こうものなら、みじめな思いばかりが募り、ありとあらゆる不安にさいなまれる。手紙が届いたら届いたで、差出人がエリザベスか父だとわかると、今度はなかを読んで自分の運命を確かめるのが恐ろしくて、ぐずぐずとためらってしまうのです。ときにはふと、あの悪魔は実はあとを追ってきていて、わたしの怠慢を責めるため、旅の道連れを殺すのではないか、と思うこともありました。そんな考えに取り憑《つ》かれると、今度は片時たりともクラーヴァルを放っておけなくなります。仮想の殺人者の怒りから友を守るべく、影のようにつきまとってしまうのです。とてつもなく大きな犯罪を犯した者の、あの追い詰められた心のありように似ていたかもしれません。もちろん、わたしは罪を犯したわけではありません。それでも、わが身に恐ろしい呪《のろ》いを招いてしまったことは事実であり、そのことは犯罪を犯すのと同じぐらい、致命的で、取り返しのつかないことだったのです。

エディンバラに到着したときには、眼も心もどんよりと曇っているような状態でしたが、それでもこの町は、不幸のどん底にある者にとってさえ興味深い場所でした。クラーヴァルはオクスフォードのほうが気に入っているようでした。オクスフォードの古めかしさが、彼の好みに合っていたのでしょう。とはいえ、エディンバラの新市街の整然とした美しさ、ロマンティックな城、世界中で最も魅力に富むと言われる郊外の名所の数々――〝アーサーの座《アーサーズ・シート》〟と名付けられた小高い丘、聖バーナードの泉、ペントランド丘陵などを見てまわるうちに、やはり来た甲斐《かい》があったという気持ちになったようで、クラーヴァルも陽気な気分を取り戻し、ここでもまた賛嘆の念で胸を膨らませるようになりました。しかし、わたしのほうは、ともかくこの旅の最終目的地に着きたい一心で、気持ちが急《せ》いていたのです。

一週間ほどでエディンバラをあとにして、クーパー、セント・アンドルーズを経て、テイ川沿いに友人の待つパースに向かいました。けれども、そのときのわたしは、知らない人たちに会って談笑する気分ではなく、礼儀をわきまえた客らしく、先方の心遣いや計画に機嫌よく調子を合わせたりできそうにもありませんでした。そこで、クラーヴァルに、スコットランドはひとりでまわってみたいと思っている、と伝えました。「きみはきみで愉しんでくれ」と言いました。「そして、ここでまた落ち合うことにしようじゃないか。ひと月かふた月ばかり別行動になるけれど、ぼくのことは放っておいてくれないか。しばらくのあいだ、ひとり静かに過ごしてみたいんだよ。戻ってくるまでには気分ももっと軽くなっていると思う。ふさいだ顔を見せて、きみの足を引っ張ることもなくなっているよ」

クラーヴァルはわたしを思いとどまらせようとしましたが、わたしがあくまで意志を通すつもりだと見て取ると、それ以上はもう反対しませんでした。ただ手紙だけはまめに寄越してくれ、と言いました。「ぼくだって、本音を言えば、ここに残ってスコットランドの連中と一緒に過ごすよりも、きみのひとり旅にくっついて行きたいところだよ。ろくに知りもしない人たちなんだから。だから、なるべく早く戻ってきてくれ。きみがいてくれないと、どうも勝手がちがって、落ち着かないんだよ」

友と別れたわたしは、スコットランドのどこか僻陬《へきすう》の地に赴き、ひとりきりで仕事を完成させようと決めました。あの怪物は必ずわたしを追ってくる――もはやそれは、疑う余地のないことに思えました。そして、こちらの仕事が終わるのを見届けるや、約束の伴侶《はんりよ》を受け取るために、ただちに姿を現わすにちがいない。そう確信していたのです。

決意に基づき、わたしはスコットランドの北の高地《ハイランド》をさらに北上し、オークニー諸島のなかでも本土からいちばん遠い島を仕事場に選びました。わたしがしようとしている仕事には、まさにうってつけの場所に思えました。島というよりも岩の塊といった風情《ふぜい》で、切り立った崖《がけ》には荒波が絶えず打ちつけています。土地はひどく痩《や》せていて、島で何頭か飼われている牝牛《めうし》のみすぼらしい姿からして牧草も充分には育たないようだし、島民が口にできるのもオートミールがせいぜいといったところ。しかも、その島民というのが五人しかいないのです。手も足もがりがりに痩せていて、食べ物にも事欠いていることがひと目でわかりました。贅沢《ぜいたく》をする気になって野菜やパンを手に入れようと思えば、いや、それどころか真水を手に入れるのでさえ、五マイルほど離れた本土まで行かねばならないのです。

島には全部で三軒の、見るからにみすぼらしい小屋しかなく、わたしが到着したときにはそのうちの一軒が空いていましたから、そこを借りることにしました。部屋は二間しかなく、極貧生活がもたらした荒廃ぶりがあちらこちらに見て取れました。草《くさ》葺《ぶ》きの屋根は落ち込み、壁の漆喰は剝《は》げ、扉は蝶番《ちょうつがい》からはずれてしまっているのです。小屋を修理させ、家具をいくつか買い込んで、わたしはその小屋に住みはじめました。そうした土地でそうした行動を取れば、普通に考えれば、驚きをもたらしたはずです。ところが、この島の人たちの感覚は、赤貧洗うがごとしの暮らしのために、すっかり麻痺《まひ》してしまっていました。わたしは好奇の視線にさらされることもなければ、邪魔されることもなく、その代わりに少しばかり食べ物や衣類を分けてやっても、礼らしい礼も言われないのです。苦労というものは、あまりにも長いこと続くと、人間の最低限の感覚すら摩滅させてしまうということでしょう。

さて、こうして確保した隠れ家で、わたしは朝から仕事に没頭しました。夕方になって天候が許すときには、岩だらけの海岸を歩き、足元で砕ける波の轟《とどろ》きに耳を傾けました。単調な眺めですが、それでいて絶えず変化し続けているのです。スイスのことが思い出されました。この島のすさまじいほどに荒涼とした景色とは、それこそ天と地ほどもちがいます。丘には葡萄畑《ぶどうばたけ》が拡がり、平地のあちこちに農家が点在し、美しい湖水は青く晴れ渡った穏やかな空を映し、たとえ風に波立つときでも、波の立ち騒ぐさまは、大海原の咆哮《ほうこう》に比べたら、せいぜい元気のよい子どもが悪戯《いたずら》をしてかきまわしている程度といったところでしょう。

島で暮しはじめたばかりのころは、こんなふうに日課を組んでいましたが、いざ仕事に手を着けると、日を追うごとに自分のしていることが恐ろしくなり、嫌気がさすようになりました。ときには何日も実験室に入る気になれず、そうかと思えば完成を急ぐあまり、昼夜をわかたず作業を続けることもありました。事実、わたしのしていることは、おぞましいことでした。最初のときは、一種の熱狂に駆られて興奮状態にありましたから、自分のしていることの恐ろしさを意識することがありませんでした。完成させることしか頭になく、作業に没頭するあまり、その恐ろしさには眼が向かなかったのです。しかし、今回はちがいます。わたしは冷めた心でこの仕事に着手したのです。自分の手がしていることを、頭がはっきりと認識しているのです。それが吐き気を催すほどおぞましい作業だということを。

そんなふうに、嫌で嫌でたまらない仕事に従事し、眼のまえの現実から一瞬でも気を逸《そ》らしてくれるものもなく、孤独にひたりきっていると、精神状態は不安定になります。わたしは落ち着きをなくし、些細《ささい》なことにも神経を尖《とが》らせるようになりました。いつ何時、あの悪魔が現れるかもしれないと思うと、四六時中びくびくしてしまうのです。坐《すわ》っているあいだ、足元から眼をあげられないこともありました。ふと顔をあげて、もし眼のまえに、この世のなかでいちばん見たくないものがいたら、と思うと、恐《こわ》くて眼があげられないのです。人の眼の届かないところに行くことも不安でした。ひとりきりになったとたん、あやつが姿を現わして、伴侶はまだか、と催促をかけてくるかもしれないからです。

それでも、作業は続けていましたから、仕事はかなりはかどりました。これが完成してこの仕事から解放されることを思うと、気も逸《はや》るし、心も希望に震えます。その希望を疑う勇気は、あのときのわたしにはありませんでした。ですが、そこに、正体はわからないながらも、悪《あ》しき予感のようなものが混じっているのです。それを意識すると、鼓動が乱れ、胸底から吐き気が込み上げてくるのでした。

第三章

ある日の夕方、実験室で坐《すわ》っていたときのことです。陽は沈み、月がちょうど海のうえにかかろうとする頃合いで、作業をするには明るさが足らず、わたしは手をとめたまま、だったら今夜はもう仕事をやめてしまおうか、それとも少しでも完成に近づくため、もうひと頑張りしたものか、考えるともなく考えていたのです。そうして坐っていると、次から次へと考えが浮んできて、今手がけている仕事がどういう結果をもたらすか、考えずにはいられなくなりました。三年まえ、今回と同じ作業を続けていって、あの悪鬼を創《つく》り出し、そいつのしでかした言語に絶する残虐《ざんぎゃく》行為でわたしの心はすさみきり、このうえなく苦い悔恨に未来永劫《えいごう》苦しめられることとなったのです。そして、今回もまた、同じ生き物をもう一体創ろうとしているわけですが、それがどんな性質を持って生まれてくるのか、皆目わかっていないことについては前回と同様です。あるいは先に創られた伴侶《はんりょ》よりも一万倍も悪性《あくしょう》で、ただ愉《たの》しみのためだけに人を殺したり苦しめたりするような性向を持っているかもしれないのです。あの悪鬼は、伴侶を創ってくれさえすれば人の住む土地を去り、未開の荒野で暮すと誓いましたが、今度の女のほうとはそんな約束を交わしているわけではありません。おそらく、理性を持ち、思考力のある生き物になると思われますが、それ故《ゆえ》に自分が創られるまえに交わされた約束に縛られる謂《い》われなどない、と考えるかもしれないのです。伴侶として創られた者同士、互いに憎しみあう可能性もあるのです。己の醜さを何より嫌っているあの怪物のことです、己の持つ醜さが女の姿形をして眼のまえに現れたら、それに対していっそう激しい嫌悪《けんお》を抱くのではないか？　女のほうとて、怪物を嫌い、人間というもっと美しい存在を求めようとするかもしれません。そうなれば、女は怪物のもとを去るでしょう。斯《か》くてまたしても独りにされた怪物は、同類にまで見捨てられたことで、新たな怒りを燃え立たせるかもしれないのです。

よしんば怪物が約束したとおり、ふたりしてヨーロッパを離れ、新大陸の荒野で暮すことになったとしても、あやつが渇望《かつぼう》する共感とやらが得られた場合、その結果としてまずは子どもが生まれることになる。そうなれば、やがてはこの地球上にあの悪魔の一族がはびこり、人類をとてつもない恐怖に巻き込み、人間の存在そのものを脅《おびや》かすようになることとてありうるのです。そんな末代まで呪《のろ》いを及ぼすようなことを自分の都合だけで為《な》す権利が、このわたしにあるのか？　約束を取り交わしたときには、自分の創りだした生き物の詭弁《きべん》に乗せられ、つい心を動かされてしまった。悪魔の脅しに分別をなくしていたとしか思えません。わたしはそのとき初めて、自分の交わした約束がいかに邪悪なものだったか、ということに思いが至ったのです。後の世の人々が、わたしのことを疫病神《やくびょうがみ》と呼び、自分ひとりの安寧を手に入れるため、なんの躊躇《ちゅうちょ》もなく全人類を売り渡すに等しいことをした身勝手な男と呪うのではないか──考えただけで身震いが出ました。

震えながら、ふと顔をあげた瞬間、心臓が止まりそうになりました。月明かりに照らされて、小屋の窓のところに、怪物の姿が見えたのです。口元をいびつに歪《ゆが》め、世にもおぞましい薄ら笑いを浮かべながら、こちらをじっと見つめていました。自分の課した仕事を、わたしがきちんと果たしているかどうかを観察しているのです。そうです、やはりあいつはわたしを追ってきていたのです。森をうろつき、洞窟《どうくつ》に身を隠し、ときには荒涼としたヒースの広野に逃げ込みながら、この最果ての地までやってきて、わたしの仕事の進み具合を確かめ、改めて約束の履行を迫ろうとしているのです。

わたしは、にらみ返しました。怪物は世にも邪悪な表情を浮かべました。裏切りをものともしない表情です。それなのに、わたしはこいつと同じものをもう一体創ると約束してしまったのです。なんと、とんでもないことを約束してしまったのか……わたしは気が狂いそうになり、その激情に身を震わせながら創りかけていたものに手をかけ、ずたずたに引き裂きました。じきに生まれてくるはずだったその生き物は、あの怪物にとっては幸福を得るためのよすがです。それが破壊されるのを見て、あやつは絶望のあまり、悪魔じみたうなり声をあげ、復讐《ふくしゅう》を誓い、その場から姿を消しました。

わたしは実験室を出ると部屋の扉に鍵《かぎ》をかけ、この仕事はもうこれで終わりにするのだ、と心に固く誓いました。そして震えながら、おぼつかない足取りで居室にこもりました。わたし以外には誰もいない部屋に。わたしのそばには憂鬱《ゆううつ》をまぎらわせてくれる者もいなければ、恐ろしい妄想が胸を圧迫して吐き気がこみあげてきても介抱してくれる者もいないのです。

何時間かが過ぎても、わたしは窓辺から離れず、ずっと海を見つめていました。風がないので海はほとんど動きをとめているように見えます。静かな月に照らされて、自然界の何もかもが安らっているようでした。凪《な》いだ海上にぽつりぽつりと漁船が浮び、ときおり吹きすぎる微風に乗って、漁師たちの呼び交わす声が聞えてきます。静けさを肌で感じながら、その深さをほとんど意識していなかったのかもしれません。

はっとして耳をそばだてたのは、海岸のすぐ近くで櫂《かい》が水をかく音がしたからです。小屋の近くに誰かが上陸しようとしているようでした。

数分後、小屋の扉が軋《きし》みをあげました。誰かがそっと開けようとしているのです。頭のてっぺんから爪先《つまさき》まで、震えが走り抜けました。誰が訪ねてきたのか、予想がついたからです。近くの小屋に住む農夫を起こしに行こうと思いながら、恐ろしい夢を見ているときに味わう、あの無力感に捕えられ、迫り来る危険から逃れようとするのに根でも生えてしまったかのように、その場から動けないのです。

まもなく廊下を歩いてくる足音がして、部屋のドアが開き、恐れていたとおり、あの悪魔が姿を現わしました。ドアを閉めると、こちらに近づいてきて、押しころした声でこう言うのです。

「どういうつもりだ？　せっかく創りはじめたものをばらばらにしてしまうとは。さては約束を破る気か？　おまえと一緒にスイスを出たあと、おれがどれほどの辛苦を嘗《な》め、みじめな思いを嚙《か》み締めてきたか、わかるか。こっそりと身を隠しながらラインの岸辺を移動し、柳の繁《しげ》る島を伝い、山々の頂を乗り越えてきたのだ。イングランドのヒースの野で何ヶ月も暮し、スコットランドの荒れ地にも仮寝した。おまえなどには想像もつかないほどの疲労と寒さと餓《う》えをしのんできたのだ。なのに、そんなおれの希望を、おまえは打ち砕こうというのか？」

「失《う》せろ！　ああ、約束は破る。きさまの同類など誰が創る？　きさまのように醜く悪辣《あくらつ》なものなど、もう決して創るつもりはない」

「奴隷《どれい》の身で何を言う？　このまえは道理を説いて聞かせてやったが、これでよくわかった——おれは下手に出るべきではない相手に下手に出ていたのだ、とな。忘れるな、おれには力がある。おまえは自分がみじめだと思っているようだが、もっとみじめにしてやることもできるのだぞ。ああ、みじめさのどん底に突き落とし、陽の光を見るのも嫌だというぐらいの不幸を味わわせてやれるのだ。おまえは確かにおれを創った。おれの創造主だ。だが、今はおれが主人だ——言うことをきけ！」

「踏ん切り悪く迷うのは、もうやめたのだ。力があるというのなら、その力を揮《ふる》ってみせるがいい。どれほど脅されようと、邪悪は為さないと決めたのだ。脅したければ、脅せ。こちらの決意が固くなるだけのこと。きさまの悪事の片棒をかつぐ者など断じて創りはしない。このわたしが、人を殺して歓《よろこ》ぶ悪魔を地上に野放しするような真似《まね》をすると思うか？　そんな正気の沙汰《さた》とも思えぬことを、すると思うか？　失せるがいい！　もう決めたのだ。きさまが何を訴えようと、そんなものはわたしの怒りの焚《た》きつけにしかならんぞ」

怪物はわたしの表情から決意が固いことを見て取ったのでしょう。どうすることもできない怒りに、歯をぎりぎりと軋らせ、濁った声を張りあげます。「人間どもはみな、胸に妻を抱き、野獣《けもの》にもつがう相手がいるというのに、おれだけが独りでいなくてはならないのか？　おれにも情愛の心はあったのに、おれに投げ与えられたのは蔑《さげす》みと嫌悪だった。ああ、憎みたければ憎め。だが、用心することだ。これから先おまえは、恐怖とみじめさのうちに時を過ごすのだ。そして、いずれ雷《いかずち》に撃たれ、おまえの幸福など木《こ》っ端微塵《ぱみじん》に粉砕されてしまうのだ。そう、おまえは永久に不幸を嘗めることになる。このおれがみじめさのどん底を這《は》いずりまわっているときに、おまえだけ幸せになるなど許されるものか。おまえのその無情な手で、おれの胸に湧《わ》く情熱を端から挫《くじ》かれたとしても、復讐の念だけは消えずに残る——そうだ、これからは復讐こそが光よりも、食べ物よりも尊いものとなるのだ。おれもいつかは死ぬだろう。だが、まずはおまえだ。暴君としておれを苦しめ続けているおまえは、じきに太陽を呪うことになる。おまえのみじめさを白日の下に晒《さら》すから、という理由で。せいぜい気をつけることだな。おれには恐れるものがない。恐れるものがない故に、この身の力を存分に揮える。それを忘れるな。蛇のずるがしこさで機をうかがい、蛇の毒牙《どくが》で嚙みついてやる。そのときになって後悔しても、遅いぞ」

「そこの悪魔、いい加減にしろ。もうこれ以上、おまえのことばの毒気で空気を穢《けが》されたくない。さっきも言ったとおり、わたしはもう決めたのだ。虚仮威《こけおど》しごときに屈して翻意するような臆病者《おくびょうもの》ではない。出て行け。何を言われようと、わたしの決意は変わらない」

「それなら、よし、出て行こう。だが、覚えておけ。おまえの婚礼の晩に、必ず会いに行くからな」

わたしはまえに飛び出し、叫びました。「なんだと、悪党。わたしに処刑宣告を出すまえに、己の身の安全を確かめることだな」

相手につかみかかろうとしましたが、怪物はするりとその手を逃れてそそくさと小屋から出ていきました。まもなく、あやつの乗った舟が矢のような速さで海面を滑っていくのが見えたかと思うと、あっという間に波間に消えていきました。

あたりはまた、もとの静けさに包まれましたが、耳の奥にはまだ、悪鬼のことばが残っています。わたしの心の平安を亡《な》きものとした人殺しのことばが。あとを追い、海に突き落としてやりたくて、怒りに胸がちりちりします。心を掻《か》き乱されたまま、部屋のなかをせかせかと歩きまわるうちに、想像力がいくつもの心象を呼び出しては、わたしを締め上げ、突き刺します。どうして追いかけていって、決死の闘いを挑まなかったのだ？　なぜ、むざむざと行かせてしまったのだ？　怪物の乗った舟は本土に向かっていた。あのとどまるところを知らない復讐心の、次なる犠牲となるのは誰か？　それを考えると、震えがとまらなくなりました。あやつが言い残していったことばが甦《よみがえ》ってきます――「おまえの婚礼の晩に、必ず会いに行くからな」。ならば、そのときが、わたしの命運が尽きる日限だということです。わたしの死によって、あの怪物の怨念《おんねん》が晴らされ、消えることになるのです。そう思っても、怖くはありません。ただ、愛するエリザベスのことを思うと――恋人をかくも残虐な手に奪われたと知り、彼女が流すであろう涙と、その後の尽きることのない悲しみを思うと、もう何ヶ月も流したことのなかった涙が、わたしの頬を伝いました。そして、わたしは覚悟を決めたのです。よしや敵の手にかかろうとも、斃《たお》れるまでとことん戦い抜いてやろう、と。

夜が明け、海原の彼方《かなた》から陽が昇るころには、わたしの心も、それを穏やかと呼ぶなら、確かに穏やかになっていたかもしれません。猛々《たけだけ》しい怒りは深い絶望の淵《ふち》に沈んでいたからです。その場にいると、昨夜の争いのおぞましさを嫌でも思い出してしまうので、わたしは小屋を出て浜に降り、波打ち際《ぎわ》を歩きました。眼のまえの大海原が、わたしとわたし以外の人々を隔てる、越えがたい障壁のように思えました。いや、ちがいます、むしろそんな壁があってほしいという気持ちがよぎったのです。この荒涼とした岩場で一生過ごせるものなら、そうしたいと思いました。確かに、それは退屈で、わびしい暮らしになるでしょう。ですが、不幸の不意討ちを喰らわずにすみます。祖国に戻れば、自らが犠牲となるか、あるいは心から愛する人たちがこのわたしの創った悪魔の手にかかって死んでいくのを見なければならぬのです。

さまよえる亡霊のように、わたしは島を歩きまわりました。愛する者すべてから引き離され、孤独でみじめな思いにうちひしがれた亡霊です。昼になり、陽が高くなったころ、草のうえに横になると、たちまち深い眠りに引き込まれました。前の晩は一睡もしていないので、神経は昂《たか》ぶり、睡眠不足と苦悩のために眼は血走っていました。そこでひと眠りしたことで生気が甦ったようでした。眼が覚めると、ようやくまた人間の一員に戻れた気がして、過ぎたことを冷静に振り返ってみることができるようになりました。それでもまだ、あの悪魔のことばが耳の奥で弔鐘のように鳴り響いているのです。夢のようにも思えるのに、現実の重みを伴って、鮮明に、胸苦しくなるほどの激しさで、心にのしかかってくるのです。

陽はもうかなり西に傾いていましたが、わたしは海岸に坐り込んだまま、動く気になれずにいました。胃袋の訴えてくる強烈な餓えを、オート麦の堅焼きビスケットでなだめていたところ、近くの浜に漁船が着き、乗っていた男のひとりが郵便物を届けに来ました。ジュネーヴからの手紙に混じって、クラーヴァルの手紙もあって、早く戻ってきてほしい、と書かれていました。これ以上、今の滞在地にとどまるのは、時間の浪費になりそうだ、というのです。ロンドンで知りあいになった友人たちから手紙が届き、インド行きの計画を進めるために交渉に入ったが、交渉をまとめるには当人に戻ってきてもらう必要がある、と言ってきた。なので、これ以上出発を遅らせるわけにはいかないが、ロンドンに戻ったあとは、思っていた以上に早く、もっと長い旅に出ることになるだろう。ついては、できるだけ一緒にいられる時間を作ってほしいと思っている。今滞在している離れ小島を発《た》ってパースで落ち合い、共に南に向かうことにしてもらえれば幸甚《こうじん》なのだが――というような内容でした。この手紙で、わたしはようやく、いくらか自分を取り戻し、二日後にはこの島を去ろうと決めたのでした。

しかし、島を離れるまえに、やらなければならないことがあります。考えるだけで震えが出ましたが、実験器具を荷造りしなくてはならず、そのためにはあのおぞましい作業を進めていた実験室に入り、眼にしただけで吐き気をもよおす道具を手に取らねばならないのです。次の日の明け方、あらんかぎりの勇気を振り絞って、わたしは実験室の扉の鍵をあけました。この手で引き裂いた、未完成の怪物の残骸《ざんがい》が、床に散乱していました。見たとたん、生きた人間の肉体を切り刻んでしまったような気がしました。ひと呼吸おいて気持ちを落ち着け、それから部屋に入りました。震える手で実験器具を運びだしたところで、はたと気づきました。あの残骸を残していっては、この島の連中の恐怖と疑惑を掻きたてることになる。それは避けたいことでした。そこで、残骸を籠《かご》に入れ、そこにたくさんの石ころを放り込み、ひとまず置いておいて、夜になってから海に放り込んでしまおうと決めました。それまでのあいだを利用して、わたしは海岸に坐り、実験器具を洗って片づける作業に取りかかりました。

あの悪魔と対面した晩以来、これほど迷いのない心境になったことはありませんでした。これまでは暗い絶望に塗り込められ、結果がどうなろうとも交わした約束は果たさねばならぬものと思い込んでいましたが、今や眼のまえに降りていた紗幕《しやまく》が取り払われたように、初めてはっきりとものが見えてきたのです。仕事を再開するという選択肢は、一瞬たりとも浮びませんでした。あやつが吐き捨てていった脅迫のことばは、確かに重く心にのしかかってはいますが、こちらから何か事を為すことで相手の機先を制し、事態を変えることができるとは思えません。心のなかでは、すでに考えは定まっていました。あれと同じ怪物をもう一体創ることは身勝手以外の何ものでもなく、きわめて卑劣で、きわめて非道な行為なのだ。そうとしか考えられません。それ以外の結論に至る考えは、端《はな》から排除していたのです。

夜中の二時から三時のあいだに、月が昇りました。わたしは例の籠を小舟に積み込み、海岸から四マイルほど沖まで舟を進めました。やけに淋《さび》しい眺めでした。途中で何艘《そう》か、陸地に戻っていく舟を見かけましたが、それから離れるようにして沖を目指しました。これから世にも恐ろしい犯罪を犯そうとしているような心境でしたから、不安で震えが出るほどで、人と会うのは何がなんでも避けたかったのです。それまでくっきりと見えていた月が、急に厚い雲に覆《おお》われました。その一時《いっとき》の闇《やみ》を利用して、わたしは籠を海中に投げ込みました。耳を澄まし、籠が沈んでいくごぼごぼという音を聞き届けてから、その場を離れました。空には雲がかかりはじめていました。空気は澄み渡り、おりから北東の風が吹きはじめ、いくらか冷え込んできてはいたものの、それが却《かえ》って爽《さわ》やかですがすがしく、心地よさが身体《からだ》じゅうにめぐっていくようでした。それで、もうしばらく海のうえにいることにして、舵《かじ》を固定すると、船底に仰向けになりました。月に雲がかかって、あたりはすべてぼんやりとおぼろにかすみ、聞えてくるのは舟の竜骨が波を切る音ばかり。その囁《ささや》くような音が子守唄《こもりうた》となったのでしょう、わたしはたちまち気持ちよく眠りに落ちていきました。

どれだけのあいだ、そうしていたのか、わかりません。眼が覚めたときには、陽はかなり高くまで昇っていました。風が強く、波が立ち騒ぎ、小舟の安全を常に脅かすほどです。風は北東から吹いていましたから、舟を出した海岸からはずっと遠くまで流されてきているにちがいない、と気づきました。進路を変えようとしましたが、一度で懲《こ》りました。小さな舟が水浸しになるだけです。

こうなっては、残された道はひとつ。追い風に乗ってただ進むしかありません。もちろん、恐怖を覚えなかったと言ったら嘘《うそ》になります。羅針盤もなく、このあたりの地理にも疎《うと》いので、太陽の位置はほとんど役に立ちません。このまま広い大西洋へと押し流されて、飢餓の苦しみに悶《もだ》えることになるのか、あるいはまわりで哮《たけ》り狂う無《む》辺際《へんさい》の大海原に呑《の》み込まれることになるのか。海に出てからもう何時間も経《た》っています。咽喉《のど》が渇いてひりひりと灼《や》けつくようですが、今にしてこの状態ということはこの先、どれほどの苦痛が待ち受けていることか。わたしは天を仰ぎました。風に乗って、雲が次から次へと流れていきます。海に眼を転じ、海原を眺めるうちに、そこがわたしの墓となるのだと思えてきます。「悪魔よ」とわたしは叫びました。「きさまの目標はすでに達成されたも同然だ！」――エリザベスのことが、父のことが、クラーヴァルのことが思い出されました。あとに残った彼らを、あの怪物は餌《え》食《じき》として血に餓えた無慈悲な激情のはけ口とするにちがいない。そう思ったとたん、絶望的に恐ろしい光景が白昼夢でも見ているように次から次へと浮んできました。それはもう、とてつもなく恐ろしい光景でした。ええ、こうして人生の幕が間もなく降りようとしている今になっても、思い出すだけで怖気《おぞけ》が立つほどです。

そんな状態で何時間か過ぎました。太陽が水平線に近づくにつれて、風は少しずつおさまり、やがて穏やかなそよ風程度になりました。海面も白波が立つことはなくなりましたが、代わりに大きくうねりを打ちはじめたのです。わたしは船酔いで何度も吐き気に襲われ、そのうち舵もろくに握っていられなくなりました。そのときです、不意に南の方角に、高い陸地が見えてきたのです。

極度の疲労に加え、何時間ものあいだ恐ろしい緊張に耐えてきたわたしは、精も根も尽きかけていました。そこに突然、生命の保証をちらつかされたわけです。熱い歓喜が洪水のように胸に拡《ひろ》がり、涙がどっとあふれだしました。

人間の感情というのは、なんと移ろいやすいものでしょうか。みじめさの極致にあるというのに、なおも生きることに執着する気持ちが働くというのも、実に不思議なことです。わたしは着ていた衣類の一部を使ってもう一枚の帆をこしらえ、陸地に向けて懸命に舵を取りました。荒れ果てた岩だらけの土地と思えたものが、近づくに従い、人の手が入り、耕された跡もあることがわかりました。岸の近くに舟が浮んでいるのを見たとき、自分が突如としてまた、人間の暮す文明社会に連れ戻されたことに気づきました。小刻みに出たり入ったりしている海岸線を注意深く眼でたどり、小さな岬の向こうに尖塔《せんとう》が突き出しているのを見つけたときには、思わず歓声をあげました。極度の衰弱状態にあることは自分でもよくわかりましたから、兎《と》にも角《かく》にもその町に向かうことにしました。人が住んでいるところなら、滋養のある食べ物も手に入れやすいだろうと考えたからです。幸いなことに、金《かね》の持ち合わせはありました。岬をまわると、こぢんまりとしたきれいな街並みとよく整った港がありました。思いがけず生き延びられた嬉《うれ》しさに心を弾ませながら、わたしは港に舟を入れました。

舟を舫《もや》い、帆を降ろしているあいだに、人が集まってきました。いきなり現れた他所者《よそもの》にひどく驚いているようでしたが、こちらの作業を手伝うでもなく、身振り手振りを交えながら小声で何やら囁きあっているのです。港にたどり着いたときの事情がちがえば、あるいは人々のそんな様子にわたしも、少しぐらいは警戒心を抱いたかもしれませんが、そのときはただ、英語をしゃべっているとしか思いませんでした。そこで、わたしも英語で話しかけました。「みなさん、ここがなんという町か、教えていただけませんか？　ここはどのあたりなのでしょう？」

「今にわかるってもんだよ」ひとりの男がしゃがれ声で答えました。「まあ、あんましお気には召さないかもしれないけどな。泊まるとこなら心配しなさんな、ちゃあんと世話してやるからさ」

わたしはびっくりしてしまいました。見ず知らずの者からこんな無礼な返事をされる謂われがありません。おまけにまわりの男たちも一様に顔をしかめたり、険悪な表情を浮かべたりしているのです。これにも面喰らいました。「どうしてそんな乱暴な言い方をするんです？」と訊《き》きました。「イングランドでは、見知らぬ者を無愛想に迎えたりはしないものでしょう？　そんな習慣はないはずだ」

「イングランドではどうだか知らないが――」とその男は言いました。「悪党は憎んでやるってのが、アイルランドの習慣なんだよ」

なんとも不可解なやりとりを続けているあいだに、見る見る人が集まってきました。誰もが怒りの混じった好奇の眼でこちらをじろじろと見つめてくるのです。それが腹立たしくもあり、いささか不安にもなりました。宿屋の場所を尋ねても、誰も返事を寄越しません。そこでかまわず歩きだすと、まわりの者たちもがやがやとざわめきながらついてきて、わたしを取り囲んだのです。なかからひとり、あまり人相のよくない男が進み出てきて、わたしの肩を叩《たた》き、こう言いました。「待ちな、若いの、カーウィンさんのとこまで来てもらわにゃなんない。あんたに訊きたいことがある」

「誰なんです、そのカーウィンさんというのは？　それに、どうしてわたしが話を聞かれなくちゃならないんです？　ここは自由の国でしょう？」

「ああ、そうだよ、まっとうな人間には自由の国だ。カーウィンさんは治安判事だ。昨夜この町で男の死体が見つかってね。誰かに殺されたんだな。その話を、あんたの口から聞かせてもらいたいんだよ」

これには仰天しましたが、すぐに落ち着きを取り戻しました。男の言っている件については、わたしは完璧《かんぺき》に無実です。それは簡単に証明できることだと思いました。そこで、おとなしく男のあとに従い、この町では立派な部類に入りそうな家に連れていかれました。疲労と空腹で今にもその場にへたり込んでしまいそうでしたが、大勢の人に囲まれていたので、なけなしの力を振り絞ってでも耐えるべきだと考えました。一種の自衛策です。不安や罪の意識から倒れたのだと思われてはたまりません。そう、そのときは予想だにしていなかったのです。その数分後にとてつもない不幸に打ちのめされ、恐怖と絶望のあまり、屈辱や死への恐れまでをも失うことになろうとは。

ここで少し休ませてください。これからお話しする恐ろしい出来事を、細かいところまで正確に思い出すには、ありったけの気力が必要になりますから。

第四章

まもなく治安判事のまえに連れていかれました。落ち着いた、穏やかな物腰の、優しそうな老紳士でしたが、わたしを見る眼にいくらか厳しさがうかがえます。わたしを連れてきた者たちのほうに顔を向け、判事に、誰がこの件の証人かと尋ねました。

五、六人ほどが進み出たなかから、判事に指名された男が証言を始めました。次のような内容でした。前の晩、息子と義弟のダニエル・ニュージェントの三人で漁に出たが、十時ごろになると強い北風が吹きだしたので、引きあげることにした。月はまだ昇っていなかったので、全くの闇夜《やみよ》だった。港には入らず、いつものように二マイルほど離れた入り江から陸にあがった。自分が漁につかう道具をかついで先頭を歩き、あとのふたりは少し遅れてついてきた。砂浜伝いに歩いていたとき、何かにつまずいて転んでしまった。ふたりがやってきて助け起こしてくれたが、ふたりが持っていたカンテラの光で、つまずいたのが人間の身体《からだ》だったことに気づいた。しかも、どう見ても死んでいるようだった。最初は海で溺死《できし》した人の亡骸《なきがら》が波で浜に打ち上げられたのだろうと思ったが、検《あらた》めてみると、服は濡《ぬ》れていないし、身体も冷たくなっていなかった。すぐに近くに住む老女の家に運び込み、なんとか息を吹き返させようと、あれこれ手を尽くしてみたが、無駄な努力に終わった。端正な顔立ちの男で、年齢《とし》のころは二十五ぐらい。どうやら絞め殺されたものと思われ、首のところに指の跡が黒い痣《あざ》となって残っていたが、ほかに暴行を受けた形跡はなかった。

男の証言を聞かされても、初めのうちはまるで興味を惹《ひ》かれませんでした。しかし、指の跡ということばを聞いたとき、弟のウィリアムが殺されたときのことを思い出し、わたしは激しく動揺しました。手足がぶるぶると震えだし、眼のまえに霞《かすみ》がかかったようになり、身を支えるのに椅子《いす》に寄りかからずにはいられなかったのです。その様子を治安判事は鋭い眼で見つめていました。もちろん、わたしの態度に不審の念を抱いたのです。

男と一緒に漁に出ていた息子も、父親のこの証言を裏づけました。さらに、ダニエル・ニュージェントなる男が呼び出され、はっきりとした口調で断言しました。父親のほうが砂浜で転ぶ直前に、海岸から離れていく一艘《そう》の舟を見かけたというのです。舟には男がひとり乗っていて、わずかばかりの星明かりで確認できた限りでは、その舟はわたしが乗ってきたのと同じものだった、と言ったのです。

それから女が証言を行いました。海岸の近くに住んでいる女で、漁に出た者たちの帰りを、家の戸口のところに立って待っていたときに、死体が発見されたと聞かされる一時間ほどまえ、人をひとりだけ乗せた舟が浜から沖のほうに出ていくのを見かけたのだそうです。その舟が出ていったところというのが、浜のちょうど死体の見つかったあたりだった、というのです。

続いて女がもうひとり出てきて、漁師たちが浜で見つけた死体を自分の家に運び込んだのはまちがいない、と証言しました。死体が冷たくなかったことも事実で、みんなしてベッドに寝かせ、せっせと身体をこする一方、ダニエル・ニュージェントが町の薬屋を呼びにいったりもしたそうですが、すでに息絶えていたと言います。

さらに数名の男たちが呼び出され、わたしが上陸したときのことを訊《き》かれました。彼らが異口同音に述べたことは、夜のあいだに強い北風が吹きはじめたことを考えると、わたしが何時間も風に逆らって進もうとしたものの結局は出発した地点のすぐ近くまで戻ってきてしまったことは充分にありうる、というものでした。しかもそれに加えて、死体はどこか他所《よそ》から運んできたものではないか、わたしはこのあたりの地理には不案内なようだから、死体を棄《す》てた場所から＊＊＊町までの距離がわからず、ここの港に入ってきたことも考えられる、と言うのです。

治安判事のカーウィン氏はこの証言を聞き終えると、埋葬に備えて遺体を安置してある宿屋にわたしを連れていくべきだろうと言いました。死体を眼にして、わたしがどんな反応を示すか、観察しようということです。おそらく、殺害方法を聞かされたときのわたしの動揺ぶりから思いついたことにちがいありません。斯《か》くてわたしは、治安判事ほか何人かの人たちに連れられて、その宿屋に向かったのです。この波乱に富んだ一夜に生じた、不思議と言えば不思議な偶然の一致には、ただただ驚くばかりでしたが、ここの浜辺で死体が発見されたちょうどそのころ、わたしは滞在していたあの島で何人かの住人とたまたまことばを交わしています。それがわかっていたので、きわめて冷静にことの成り行きを見ていたのです。

死体の安置してある部屋に入ると、棺《ひつぎ》のところまで連れていかれました。あれを見たときの気持ちを、いったいどう言い表せばいいのか……。あの戦慄《せんりつ》すべき瞬間を思い返すと、今でも恐怖で咽喉《のど》がからからに干上がり、身体が震えだし、苦悶《くもん》で胸を掻《か》きむしりたくなるのです。尋問されたことも、すぐそばに治安判事や証人たちがいることも、わたしの意識からふうっと夢のように消え去りました。わたしが見たものは、生命を失い、抜け殻となって横たわるヘンリー・クラーヴァルの姿でした。わたしはあえぎ声を洩《も》らし、クラーヴァルの亡骸にすがりついて叫びました。「ぼくの非道な企《たくら》みが、ヘンリー、きみの生命《いのち》まで奪ってしまったのか？　すでにもうふたりも犠牲にしてしまった。ほかの者たちにも魔の手が及ぼうとしていることは知っている。だが、クラーヴァル、きみまでが……。ぼくの友人であり、恩人であるきみまでが——」

そのとき、わたしを襲った苦悶は、生身の身体に耐えられるものではありませんでした。わたしは激しい痙攣《けいれん》を起こし、意識を失って、部屋から運び出されたのでした。

そのあと、高熱を発し、それから二ヶ月のあいだ、生死の境をさまよいました。これはのちに聞かされたことですが、そのあいだの譫言《うわごと》はそれはすさまじいものだったそうです。ウィリアムを、ジュスティーヌを、そしてヘンリー・クラーヴァルを殺した張本人はほかならぬ自分だと言い、ときには看護人に、自分を苦しめる悪魔を退治したいから手を貸してくれと頼んだり、かと思えば、怪物の指がすでにこの首を絞めあげているのを感じて、苦しさと恐怖のあまり絶叫する。幸いにして祖国のことばでしゃべっていたので、内容まで理解できたのはカーウィン氏だけでしたが、わたしの激しい身振りや苦しげな悲鳴を見聞きした者たちは、それだけでもう充分に怯《おび》えてしまったのです。

なぜ、わたしはこのときに死んでしまわなかったのか？　何人《なんぴと》もかつて味わったことのないほどの辛酸を嘗《な》めながら、なぜ忘却と安息の淵《ふち》に身を沈めなかったのか？

死は可愛《かわい》い盛りの子どもたちをあまたさらい、その親たちの唯一《ゆいいつ》の希望をむしり取っていきます。どれほど多くの花嫁や若い恋人たちが、健やかで希望に満ちた花なら盛りの時期にその生命を無惨《むざん》に摘み取られ、瞬《また》くうちに蛆虫《うじむし》の餌《えさ》となり、墓のなかで朽ちていくことか。それなのに……この身はいったい何でできているのか？　これほど多くの衝撃を次々に受け、回転する車輪のようにその都度新たな苦痛を与えられているというのに、それに耐えていけたのですから。

しかし、わたしは生き延びる定めにあったのです。二ヶ月ほどして、夢から覚めたようにふと気がつくと、監獄の粗末なベッドに寝かされていて、獄吏やら牢番《ろうばん》やら閂《かんぬき》やらその他もろもろの地下牢につきものの陰気臭い道具立てに囲まれていたのです。意識が戻ったのは、確か朝のことだったと思います。何が起こったのか、最初のうちはまるで思い出せず、なんだかとてつもなく大きな不幸に突然襲われた、という記憶しかありませんでした。しかし、周囲を見まわし、鉄格子《てつごうし》の嵌《は》まった窓や、自分のいる場所のむさくるしさに気づいた瞬間、何もかもが一挙に甦《よみがえ》ってきたのです。苦しさのあまり、わたしはうめき声をあげました。

その声で、ベッド脇《わき》の椅子で眠っていた老女が眼を覚ましました。この人は牢番の細君で、病人の付き添いに雇われていたのです。彼女のような境遇にある人間にはよく見られることですが、いかにも意地の悪そうな顔をしていました。顔の輪郭も造作も垢抜《あかぬ》けず荒削りで、人の不幸を眼にしても同情を感じないでいられる者の顔でした。声の調子も素っ気なく冷淡そのもの。老女はわたしに向かって英語で話しかけてきましたが、その声を聞いて、高熱にうかされていたあいだに聞えてきていたのは、この人の声だったのだと気づきました。

「少しは気分がよくなったかね？」と老女は言いました。

わたしも英語で応《こた》えましたが、弱々しく気の抜けた声しか出ませんでした。「そうですね、いくらかいいようだ。でも、何もかもが本当に起こったことで、わたしが夢を見ていたのではないというなら、まだ生きていることが残念でならない。こんなにみじめで、こんなにおぞましい思いをしなくてはならないのだから」

「それは、なにかい？」と老女は訊き返してきました。「おまえさんが殺しちまったあの紳士のことを言ってるのかい？　それなら、まあ、おまえさんもいっそのこと死んじまったほうがよかったかもしれないね。どうせ、この先はえらい目に遭うに決まってるからね。まあ、あたしの知ったこっちゃないけど。あたしはおまえさんの看病をして元気にしてやってくれって言われて来てるんだけど、やるべきことはちゃんとやってるからね。みんなもそうしてくれりゃ、こっちも助かるんだけどさ」

わたしはむっとして老女から顔をそむけました。死の瀬戸際《せとぎわ》からようやく生還したばかりの人間に、こうも無情なことばを投げつけられるとは、いったいどういう神経をしているのでしょう。けれども、どうにも身体に力が入らず、これまでの出来事についで、考えをまとめることができません。生まれてから今までの人生が、すべて夢のなかの出来事のように思えます。何もかも、実際にあったことなのだろうか、と疑いたくもなりました。思い浮かぶことのすべてに、現実味が感じられないのです。

眼のまえにふわふわと漂っているようだったものの輪郭がはっきりとしてきたと思う間もなく、またしても熱があがりだしたのか、周囲から暗闇が押し寄せてきました。しかし、そんなときに愛情のこもった優しい声で慰めてくれる人は、そばにいません。支えとなる手を差し伸べてくれる人も。医者が往診に来て薬を処方していき、老女がそれを枕元《まくらもと》まで運んできてはくれるのですが、医者のほうは見るからにおざなりな態度でしたし、老女の顔にはいかにも酷薄そうな表情が浮んでいます。そう、人殺しの運命に関心を持つ者などいないということです。唯一、持つ者がいるとすれば、処刑手当てがもらえる死刑執行人ぐらいのものでしょう。

初めのうちは、そんなふうに思っていましたが、まもなく、カーウィン氏が格段の配慮をしてくれていたことがわかりました。監獄のなかでもいちばんいい部屋を（と言っても、まったくもってお粗末なものですが）あてがってくれていましたし、医者や付き添いの手配をしてくれたのもカーウィン氏でした。ですが、めったに訪ねてきてはくれません。ご当人はあらゆる人の苦しみをできる限り和らげたいと考えるような心の持ち主でしたが、そんな人でも、哀れな人殺しが苦悶をあらわにしてわけのわからない譫言を口走る、みじめな現場には居合わせたいとは思わないものでしょう。ですから、頻繁に訪ねてくるわけではなく、訪ねてくるのももっぱらわたしの世話がきちんと行き届いているかどうかを確かめるためで、滞在時間もごく短く、しかも次の訪問までにかなりの間が空くのです。

薄紙を剝《は》ぐように、少しずつ回復に向かっていた、ある日のこと、わたしは椅子に坐《すわ》って眼を半眼につむっていました。頰はきっと、死人のような土気色をしていたことと思います。あの時期のわたしは、鬱々《うつうつ》とした思いに心を占領され、みじめでたまらず、こんなふうに次から次へと不幸ばかりが押し寄せるこの世にとどまるよりも、いっそ死んでしまったほうが楽かもしれない、と何度思ったかしれません。己の罪を認めて法の裁きを受けるべきではないか、と思ったこともあります。あの気の毒なジュスティーヌと比べたら、わたしは完璧《かんぺき》に無実だとは言えませんから。あのときも、そうした鬱屈した物思いに沈んでいたのですが、監房の扉が開いてカーウィン氏が入ってきたのです。カーウィン氏は同情と哀れみの色を浮かべ、わたしの傍らに椅子を引き寄せて坐ると、フランス語で話しかけてきました。

「ここはずいぶんひどいところだとお思いでしょう？　ご要望があるようなら、なんなりと。わたしで役に立てることでしたら、うかがいますよ」

「ご親切に、ありがとうございます。でも、どうかお気遣いなく。わたしには人に何かをお願いする資格などありませんので」

「お気持ちはわかりますよ。あなたのように不運というひと言では片づけられないほど数奇な目に遭われた方にとっては、見ず知らずの人間の慰めなど、なんの救いにもなりますまい。ですが、少なくとも、この陰気臭い場所からはもうじき出して差しあげられる。証拠を挙げてあなたの嫌疑を晴らすのは、そう難しいことではなさそうですから」

「そんなことは、もうどうでもいいのです。わたしは、おっしゃるように数奇な出来事に立て続けに遭遇し、この世でいちばんみじめな人間になりました。今も、そしてこれまでも、苦悶と苦痛をいやというほど味わわされているのです。そんな人間にとって、死はそれほど恐れるべきものでしょうか？」

「確かに、あなたが経験なさったことは、不可思議な偶然の巡りあわせにしても、あまりにも痛ましく、どれほど苦しい思いをされたかと拝察します。どうやらあなたは、思いがけない成りゆきで、この町の海岸に流れ着いたのですな。もともと、このあたりは他所からきた人は親切にもてなす土地柄なのだが、あなたはすぐに捕えられ、殺人の嫌疑をかけられてしまった。しかも、最初に見せられたのがご友人のご遺体だった。何やら説明のつかない状況で殺害され、しかもそのご遺体は、どこぞの悪鬼の手によってあなたの行く先に置かれていた」

カーウィン氏のことばに、自分の受けた苦しみが改めて思い出されて心が荒く波立ちましたが、その一方でカーウィン氏がわたしのことをずいぶん詳しく知っているようで、そのことに少なからず驚きもしたのです。その驚きが、どうやら顔に出たようでした。カーウィン氏は慌《あわ》てて、ことばを継ぎました。

「あなたが病気で人事不省に陥られてすぐ、そのとき身に着けていらした書類がそっくりそのまま、わたしのところに届けられたのです。それを調べさせてもらいました。あなたが逆境に置かれていて病気《やまい》を得ていることを、お身内の方なりにお知らせするべきだと思いましてね、その手がかりを探したのです。手紙が何通かあって、そのなかに書き出しから見てお父上からだと思えるものが見つかりました。そこで、すぐにジュネーヴ宛《あ》てに手紙をしたためました。手紙を出してから、かれこれ二ヶ月ほどになるでしょうか。──おや、お加減があまりよくないようだ。震えていらっしゃる。あまり興奮させてはお身体にさわりますな」

「そんなふうに焦《じ》らされるほうが、恐ろしい知らせを聞かされるよりも、はるかに辛《つら》い。言ってください、また誰かが殺されたのでしょう? 誰なんです、今度は誰の死を悼《いた》まなくてはならないのですか?」

「ご家族はみなさん、息災でいらっしゃいますよ」カーウィン氏は落ち着いた口調で言いました。「それで、お身内の方がこちらに面会にいらしているのです」

いったいどんな連想が働き、そんな考えが浮んだのか、今もってよくわからないのですが、とっさに閃《ひらめ》いたのは、あの殺人鬼がわたしの悲しみを嘲笑《あざわら》うためにやってきたのではないか、ということでした。クラーヴァルの死に事寄せてわたしの心をなぶり、改めてあのいまわしい望みを、こちらに呑《の》ませようという魂胆だろう、と。わたしは手で眼を覆《おお》って、苦悩の叫びをあげました。

「駄目です、追い返してください。会うわけにはいきません。お願いです、ここには連れてこないでください!」

カーウィン氏はわたしをじっと見つめ、困惑したような顔になりました。治安判事としては、そんなふうに大声を張りあげるのは、罪を犯した証拠にほかならないと思わざるを得なかったのでしょう。いくらか厳しい口調になって言いました。

「はてさて、お父上がおいでになったと聞けば、お歓《よろこ》びになるのではないかと思っていたのだが。意外ですな、そんな大声で拒絶なさるとは」

「父ですって？」ひと声叫ぶなり、それまでこわばっていた表情も身体じゅうの筋肉も一挙に緩んで、苦悩が歓びへと変わりました。「本当ですか、本当に父が来ているんですか？　それはもう、なんとお礼を言ったらいいか……。でも、どこにいるんです？　どうしてすぐに会いに来てはくれないのですか？」

わたしの態度が掌《てのひら》を返すように変わったものですから、治安判事は面喰らっているようでしたが、同時に安堵《あんど》してもいるようでした。さきほど取り乱したのは、一時的に譫妄《せんもう》状態がぶり返しただけだと考えたのでしょう。いつもの穏やかな表情に戻ると、椅子から立ちあがり、付き添いの老女と一緒に監房から出ていきました。それと入れ違いに父が入ってきたのです。

あのときのわたしにとって、父が来てくれたことほど、大きな歓びはありませんでした。わたしは父に向かって手を差し伸ばし、叫ぶように言いました。

「それでは、お父さん、ご無事だったのですね？　エリザベスは？　アーネストは？」

父は、みんな元気にしていると言って、ひとまずわたしを落ち着かせると、わたしが気にかけている人たちのことを詳しく話して、わたしの沈みがちな気持ちをなんとか励まそうとしてくれます。けれども、すぐに監獄というところは陽気さとは無縁の場所だと気づいたようでした。「それにしても、ヴィクター、おまえはなんという場所に入れられているのだ」鉄格子の嵌った窓やいかにもみすぼらしい監房のなかを、悲しそうに眺めながら、父は言います。「気晴らしを求めて旅に出たというのに、おまえはとんでもない災難に追いかけられているようだな。クラーヴァルのことも気の毒でならない――」

不幸にも殺害された友の名前を聞いたとたん、わたしはまたしても激しく動揺してしまいました。衰弱した心と身体には、受け止めきれなかったのです。涙が滂沱《ぼうだ》とあふれてきました。

「そうです、そうなのです、お父さん。ぼくはとてつもなく恐ろしい運命を背負わされていて、その運命が尽きるまで生きなくてはならないのです。さもなければ、ヘンリー・クラーヴァルの棺のうえで息絶えていたはずですから」

それ以上、話をすることは許されませんでした。わたしの身体はまだ完全に回復したわけではないので、用心のため、できるだけ安静にしている必要があったからです。カーウィン氏が監房に入ってきて、あまり無理をして体力を消耗しすぎるのはよくない、と言いました。それでも、父が訪ねてきてくれたことは、わたしにとっては守護天使の訪れにも等しく、その日を境に徐々に健康を取り戻していったのです。病気《やまい》は去りましたが、心には重苦しくどす黒い憂鬱《う》が居坐り、なんとしても晴らすことができません。クラーヴァルの血の気の失せた死に顔が、いつまでたっても眼のまえから去らないのです。それでまた激しく動揺するものですから、病気《やまい》がぶり返して再び危篤《きとく》に陥るのではないか、とまわりの人たちをはらはらさせたことも一度や二度ではありませんでした。これほどみじめで、こうまでおぞましい生命《いのち》が、あのとき、なぜ救われてしまったのか？　それはおそらく、わたしに己の運命を全うさせるためだったのだと思います。しかし、その運命ももうじき終わります。もうじき、そう、あとほんの少しで、死がこの胸の鼓動を止め、この身を塵《ちり》に変えるほどの苦悩の重圧から救い出してくれるはずです。そして、わたしも正義の裁きを自ら下すことで、ついに安らかなる憩《いこ》いに就くことができる……。今から思えば、あのときはまだ死の姿は遠く、ただ死への願望だけがいつも心にあったのです。監房のなかでしばしば、ひと言も口をきかず、ただじっと身を固くしたまま、何時間も坐り続けていることがありました。心のなかでひたすら冀《こいねが》っていたのです。何か劇的な出来事が起こって、わたしとあの怪物を巻き込み、この世から永遠に葬《ほうむ》り去ってくれないものか、と。

審理の行われる日が近づいてきました。わたしはすでに三ヶ月の月日を獄中で過ごしたことになります。依然として心身ともに衰弱していて、いつまた熱病をぶりかえすやもしれない状態にありましたが、裁判の開かれる州都までおよそ百マイルの旅をしなくてはなりません。カーウィン氏にはこのときも、ひとかたならぬ心配りを受けました。カーウィン氏みずから証人を集め、弁護の手筈《てはず》を整えてくれたのです。おかげで、罪人として人前に引き出される恥辱を受けずにすむことになりました。この件は、生死を決める法廷に持ち出されることなく落着したのです。友人の遺体が発見された時刻に、わたしがオークニー諸島にいたことが証明されたということで、大陪審は起訴状を破棄し、州都に移動してから二週間後、わたしは放免となりました。

息子が犯罪者として起訴されることもなく、厄介な裁判をまぬがれたと知って、父は大歓びでした。わたしは再びそとの新鮮な空気を吸うことを許され、故郷に帰れることになったのです。しかし、わたしは父と同じようには歓べませんでした。わたしにしてみれば、地下牢の壁も宮殿の壁も同じように厭《いと》わしいものでした。人生の杯は永久に毒されてしまったのです。なるほど太陽はわたしのうえにも、心愉《たの》しく幸福に暮している人たちのうえにも、等しく照り輝いてはいるものの、周囲を見まわしても見えるのは恐ろしいほど濃い闇ばかりで、かすかな光さえ射《さ》し込んでこないのです。

代わりに、かすかに光る一対の眼が、こちらをじっと見つめ返してくるのです。それが見る見るうちにヘンリー・クラーヴァルの、あの表情豊かな眼になり、その黒い瞳《ひとみ》に断末魔の苦しみが浮び、瞼《まぶた》が落ちかけ、瞼を縁取る長くて黒い睫毛《まつげ》まで見えてきたかと思えば、インゴルシュタットのわたしの部屋で初めて見たときの、あの怪物の、うるんだような、濁ったような眼になるのです。

父はわたしに愛する心を取り戻してほしいと思ったのでしょう、まもなくジュネーヴに帰国できることを繰り返し口に出し、エリザベスとアーネストのことを話題にしました。しかし、父の話を聞いても、わたしの口からは深いうめき声が洩れるだけです。もちろん、ときには幸福を求める気持ちになることもありました。甘く切ない歓びとともに、愛する従妹《いとこ》のことを想《おも》うこともありました。あるいは懐郷の念が抑えがたく昂《たか》ぶり、幼いころに親しんだ蒼《あお》い湖水やローヌの急流をもう一度この眼で見たいと焦《こ》がれる気持ちにもなりました。しかし、総じて感情は麻痺《まひ》しているようなもので、監獄のなかにいようが、神々《こうごう》しい自然の風景のなかにいようが、わたしには同じことだったのです。そんな状態がとぎれることがあるとすれば、それは苦悩と絶望の発作に襲われたときぐらいでしょうか。そうなると、たいていの場合、この厭わしい人生に終止符を打ちたいと思ってしまうのです。わたしが衝動的に無茶なことをしでかさないよう、常に誰かがそばに付き添い、眼を光らせていなくてはなりませんでした。しかし、わたしにはまだひとつ、やり残していることがあります。それを思い出すことで、結局は身勝手な絶望に打ち勝つことができたのでした。わたしの役目は、一刻も早くジュネーヴに戻って心から愛する人たちの生命を守り抜くことです。そして、あの殺人鬼を待ち受け、何かの偶然であやつの隠れ場所に行き着くか、あるいは向こうがわたしを愚弄《ぐろう》するため、もう一度わたしのまえに姿を見せるかしたときには、今度こそ狙《ねら》いをあやまたず、あの怪物の——わたしがこの手で与えてしまった、あの醜悪な見た目の姿以上に醜悪な魂を持つ生き物の息の根を、止めてやらなくてはなりません。父は出発をもうしばらく遅らせようと言いました。そのときのわたしの状態では、長旅には耐えられないのではないかと危ぶんだのです。何しろ、わたしは見るかげもなくやせ衰え、まるで人間の抜け殻でしたから。気力も体力もなくなり、骨と皮ばかりで、それでなくとも消耗している身体を、昼となく夜となく発熱が襲うのです。

それでも、わたしがどうしてもアイルランドを離れたいと言い張り、焦れた様子を見せるものですから、父もここは折れるのが賢明だと判断したようでした。わたしたちはアーヴル・ド・グラース（フランスのノルマンディー地方の港街。ル・アーヴルの旧称）行きの船に乗り、順風に送られてアイルランドの海岸を離れました。真夜中のことでした。わたしは甲板に横になって星を見あげ、波の音に聞き入りました。暗闇に閉ざされて、アイルランドが見えないことがありがたく、まもなくジュネーヴの町をこの眼で見ることができるのだと思うと、熱っぽい歓びで鼓動が速くなりました。そうしていると、これまでのことがまるで悪夢のなかの出来事のように思えてきます。けれども、こうして乗っている船が、思い出すのも業腹《ごうはら》なアイルランドの岸辺から吹き寄せる風が、まわりに拡《ひろ》がる大海原が、強引に思い出させるのです――わたしは幻にたぶらかされたわけではないことを。最良の友でありかけがえのない相棒だったヘンリー・クラーヴァルがわたしとわたしの創《つく》り出した怪物の餌食《えじき》になったのだということを。わたしは記憶を手繰《たぐ》り、これまでの人生をなぞりました。ジュネーヴで家族と暮していたころの穏やかで幸福だった日々、母の死、インゴルシュタットへの旅立ち。常軌を逸した熱情に駆り立てられて、あの呪《のろ》わしい敵を創り出したことを思い出すと、思わず震えが出ました。それから、あの怪物が誕生した夜のことを思い出すと、それ以上はもう記憶の糸を手繰ることができなくなりました。胸に重なるいくつもの思いに押し潰《つぶ》され、わたしは苦い涙を流したのでした。

熱病から回復してからというもの、わたしは毎晩、少量の阿片《あへん》チンキを飲むのが習慣になっていました。この薬の力を借りなくては、生きていくのに必要な休息が取れなくなっていたからです。その夜、これまでに見舞われた不幸の数々を思い出し、いつにも増して思い乱れたわたしは、いつもの二倍の量を飲み、ほどなく深い眠りに落ちました。ところが、身体は眠っていても、思い乱れた心が呼び起こしたみじめさから解放されることはありませんでした。夢に現れるありとあらゆるものに恐怖を掻きたてられ、明け方近くには正真正銘の悪夢に襲われました。あの悪鬼の手で咽喉首を絞めあげられ、どうしても振りほどくことができないのです。耳の奥で、うなり声とうめき声と悲鳴が聞えました。付き添っていた父が、うなされているわたしを見かねて起こしてくれました。見ると、周囲では波が立ち騒ぎ、頭上には曇天が拡がり、悪鬼の姿はどこにもありません。わたしはほっとしました。今この瞬間と、やがて避けがたく訪れる悲惨な未来とのあいだに、休戦協定のようなものが結ばれた気がして、ふとすべてを忘れて穏やかな気持ちになったのです。人間の心には、本質的に、忘却への誘《いざな》いを柔軟に受け入れようとする性向が備わっているのかもしれません。

第五章

船旅が終わり、陸地《おか》にあがったわたしたちは、パリに向かいました。ほどなく、わたしは体力を使いすぎたせいでしょうか、旅を続けるには休養を取らねばならないことがわかりました。父は何くれとなく気を配り、根気よくいたわってくれるのですが、わたしの苦しみの本当の原因は知りません。それゆえに、わたしの抱える不治の病を見当違いの治療法で癒《いや》そうとしました。人とつきあうことが気晴らしになるのではないか、と勧めるのです。わたしにしてみれば、人の顔など見たくもありません。いや、人間嫌いということではありません。人として生まれた者はわたしにとっては兄弟であり、同胞です。たとえ反りの合わない相手であっても、人間というのは本来、天使のように高潔な気質と神の似姿である優れた肉体を備えたものと信じています。しかし、わたしにはそうした人たちとつきあう資格がないと思ったのです。同胞である人間たちのなかに敵を放ったのは、他ならぬこのわたしです。しかも、その敵は人間に血を流させ、苦しみの声をあげさせることに無上の歓《よろこ》びを感じるというとんでもないやつなのです。わたしが神をも恐れぬ所業に及び、その結果としていくつもの犯罪が続いたことを知れば、誰しもわたしを憎悪《ぞうお》するはず。そんな者はこの世の中から消えてしまえばいい、と念じるのではありますまいか？

父は結局、人づきあいは勘弁してほしいというわたしの願いを聞き入れてくれましたが、今度はなんとかわたしの憂《うれ》いを晴らすべく、あれこれことばを尽くすのです。殺人の嫌疑をかけられたことを屈辱と思っているのではないか、それがひどくこたえているのではないか、と考えたこともあったようで、自尊心があまりにも高いとそれがために却《かえ》って苦しむことになると諭すのです。

「ちがいます、お父さん」わたしは言いました。「お父さんにはわかっていないのです。ぼくのような救いようのない落伍者《らくごしゃ》が自尊心を持っていると考えるのは、人間というものに対する侮辱です。人間の心や感情は、そういうふうにはできていません。ぼくは確かに無実ですが、それを言うならジュスティーヌだって無実だったのに罪を着せられた。そして、あの娘《こ》の場合はそのために死んだんだ。あれはぼくのせいなのです。ぼくがジュスティーヌを殺したんです。ウィリアムも、ジュスティーヌも、クラーヴァルも、みんなぼくの手にかかって死んだんです」

わたしが監獄にいるあいだにも、それと同じことを強硬に言い張るところを、父は何度も耳にしていました。なぜそんなふうに自分を責めるのか、説明してほしいというような顔をすることもありました。その一方で、これは妄想の為《な》せる業だと考え、病気《やまい》の床に就いているあいだにそんな埒《らち》もない想像に取り憑《つ》かれ、回復したのちもその記憶が残ってしまっているのではないか、とも思ったようでした。わたしは説明を避け、自分が創《つく》った怪物についてはひたすら沈黙を守りました。話せば正気を失ったと思われるに決まっています。そう思うと、舌に鎖がかかり、永久に縛られてしまうのです。いや、それだけではありません。もし秘密を洩《も》らせば、聞かされた相手がどれほど驚くことか。相手の胸にどれほどの不安と恐怖を植えつけることになるか。それこそ、このうえなく残酷なことではないでしょうか。そう思うと、とても自分から打ち明ける気にはなれません。ですから、本当はわかってほしくてたまらないのに、その気持ちを無理やり抑えつけ、何がなんでもこのとんでもない秘密を打ち明けたくなっても、じっと黙っていたのです。それでも、抑えきれずに、先ほどのような台詞《せりふ》をつい口走ってしまうこともあったのです。詳しい事情を説明するわけにはいかなくとも、真実の一端を口にすると、不思議なことに、いくらか心の重荷が軽くなるのです。

すると、父は驚きを隠そうともしないで言いました。「ヴィクター、何を言っているのだ？　そんな馬鹿《ばか》げたことは、頼むから二度と言わないでくれ」

「ぼくは気が変になったのではありません」わたしは勢い込んで力説しました。「本当のことを言ってるんです。太陽と天が証人です。ぼくがこれまでにしてきたことを、残らず見ているはずですから。あの罪もない人たちを殺したのは、ぼくなんです。みんな、ぼくの手にかかって死んだんです。それで生き返らせることができるものなら、この身に流れる血を一滴残らず絞り取られたってかまいません。それを千度繰り返せ、と言われるなら、歓んでそうします。でも、お父さん、人類すべてを犠牲にするわけにはいきません。だから、できなかったのです。ぼくにはどうしてもできなかったのです」

　このしめくくりのことばで、父はわたしが錯乱状態にあると確信したようでした。すぐに話題を変えて、わたしがほかのことを考えるように仕向けたのです。話題を変えると言えば、父はアイルランドでわたしが経験した試練についても、決して話題にしませんでした。あの辛《つら》い記憶をわたしの心のなかから、できる限り消してしまおうとしていたのでしょう。わたしにも口にすることを禁じたほどです。

　時間《とき》が経《た》つに従って、わたしはもっと落ち着いて振る舞えるようになりました。悲哀とみじめさはあいかわらずこの胸に棲《す》み着いていましたが、それまでのようになんの脈絡もなく自分の罪を言い立てるようなことはなくなりました。罪の意識さえ持っていれば、それで充分だと思えるようになったのです。みじめな思いが昂《こう》じて心のなかで横暴なうなり声をあげると、ときとしてそれを世間に向かって思わずぶちまけたくなることもありましたが、そんなときはわれとわが身を肉体的にいじめ抜くことでその衝動を抑えつけました。ですから、そとから見た限り、わたしは、シャモニーの氷河に出かけたあのとき以来、絶えてなかったほど穏やかで落ち着いているように見えたはずです。

　パリを発《た》ってスイスに向かう数日前、エリザベスから次のような手紙が届きました。

　愛するお従兄《にい》さま

　　おじさまがパリから出してくださったお手紙、とても嬉《うれ》しく拝読しました。だって、もう、信じられないぐらい遠いところにいらっしゃるわけではないし、あと二週間もすればお目にかかれそうですもの。かわいそうなお従兄さま！　どんなに辛い思いをなさったのでしょう。ジュネーヴをお発ちになったときよりも却ってお加減が悪くなっているのではないか、と案じています。この冬は本当にみじめな思いで過ごしました。心配で、ともかく心配で、居ても立ってもいられませんでした。

でも、お目にかかるときには、お従兄さまのお顔には安らぎが、お心には平安と慰めがいくらかなりとも戻っていることを願っています。ただひとつ心配なのは、一年まえにお従兄さまを苦しめていたお気持ちがまだ残っていて、それが時間とともにむしろ、もっと大きくなっているのではないか、ということです。お従兄さまが立て続けにたいへんな思いをなさって、今、とても多くの悲しみを抱えていらっしゃることはわかります。そんなときにお心を乱すのは本意ではありません。でも、実はおじさまがお発ちになるまえにおじさまとも話しあったことなのですが、わたしからここで少しご説明しておかなければならないことがあるのです。

説明だって？　お従兄さまなら、そうおっしゃるかもしれませんね――あのエリザベスが何を説明しなくちゃならないというんだ、と。もし、本当にそうおっしゃるのを、この耳で聞くことができれば、わたしの疑問は解けたことになって、ためらいも不安もすべて吹き飛んでしまいます。でも、お従兄さまは今はまだ遠く離れたところにいらっしゃる。それに、わたしからの説明を聞きたくないと思われるかもしれないけれど、お聞きになったら逆にほっとなさるということもありえます。その可能性があるのなら、お手紙を書くのをもうこれ以上遅らせるわけにはいかないと思うのです。実はお留守のあいだに何度もお伝えしなければ、と思いながら、切り出す勇気がなかなか出なかったことなのです。

ヴィクター、あなたもよくご存じのように、ご両親はわたしたちがまだ幼いころから、いずれふたりが結婚することを希望していらっしゃいました。わたしたちも子どものころからそう聞かされ、いずれその時がきたら、と心待ちにするように教えられてきたはずです。わたしたちのほうも、子どものころは仲のよい遊び友だちとして、大人になってからもかけがえのない大切な友として互いを慈《いつく》しみあってきたと思います。でも、兄と妹という間柄の場合、互いに深い愛情を抱きながらも、それ以上の結びつきは望まないもの。もしかしたら、わたしたちの場合も、それに当てはまる、ということはないでしょうか？　愛《いと》しいヴィクター、答えてくれますか、はっきりと。お互いの幸せのためにも、率直に本当のことを聞かせてもらえますか――どなたかほかに、好きな方がいらっしゃるの？

お従兄さまは旅もなさったし、インゴルシュタットで何年間か暮していたこともおありになります。正直に申しあげますね。昨年の秋、あれほど沈んでいらして、どなたともつきあわずに孤独のなかに逃げ込んでいらっしゃるお姿を見て、わたしたちの間柄を悔やんでいらっしゃるのではないか、と思わずにはいられませんでした。それでもご自分のお気持ちにそむいてでも、名誉のため、ご両親の願いを実現しなくてはいけないとお考えなのではないか、と。だとしたら、そのお考えはまちがっています。思い切って言ってしまいます、ヴィクター、わたしはあなたを愛していています。わたしがぼんやりと思い描いてきた将来の夢のなかでは、お従兄さまはいつもわたしの変わらぬ友であり、伴侶《はんりょ》でした。でも、わたしは自分が幸せになるだけでなく、お従兄さまにも幸せになっていただきたいのです。だからこそ申し上げるのですが、お従兄さまが自由なお気持ちで選んでくださるのではない限り、わたしたちの結婚は、わたしに永遠の不幸をもたらすことになるのです。不運というにはあまりにもむごい出来事ばかりで辛い思いをしておいでのお従兄さまが、名誉ということばのために、愛と幸福を手に入れる希望を握りつぶし、本来のご自分に戻る唯一《ゆいいつ》の道を閉ざそうとなさっているのだとしたら……そう思うと、今も涙がこみあげてきます。お従兄さまのことをこれほど、心の底から愛しているわたしが、他ならぬお従兄さまの邪魔をして、その辛い思いを十倍にすることになるのですもの。ヴィクター、そう思っただけで、わたしはみじめになります。あなたの幼馴染《おさななじ》みの従妹《いとこ》は、それほど深く、あなたのことを愛しているのです。そのことはわかってください。お従兄さま、どうかお幸せになってください。この願いさえ聞き届けてください。

ていただけるのなら、あとはわたしの心を乱すものは、何もありません。
この手紙でお心が乱れることのありませんよう。明日や明後日《あさって》にすぐさまお返事をください、とは言いません。辛くてそんな気持ちになれない、ということでしたら、お戻りになってからお聞かせいただくのでもかまいません。お元気かどうかは、おじさまが知らせてくださいますから。お目にかかったときに、この手紙のことで、あるいは何かほかのことでも、わたしの心尽くしでお従兄さまの唇に微笑《ほほえ》みが浮ぶのを拝見できれば、わたしにはもうそれ以外の幸せは要りません。

エリザベス・ラヴェンツァ
一七＊＊年五月十八日　ジュネーヴより

この手紙で、それまで忘れていたことが甦《よみがえ》ってきました。あの悪鬼の脅迫のことばです――「おまえの婚礼の晩に、必ず会いに行くからな」。それが、わたしにくだされた判決です。そのときが来たら、あの悪魔はありとあらゆる策を弄《ろう》してわたしを滅ぼそうとするはずです。それまでに背負い込んだ苦悩をいくらかなりとも軽くしてくれる幸福を、ほんの一瞬、垣間見《かいまみ》たばかりのわたしを引き立てていこうとするでしょう。その晩、わたしを殺し、罪の総仕上げをしようと決めているのです。ならば、そうするがいい、とわたしは思いました。生死をかけた熾烈《しれつ》な闘いになるだけです。向こうが勝てば、わたしは死という平安を得て、あの怪物の支配は終わりを告げる。向こうが敗れれば、わたしは自由の身になれる……自由？　しかし、どんな自由が待ち受けているというのか？　たとえるなら、眼のまえで家族を皆殺しにされ、家を焼かれ、畑を荒らされた農夫が、住むところも金《かね》もなく、独りぼっちで追い立てられるときに得られる自由。わたしの得る自由も、そんなものではないのか。ただ、わたしにはエリザベスという宝物があります。しかし、その一方で後悔と罪悪感という恐ろしい重荷を終生背負い続けねばならないのです。

愛するエリザベス、優しくたおやかなエリザベス。彼女の手紙を、わたしは何度も読み返しました。読み返すうちに、心のなかに安らぎのようなものがそっと忍び込んできて、楽園にでもいるような愛と歓びの夢を囁《ささや》きます。しかし、禁断の果実はすでに食《は》まれてしまったのです。天使はわたしの希望をひとつのこらず取りあげ、楽園から追放しようと、腕まくりをしているのです。けれども、エリザベスを幸せにできるのなら、わたしは死んでもかまわないと思いました。怪物が脅しを実行に移せば、死は避けられない。だとしても、結婚することが果たして運命の決着を早めることになるのだろうか？　わたしは改めて考えました。この身の破滅を何ヶ月か早めることにはなるのでしょう。ですが、脅迫のことばを恐れて婚礼を先延ばしにしていることに気づけば、あの怪物のことです、さらに恐ろしい復讐《ふくしゅう》の手段を見つけてくるにちがいありません。おまえの婚礼の晩に、必ず会いに行く──あやつはそう誓いました。そう、だからと言って、それまでおとなしく待っていなくてはならない、とは思っていないはずです。現に、血に餓《う》えていることを見せつけるように、わたしを脅した直後、クラーヴァルを手にかけているのですから。そこで、わたしも覚悟の臍《ほぞ》を固めました。今すぐに結婚することでエリザベスが幸せになり、父も歓ぶのだとしたら、たとえあの怪物がわたしの生命《いのち》を狙《ねら》っているのだとしても、それを理由にたとえ一時間たりとも婚礼を延ばすべきではない、と考えたのです。

気持ちが定まったところで、エリザベスに返事を書くことにしました。静かな決意と愛情をこめて、こんなふうに綴《つづ》ったのです──「愛しいエリザベス、ぼくたちの幸福は、どうやらこの世の中にはもうあまり残っていないように思える。それでも、いつの日かぼくが幸福を味わうことができるとしたら、それはひとえにきみがいてくれるからだ。つまらない心配で、心を悩ませないでほしい。ぼくはきみだけのためにこの生命を捧《ささ》げ、満ち足りて暮していけるよう精いっぱい努力をするつもりだ。エリザベス、ぼくにはひとつ秘密がある。恐ろしい秘密だ。これを明かせば、きみは恐怖のあまり、冷や水を浴びせられたように思うことだろう。ぼくの悲惨な境遇に驚くばかりか、ぼくがそれに耐えて生きてきたことが信じられないと感じるにちがいない。この恐ろしくて救いのない話を、結婚式の翌日にきみに打ち明けようと思っている。なぜなら、心優しい従妹《いもうと》よ、夫婦のあいだには欠けるところのない信頼がなければならないからだ。だが、それまでは、どうかこのことはいっさい口にしないでもらいたい。これはぼくのたっての願いだ。きみのことだから、きっと聞き入れてくれるものと思っている」

エリザベスの手紙が届いてから一週間ほどして、父とわたしはジュネーヴに戻りました。エリザベスは心優しい人ですから、もちろん、温かな愛情をこめて迎えてくれましたが、わたしの痩《や》せ細った身体《からだ》や熱に火照《ほて》った頬を見ると、涙で眼をうるませました。わたしのほうも、彼女が変わったことに気づきました。依然よりも痩せて、わたしには何より魅力的に思えた、かつてのあの天使のような快活さが影をひそめていました。けれども、そのたおやかな優しさと思い遣《や》りに満ちた穏やかな眼差《まなざ》しに接すると、わたしのような手負いの哀れな人間には、なおさらふさわしい伴侶に思えたのです。

おかげで、わたしもしばらくは穏やかに暮すことができたのですが、それも長続きはしませんでした。過去の記憶が狂気を連れてくるからです。起きてしまったことを思うと、わたしは文字どおり正気を失いました。すさまじい怒りに任せて荒れ狂うかと思えば、いっさいの気力を失って深く塞《ふさ》ぎ込むのです。誰とも口をきかず、視線も合わせず、ただじっと坐《すわ》ったきり、幾重にも襲いかかってくる苦悩を抱えきれず、ただ途方に暮れるばかりでした。

エリザベスだけが、そんな発作からわたしを救い出す力を持っていました。激情にわれを忘れたときには、その優しい声がわたしをなだめ、無気力に陥っているときには、人間らしい感情を呼び起こすのです。彼女はわたしのために、わたしと一緒になって涙を流してくれました。そして、理性が戻ってくると、わたしを諫《いさ》め、耐え忍ぶことの大切さを説くのです。しかし、ああ、ただ不幸なだけの人間なら耐え忍ぶのもいいでしょうが、罪ある者はそれで平安を得られるわけではないのです。悔恨の苦しみを抱えている限り、度を越えて悲嘆におぼれることでときに得られる甘やかな快楽さえも毒されてしまうのです。

屋敷に戻ってまもなく、父はエリザベスとの結婚を急いではどうか、と言いだしました。わたしは黙ったままでした。

「では、ほかに想《おも》う相手がいるのかね？」

「いいえ、いません。ぼくはエリザベスを愛しています。一緒になることを心待ちにしてもいます。ですから、日を決めてください。その日が来れば、従妹の幸せのためにこの身を捧げます。そのためなら死も辞さない覚悟です」

「いや、ヴィクター、そんなふうに言うもんじゃない。わたしたちは確かに、とてつもない不幸に見舞われた。だが、だからこそ、せめて遺《のこ》された者同士が互いにしっかりと身を寄せあって、それまで亡《な》き者たちに向けていた愛情を、今生きている者に向けるべきなのではないかね？ そうしてできあがる輪は、わたしたちの場合は決して大きくはないだろう。だが、互いに睦《むつ》み合う気持ちと共にした不幸とが、強い絆《きずな》となるはずだ。そして、いずれ時が経ち、おまえの絶望がいくらか癒《い》えるころには、新たに世話をしてやらねばならない愛おしい者たちも生まれて、無惨《むざん》にも奪われていった者たちの代わりにもなってくれよう」

そう言って、父はわたしを諭しました。それでも、思い出すのは、あの脅迫のことでした。それに、これまでにお話ししたことからもおわかりいただけるかと思うのですが、あの悪鬼はこと血なまぐさい行為にかけては万能です。それゆえ、わたしはあやつを無敵の存在と思いなし、そんなやつが〝おまえの婚礼の晩に、必ず会いに行く〟と言った以上、その脅しは避けることのできない宿命と受け取ったも無理からぬことだったと思うのです。しかし、エリザベスを失うことに比べれば、死ぬことなどものの数にも入りません。だから、わたしは納得ずくで、いや、それどころか嬉しそうな顔さえ見せながら、父に同意したのです。エリザベスさえ承知するなら十日後に式を挙げることにすると言い、これで自分の運命は決まったと思ったのでした。ああ、神よ！　あの怪物の悪魔のごとき企《たくら》みに、どれほどいまわしい意図が隠されていたか、ほんの一瞬でもそこに考えが至っていれば、わたしはこの不幸な結婚には断じて同意しなかったでしょう。自ら祖国を永遠に去り、友もいない孤独な世捨て人となってこの地上をさまよい続ける道を選んでいます。けれども、これもまたあの怪物の魔力のせいでしょうか、わたしは眼をふさがれたように、あやつの真意を読み取れなかったのです。自分だけが死に向かって歩んでいるものとばかり思い込み、実のところは、はるかに大事な人を犠牲にする道を突っ走っていたのです。

婚礼の日が近づくにつれて、臆病風《おくびょうかぜ》に吹かれたか、あるいは虫の知らせというものか、次第に心が沈んできました。そんな内心を隠すため、わたしはことさらはしゃいだ様子を見せたので、父の顔には嬉しそうな笑みが浮びましたが、わたしのことを注意深く見守っていてくれるエリザベスの鋭い眼は欺《あざむ》けません。エリザベス自身も、いかにも満ち足りた様子で穏やかに婚礼の日を待ち望んでいるものの、やはり不安な気持ちを拭《ぬぐ》い去れずにいるのです。彼女もまたこれまでに、不幸というものを嫌というほど味わってきたわけですから、今この時は確かに幸福であっても、それがたちまち淡い夢と消え失《う》せ、そのあとは永遠に深い悲しみが続くことになるかもしれない、そんなふうに思ってしまうのかもしれません。

式の準備が進みました。お祝いに訪ねてくる人もいて、誰も彼もが朗らかに微笑んでいます。わたしも、心を食む不安はできる限り自分ひとりの胸にしまい込んで、父の語るさまざまな計画に熱心に耳を傾けようとしました。しかし、そうした計画とて、最終的にはわたしの悲劇を彩《いろど》る舞台装置になるだけかもしれないのです。父の尽力によって、エリザベスが相続するはずだった財産の一部が、オーストリア政府から返還されていて、コモ湖のほとりにある小さな地所が今ではエリザベスのものとなっていました。エリザベスとわたしは結婚式のあと、すぐにそのラヴェンツァ荘《ヴィラ・ラヴェンツァ》に向かい、美しい湖の岸辺で幸福な日々を送りはじめることにしていました。

準備が進むなか、わたしはあの悪鬼が公然と襲ってきた場合に備えて、思いつく限りの自衛の策を講じました。拳銃《けんじゅう》と短剣を持ち歩き、敵の策略に陥らぬよう、常に眼を光らせていました。それでかなり気持ちが落ち着きました。そればかりか、婚礼の日が近づくと、あの脅迫も単なる妄想であって、心を悩ますほどのことではなかったわりのように、何が起きようとこの結婚が妨げられることはない、ということを口にしますか。そんなことばを頻繁に耳にするうちに、結婚によって幸福を手にするのがなんだか確実なことのようにも思えてくるのでした。

エリザベスは幸せそうでした。わたしが落ち着いているので、ずいぶんと安堵《あんど》したのでしょう。しかし、わたしの希望が叶《かな》い、同時に運命が決するその当日、エリザベスの表情は沈みがちで、不吉な予感で胸をいっぱいにしているようでした。あるいは、わたしが翌日に明かすと約束した恐ろしい秘密のことが、気にかかっていたのかもしれません。それに引きかえ、父の歓びようはたいそうなもので、準備の慌《あわ》ただしさにまぎれて、姪《めい》の憂い顔も花嫁になる恥じらいゆえと解していたのです。

式が終わると、父の屋敷で盛大な祝宴が開かれましたが、エリザベスとわたしはすぐに船で湖水を渡り、その夜はエヴィアンに泊まり、翌日また船旅を続けることになっていました。天候は穏やかで、風も順風、何もかもが新婚の船出を祝福してくれているようでした。

それが、わたしが今生で幸福を味わった最後のときでした。船は湖上を滑るように快調に進みました。陽射《ひざ》しは強く、暑いほどでしたが、天蓋《てんがい》の陰にいれば直射にさらされることはなく、わたしたちは美しい景色を心ゆくまで愉《たの》しむことができました。湖の片側には、サレーヴ山とモンタレーグルの眼に心地よい山並み、その向こうにひときわ高くモンブランが壮麗な姿でたたずみ、雄姿を競うようにその周囲を囲む白銀の峰々に風格の差を見せつけています。対岸には屈強なジュラ山脈の黒々とした山肌が、祖国を捨てようとする者の野望を阻《はば》み、この国を隷属《れいぞく》せしめんとする侵入者に対しては越えがたい障壁となって、立ちはだかっています。

わたしはエリザベスの手を取りました。「なんだか悲しそうな顔をしているね。でも、ぼくがどんなに苦しんできたかを知ったら、この先どんなことに耐えていかねばならないかを知ったら、きみはきっとこの絶望を忘れさせ、安らぎと自由を味わわせてくれようとするだろう。せめて今日一日は、ぼくが歓びを感じられるように」

「元気を出して、ヴィクター」とエリザベスは応《こた》えました。「心配なさることなんて、何もないのよ。沈んでいるように見えるかもしれないけれど、心は満たされているんですもの。眼のまえに開けた未来にあまり期待をかけすぎないようにと囁く声が聞える気がするけれど、そんな不吉な声には耳を貸さないことにします。ねえ、見てくださいな、わたしたちの船、こんなに速く進んでいるのよ。それに、ほら、雲も空を飛んでいるみたいに見えなくて？　モンブランの尾根を隠してしまったかと思えば、丸屋根みたいな頂のうえをすうっと流れていったり。おかげで、美しい景色にいっそうの趣が加わるというものね。それから、水のなかをご覧になって。透きとおった水のなかをあんなにたくさんの魚が泳いでいる。底の小石まではっきりと見えるわ。今日という日はなんてすばらしいのかしら。どこを見ても、自然の穏やかで幸せそうな顔が見えるんですもの」

そう言ってエリザベスは、わたしの心から、そして自分の心からも、憂鬱《ゆううつ》の翳《かげ》りを追い出そうとするのです。けれども、彼女の気持ちも移ろいやすく、歓びに眼を輝かせたかと思うと、次の瞬間には思いが乱れ、とりとめのない物思いに沈み込んでしまうのです。

太陽が西に傾きました。ドランス川の河口を越えるとき、その川筋が斜面の高いところから岩の裂け目を伝って麓《ふもと》のほうの低い谷間へと流れ込んでいくさまが、よく見えました。このあたりでは、アルプスの山並みが湖のすぐそばまで迫ってきているのです。わたしたちが向かっている湖の東の端は、迫り来る山並みに囲まれ、ちょうど円形劇場のようです。幾重にも重なった山々の麓には森が拡《ひろ》がり、その森に囲まれてエヴィアンの尖塔《せんとう》がきらめいているのが見えました。

ここまで驚くべき速さでわたしたちを運んできていた風が、日暮れ時になると微風に変わりました。柔らかな風に湖面はさざなみだち、船が湖岸に近づくと、木々が心地よさそうに枝をそよがせているのが見えます。風に運ばれて、岸辺のほうから花や干し草の気持ちのよい香りも漂ってきました。上陸したときには、陽は地平線の向こうに沈みかけていました。そして、陸地に足を降ろしたとたん、忘れていた不安と恐怖が甦ってくるのがわかりました。その不安と恐怖はじきにわたしをがっちりと搦《から》め捕り、その後永遠にわたしに取り憑いたままとなったのです。

第六章

上陸したのは、時刻で言えば午後八時ごろです。しばらく湖畔を歩いて暮れ残った光を愉《たの》しみ、それから宿に入りました。闇《やみ》に包まれてもまだ、湖水も森も山々も黒々とした輪郭を浮びあがらせています。またしばし、その美しい光景に眺め入りました。風は、止《や》んだときには南風だったのですが、それが西風となってかなりの強さで吹いていきます。月は中天高くにかかり、今まさに傾きかけようとするところ、その面を禿鷲《はげわし》よりも速く滑空する雲がよぎっては月光を翳《かげ》らせます。湖面に映じる天空のその忙《せわ》しない景色は、折から立ち騒ぎはじめた波が加わり、なおいっそう忙しなく見えます。やがて、いきなり、猛烈な嵐《あらし》のような激しさで雨が降りだしました。

陽のあるうちこそ落ち着いていられましたが、夜の闇にものの輪郭がおぼろになりはじめると、わたしの胸にあとからあとから恐怖の念が湧《わ》きあがってきました。不安に駆られ、周囲に油断なく眼を配り、右手を胸のうちあわせに差し入れ、隠し持っている拳銃《けんじゆう》をかたく握り締めながら、物音ひとつにもびくりとするのです。ですが、覚悟は決まっていました。この生命《いのち》はうんと高く売りつけてやるのです。こちらがやられるか、向こうが斃《たお》れるまで、ひるむことなく徹底的に戦い抜いてやるのです。

動揺するわたしの様子を、エリザベスはしばらくのあいだ、おずおずとただ黙って不安そうに見つめていました。そのうち、わたしの眼差《まなざ》しから恐怖の気配を読み取ったのでしょうか、身を震わせながらこんなふうに尋ねてきました。「どうなさったの、ヴィクター？ どうしてそんなに落ち着かないご様子なの？ 何か恐ろしいことでも？」

「しっ、静かに」わたしは言いました。「あまり声を立てないほうがいい。今夜だけだ。今夜さえ切り抜ければ、あとはもう心配ない。だが、今夜は気をつけなくてはならない。恐ろしい夜なんだ。とても恐ろしい夜なんだ」

こうした精神状態のまま、一時間ほど過ぎたとき、ふと思ったのです。わたしがこうして待ち受けている戦いが、妻にどれほどの恐怖を与えることになるだろうかと。そこで、ともかく寝室に移るよう、説き付けました。いくらかなりとも敵の様子がわかるまでは、そばにいないほうがいいと考えたのです。

エリザベスが立ち去るのを待って、わたしは宿の廊下をしばらく行ったり来たりしながら、敵が身を潜めていそうな物陰を端から調べてまわりました。ところが、あやつのいた痕跡《こんせき》ひとつ見つからず、これはひょっとして思いがけない幸運に恵まれ、あの脅しを実行に移せなくなるような出来事にでも見舞われたのではないか、と思いはじめた、そのときでした。甲高い悲鳴が聞えたのです。血も凍るような悲鳴でした。エリザベスがいる部屋からでした。聞えた瞬間、すべてがわかりました。腕から力が抜け、筋肉も神経も動かなくなりました。血が全身の血管を猛然と駆け巡り、手や足の先端が脈動にあわせてうずくのがわかります。時間にすれば、ほんの一瞬のことでした。再び悲鳴が聞えました。わたしはエリザベスのいる部屋に駆け込みました。

ああ、偉大なる神よ！　わたしはなぜ、あのときに死んでしまわなかったのでしょうか？　なぜ、今、ここにいて、わたしにとって希望のなかの希望でありこの世で最も清らかなる者が、死んでいったことを語っているのでしょうか？　エリザベスは放り投げられたような恰好《かっこう》で、ベッドに横になっていました。息絶え、ぴくりとも動かない姿で。頭《こうべ》を垂れ、蒼《あお》ざめて苦しげな顔は半ば髪の毛に隠れていました。今でも、眼を向ける先々に、そのときの彼女の姿が浮ぶのです――あの血の気の失《う》せた腕が、ぐったりとした身体《からだ》が、殺人鬼の手で新床《にいどこ》を棺《ひつぎ》に変えられ、横たわっている姿が。それを眼にしたというのに、こうして生き続けていられるとは！　人の生命というものは、なんと図太いものなのでしょう。疎《うと》まれれば疎まれるほど、しがみついてくるのですから。その直後の記憶は、欠落しています。気がつくと、わたしは床に倒れていました。

一瞬だけ意識を失っていたようです。宿の人たちが、わたしを取り囲んでいました。誰もが恐怖のあまり息を呑《の》んでいるのがその顔つきからわかりましたが、他人の恐怖などまがいものとしか思えません。わたしの心を叩《たた》き潰《つぶ》した感情に比べたら、実体のない影法師にすぎません。周囲の人たちを押しのけ、わたしはエリザベスが横たわる部屋に戻りました。わたしの恋人、わたしの妻、ついさっきまでは生きていた愛《いと》しくかけがえのない人のところに。最初に見たときとは姿勢が変わっていました。片腕を枕《まくら》にして頭を乗せ、顔から首のあたりまでハンカチーフをかけられて横たわっている姿は、まるで眠っているかのようでした。わたしは駆け寄り、思い切り抱き締めました。ぐったりと萎《な》えた身体の冷たさが、この腕に抱えているのはもはや、わたしが愛し、慈《いつく》しんできたエリザベスではなくなったのだと告げていました。首のところに、悪鬼の手で絞められたむごい跡が残り、唇から息が洩《も》れることもないのです。

のたうちまわりたくなるほどの絶望を抱え、そうしてエリザベスの亡骸《なきがら》を見おろしていたわたしは、そのとき、ふと顔をあげました。窓は閉めてあったはずなのに、だから暗いはずなのに、淡い黄色の月光が部屋に射《さ》し込んできているのです。わたしは、ぎょっとしました。窓の鎧戸《よろいど》が開け放されていたのです。次の瞬間、なんと表現していいのかわからないほどの、すさまじい恐怖が胸を貫きました。開け放たれた窓のところに、世にもおぞましい、あの憎むべき者の姿を見たのです。怪物は薄ら笑いを浮かべていました。そして人を小馬鹿《こばか》にしたように、残忍な所業に及んだ指で、わたしの妻の亡骸を指してみせたのです。わたしは窓辺に駆け寄り、胸の打ちあわせの奥から拳銃を抜き、発砲しました。しかし、怪物はその銃弾をかわしたのです。その場からひょいと跳び退《の》くなり、稲妻の速さで駆けだし、湖に飛び込んだのでした。

銃声を聞きつけ、人々が部屋に駆け込んできました。わたしは、怪物が消えたあたりを指さしました。その場にいた人たちと追跡の船を出し、網も打ちましたが、無駄でした。数時間を費やし、望みも断たれて引き返すことにしたときには、同行者の大半が、わたしが見たものは空想の生み出した幻だったにちがいないと考えるようになっていました。岸まで戻ると、今度は陸地の捜索に取りかかりました。いくつかのグループに分かれて、森や葡萄畑《ぶどうばたけ》を調べてみることになったのです。

わたしも加わるつもりで、しばらくは同行しましたが、宿からいくらも離れないうちに、頭がくらくらしてきて、足元も酔漢のようにおぼつかないありさま、とうとう力尽きて倒れてしまいました。眼のまえに霞《かすみ》がかかり、皮膚が灼《や》けるように熱かったのは、高い熱が出ていたからだと思います。そのまま宿に担《かつ》ぎこまれ、ベッドに寝かされたときには、どうしてそこにいるのかさえ、よくわからなくなっていて、ただ闇雲に部屋のなかをきょろきょろと見まわしていました。そうやって失ってしまったものを探そうとしていたのかもしれません。

しばらくして起きあがり、本能に導かれるように愛する人の亡骸のある部屋までそろそろと歩いていきました。亡骸を取り囲むように女たちが集まって泣いていました。わたしも亡骸を見おろして、共に泣きました。そんな状態でしたから、はっきりと何かを考えるということはできませんでした。あれやこれやの思いがただとりとめもなく浮んでは消え、消えては浮んでくるのです。頭のなかで、わが身を襲った不幸とどうしてそんなことになってしまったのか、という思いがもつれて、こんがらかるばかり。驚愕《きょうがく》と恐怖が雲のように垂れ込め、そのなかでわたしは途方に暮れていたのです。ウィリアムの死、ジュスティーヌの処刑、クラーヴァルの殺害、そして最後にわたしの妻までが……今、この瞬間にも、残された家族があの悪鬼の怨恨《えんこん》の標的となっていないという保証はないのです。いや、今まさに父があやつの手にかかって苦しみにもがいているかもしれず、アーネストがあやつの足元で事切れているかもしれません。そう思ったとたん、身体が震えだし、こうしているわけにはいかないことに気づきました。われに返ったわたしは、急遽《きゅうきょ》ジュネーヴに戻ることにしたのです。馬は調達できず、舟で湖を引き返すしかありませんでした。風は逆風のうえ、まさに車軸を流すような吹き降りです。しかし、朝まだきこの時刻に出発すれば、その日の夜には帰りつけるのではないかと考えました。漕《こ》ぎ手を雇い、わたし自身もオールを握りました。これまでの経験で、心の痛みには、身体を動かすことが救いとなることを知っていたからです。けれども、そのとき感じていたあふれんばかりの悲しみと耐えがたいまでの動揺は、わたしの身体から漕ぐ力まで奪い取っていったのです。わたしはオールを捨てて頭を抱え、次々に湧き出てくる暗い想念に身を委《ゆだ》ねました。顔をあげれば、まだ幸福だったころに見慣れた景色が嫌でも眼に入ります。つい昨日、妻と一緒に眺めた景色でもあるのです。その妻が今は影となり、思い出のなかに生きているだけなのです。眼から涙があふれました。一時《いっとき》、雨がやんで、魚が水中で戯《たわむ》れているのが見えました。何時間かまえに見たのと同じ光景でした。あのときはエリザベスも一緒だったのです。人間の心にとって、そこまで大きな変化が突然起こるほど辛《つら》いものはありません。陽が照ろうと、雲が重苦しく垂れ込めようと、わたしの眼には何ひとつとして昨日と同じに見えるものはないのです。悪鬼の手で、わたしは未来に幸福を得る希望を根こそぎ奪い取られてしまったのです。あれほどみじめな境遇に陥った人間が、それまでいたとは思えません。人類の歴史をひもといてみても、あれほど恐ろしい出来事はほかに例《ためし》があるとも思えません。

わたしは押し潰され、止《とど》めを刺されたのです。その後の出来事をお話しする必要があるでしょうか？　ここまでお話ししてきたのは、恐怖の物語です。その恐怖の絶頂を越えてしまったのですから、あとはもう何を語ろうと、あなたには退屈でしかないでしょう。要するに、親しい者をひとり、またひとりと奪い去られ、わたしひとりが残されたということです。わたしのなけなしの力も、そろそろ尽きてしまいそうです。この恐ろしい物語の続きは、手短にお話しすることにしましょう。

ジュネーヴに戻ってみると、父もアーネストも無事でしたが、わたしのもたらした知らせには父もがっくりきてしまいました。そのときの父の姿が、今でも眼に浮かびます。高潔《くう》な心の持ち主であり、老いてますます敬意の的であった父、その父が虚《うつ》ろな眼を空にさまよわせているのです。その眼を歓《よろこ》ばせ、魅了した者を失ってしまったからです。父をおじと慕っていたエリザベスを、わが娘以上の存在であった娘を。父はエリザベスに愛情のありったけを注ぎ込んでいました。人生の黄昏《たそがれ》を迎えて愛すべき者も残り少なくなり、それだけに残っている者になおさら誠実に、強く心を寄せずにはいられなかったのです。呪《のろ》われるべきは、あの悪魔です。霜を戴《いただ》く父の頭上に悲嘆の鉄槌《てっつい》をくだし、悲しみにやつれゆく運命に追いやった、あやつこそ呪われるがいいのです。これほど立て続けに恐ろしい出来事に見舞われては、父も生きていくことができませんでした。生命の泉は急激に涸《か》れ、寝ついたまま起きあがることができなくなり、幾日もたたずしてわたしの腕のなかで息を引き取ったのでした。

そのあと、わたしはどうしたか？　実はよくわかりません。感覚を失い、ただ周囲から闇と鎖が迫ってきたことしか覚えていません。ときどき、夢を見ました。夢のなかでは、確かに、幼いころからの友人たちと花咲く牧場や心地のよい谷間を、のんびりと散策しているのですが、眼が覚めると、地下牢《ちかろう》にいるのです。そして、なぜかとてつもなく憂鬱《ゆううつ》なのです。それでもやがて、自分がなぜこれほどまでに悲しくみじめで、こんな状況に置かれているのか、それが少しずつ理解できるようになり、まもなく牢獄から釈放されました。あとから知ったことですが、わたしは周囲から正気を失ったと判断され、何ヶ月ものあいだ独房に幽閉されていたのです。

しかしながら、正気を取り戻すと同時に復讐《ふくしゅう》にも目覚めなければ、そうして自由の身になったことも、わたしには無用の贈り物となっていたでしょう。不幸な記憶が押し寄せてくるたびに、わたしはその原因に思いを向けるようになりました。この手で創《つく》り出した怪物、わたしが世に放ってしまったあのあさましい悪鬼、あやつがわたしを破滅へと導いたのです。そのことを思うと、眼も眩《くら》むほどの怒りが湧きあがってきました。そして、この手であやつを引っ捕らえ、あの呪われた頭に復讐の一撃を見舞ってやりたいと切に願い、熱く祈るようになったのです。

そうして芽生えた憎しみは、ただの願望の域にはとどまりませんでした。敵を捕える最良の方法《すべ》を検討するようになったのです。釈放されてひと月ほど経《た》ったころ、わたしは町の司法を預かる判事を訪ね、告訴したい一件があると伝えました。家族を殺した犯人を知っている、ついてはその犯人を捕えるため、判事としての権限を行使してもらえないだろうか、と言いました。

判事は好意的な態度で、わたしの話に注意深く耳を傾けてくれました。「もちろんですよ。犯人を捕えるためなら、わたしとしてはいかなる労力も惜しまないつもりです」

「ありがとうございます」とわたしは応《こた》えました。「では、わたしの供述をお聞きください。あまりにも奇妙な話ですから、信じていただけないかもしれませんが、真実というものには、いかに不可解であっても、聞いた者を納得させずにはおかない力があるはずです。夢を語っているにしてはいちいち筋が通りすぎていると思われるでしょうし、またわたしには嘘《うそ》をつく理由がありません」判事をまえにして、わたしは堂々と落ち着いて思うところを述べました。この身を破滅に追い込んだ者をこの世からなんとしても葬《ほうむ》り去ってやる、と固く決意したことで、苦悩がおさまり、束《つか》の間とは言え、自分の人生をこの手に取り戻すことができたのです。わたしはこれまでの出来事を手短に、しかし曖昧《あいまい》さとは無縁のきっぱりとした口調で、正確な日時を挙げながら語りました。罵《ののし》りのことばを挟むこともなければ、嘆きや悲しみを訴えることもしませんでした。

初めのうち、判事はまったく信じられないというような顔をしていましたが、話を進めるうちに興味を惹《ひ》かれたようで、聞く姿勢に真剣味が加わりました。ときには恐怖で身を震わせ、ときには、よもやそんなことが、という疑惑の混じった驚愕の表情が浮びました。

話を終えると、わたしは最後に言いました。「この怪物です、わたしが告訴したいのは。こいつを捕えて処罰するために、どうか全力を尽くしていただきたいのです。それが判事としての義務でもあると思います。ですから、情にほだされて職務の遂行に及び腰になるなどということは、よもやないと信じていますし、そうであっていただかなくては困ります」

そう言うと、判事の表情は一変しました。わたしが話をしているあいだは、幽霊譚《たん》や怪奇現象の話でも聞いているような、いかにも半信半疑といった表情でしたが、話の行き着くところ、要するに公的な立場での行動を求められているのだとわかると、とたんに最初のころの疑惑の表情が戻ってきたのです。それでも、判事は穏やかな口調でこう答えました。「その者を追跡なさると言うのなら、もちろん、協力は惜しみませんよ。しかし、こちらがいかに手を尽くそうと、あなたのおっしゃるその怪物には到底かなわないように思えるのだが。氷河を軽々と渡り、人が寄りつきもしないような洞窟《どうくつ》や洞穴に住んでいるのでしょう？　そんな生き物を、果たして追いかけられるものかな。しかも、犯行の時点からすでに何ヶ月も経ってしまっている。その後、どこをうろついているのか、今やどこに身を潜めているのか、見当のつけようもありますまい」

「いや、今もわたしの住んでいるところの近くにいるはずです。まちがいなく、います。アルプスの山中に逃げ込んだのなら、羚羊《カモシカ》のように追い立てて殺してしまえばいい。でも、考えていらっしゃることは、わかりますよ。わたしの話を信じてはいただけていないようだ。だから、わたしの敵を追い詰め、その所業にふさわしい罰を与えるおつもりはない、ということですね」

きっと眼に怒りをたぎらせて、しゃべっていたのだと思います。判事は明らかにうろたえていましたから。「いや、そういうことではないんです」と判事は言いました。「誤解しないでください、協力は惜しみません。その怪物を捕えることができたら、犯した罪の償いは必ずさせます。だが、あなたご自身で語られたその者の身体能力から察するに、それはなかなか難しいことに思えます。しかるべく手は尽くしましょう。ですが、ご期待に添えない場合もあることを覚悟しておいていただかねば」

「そうはいきません。でも、何を言っても無駄らしい。わたしの復讐など、あなたにとっては、所詮《しょせん》どうでもいいことなのです。こんなことを言うのは、まちがっているのかもしれませんが、正直なところ、わたしの心のなかには目下、それしかありません。復讐しか考えられないのです。この手で世の中に解き放った殺人鬼が、今ものうのうと生き続けているかと思うと、口にするのもはばかられるほどの怒りが込み上げてくるのです。わたしの正当な要求を、あなたは拒否するとおっしゃる。ならば、残された道はただひとつ、たとえそのために死ぬことになろうとも、この身をかけてあの怪物を滅ぼすしかない」

こう言い放ったときには、興奮のあまり身体がぶるぶる震えていました。その様子からは、狂おしいほどの激しさと、いにしえの殉教者たちがときに見せたという、傲《ごう》岸不遜《がんふそん》と思えるほどの猛々《たけだけ》しさが感じられたのではないかと思います。しかし、ジュネーヴの判事の頭には、献身といった概念や英雄的行動とはまるで無縁の事柄がぎっしり詰まっていて、わたしの見せた心の昂《たか》ぶりは、単なる狂気の現れとしか解せなかったのでしょう。判事は乳母が赤子の機嫌をとるように、なんとかわたしをなだめようとして、わたしの話を妄想の産物だと決めつけにかかりました。

「ふざけるな！」わたしは叫びました。「偉そうなことばかり言ってるが、あんたは何もわかっちゃいない。もう、いい。わかりもしないことをわかったように言うのはやめてくれ」

腹立たしさと掻《か》き乱された心を抱えて、わたしは判事の部屋を飛び出すと、ひとり引きこもって、ほかの手立てを考えはじめました。

第七章

そのときのわたしは、何かひとつ思いついたことがあっても、すぐにそれが感情に呑《の》み込まれ、跡形もなく消えてしまう、という状態でした。すさまじい怒りに押し流され、復讐心《ふくしゆうしん》だけで生きていたようなものです。復讐心は気力と落ち着きの源でした。復讐心が荒れ狂う感情に箍《たが》をはめ、冷静に計算することを可能にしてくれたのです。でなければ、あの時点でわたしは錯乱するか、あるいは死んでいたかもしれません。

まず決めたのは、ジュネーヴを去り、祖国には永久に戻らない、ということでした。人から愛され、幸福だったころのわたしには、故郷は懐《なつ》かしく大切な場所でしたが、今や逆境の身、そうなってみると、逆に厭《いと》わしく思えるのです。多少の金《かね》と母の形見の宝石を何点か持って、わたしは故郷の町を出ました。

こうして、放浪の旅が始まりました。この旅が終わるのは、わたしの生命《いのち》が果てるときです。これまでにずいぶん広大な土地を旅してきました。砂漠や未開の地では、その地を旅する者が出会うであろう困難の限りを経験してきたと言っていいと思います。どうやって生き延びてきたのか、自分でもよくわかりません。砂漠の砂のうえに手足を投げだして寝転び、死を願ったことも何度もあります。しかし、そこでもまた復讐心がわたしを生き続けさせたのです。敵を生かしたまま、自分だけ死んでしまうわけにはいきませんから。

ジュネーヴを離れて、最初にしたのは、悪鬼のごとき敵の足取りをたどるための手がかりを得ることでした。と言っても、これと定まった計画があったわけではありません。ジュネーヴの城壁のまわりを何時間も歩きまわり、どこに向かったものか決めかねていました。宵闇《よいやみ》が迫るころ、気がつくと、ウィリアムとエリザベスと父の眠る墓地の入口に来ていました。なかに入り、わが家の墓所に足を向けました。あたりはしんと静まり返り、聞えるのは風にそよぐ梢《こずえ》の、密《ひそ》やかな葉擦れの音ばかり。漆黒の闇に包まれようとするなか、わたしが眼にした光景は、きっとただの通りすがりの者でさえ厳粛な気持ちになるのではないかと思わせるものでした。死者の霊があたりを漂い、その死を悼《いた》む者の頭上に、感じることはできても眼には見えない影を投げかけているような気がしました。

墓所を眼にしたとき、最初に覚えた深い深い悲しみは、たちまちのうちに憤《いきどお》りと絶望に取って代わりました。愛する者たちは死んでしまったのに、このわたしは生きている。そして、彼らを殺《あや》めた者もまた生きている。あの人殺しを亡《な》き者とするため、わたしはこの生きることに倦《う》み疲れた身体《からだ》と心で、存《なが》えていかねばならないのだ。草のうえにひざまずき、大地にキスをすると、わたしは震える唇で叫びました。「今、ひざまずいているこの聖なる大地にかけて、近くをさまよう影たちにかけて、この胸の永遠の深い悲しみにかけて、わたしは誓う。そして、夜よ、そなたにかけて、そなたを司《つかさど》る精霊たちにかけて、誓う。この禍《わざわ》いの元兇《げんきょう》であるあの悪魔を追い詰め、生命《いのち》がけの戦いを挑み、どちらかが斃《たお》れるまで戦い続けることを。そのために、わたしは生き存える。この価値ある復讐を遂げるためなら、幾度でも陽の目を仰ぎ、緑なす大地を踏みもしよう。さもなくば永遠にこの眼のまえから消えてしまうはずだった世界に、なおもとどまろう。願わくは、死せる者たちの魂よ、さまよえる復讐の天使たちよ、この仕事を為《な》すにあたって、わたしを助け、導きを与えたまえ。呪《のろ》われた地獄の怪物に苦汁の大盃《たいはい》をあおらせ、今この胸をさいなむ絶望の痛みを、あの者にもたっぷりと味わわせたまわんことを」

誓言を口にすると、畏怖《いふ》の気持ちが湧《わ》いてきました。殺された愛《いと》しき者たちの亡霊がそれを聞いて、わたしが献身することに満足してくれている証《あか》しのように思えました。しかし、最後のほうは、熱く激しい感情に呑み込まれ、怒りがことばを詰まらせました。

するとわたしの言挙げに答えるように、夜のしじまを貫いて、悪魔の高笑いが聞えてきたのです。耳鳴りのようなその声は、いつまでも、いつまでも続くようで、周囲の山々がそのこだまを返しはじめると、まるで地獄の住人どもがこぞってわたしを取り囲み、嘲《あざけ》り笑っているかのようでした。あの瞬間、思わず狂気に身を任せ、このみじめな生命を自ら絶っていたとしても、不思議はなかったと思います。ですが、わたしは誓いを立てたのです。復讐のために生かされる身となったのです。笑い声はやがて消えていきました。そして、わたしのすぐ耳元で、今では聞き慣れたあのおぞましい声がはっきりとこう囁《ささや》いたのです。「それでいい、哀れな者よ。生きることにしたのだな。それでいい。おれは大いに満足だ」

声がしたほうに、わたしは無我夢中で飛びかかっていきました。しかし、悪魔はするりと身をかわしました。そのとき、急に大きな丸い月が姿を現わし、あの均衡を欠いた醜くおぞましい姿をまともに照らし出したのです。怪物は人間とは比べものにならない速さで、猛然と逃げ去っていくところでした。

わたしはあとを追いました。それから何ヶ月ものあいだ、それがわたしの仕事となったのです。わずかな手がかりを頼りに、ローヌの蛇行する流れをたどりましたが、どうしても捕まえることができません。蒼《あお》い地中海が眼のまえに現れたとき、ふとした偶然から、あの悪鬼が夜陰にまぎれて、黒海に向かう船に乗り込み、身を隠すのを見かけたのです。わたしも同じ船に乗客として乗り込みましたが、あやつはいなくなっていました。どんな手を使ったのかは、今もってわかりません。

タタールの地でも、ロシアの平原でも、あと一歩のところで取り逃がしましたが、わたしはどこまでも敵の足取りを追い続けました。ときには、あの恐ろしい姿に怯《おび》えた農民たちが、行方を教えてくれることもありました。またときには、行方を見失ったわたしが、絶望の果てに死んでしまうことを恐れたのか、怪物自身が道しるべとなるような印を残していくこともありました。雪が降るなか、白銀の平原にあやつの巨大な足跡を見つけたこともあります。初めて人生にその第一歩を踏み出すあなたに、わずらいも悩みもまだ知らぬあなたに、そのときのわたしの気持ちが、今もなおこの胸に残り続けている気持ちが、どうお伝えすればわかっていただけるのか……。寒さも、物資の乏しさも、疲労も、わたしが耐えるべく定められた苦しみのなかでは、取るに足りないものです。悪魔の呪いを受け、永遠の地獄を背負い込んでいる身にとっては。それでも、わたしにはまだ善き精霊が付き添い、歩みを導いてくれていたようでした。乗り越えられそうにない困難に直面し、思わず弱音を吐くようなとき、不意にその窮状から救いあげてくれるのです。砂漠のただなかで餓《う》えにさらされ、力尽きてついにくずおれかけたとき、まるでわたしのために用意されていたように食事にありつくことができ、それで生命をつなぎ、活力を取り戻したこともありました。もちろん、その土地の農民が口にするような粗末な食事でしたが、わたしが助けを請《こ》うた精霊たちがそこに置いてくれたにちがいない、と思ったものです。何もかもがからからに乾燥していて、空には雲ひとつなく、咽喉《のど》の渇きに苦しめられていたとき、にわかに現れた小さな雲が数滴の雨を降らせ、わたしを生き返らせた直後、すうっと消えてしまったこともありました。

できる限り、河川の流れから離れないようにしていましたが、河川の流域には概してその土地の人々が集中して暮らしを営んでいるものですから、悪魔はたいてい近づきません。河川の流域を避けると、今度は人の姿もめったに見られず、生命をつなぐためには、たまたま行く手に現れた野生の動物に頼るしかありませんでした。所持金がないわけではなかったので、それと引き換えに村人の友情に与《あずか》ることもありましたが、たいていの場合は仕留めた獲物《えもの》を持っていって、自分の分をいくらか取り分けたあと、残りは火や調理道具を貸してくれた人に謝礼として置いていくことにしていました。

こんなふうにして過ぎていく日々は、実にうとましく、歓《よろこ》びを味わうことができるのは眠っているあいだだけでした。ええ、眠りとはなんと麗《うるわ》しく、恵み深いものでしょう！　みじめさのどん底にあるときでも、眠っているあいだだけは、夢が慰めをもたらし、ときに歓喜さえ与えてくれるのです。こうした束《つか》の間《ま》の、いや、何時間かの幸福もまた、わたしを守る精霊たちが与えてくれるものだと思いました。そのおかげで、巡礼のように辛《つら》く困難な旅路を歩んでいく力を保持できたのですから。このささやかな憩《いこ》いまで奪われていたら、苦難に押し潰《つぶ》され、わたしはまちがいなく倒れてしまっていたでしょう。昼のあいだは、いずれ夜が来るという希望がわたしを支え、励ましました。眠りのなかでは、家族の者を、妻を、愛する祖国を見ることができるからです。父の慈愛に満ちた顔が見え、エリザベスのあの鈴を振るような澄んだ声を聞くことができて、若さと健康を謳歌《おうか》するクラーヴァルの潑剌《はつらつ》とした姿に再会することができるのです。歩みを進めるしんどさにほとほとうんざりしてくると、これは夢だ、と自分に言い聞かせたものです。夜が来るまでは夢を見ているのであって、夜が来れば愛する者たちの腕に抱かれて現実に戻ることができるのだ、と考えることにしたのです。今は亡き大切な人たちのことを、わたしはそれほどまでに愛していたのです。そう、胸が苦しくなるほどに。目覚めているときにも、その姿が見えたほどです。そんなときには、その愛しい姿にすがりつくような思いで、この人たちは死んではいない、まだ生きているのだ、と自分に言い聞かせようとしたものです。すると、胸底で燃え盛る復讐の炎がすうっと消えていき、こうしてあの悪鬼を葬《ほうむ》るべく旅を続けているのは、魂の切なる欲求から出たことではなく、天から与えられた仕事だという気がしました。自分では意識できない何か大きな力に、ただ機械的に動かされているように思えたのです。

追われる者のほうがどんな気持ちでいたのか、わたしにはわかるはずもありません。ときに、木の幹に文字を書きつけ、あるいは石に印を刻んで、行き先の手がかりを残していくことがありました。それがわたしの怒りをいっそう煽《あお》り立てました。「おれの支配はまだ終わっていない」――そんなふうに読めるものもありました。「まだ生きているようだな。おれのほうは力に満ちあふれている。ついてくるがいい。おれは北に向かう。永遠に氷に閉ざされた国に。そういう土地でも、おれはなんの痛痒《つうよう》も感じないが、おまえは寒さと氷でみじめな思いを味わうだろう。ぐずぐずせずに歩みを進めれば、この近くで死んだ兎《うさぎ》が見つかるはずだ。そいつを喰って英気を養え。来るのだ、わが敵よ。生命がけの勝負はまだ先だ。そのときがくるまで、辛くみじめな思いをたっぷりと味わうがいい」

悪魔め、人を愚弄《ぐろう》する気か！　わたしは再び復讐を誓いました。あさましき悪鬼よ、きさまを苦しみに満ちた死に追い込んでやる。誰が諦《あきら》めるものか。きさまが死ぬまで、追い続けてやる。もしくは、この身が滅びるそのときまで。そのとき、わたしは歓喜のうちに、エリザベスと、そして別れた者たちと再会を果たすのだ。この苦難に満ちた長い巡礼の旅を続けるわたしのために、今しも褒美《ほうび》を準備してくれている者たちと。

北へ北へと進むうちに、雪は深くなり、寒さも耐えがたいほど厳しくなりました。農民たちは小屋に閉じこもってしまい、危険を冒しても戸外《そと》に出てくるのは、餓えに耐えかねた動物が獲物を探しに巣穴を出てくるところを捕まえようという、よほどの剛の者だけです。河川は凍結し、魚を捕ることもできません。わたしは、いちばん頼りにしていた糧道を断たれたことになりました。

わたしの労苦が増せば増すほど、敵は勢いづきました。残していった書きつけのひとつに、こんな文言が連ねてありました――「覚悟しろ。これまでの苦労は手はじめにすぎない。毛皮を身にまとい、食糧を用意しろ。まもなく始まる旅では、おまえの苦労する姿をたっぷりと愉《たの》しませてもらうつもりだ。永遠の憎しみがそれで癒《いや》されるわけではないにしても」

この嘲りのことばに、わたしの勇気と忍耐力は却《かえ》って奮い立ちました。道半ばにして挫《くじ》けるわけにはいきません。決意も新たに、わたしは天の加護を請い求めながら、熱意を失うことなく、広大な荒野を進みました。やがて彼方《かなた》に海が現れ、地平の果てが見えてきました。それにしても、南の蒼い海とはなんとちがうことか！　氷に閉ざされた、そのごつごつとした姿は、陸地以上に荒涼としています。いにしえのギリシア人は、アジアの丘陵から地中海を望んだとき、自らの苦難の果てが見えたことに歓喜の声をあげ、喜悦の涙を流したと言います（紀元前四世紀、クセノフォンが一万のギリシア軍を率い、アルメニアの高地から撤退したときのことを指す）。わたしは泣きませんでした。その場にひざまずき、ここまで無事に導いてくれた精霊に心からの感謝を捧《ささ》げたのです。そして、たとえどれほど嘲弄《ちょうろう》されようと、今度こそあやつに追いつき、決戦を挑むことができるにちがいない、と思ったのです。

その数週間ほどまえのことになりますが、わたしは橇《そり》と犬を調達することができたので、以来、驚くほどの速度で雪原を進めるようになっていました。あの悪鬼がわたしと同じ移動手段を用いているのかどうかはわかりませんが、それまでは日ごとに距離を開けられる一方だったのが、今や逆に追いつきつつあることに気づいていました。そんなわけで、わたしが初めて北の海を眼にした時点では、敵は一日分先行しているだけとなり、これならばもしかすると海岸に出るまでには追いつけるかもしれない、と思ったのです。これで新たな勇気が湧いてきました。わたしは先を急ぎ、その二日後、海辺のさびれた村に到着しました。村人に悪鬼のことを訊ねてみると、確かな情報を得ることができました。彼らが言うには、前の晩、ばかでかい図体をした怪物がやってきたのだが、そいつは猟銃一挺《ちょう》と何挺もの拳銃《けんじゅう》で武装していたというのです。そいつは村はずれの家を襲い、その恐ろしい姿をさらして住人を恐怖に陥《おとしい》れ、家から追い出すと、彼らが冬に備えて蓄えていた食糧を奪って橇に積み込み、訓練された犬を端から捕まえて橇につなぎ、その夜のうちに海のほうに去っていったということでした。恐怖のどん底にいた村人たちは、それで安堵《あんど》の胸を撫《な》でおろしたそうです。陸地のない方向に向かっていったので、じきに氷が割れて海の藻屑《もくず》と消えるか、すべてを凍らす冷気にやられて永遠に身動きを封じられるか、いずれにしても長くはない生命だろう、と言うのです。

これを聞いて、わたしは一時《いっとき》、絶望しかけました。最後の最後で、またも取り逃がしたのです。追いかけるには、海に浮ぶ氷の山脈を越えて、いつ果てるともわからない危険な旅に出なくてはなりません。土地の者でさえ、長くは耐えられないという寒さのなか、温暖な明るい土地で育ったわたしが旅を続けたところで、生き延びられる見込みはまずありません。しかし、あの悪鬼が生き延び、勝ち誇るのかと思うと、激しい怒りと復讐心がむくむくと甦《よみがえ》り、ほかのすべての感情を強い潮のように押し流してしまいました。わたしはしばらく身体を休めました。眠りのなかで、今は亡き者たちの霊が現れて、わたしを苦難に満ちた復讐の旅へと急《せ》き立てました。眼が覚めると、さっそく旅の準備に取りかかりました。

陸地用の橇を、起伏の激しい氷原用の橇に取り替え、食糧をたっぷりと買い込んだのです。そうして、わたしは陸地をあとにしました。

それから何日経《た》ったのでしょうか、今やもう見当もつきません。わたしの胸には常に、この手で正義を為し、応分の天罰をくだすのだ、という熱い思いがたぎっていました。それがなければ、あの道中になめた苦難に、ここまで耐えられなかったでしょう。険しく切り立った巨大な氷山に行く手を阻《はば》まれるのは珍しくもないこと、海鳴りが轟《とどろ》くのを聞いて、死を覚悟したことも一度や二度ではありません。それでもまたすさまじい寒気がやってくると、行く手の海に道ができるのです。

それまでに消費した食糧の量から考えて、この旅を始めておそらく三週間ほど経ったころだったと思います。かなうかに思えた希望が先延ばしにされることが続くと、気持ちを立て直すのがいっそう大儀で、そのころは落胆と悲しみの苦い涙ばかり流していました。実のところ、わたしが絶望の餌食《えじき》となるのは時間の問題でした。苦しさとみじめさに今にも叩《たた》き潰されそうでした。一度などは、橇を引かせていた犬たちが、なけなしの力を懸命に振り絞ってようやっと氷山の斜面を登り切ったとたん、そのうちの一頭が力尽き、死んでしまったのですから。前後に暮れて、わたしは眼のまえに開けた氷原をただ呆然《ぼうぜん》と見渡しました。そのときでした、薄暗い氷原に黒い点のようなものが見えたのです。わたしは精いっぱい眼を凝らし……次の瞬間、歓喜の雄叫《おたけ》びを放ちました。氷上の黒点は橇でした。そこにあの見覚えのある、均衡を欠いた醜い姿の者が乗っていたのです。ああ、胸に再び希望が燃えあがり、熱い涙がこみあげてきました。わたしは慌《あわ》てて眼を拭《ぬぐ》いました。ようやくあの悪鬼を見つけたのです、ここで見失うわけにはいきません。それでもやはり、灼熱《しゃくねつ》の涙に視界は曇ったまま、胸に迫る思いに屈して、わたしは声をあげて泣きました。

しかし、ぐずぐずしている場合ではないのです。死んだ犬を隊列からはずし、残った犬たちにたっぷりと餌《えさ》を与えると、わたしは一時間の休憩を取りました。じりじりするほどもどかしい時間でしたが、取らねばならない休憩でした。そのあと、すぐさま追跡を再開しました。橇は依然としてこちらの視野に入っています。まれに見えなくなることがあっても、それは氷の岩山の陰に入ってしまうときだけです。むしろ、彼我の距離は眼に見えて縮まってきているようでした。そうして二日近くが過ぎて、ほんの一マイルほどのところに敵の姿を認めたときには、胸が高鳴り、まさに小躍りせんばかりの心境でした。

ところが、これでもう捕らえたも同然と思ったそのとき、希望は一瞬にして消え失《う》せてしまいました。敵の足取りが、これまでにないぐらい完全に途絶えてしまうことになったのです。海鳴りは、確かに聞えていました。足元の氷のしたで波がうねり、そのうねりが高まり、地鳴りのような不気味な轟きが次第に近づいてくるのがわかると、一瞬ごとにただならぬ恐怖が煽られます。わたしは先を急ぎましたが、それは無駄な努力というものでした。一陣の風が巻き起こり、海が咆哮《ほうこう》を放ち、次の瞬間、地震にも似た衝撃が走ったかと思うと、眼のまえの氷に亀裂《きれつ》が走り、途方もなく大きな音と共に裂けていきました。あっという間の出来事でした。見る見るうちにわたしと敵とは、荒れ狂う海のうねりに隔てられ、わたしは割れて剝離《はくり》した氷塊に取り残され、そのまま海を漂うことになったのです。そうしている間にも氷塊は少しずつ小さくなっていきます。わたしの行く手には、ただ恐ろしい死が待ちかまえているだけとなりました。そんな状態で、身の毛もよだつような時間が過ぎていきました。そのあいだに犬が何頭か死にました。そして、わたし自身も度重なる苦難に今にも屈してしまいそうでした。そんなときに、停泊中だったあなたのこの船が眼に入ったのです。救助されて生き延びられるかもしれない希望が、眼のまえに現れた、ということです。これほど北まで来る船があろうとは、思ってもいませんでしたから、この船を見たときには驚いてしまいました。すぐさま橇の一部を壊して、オールをこしらえました。その急ごしらえのオールを使って、すでに疲労の極みにあった身にはすさまじい苦闘を強いられることになりましたが、それでもなんとか浮氷をこの船に近づけることができたのです。この船が南に向かうのなら、もう一度己を信じ、この身を海の慈悲心に委《ゆだ》ねようと決めていました。この期《ご》に及んでもなお、宿願をあきらめる気にはどうしてもなれなかったのです。敵を追いかけることができるよう、小舟を一艘《そう》、貸してもらえないかと頼むつもりでした。ですが、あなたは北に向かっている、とおっしゃった。この船に引きあげていただいたときには、文字どおり精も根も尽き果て、あまたの苦難に耐えかねて今にも死んでしまいそうでした。しかし、死ぬわけにはいきません。わたしの仕事は、まだ終わっていないのですから。

ああ、わたしを守護する精霊は、いつになったらあの悪魔のもとに導いて、待望の休息を与えてくれるのでしょうか？　それとも、わたしだけが死に、あやつはこのまま生き延びるのでしょうか？　そうなったときには、ウォルトン、あの怪物を逃しはしないと約束してください。あれを追いかけ、その息の根を止め、わたしの復讐を完遂してほしいのです。だが、いいのだろうか、あなたにお願いしても？　わたしのあとを引き継ぎ、困難な旅を続け、わたしが味わったような苦難に耐えてくれと、あなたに頼んだりしていいものなのか？　いや、それはあまりにも身勝手が過ぎるというものでしょう。ですが、わたしが死に、そこにあの者が現れたら――復讐のしもべたちが、あの怪物をあなたのもとに連れてきたなら――そのときはあやつを生かしてはおかぬ、と誓ってください。そうです、悲嘆の果てに息絶えたわたしを見て勝ち誇り、その後ものうのうと生き存《なが》らえて邪悪な罪を重ねるようなことは、断じてさせないと誓っていただきたいのです。あれは口が立ちます。ことば巧みに人をたぶらかすのです。わたしも一度は、そのことばに心を動かされました。しかし、信じてはいけません。あの怪物の魂は、その外見と同様、おぞましい代物《しろもの》なのです。不実で、人を平然と裏切り、悪魔にこそ似つかわしい怨念《おんねん》に充《み》ち満ちているのです。あやつの言うことに、耳を貸してはいけません。ウィリアムとジュスティーヌとクラーヴァルとエリザベスとわが父と、そしてこの哀れなヴィクター・フランケンシュタインの魂にかけて、どうかあの怪物の心臓を剣で貫いてください。わたしは霊となってあなたのそばに控え、その刃《やいば》をあやまたず導くつもりです。

ウォルトンの手紙の続き

一七＊＊年八月二十六日

マーガレット姉上、この世にも奇っ怪で身の毛もよだつような話を読んで、恐怖のあまり血も凍える思いをしているのではありませんか？　実はこのぼくがそうなのです。血も凍る思いから、いまだに覚めることができません。この物語を語るあいだ、彼は突然苦しみだして、話を続けられなくなることもありました。声が途切れがちになることもありました。それでも聞く者の心を刺すような鋭い声音で、絞り出すようにしてことばを口にするのです。その美しく澄んだ眼が今しがた憤《いきどお》りに燃えたかと思えば、今度は暗い悲しみをたたえ、底なしの絶望に光を失うのです。あるときは表情ひとつ変えずに淡々とした口調で、信じられないほど恐ろしい出来事を語ったかと思うと、次にはまるで火山が火を噴くように、いきなり表情を変えて激しい怒りの形相となり、自分を苦しめた者への呪詛《じゆそ》のことばを叫ぶのです。

話は理路整然として筋道も通っていましたし、まぎれもない事実だと思えます。それでも、いかに真摯《しんし》に筋道立てて語られたものであったとしても、ぼくとしては、その話よりも、彼が見せてくれたフェリックスとサフィーの手紙や、あるいは船から見かけた怪物の姿のほうに信憑性《しんぴようせい》を感じたことは否《いな》めません。そうなのです、フランケンシュタインの言う怪物は実在するのです！　これは疑いようのない事実です。それでもぼくは驚きと感嘆のあまり、ただ呆然《ぼうぜん》としているのです。フランケンシュタインが創《つく》り出したその怪物の生理学的な構造を、当人から詳しく聞こうとしてみたこともあるのですが、その点については頑として語ろうとしませんでした。

「気でもちがったのですか、わが友よ」と彼は言いました。「それとも、無分別な好奇心に駆られて、お尋ねになっているのですか？　あなたもご自分の敵を、いや、あなたばかりではない、この世界の兇悪《きようあく》な敵となる者を創りたいとおっしゃるのですか？　いけません、それは断じていけません。わたしの不幸を教訓として、ご自分の不幸を増やすようなことは、おやめになるべきだ」

　フランケンシュタインは、わたしが彼の身の上を聞きながらそれを書きとめていることに気づくと、見せてほしいと言いました。そして自らあちこちに訂正を加え、書き足したりしたのです。これは主に、彼が怪物と交わした会話を、正確に、生々しく再現するためだったようです。「こうしてせっかくわたしの話を書きとめてくださったのです、後の世に不完全な形で残したくはありません」と言うのです。

　こうして一週間にわたって、ぼくは、これまで想像力によって書かれてきたどんな物語よりもはるかに不可思議な物語に耳を傾けてきた、というわけです。ぼくが考えることも、心の内で感じることも、すべてこの客人に対する興味で占められていました。もちろん、彼の語る話に関心を惹《ひ》かれたのは確かですが、それだけでなく、当人の人品卑《いや》しからぬ気高い態度に魅了されたからでもあります。なんとか慰めることはできないものかと思いました。でも、これほどまでに不幸で、慰められることを自ら放棄している人間に生きる気力を取り戻してもらうには、なんと言って励ませばいいのか……？　いや、それは無理というものです。今となっては、この人が歓《よろこ》びを得られるのは、完膚無きまでに痛めつけられたその心を、死という平安に委《ゆだ》ねるときだけだろうと思います。それでも、彼にはひとつだけ、慰めを得る手段が残されています。孤独と錯乱から生まれたものです。夢のなかで親しい人々とことばを交わし、それによって自分の抱える悲嘆が和らげられ、復讐《ふくしゅう》の念が再燃するのは、その人たちが幻想の産物などではなく、はるか彼方《かなた》の世界から自分を訪ねてきてくれるからなのだ――彼はそう信じているのです。だからこそ、彼の妄想は当人にとっては崇高なものとなり、ぼくにとっては現実の出来事と変わらぬほど印象的で興味深いものに思えてくるのです。

フランケンシュタインと話をするとき、その話題は何も彼の身の上や不幸な経験に限られているわけではありません。この人は文学全般に関して、無限とも思えるほどの知識を持ち、鋭く深い洞察力を示します。弁舌もさわやかで、説得力に富み、聞く者の心を大いに揺さぶります。悲しい出来事を語るとき、あるいは哀れみの気持ちや情愛の心に訴えかけようとするとき、ぼくは涙なくして聞くことができません。落ちぶれ果てた今の境遇にあっても、実に気高く、ときに神のごとき威厳を感じるのですから、充実した人生を送っていたころはどれほどすばらしい人物だったことか、と思わずにはいられません。彼自身も、かつての栄光とそこから転がり落ちた自分とのあいだの、それこそ天と地ほどの格差を実感しているようです。

「もっと若い時分には、何か大きなことができるにちがいないと信じていました」と彼は言います。「もともと感情が豊かというか、激しいほうではありましたが、冷静な判断力も持ちあわせていたので、世の中の人をあっと言わせるような壮大なことを成し遂げられるはずだと思っていたのです。そんな自惚《うぬぼ》れがあったから、ほかの人なら挫《くじ》けて投げだしてしまうようなことも、なんとか続けることができたのでしょう。才能に恵まれていながら、つまらない感傷に捕われてそれを同胞のために役立てようともしないで、あたら捨ててしまうのは、犯罪行為に等しいと思っていました。自分が造りあげたものは、感情も理性も持ちあわせた生き物です。それを思えば、そこいらへんの似非《えせ》科学者と一緒にされては困る、という気持ちがありました。しかし、研究に着手した当初は支えであったその気概も、今となってはわたしをなおさらみじめにするだけです。わたしの計画も希望も、すべては灰燼《かいじん》に帰し、この身は全能に焦《こ》がれて失墜した大天使のように永遠の地獄につながれることになったのです。かつてのわたしは、着想が豊かでした。分析に長《た》け、応用の才にも恵まれていました。そうした能力が結びついて発想が生まれ、人間の創造を手がけたのです。完成途中で描いていた夢の数々を思い出すと、今になっても感動を覚えずにはいられません。まさに、天空を闊歩《かっぽ》する思いでした。おのれの力に歓びを感じ、それが生み出すものを思って心を燃やしたのです。幼いころから、遠大な希望と高邁《こうまい》な野心を抱いてきたのに、それが今ではなんという落ちぶれようでしょう。ああ、昔のわたしをご存じだったら、今のこの尾羽うち枯らした姿をご覧になっても、とても同じ人間だとは思えますまい。失意のなんたるかを知らず、自分にはいと高き運命が用意されていると思っていたわたしが、今ではどん底に落ち、立ちあがることができぬのです。もう二度と」

　この端倪《たんげい》すべからざる人物を、ぼくは失わなくてはならないのでしょうか？　ぼくは長いあいだ、友と呼べる相手を求めていました。思いを共にし、ぼくのことをかけがえのない存在だと思ってくれる友がほしかったのです。そして、この陸地から遠く離れた大洋で、そんな友が見つかったのです。それなのに、こうしてようやく出会え、その人のすばらしさを知ったというのに、ぼくはどうやらすぐにまた、そのかけがえのない人物を失わねばならないようです。もう一度人生を生き直す気持ちを持ってほしいと願っているのに、ぼくの願いは撥《は》ねつけられてしまうのです。

「ありがとう、ウォルトン」と彼は言いました。「これほどみじめな人間に優しい心遣いを示してくれたことには、感謝のことばもありません。絆《きずな》は新しく結ぶことができる、新しい友情というものも生まれる、あなたはそうおっしゃった。しかし、この世から旅立ってしまった者たちの代わりが務まる人などいるでしょうか？ わたしにとって、クラーヴァルほどの男がいるでしょうか？ エリザベスの代わりとなる女がいるでしょうか？ 人を魅了してやまない格別にすぐれた人物でなくとも、幼いころを共に過ごした友人には、その後に得た友人とは比べものにならないほどの影響力があるものです。こちらの気心を子どものころから知っているからです。人間の持って生まれた性質《たち》というものは、長じるに従って多少、形を変えることはあっても、その本質が消えてしまうわけではありません。ですから、こちらの行動が正しい動機に基づくものか否かを、誰よりも正確に判断できるのです。それに、人は兄弟や姉妹の場合、幼いころからよほどの徴候でも見られない限り、相手に嘘《うそ》をつかれているのではないか、とか、相手の行動に何か不正な意図があるのではないか、などと疑ったりはしないものですが、友人の場合、どれほど深い友情が築かれていても、心ならずも疑いの眼を向けてしまうことがある。ですが、わたしが得た友は、幼いころから共に育ち、親しくするのが習いとなっていたのもさることながら、当人たちの人間としてのすばらしさからしても、わたしにとってはかけがえのない大切な人たちだったのです。だからなのです、たとえどこにいようとも、エリザベスの心なごむ声が、クラーヴァルの話し声が、わたしの耳元で囁《ささや》きかけてくるのは。それほどの相手が、死んでしまったのです。けれども、これほどの孤独のなかでも、ひとつの思いがわたしに生き続けることを求めている。たとえば、わたしが仮に何か高遠な計画なり仕事なりに携わる身で、その完成が人類に広く役立つものであるなら、そのために生きる、という道もあるでしょう。ですが、それはわたしに定められた運命ではない。わたしが為《な》さねばならぬのは、この手で創り出した怪物を追い詰め、滅ぼすことです。それが終われば、この地上でわたしに与えられた運命は完結したことになる。そのとき、わたしも死ぬことができるでしょう」

九月二日

愛する姉上

この手紙を書いている今、ぼくは危機のまっただ中にいます。果たして、懐《なつ》かしきイングランドに戻ることができるのか、そしてそこに住むもっと懐かしき人たちに再び相まみえることができるのか、それすらわかりません。氷山に取り囲まれて逃げ道を失い、船はいつ押し潰《つぶ》されるかわからない状態です。ぼくの説得に応じてこの航海に加わった勇敢な仲間たちも助言を請《こ》うようにこちらの顔をうかがいますが、ぼくとしても手の打ちようがありません。目下のそうした状況はきわめて剣呑《けんのん》で、決して楽観はできませんが、ぼくは希望も勇気も失ってはいません。ただぼくのために乗組員全員の生命《いのち》が危険にさらされていることを思うと、恐ろしいのです。このままぼくたちが生命を落とすことになれば、それはすべて、ぼくのこの常軌を逸した無謀な計画が原因なのですから。

それに、マーガレット姉上、そうなったときに姉上がどんなお気持ちになるだろうか、そのことも思われるのです。ぼくが死んだという知らせは届かず、姉上は心配しながらぼくの帰国を待ち続けることになるでしょう。何年経《た》っても、そのあいだに何度も絶望しながらも、それでもひと筋の希望にすがり、それゆえに苦しむことになるのです。ああ、愛する姉上、その切なる願いや希望が姉上のお心のなかで次第に崩れていくときのやるせなさを想像すると、辛《つら》くなります。自分が死ぬこと以上に恐ろしいのです。ですが、姉上にはご主人がいるし、かわいい子どもたちもいる。だからきっと幸せに暮らせるでしょう。天の恵みによって、どうかそうなりますように。

例の不幸な客人は、これ以上は望み得ないほど深い思い遣《や》りをもって、ぼくを見守ってくれています。ぼくの心に希望を注ぎ込むべくことばを尽くし、おのれの生命には未練を見せない人なのに、生命こそが何よりも大切な宝だと言うのです。この最果ての北の海に挑んだかつての探検家たちの例を引き、彼らとて幾度となく同じ状況に陥ったのだということを、ぼくに思い出させてくれたりもするのです。そんなふうに言われると、ぼくのほうもつい、見通しはそれほど暗くはないような気持ちになります。あの人の弁舌の力は、船員諸君も感じているようです。あの人の話が始まると、絶望を忘れてしまうようなのです。眼に見えて志気が高まるのがわかります。彼の声を聞いているときには、それに力を得て、船のまわりに押し寄せる巨大な氷山ももぐら塚程度にしか見えず、決意を固めた人間のまえには消えてなくなるものと思えるようです。しかし、こうした気持ちは長続きはしません。今日こそは状況が好転するのではないかと期待し、それが期待はずれに終わるたびに、船員諸君の不安は大きくなっていくのです。ぼくは、絶望した彼らが叛乱《はんらん》を起こすのではないか、と恐れはじめています。

九月五日

たった今、実に興味深い場面に遭遇しました。この手紙が姉上のもとに届くことは期待できそうにありませんが、やはり書きとめておかずにはいられません。

ぼくたちの船は依然として氷山に囲まれていて、氷の衝突で潰される危険はまだ去ってはいません。極度の寒さですでに不運な仲間が何人も、この荒涼とした景色のなかで帰らぬ者となりました。フランケンシュタインの健康も、日ごとに悪化してきています。眼には今でも熱を帯びたきらめきが見受けられるのですが、憔悴《しょうすい》しきっていることはまちがいなく、急に身体《からだ》を動かしたりすると、その直後にはぐったりと脱力して死んだような状態になってしまいます。

前回の手紙で、叛乱が起きる不安を感じていると書きましたが、今朝方、友人の枕《まくら》元《もと》に付き添い、その蒼《あお》ざめた顔を――手足を力なく投げ出し、眼を半ばつむっている様子を見守っていたときのことです。船員が六名ほどやってきて、入室の許可を求めたので、ぼくは枕元の椅子《いす》から立ちあがりました。船室に入ってくると、リーダー格の男がぼくに話があると言いました。その者が言うには、自分たちは船員のなかから選ばれて、ある要請があってここに来たのだが、その要請というのは、公正に考えれば隊長であるわたしにも拒否できないはずのものだ、というのです。目下、この船は氷に閉じ込められていて、ここから脱出できる見込みはありそうもない。しかし、万が一、氷が散って進路が開けた場合、ウォルトン隊長は無鉄砲にも航海を続行すると主張し、危機を乗り越えた幸運をいいことに、船員一同をまたしても新たな危険に引き連れていくのではないか、自分たちはそれを懸念《けねん》している。ついては船が動けるようになったら、ただちに針路を南に変更する、とここで厳に誓ってもらいたい――そう要求してきたのです。

これには困惑しました。ぼくはまだ諦《あきら》めたわけではなく、氷の束縛が解けたら引き返すなどという案は、考えてもいなかったのです。けれども、船員諸君の要求を拒否するというのは、果たして正しいことだろうか？　いや、それどころか、ぼくにそんなことができるのだろうか？　すぐに答えが出ず、ぼくは踏ん切り悪く黙り込んでいました。そのとき、それまで黙っていたフランケンシュタインが、実際のところ、こちらのやりとりに注意を払うだけの気力などなさそうな様子だったものが、身を起こしたのです。眼はきらきらと輝き、頰には束の間《つかのま》の活力を得たようにうっすら赤みが差していました。船員の代表の者たちに向かって、彼はこんなふうに言ったのです。

「どういうことだ？ どういう料簡《りようけん》で、隊長にそんな要求をする？ そんなにあっさりとあきらめがつくのか？ 諸君はこの航海を栄《は》えある遠征と呼んでいたのではなかったのか。ならば、栄えある理由はどこにある？ 南の海のように静かに凪《な》いだ穏やかな海路を進むのではなく、危険と恐怖に満ちた航海だからではないか。新たな事態に遭遇するたびに、忍耐を試され、勇気を示さねばならないからではないか。危険と死に囲まれているからこそ、それをものともせずに乗り越えていかねばならないからではないか。だからこそ、栄えある遠征と呼べるのだ。だからこそ、名誉ある仕事と言えるのだ。諸君はこの先、人類に恩恵をもたらした者として讃《たた》えられるはずだった。諸君の名は、名誉を尊び、人類に貢献するべく死に立ち向かった勇者として、敬慕の念と共に口にされるはずだった。それが、どうだ、今のきみたちのざまは。初めて危険に遭遇することを想像しただけで――それではあんまりな言いようだというなら、初めて勇気が試される試練に直面したとたん、尻込《しりご》みをするというのか。寒さや危機を耐えられなかった者として、後世に語り継がれることに甘んじようというのか。寒い寒いと言って、暖かな炉端に逃げ帰ってきた、あわれな連中だと言われるのだぞ。それなら、何もこんな大支度など要りはしなかったはずだ。諸君が臆病者《おくびょうもの》だということを証明するのに、はるばるこんなところまで出向いてくる必要もなければ、諸君の隊長を敗北の屈辱に連座させる必要とてないはずだ。諸君、男になりたまえ。いや、男以上のものになるのだ。巌《いわお》のように不動の気概を持て、決然として目的に向かうのだ。この氷はきみたちの心のように断固たるものではない。移ろいやすく、諸君がひと言、邪魔をするなと命じれば、逆らうことなどできはしまい。だから、額に恥辱の烙印《らくいん》を押された姿で、家族のもとに帰るようなことはするな。勇敢に戦って勝利した英雄として、決して敵にうしろを見せなかった者として、堂々と帰郷したまえ」

船員諸君に語りかけるあいだ、フランケンシュタインの声の調子はさまざまに変わり、ことばにこめられた感情をことば以上に雄弁に伝えました。決然とした眼差《まなざ》しからは、気高さと義侠《ぎきょう》の心が感じとれました。船員諸君が心を動かされたとしても、なんの不思議もありません。彼らは互いに顔を見合わせるばかりで、返すことばもない様子でした。ぼくは口を開いて彼らに退室を命じ、今の客人のことばをじっくりと考えてみてほしいと言いました。それでもあくまでも反対すると言うのなら、これ以上北に進むことはしない、しかし自分たち自身で考えなおすことで諸君の勇気が甦《よみがえ》ることを、ぼくとしては期待している、と。

彼らは船室から引きあげていきました。振り返って友人を見ると、力尽きてぐったりとして、息をするのもやっとといった様子でした。

果たしてどういう結果になるのか、今はまだわかりません。しかし、不名誉な撤退を強いられるくらいなら、死んだほうがましです。目的はまだ、何ひとつ果たされていないのです。でも、どうやらそれがぼくの運命になりそうな気がしています。彼らは名誉や栄光といったものに価値を置いていません。そういう連中にしてみれば、今のこの苦難に進んで耐える意味を見いだすことなど、できないでしょうから。

九月七日

賽《さい》は投げられました。船が壊れなかった場合は、引きあげることに同意したのです。臆病風に吹かれ、思い切りが鈍ったことで、ぼくの希望は立ち枯れました。望んだ知識を得られぬまま、失意のうちに帰ることになるのです。こんな不当な成りゆきを甘受し、じっと耐えていくには、今のぼくには持ち得ていない、あきらめの境地というものが必要です。

九月十二日

すべてが終わりました。ぼくは今、イングランドへの帰路に就いています。世の中に貢献したいという望みも、栄光をこの手にする願いも失いました。そして、友も失ったのです。でも、姉上にはこうなるまでの苦い顚末《てんまつ》を詳しくお伝えしようと思います。そして、今はこうしてイングランドに向かっているのだし、姉上のもとに戻ろうとしているわけですから、落胆して沈み込むのはやめることにしましょう。

九月九日、氷が動きはじめました。遠くで雷のような音が立て続けに轟《とどろ》き、氷の島にいくつもの亀裂《きれつ》が走ったかと思うと、あちこちで割れはじめたのです。船にとってはかなり危険な状況でしたが、こちらから何か手を打てるわけではありません。ぼくの関心はもっぱら、不幸な客人に向けられていました。病状が悪化して、ベッドから起きあがることもできないのです。船尾のほうで氷が割れ、その勢いで船は北のほうに押されていきます。やがて西風が吹き込んできて、十一日には南に向かう航路がきれいに開けました。船員たちのあいだから、嵐《あらし》のような歓声があがりました。故郷に帰れることが確実となったからです。歓声は大きく、いつまでも続きました。フランケンシュタインはうつらうつらしていましたが、はっと眼を覚まして、これはなんの騒ぎかと訊《たず》ねてきました。「船員たちが歓声をあげているのです」とぼくは言いました。「もうじきイングランドに帰れるので、歓んでいるんですよ」

「では、本当にお帰りになるのですね？」

「ええ、残念ですが。彼らの要求には逆らえません。いやがる者たちを無理やり引き連れて、危険な航海を続けるわけにはいきませんから。引き返さざるを得ないのです」

「それなら、引き返せばいい。ですが、わたしは引き返しません。あなたにはご自分の目的を捨てる自由がおありになるが、わたしの目的は天から課されたものです。捨てるわけにはいきません。確かにこの身はだいぶ衰弱している。しかし、わたしには復讐を助ける精霊たちがついています。きっと必要なだけの力は授けてもらえるでしょう」そう言うと、フランケンシュタインは勢いよく身を起こそうとしました。衰えた身体には、過重の負担でした。彼はそのまま倒れ込み、気を失ってしまいました。

意識が戻るまでには、ずいぶん時間がかかりました。ついに生命が尽きてしまったか、と何度も思いました。ようやく眼を開けてくれましたが、呼吸は苦しげで、口をきくことができません。船医が鎮静剤を飲ませ、安静を命じました。そして、ぼくに、この人の生命が尽きるのももはや時間の問題だろう、と告げたのです。

フランケンシュタインの言っていた処刑宣告が、ついに下されたのです。ぼくにできるのは、悲しむこととその悲しみに耐えることだけです。枕元の椅子に坐《すわ》り、静かに見守りました。眼をつむっているので、眠っているのだと思いましたが、しばらくすると、かぼそい声でわたしを呼び、もう少しそばに来てくれないか、と頼みました。

「ああ、頼みにしていた力も、尽きてしまったようです。わたしはもうじき死ぬでしょう。そして、あやつは——わたしの敵であり、わたしを苦しめ続けてきたあの怪物は、まだ生きているかもしれない。ウォルトン、最期《さいご》の瞬間を迎えるに至っても、わたしがまだ、以前にお話ししたような憎悪《ぞうお》の炎を燃やし、復讐への熱い想《おも》いを抱えているとは思わないでください。しかし、敵の死を願ったことは、まちがっていなかったと思っています。この数日、人生の終幕に臨んで、わたしは過去の行いを総ざらいしたことになります。改めて熟考してみましたが、自分のしたことが非難されるべきものだったとは思えません。激しい情熱に由来する、発作のような狂熱に駆られ、わたしは理性のある生き物を創りだしました。つまりは、その者に対して、できうる限りの幸福と満足を保証してやる責任を負ったということです。それがわたしの義務でした。しかし、わたしにはその義務を超越する、もっと大きな義務があったのです。自分の同類である人間すべてに対する義務、そちらを優先させねばならなかった。もっと大きな規模の幸福と不幸が関わってくることだったからです。だから、最初に創ったあの者に伴侶《はんりょ》を与えることを拒否しました。拒否したことは、今でもまちがっていなかったと思っています。あやつは想像を絶するほどの悪意を抱き、身勝手な凶行を重ねてみせた。わたしの家族や友人を次々と手にかけ、すぐれた感性と叡智《えいち》を持ち、幸福を謳歌《おうか》していた者たちを亡《な》き者としました。それでもまだ、あの者の復讐への渇《かつ》望《ぼう》は満たされるということを知らないのです。おのれが不幸であることを理由に、ほかの者を不幸にすることがないよう、あの者はやはり死なねばならないのです。それを実行するのがわたしの役目でしたが、果たすことができなかった。その役目をあなたに引き継いでもらえないか、とお願いしたことがありましたね。あのときは利己心と実に身勝手な理由からお願いしたのでした。ですが、今ここで改めて、同じことをお願いしたいのです。今回は冷静に、利己心抜きで考えてのことです。

そのために故郷やご家族やご友人を捨ててくれとは言えません。それにあなたは今、イングランドに戻られるところですから、あの怪物にまみえる可能性はほとんどないでしょう。その点を考えに入れたうえで、どこまでをご自分の義務とお考えになるか、その判断はあなたにお任せします。わたしの判断力も考えることも、死が身近に迫ったことで乱れています。ですから、わたし自身が正しいと思っていることを、あなたにやってほしいとお願いするつもりはありません。この期《ご》に及んでもまだ、感情に支配されているのかもしれませんから。

ただ、あれが生き延びて、さらなる悪事を重ねることが気がかりなのです。そのことを除けば、今このとき、もうまもなくこの苦しみからも解放されることを思うと、この数年のうちで初めて幸福だと感じます。今は亡き愛する者たちの姿が、眼のまえにちらつきます。彼らの腕に、一刻も早く抱かれたいと思います。さようなら、ウォルトン。平穏のなかに幸福を求めてください。科学の研究や未知の世界を探検することで名を挙げるというのは、一見無害に思えるでしょうが、それでも大きすぎる野心はお持ちにならないほうがいい。いや、しかし、わたしはなぜ、こんなことを言っているのか……そうした希望を持ったことで、わたしは身を滅ぼしたけれど、ほかの人なら成功するかもしれないではないか」

しゃべり続けるうちに、声が消え入るように小さくなっていき、ついには力尽きたのか、フランケンシュタインは口をつぐみました。三十分ほどして、もう一度話をしようとしましたが、かないませんでした。最後にぼくの手を弱々しく握り締めると、その眼を永遠につむったのです。穏やかな笑みを浮かべた口元から、生の輝きが消えていきました。

こうして栄光ある魂がひとつ消滅したのです。マーガレット姉上、ぼくはなんと言ったらいいのでしょう？　この悲しみの深さを、どんなことばで言い表せば、姉上にわかってもらうことができるのか……いや、どんなことばを用いたところで、ことばの力では、とても足りそうにありません。こうしている今も涙がとまらないのです。失意の雲で心が翳《かげ》っているのです。でも、ぼくは今、イングランドに向かっている。故郷に戻れば、あるいは慰めが得られるのかもしれません。

邪魔が入ったようです。何か音が聞えます。時刻は午前零時を過ぎ、風は穏やかで、甲板の見張りにも動きはありません。ああ、またです、また聞えた。人の声のようですが、それにしては少ししゃがれています。フランケンシュタインの亡骸《なきがら》のある船室から聞えてきます。調べてみなくては。では、姉上、ひとまずおやすみなさい。

なんということだ！　なんということが起きたのだ！　思い出すだけで、眩暈《めまい》がしてくるほどです。詳しくお伝えすることができるかどうか。しかし、この最後の最後に起こった驚くべき出来事の顚末を記しておかねば、ぼくがこれまで記録してきた話は、未完のままになってしまいます。

　ぼくは、悲しい運命を終えたあの高潔な友が眠る船室に入りました。すると、友の亡骸をのぞき込むようにして、立っている者がいたのです。なんとも言いようのない異形の者でした。体躯《たいく》は並はずれて大きく、しかも均整がとれていなくて異様に歪《ゆが》んだ姿をしていました。柩《ひつぎ》をのぞき込んでいるので、長くもつれた髪が垂れかかり顔は隠れていましたが、伸ばした大きな手は、皮膚の色といい、見た目の肌理《きめ》といい、まるでミイラのようです。ぼくが近づく物音を聞きつけたのか、そいつはそれまで発していた嘆きとも恐怖ともつかぬ声を途中で呑《の》み込み、すばやく船窓のところに移動しました。そのときに見えた顔は、とてつもなく醜悪でした。あれほど気味が悪くて、おぞましいものは見たことがありません。思わず眼をつむってしまったほどです。この殺人鬼にあいまみえたとき、ぼくは何をするべきだったか、それを懸命に思い起こしました。そして、待て、と叫んだのです。

　そいつは動きを止め、驚いたようにこちらを見ました。それからまた、創造主の息絶えた身体に眼をやると、そこでぼくのことなど忘れてしまったかに見えました。顔つきや仕種《しぐさ》から推して、何か抑えのきかない激しい感情に揺さぶられているようでした。

「こいつもおれの犠牲者だ」と叫んだのです。「こいつが死んで、おれの罪は完結した。これでこのみじめな生も、ようやく終わりにたどり着いた。ああ、フランケンシュタイン、慈悲と献身に生きた者よ。今さらおまえに赦《ゆる》しを請うたところで、なんになる？　おれのしたことは取り返しのつかぬことだ。おまえの愛する者を端から殺すことで、おまえまでをも死に追いやった。ああ、すでに冷たくなっている。もはや答えることもできないのか」

そこで声に詰まったようでした。それで、ぼくのほうは急に、好奇心と同情の入り混じった気持ちになりました。それまでは、今際《いまわ》の際《きわ》に友に頼まれたこと、彼に代わってこの敵を倒すのがぼくの義務であり、その義務を遂行しなくてはならない、とそればかり思っていたのですが、それをいっとき忘れたのです。ぼくは相手の巨体に近づきました。それでも、もう一度顔をあげて、そいつを直視する勇気はありません。その醜い姿に、なんと言うか、身の毛もよだつような、この世のものとも思えないものを感じたからです。話しかけようとしましたが、唇が凍りついたようになり、ことばが出てきません。怪物は脈絡のないことばをわめきたて、自分を責め続けています。ぼくは意を決し、嵐のようなことばの奔流が途切れたときを狙《ねら》って、声をかけました。

「今さら後悔したところで、無駄というものだ。こうなるまえに、おまえの悪魔じみた復讐心をとことんまで突き詰めるまえに、良心の声に耳を傾けていたなら、後悔には鋭い棘《とげ》があることに気づいていたなら、フランケンシュタインは今もまだ生きていたはずだ」

「そうか、おまえには想像力というものがないのか？」悪鬼はそう言いました。「このおれが、苦悩も後悔も感じなかったと思うのか？　この男が——」フランケンシュタインの亡骸を指さして、怪物は続けます。「——こいつが最後に味わった苦しみなど、事を為したあと、いつまでも執念深くつきまとうおれの苦しみに比べたら、万分の一にも足りやしない。すさまじいほどの利己心に突き動かされていたとはいえ、おれの心は悔恨の毒で疼《うず》いていた。クラーヴァルのうめき声が、おれには歓びの調べに聞えたとでも思うか？　おれの心は本来、情愛と共感を受け止めるようにできていた。それがみじめな思いを味わううちにねじ曲がり、憎しみから悪行を為すようになったのだ。それほど激しく心を変えることに、どれほどの苦痛が伴うか。おまえなどには、想像もつくまい。

　クラーヴァルを殺したあと、おれはスイスに戻ったが、心は痛さと苦しさで張り裂けんばかりだった。フランケンシュタインを哀れに思った。哀れに思う気持ちが募って、恐ろしくなった。自分で自分のことが、実におぞましく思えてきたのだ。だが、おれという存在を創り出し、言語に絶するほどの苦悩を与えた張本人が、臆面《おくめん》もなく幸福を願っていると知った。おれには何度も何度も絶望とみじめな思いを押しつけておきながら、自分だけは人と想いを通わせ、熱情を燃やし、おれには一生かかっても許されない贅沢《ぜいたく》な歓びにひたろうとしていると知った。おれの心は遣り場のない嫉《ねた》ましさと苦い憤りでいっぱいになった。それが、飽くことを知らない復讐の念を再び呼び起こした。かつてあいつに放った脅迫のことばを思い出し、それを実行に移してやろうと決めたのだ。実行すれば、死ぬほどすさまじい苦しみを抱え込むことになるのはわかっていたが、おのれを突き動かす衝動を憎みながらも、それに抗《あらが》うことができなかった。だが、あいつの伴侶が死んだとき……いや、あのときはまだ、みじめではなかった。おれは感情のすべてを振り捨て、あらゆる苦悩を押しころし、全《まった》き絶望にわれを忘れて思うさま荒れ狂ったのだ。そのときから、おれのなかでは悪が善となった。そうなったからには、ほかに進む道はない。自ら選んだ境遇におのれの気質を順応させていくしかなかった。悪魔にしか成し得ないような計画を完遂することに、尽きることのない情熱を燃やした。だが、それも今は終わった。最後の犠牲者がそこにいる！」

最初はぼくも、みじめな胸のうちを吐露する、怪物のことばに心を動かされました。

けれども、そこでフランケンシュタインの言っていたことを思い出したのです。怪物は弁舌に長《た》け、その語りには説得力があると言っていたことを。さらに、息絶えた友の姿にもう一度眼をやったとき、怒りが新たにこみあげてきたのです。「黙れ、この悪党！」わたしは思わず言いました。「自分で不幸を創り出しておきながら、よくもおめおめと訪ねて来られたものだな。しかも、それを悲しんでみせるとは。立派な屋敷に松明《たいまつ》を投げ込み、燃え尽きてしまったあと、廃墟《はいきょ》に坐って焼失を嘆くようなものではないか。悪魔よ、おまえは偽善者だ。フランケンシュタインが死んだことを嘆いているが、まだ生きていれば、今でもおまえのその呪《のろ》われた復讐心の標的であり、おまえの次なる餌食《えじき》とされたに決まっている。おまえが感じているのは、哀れみではない。おまえの悪意の犠牲となった者が、手の届かぬところに行ってしまったことを、ただ嘆いているだけなのだ」

「ちがう、それは断じてちがう」ぼくのことばを遮って、怪物は言いました。「だが、そう思われたとしても仕方がない。おれがなぜこんなことをするのか、その目的の真意を知らぬ者の眼には、そうも見えるだろうからな。いや、おれはこの身の不幸をわかってほしいと言いたいのではない。そもそも人にわかってもらえたことなど、ただの一度もないのだから。最初は、わかってほしいと思った。徳を尊ぶ心を持ち、満腔《まんこう》の思いで幸福を求め、あふれんばかりの情愛を分かちあいたいと願っていることを、わかってほしいと思った。だが、今や徳などおれにとっては影のようなもの、幸福と情愛は苦く忌《い》まわしい絶望へと姿を変えた。そうなってから人にわかってもらったところで、どうなるというのだ？　この苦しみは、おれがひとりで苦しめば充分だ。死してのち、おれの記憶に嫌悪《けんお》と汚辱が加わるというなら、それでもおれは満足だ。かつては美徳に憧《あこが》れ、名声や歓びを夢見て、空想のなかで慰めを得たこともある。この外見に惑わされず、おれという者を知れば伝わるはずのおれなりの長所を尊重してくれる相手に出会いたい、そんな愚かしい希望を抱いたこともある。名誉を重んじ、人のために尽くそうという高い理想を掲げていたこともある。それが、どうだ、今では罪に穢《けが》れ、卑しい野獣《けだもの》以下の存在に成りさがった。どんな罪も、どんな悪事も、どんな悪意も、どんな不幸も、おれのものとは比べものにならぬ。自分が犯した恐ろしい罪をひとつひとつ思い返してみると、われながら信じられない気持ちになる。至高の美や絶対的な善に胸を震わせていたかつての自分と、これが同じ者なのか、とな。いや、そうなのだ。堕《お》ちた天使は悪辣《あくらつ》な悪魔になると言うだろう？　しかし、そんな神と人間の敵にさえ、寂寥《せきりよう》を慰めあう友がいる。なのに、おれは独りだ、独りきりなのだ。

おまえはフランケンシュタインを友と呼ぶだけあって、どうやらおれの犯した罪の数々も、あいつの味わった不幸も知っているようだな。だが、あいつの話を聞いたぐらいでは、おれが耐え忍び、遣り場のない情熱に虚《むな》しく過ごした日々がすべてわかるはずもない。なんせ、あいつの希望をどれもこれも叩《たた》き潰してやったというのに、おれの願いはかなわなかったのだから。おれの願いは常に切実で、熱烈だった。衰えることがなかった。情愛と友情を求めていたのに、いつも踏みつけにされた。これが不当でないと言えるか？　全人類がおれに対して罪を犯しているのに、なぜおれだけが罪人と呼ばれなくてはならないのだ？　なぜ、フェリックスを憎まない、自分の友を蔑《さげす》み、戸口から追い立てたのに？　子どもを救ったおれを殺そうとした農夫を、なぜ呪わない？　そうか、そうか、あいつらは善良で、高潔で、穢れなき者たちだからだな。対するおれは、みじめで、見向きもされない、出来損ないというわけだ。そういう者は爪弾《つまはじ》きにして、蹴飛《けと》ばして、踏みつけてもかまわない、ということだな。あの不当な仕打ちを思い出すと、おれは今でもはらわたが煮えくりかえる。

だが、おれは確かに悪党だ。愛らしく、無力な者を殺したのだから。罪のない者を、そいつが眠っているあいだに絞め殺しもした。おれのことはおろか、ほかの誰のことも傷つけたことのない男の首に手をかけ、死に追いやったのだ。おれを創った人間を不幸のどん底に突き落とし、愛され、賞賛されるべき人間のなかでも選り抜きの見本のようだったあの男を、こうして取り返しのつかない破滅へと追い込んだのだ。そいつは死んで、蒼ざめて、冷たくなって、ほら、そこに横たわっている。おれを憎むがいい。だが、おまえの憎しみなど、おれが自分を見つめるときの気持ちに比べたら、何ほどのものでもない。手を見れば、この手が犯した罪を思い出す。心を見つめれば、その殺意がここで芽生えたことを思い出す。そして待ち焦がれているんだよ、もうこの手を見ることも、この心に芽生えたものに取り憑《つ》かれることもなくなる時が来ることを。

心配するな、もはや悪に手を染めるつもりはない。おれの仕事はほぼ終わった。この生涯を全うし、やるべきことをやり終えるのに、おまえはもちろん、もう誰の死も必要ではない。このおれが死ねば、それですむ。わが身を犠牲にすることを、おれがためらうと思うな。おれをここまで連れてきた氷の筏《いかだ》に乗ってこの船を離れたら、この地球の北の果てに向かうつもりだ。そこで弔いの薪《たきぎ》を積みあげ、このみじめな身体を燃やして灰にしてやろう。そうしておけば、おれの遺《い》骸《がい》が詮索《せんさく》好きな不心得者の好奇心に火をつけて、おれのようなものがまた創られることもあるまい。おれは死ぬ。死ねばもう、今この身をさいなんでいる苦しみを感じることもなくなる。満たされず、さりとて消すこともできない感情の餌食になることもなくなる。おれに生命を与えた男は死んだ。そして、このおれがいなくなれば、われわれふたりがこの世に存在した記憶も、あっという間に消えてなくなるだろう。もはや太陽も星も見えず、頬をかすめる風を感じることもない。光も、感覚も、意識も消える。その状態に、おれは幸福を見出《みいだ》せるはずだ。これが何年かまえなら、世界が与えるものの姿が初めてこの眼のまえに現れ、夏の心地よい暑さを感じ、木々の葉擦れや鳥のさえずりを耳にして、おれにとってはそれがすべてだと思えたあのころだったら、死ぬとなったら泣いただろう。だが、今、死は唯一《ゆいいつ》の慰めだ。罪に穢れ、苦い悔恨に心を引き裂かれている者にとって、死以外のどこに安らぎを見出せるというのだ？

さらばだ、おれは行く。おまえがおれの眼にする最後の人間となるだろう。さらばだ、フランケンシュタイン。おまえがまだ生きていて、おれに対する復讐の望みを捨てていなければ、おれが死ぬよりも生きているほうが心は満たされたにちがいない。だが、おまえはそんなふうには思わなかった。おれがもっと大掛かりな災厄をもたらさないよう、おまえはおれをこの世から抹殺してしまうことを望んだ。おまえが今もなお、おれの理解の及ばない方法で、ものを考えたり、感じたりすることができるとしても、おれに対して、おれがこうして味わわされている以上の復讐を望みはすまい。

おまえは確かに打ちのめされた。だが、おれの苦しみはそれよりも深い。悔恨の鋭い棘が傷を疼かせ、その痛みは死が傷口をふさぐまで続くのだから。

だが、もうすぐだ――」熱のこもった悲壮な声音で、怪物は叫びました。「おれはもうすぐ死ぬ。今、感じていることも感じなくなる。この灼熱《しゃくねつ》の苦しみも消えてなくなる。おれは喜び勇んで葬送の薪の山に登り、劫火《ごうか》の苦しみに歓喜の声をあげるのだ。やがてその大きな焚火《たきび》の火は消えて、おれの灰は風に運ばれ、海に散る。そして、おれの魂は安らかに眠るだろう。たとえものを思うことがあろうとも、もう今のようには思うまい。さらばだ」

怪物は船室の窓から身を躍らせ、船のそばに浮んでいた氷の塊に跳び移りました。そして、たちまち波に運ばれて、闇《やみ》のはるか奥へと消えていったのです。

完

訳者あとがき

本書はメアリー・シェリーの『フランケンシュタイン』の新訳版である。『フランケンシュタイン』という作品名を知らない人はあまりいないだろうけれど、その内容まで詳しく知っている人は、実はそれほど多くはないように思う。これまでにたびたび映像化されてきていることもあって、小説自体ではなく、映像として記憶している向きも少なくないだろう。フランケンシュタインは、主人公である博士の名前だが、博士の創《つく》りだした怪物の名前だと記憶されている場合もあると聞く。それほどまでに怪物のイメージが強烈だということかもしれない。

そんな怪物の物語を二十歳《はたち》にして書きあげたメアリー・シェリーは、一七九七年八月、ロンドンに生まれている。アメリカが独立を果たし、ヨーロッパはフランス革命後のナポレオン戦争に突入し、産業革命を経たイギリスでは工業化が進み、資本家と労働者という新たな階層が顕在化しつつあった時代だ。生物学や生理学をはじめとする近代自然科学が急速に発達した時期にも当たり、作中にも言及のあるルイージ・ガルヴァーニによる静電流の実験が行われ、電磁気の研究がすさまじい勢いで進み、エラズマス・ダーウィンが進化論の先駆となる論を唱え、十九世紀の初頭になると近い将来には生命の創造も夢ではないと考えられるようになる――謂《い》わば時代の大きな転換期に生まれてきた人、とも言えるだろう。

父のウィリアム・ゴドウィンは本作品の献辞にあるように『政治的正義』を著わした自由主義思想家で、ゴシック小説の『ケイレブ・ウィリアムズ』を書いた作家としても知られる。母のメアリー・ウルストンクラフトは『女性の権利の擁護』を著わした急進的な女性解放論者だったが、娘を産んで十日ほどで世を去る。そうした両親の影響や孤独な子ども時代を送ったことが物語を書く遠因となったことは、本書巻頭の作者によるまえがきにも述べられているとおりだが、やがてロマン派の詩人、パーシー・ビッシュ・シェリーと出会い、恋に落ちる。人間の理性を何よりも尊いものと位置づけ、王制や教会といったいっさいの権威を否定するゴドウィンの思想は、当時の若者たちに大きな影響を与え、P・B・シェリーもそのひとりだったのである。

P・B・シェリーは妻のある身ながらその結婚生活は事実上破綻《はたん》しかけていて、一八一四年、メアリーと駆け落ちをして、ふたりしてヨーロッパ大陸を旅してまわる。

その二年後の一八一六年、ジュネーヴ近郊のディオダティ荘で書かれたのが本書であるが、書かれた経緯については、作者によるまえがきに詳しい。ちなみに当時、ふたりはまだ正式に結婚はしていない。同年十二月にシェリーの妻、ハリエットが自殺してその二十日後、ふたりはロンドンの教会で正式に夫婦となるのだが、結婚生活はほんの六年ほどで終わりを迎える。一八二二年、シェリーが船の事故で溺死《できし》してしまうからだ。夫の死後、子どもとの生活を支えていくため、メアリーは精力的に小説、伝記、紀行文などを執筆、夫の詩集の編纂《へんさん》などにも力を尽くし、一八五一年に五十三歳で没している。

現代の基準に照らせば短いながらも、なかなかにドラマティックな生涯を送った人だったと思う。夫亡《な》きあとに書かれた作品はこれまであまり注目されてはこなかったが、近年になって再評価されてきているらしい。なかにはSF的な色彩の濃い作品もあるそうなので、あるいは時代のほうがメアリー・シェリーに追いついてきた、という言い方もできるかもしれない。

それでも彼女の手になるいちばんの傑作はやはり『フランケンシュタイン』ということになるのだろう。少なくとも、映像化の頻度という点から見るなら、まさにシェイクスピア並みの人気を誇る。最も知られているのは、古い映画になるが、一九三一年にボリス・カーロフの演じた怪物だろうか。その怪異な姿があまりにも強烈な印象を残し、以降の怪物像を決定づけたと言われる。その後もさまざまな監督とさまざまな演じ手で映像化されていて、パロディや後日譚《たん》まで含めると、かなりの数になりそうだ。シェイクスピア俳優として知られるケネス・ブラナーも、一九九四年に怪物役にロバート・デ・ニーロを配し、自らは博士を演じて映像化に挑んでいる。つい最近も、イギリス演劇界の最高峰と言われるロイヤル・ナショナル・シアターの、創業五〇周年の記念作品として作成された「ナショナル・シアター・ライヴ」の演目にも組み入れられた。これは劇場で上演された舞台をデジタル映像化したものを映画館で上映する、というもので、演出は『スラムドッグ$ミリオネア』のダニー・ボイル、キャストはフランケンシュタイン博士役と怪物役をベネディクト・カンバーバッチとジョニー・リー・ミラーが日替わりで演じて評判となった。アメリカでは、ボリス・カーロフ版のリメイクの計画も進行中だとか。

書かれた時代こそシェイクスピアよりは現代に近いものの、それでも古典の部類に入る作品が、今に至るもなぜこれほどたびたび取りあげられるのか? これまでに内外を問わず本書に関する研究書があまた書かれ、インターネットで検索しただけでも数千もの論文がヒットするほどの人気があるのはなぜなのか？

理由はいくらも考えられるだろうけれど、ひとつには作品を読み解こうとするときに見えてくるものが山ほどあり、そのどれもが今の時代にも解決しえていないテーマであり、リアルに身に迫ってくることが挙げられるように思う。真理の探究はどこまで人間に許されるのか、科学の進歩は人類に幸福をもたらしうるのか、といった本書の研究テーマとしてたびたび取りあげられている観点はもちろんのこと、引き受けることのできないほどの責任を突きつけられたときの人間のありよう、善良な心をむしばんでいく孤独のすさまじさ、偏見と冤罪《えんざい》、平凡な幸福を求める心と名誉欲とのせめぎあい……読み方はいくらでもあると感じる。なかでも、作中で怪物が放つ「自分は何者なのだ？」という孤独に満ちた痛切な叫びは、誰しもが、おそらくは若い時分に一度は自分に向けて突きつけたことのある疑問ではあるまいか。ざっと振り返っただけでも、これほどたくさんの〝考えどころ〟が挙げられるのだ。しかも、そのどれもが、さらりと読み流すことを許さず、読み手にある種の熟考を強いてくる。訳しながら、これは考えることにまっすぐな若い世代にぜひ手に取っていただきたい作品だと強く感じた。

加えて、一般的には恐怖小説に分類される本書だが、読んで感じるのはおぞましさやおどろおどろしさよりも、圧倒されるほどの哀《かな》しみだ。孤独な怪物が抱える、癒《いや》しようのない哀しみ。最後まで〝怪物〟としか称されず、名前すら与えられなかった者の痛烈な哀しみ。もしかすると、それが読む人を惹《ひ》きつけてやまない、本書の何よりの魅力となっているのかもしれない。

もちろん、読み物としての魅力にも満ちている。SF小説の祖と言われる作品だけあって、怪物が創りあげられていく過程には興味深いものがあるし、フランケンシュタイン博士の研究室から逃げ出した怪物が、五感の眼覚めを経験したのち、いかにして生命《いのち》をつなぎ、ことばを覚え、自己を認識していくかの過程は、ある種のサバイバル譚や成長の物語として読むこともできる。怪物を追いかけて極北の地にいたるフランケンシュタイン博士の足取りは旅行記としての側面も備え、病み上がりの身で博士が友人のクラーヴァルと旅をする場面では眼のまえにその壮麗な光景が浮んでくるような描写が続く。理想的な家庭として描かれているジュネーヴのフランケンシュタイン家のたたずまい、親子や家族が互いを思いやる様子はこまやかに美しく綴《つづ》られ、これもひとつの読みどころに挙げられそうだ。

また本書には〝現代のプロメテウス〟という副題が付されている。ギリシア神話に登場するプロメテウスは、ゼウスに命じられて土と水で人間を創るのだが、寒さと暗《くら》闇《やみ》に怯《おび》える人間に同情して天界の火を与えたことでゼウスの怒りを買い、永遠の罰を受けることになる。人間を創造するくだりは言わずもがな、許されざる行為に手を染めたことで終わりなき劫罰《ごうばつ》を味わうことになる、という神話のモチーフと博士の行為を重ねあわせて読むこともできるだろう。

そうした豊かな作品の世界を支える屋台骨となっているのが、構成の巧みさではないだろうか。作品の知名度からするとこれはあまり知られていないことのように思われるが、本書は実は多重構造を持ち、〝若き冒険家の手紙〟、〝フランケンシュタイン博士の回想〟、〝怪物の身の上話〟、という三つの語りから成り立っている。手紙は厳密には〝語り〟とは言えないかもしれないが、若き冒険家が故国の姉に宛《あ》てて、極北の海で稀有《けう》な友人を得たことを報告するという体裁を取っているため、語りにきわめて近い。それ以外の部分は、博士が冒険家に、怪物が博士にまさしく〝語り聞かせる〟形で物語が進んでいくため、活字で綴られたものを読んでいるのに、何やら三人の語り手の肉声で語られる物語に耳を傾けているようで、ときに息苦しくさえなるほどの切迫感を覚える。訳していて、そうした語りならではの迫力もまた、本書の魅力のひとつだと強く感じた。

全部で四百五十ページ足らずの本書は、ヴォリューム満点の作品の多い今の時流にあっては、中程度の厚さの本に入ってしまうのだろうが、そこに綴られた物語は、いかようにも読み解け、さまざまな側面を含み、あまたの魅力に富み、いくつもの考えどころを提示してきて、中程度では到底おさまりきらない世界を持つ。本書を手に取ってくださった方に、その豊かな世界のなかでその方のそのときなりの魅力や考えどころを発見していただけるなら、訳者としては何よりも嬉《うれ》しい。

最後にテキストについて簡単に触れておくと、翻訳に当たっては、ペンギン・クラシックスの *Frankenstein* を使用した。メアリー・シェリー自身が手を入れた第三版に当たる。一八一六年に書きはじめられた *Frankenstein* は翌年に脱稿し、一八一八年に夫シェリーの手になる序文を加えて出版されている。その後、一八二三年に第二版が、一八三一年には第三版が出版されているが、初版との差異についての詳しい解説つきで翻訳されているのが、国書刊行会から出版された臼田昭《うすだあきら》氏訳の『フランケンシュタイン』だ。訳出作業中に頻繁に参照させていただき、作品をより深く理解するうえでの大きな助けとなった。また、同書にはメアリー・シェリーが夫亡きあとに書いた作品のなかから〝変身〟と〝寿限有の寿限無〟も収められていて、翻訳ではあまり読むことのできない『フランケンシュタイン』以外のメアリー・シェリーに触れることができる。

当然のことながら、人気の古典作品とあって臼田氏以外にもこれまでに多くの翻訳が出版されている。児童向けに書き直されたものまで含めるとかなりの点数にのぼり、そのすべてに眼を通すことは残念ながらかなわなかったが、創元推理文庫の森下弓子氏訳や光文社古典新訳文庫の小林章夫《あきお》氏訳など、諸先輩方の訳業を詳しく学ばせていただく機会を得た。訳者としてはそれも大きな歓《よろこ》びだった。

また本書を訳していく過程でも、たくさんの方々にお世話になった。なかでも、文字どおりの不朽の名作をまえに柄にもなく臆《おく》しがちだったとき、わが師である翻訳家の田口俊樹《としき》氏と新潮社の若井孝太氏に力強く背中を押していただいた。古典の急峻《きゅうしゅん》な隘路《あいろ》をまがりなりにも最後まで歩き通すことができたのは、おふたりの励ましがあったからこそだと深く感謝申しあげている。道の険しさに自信をなくしかけたときには、担当編集者の川上祥子氏がしっかりと寄り添い、頼りがいのある同伴者となってくださった。校閲を担当してくださった柴田綾子氏にも、ときによろけたりつまずいたりする訳者の不安定な足元を、丁寧に、力強く支えていただいた。そのことにも改めてお礼を申しあげたい。孤独を描いた作品を訳しながら、孤独と感じたことは一度もなかった。それは何よりありがたく、幸せなことだったと思っている。

二〇一四年十月

芹澤　恵

本作品中には、今日の観点からみると差別的な表現がありますが、作品自体の文学性、芸術性に鑑み、原文どおりとしたところがあります。

（新潮文庫編集部）

カフカ
高橋義孝訳
変身

朝、目をさますと巨大な毒虫に変っている自分を発見した男――第一次大戦後のドイツの精神的危機、新しきものの待望を託した傑作。

カフカ
前田敬作訳
城

測量技師Kが赴いた〝城〟は、厖大かつ神秘的な官僚機構に包まれ、外来者に対して決して門を開かない……絶望と孤独の作家の大作。

カポーティ
河野一郎訳
遠い声 遠い部屋

傷つきやすい豊かな感受性をもった少年が、自我を見い出すまでの精神的成長の途上でたどる、さまざまな心の葛藤を描いた処女長編。

カポーティ
川本三郎訳
夜の樹

旅行中に不気味な夫婦と出会った女子大生。人間の孤独や不安を鮮かに捉えた表題作など、お洒落で哀しいショート・ストーリー9編。

P・ギャリコ
古沢安二郎訳
ジェニィ

まっ白な猫に変身したピーター少年は、やさしい雌猫ジェニィとめぐり会った……二匹の猫が肩寄せ合って恋と冒険の旅に出発する。

P・ギャリコ
矢川澄子訳
雪のひとひら

愛の喜びを覚え、孤独を知り、やがて生の意味を悟るまで――。一人の女性の生涯を、雪の結晶の姿に託して描く美しいファンタジー。

Title : FRANKENSTEIN
Author : Mary Shelley

フランケンシュタイン

新潮文庫　シ－42－1

Published 2015 in Japan
by Shinchosha Company

平成二十七年一月一日発行
令和六年五月二十日九刷

訳者　芹《せり》澤《ざわ》恵《めぐみ》

発行者　佐藤隆信

発行所　株式会社新潮社
郵便番号　一六二―八七一一
東京都新宿区矢来町七一
電話　編集部(〇三)三二六六―五四四〇
　　　読者係(〇三)三二六六―五一一一
https://www.shinchosha.co.jp

価格はカバーに表示してあります。

乱丁・落丁本は、ご面倒ですが小社読者係宛ご送付ください。送料小社負担にてお取替えいたします。

印刷・錦明印刷株式会社　製本・株式会社大進堂

ISBN978-4-10-218651-0 C0197